T0280112

Los días en los que más te quise

Los días
en los que
más
te quise

AMY NEFF

Traducción de Mia Postigo

Ọ Plata

Argentina – Chile – Colombia – España
Estados Unidos – México – Perú – Uruguay

Título original: *The Days I Loved You Most*
Editor original: Park Row Books
Traducción: Mia Postigo

1.ª edición: octubre 2024

Copyright © 2024 Amy Neff
All Rights Reserved
© de la traducción, 2024 *by* Mia Postigo
© 2024 *by* Urano World Spain, S.A.U.
Plaza de los Reyes Magos, 8, piso 1.º C y D – 28007 Madrid
www.letrasdeplata.com

ISBN: 978-84-92919-72-7
E-ISBN: 978-84-10365-22-3
Depósito legal: M-18.182-2024

Fotocomposición: Urano World Spain, S.A.U.
Impreso por: Rodesa, S.A. – Polígono Industrial San Miguel
Parcelas E7-E8 – 31132 Villatuerta (Navarra)

Impreso en España – *Printed in Spain*

Para Jonathan
y el jardín que construimos juntos

«Si me dieran una flor cada vez que pienso en ti...
podría recorrer un jardín infinito».

—ALFRED TENNYSON

UNO

Evelyn

Junio de 2001

Las palabras de Joseph flotan frente a nosotros, a la espera. Le tomo la mano y encuentro la paz en el mapa de callosidades que la recorren, en las cutículas manchadas de tierra por haberse pasado la tarde trabajando en el jardín. Los dedos me tiemblan entre los suyos y una capa de sudor se forma donde nuestras palmas se tocan.

Nuestros hijos están sentados en un sofá desvencijado, al otro lado de la sala, sin decir nada. Las lámparas que tenemos más cerca nos iluminan con la luz amarilla que surge por debajo de sus pantallas. Joseph las ha encendido cuando la estancia ha comenzado a oscurecer, pues nadie estaba dispuesto a interrumpir la conversación al ponerse de pie y encender las luces del techo. La luz de la luna baña los dos pianos que tenemos en el estudio y hace que las teclas de marfil centelleen. Las ventanas están abiertas para darle la bienvenida a la noche en la que nos hemos ido sumiendo mientras hablábamos, y el ambiente está cargado y pesado, pues hace demasiado calor para ser finales de primavera en Connecticut. Lo único que se oye es el chirrido del ventilador de techo y el eco de las olas de la playa Bernard, que está doblando la esquina.

Cuando los niños eran pequeños y nuestro hogar todavía era la pensión La Perla, la mesita de centro quedaba escondida bajo unos rompecabezas a medio hacer de unos faros de Nueva Inglaterra. Esta noche, sin embargo, está cubierta de comida: cubitos de queso que han empezado a sudar y a ponerse blandos, racimos de uva y unas cuantas galletitas saladas que han quedado abandonadas sobre los platos. Joseph me dijo que no me tomara muchas molestias, pero es que Thomas había venido desde Manhattan y no lo veíamos desde las últimas Navidades. La visita de nuestro hijo me dio la excusa para ir a la nueva tienda de vino y quesos que abrieron en el pueblo, pues él no solía venir a menudo. La tienda es la que queda frente a la cafetería de Vic y que lleva ahí desde que nuestros nietos eran pequeñitos, cuando su abuelo les daba unas monedas y los mandaba a comprar bocadillos envueltos en papel de cera para almorzar en la playa. Si bien Joseph intentó disuadirme, aún me ubico bien, por mucho que tenga que moverme más despacio. Y la misión me mantuvo concentrada e impidió que mi mente divagara sin rumbo.

Nadie dice nada, pues estamos a la espera de que Joseph continúe con su discurso funesto, la razón por la que los hemos llamado. «Hay algo importante de lo que queremos hablar con vosotros tres», había dicho.

Violet, la más pequeña de la familia, ya una mujer adulta, casada y con cuatro hijos, se encuentra entre su hermano y su hermana en el sofá desgastado. Yo misma lo volví a tapizar, una vez que nuestros hijos se mudaron y dejamos de admitir huéspedes en la pensión, aunque, cómo no, ya se le notan las marcas que dejaron nuestros nietos y el relleno de los cojines ha vuelto a ceder.

Criamos a nuestros hijos aquí, en La Perla, donde también se crio Joseph. Y, en cierto modo, yo también lo hice. Junto a mi hermano, Tommy, y Joseph, éramos un trío inseparable que entraba y salía de la pensión dando portazos a la mosquitera hasta que la madre de Joseph nos echaba al porche, entre carcajadas y sacudidas de su delantal, para que no le espantáramos a la clientela. Los años pasaron y, antes de que nos diéramos cuenta, eran nuestros hijos los que anotaban reservas en un calendario a tope, barrían el suelo y me ayudaban a amasar y hacer galletitas para el desayuno. Los nietos también aportaron su granito de arena: guiaban a los huéspedes hasta sus habitaciones, quitaban las sábanas desteñidas por el sol de los tendederos y les daban manguerazos a las sillas de playa apiladas para quitarles la arena. Pese a que la pensión siempre estaba a rebosar, las personas iban y venían como la estática en la radio, como un ruido de fondo para la vida que construimos. Y, ahora que nos preparamos para contárselo, no puedo hacerme a la idea de que vayamos a dejarlo todo atrás. No cuando lo único que quiero es volver a empezar. Todos juntos, desde el principio.

—No es nada fácil hablaros de esto. No es un tema agradable. Ni siquiera sé por dónde empezar... —vacila Joseph, al tiempo que me aferra la mano con fuerza.

Jane, nuestra hija mayor, se concentra en mí, y me cuesta descifrar su expresión. De pequeña, solía esconder sus emociones detrás de su melena alborotada. Ahora la lleva alisada de forma profesional y a la altura de los hombros, un estilo que no desentona con el de otros presentadores de noticias. Tiene unas extremidades largas y un cuello como de cisne que han pasado a ser una ventaja, pues ha aprendido a moverse con la gracilidad que no conseguía adoptar cuando era una adolescente larguirucha. Tengo que apartar la mirada de ella, porque temo que vaya a delatarme a mí misma al mostrarle en mi expresión lo que he evitado contarles.

Thomas tiene la vista clavada en su padre, con la mandíbula apretada. Cómo se parecen esos dos, con una estatura que supera el metro ochenta y una silueta propia de un nadador: hombros anchos y torso esbelto. Solo que, a diferencia de Joseph, que tuvo el cabello oscuro hasta los sesenta, cuando empezó a escasearle un poco en las sienes y a llenarse de canas, el cabello de

Thomas no tardó demasiado en empezar a volverse gris. El sol hizo que unos mechones plateados centellearan bajo su birrete cuando se graduó de la Universidad de Nueva York; qué serio había estado incluso aquel día de celebración, solo dispuesto a regalar sus sonrisas para las fotos. Parece más delgado que en Navidad, no estoy segura de si prepara la cena cada noche junto a Ann o si le toca cenar solo en su escritorio. Va enfundado en un traje, pues ha venido directo después de un largo día lleno de reuniones con otros altos cargos. Solo se ha quitado la chaqueta debido al calor agobiante y hasta su sudor parece contenido; se queda atrapado en el inicio de su cabello y no se atreve a deslizarse más allá de las cejas.

—Vuestra madre y yo... —A Joseph le falla la voz, con los ojos anegados en lágrimas. No sé si será capaz de formular las palabras—. Sabéis lo mucho que nos queremos, que siempre hemos estado el uno para el otro. Y a vosotros también os adoramos, no lo dudéis, por favor... Es solo que, a estas alturas, no nos podemos imaginar un vida sin el otro... —En ese momento casi meto baza, dispuesta a quedarme con la culpa para salvarlo de tener que ser quien les rompa el corazón a nuestros hijos. Nuestros pequeñines que ya son adultos, quienes se me aferraban a las rodillas, rebosantes de amor y de necesidad, se me subían al regazo, pues cualquier distancia era demasiada, y entonces habían empezado a ir al colegio, a conducir y a tener una vida que nada tenían que ver con nosotros. A hacer amigos, tomar decisiones, cometer errores y a enamorarse solo para probar el regusto del desamor. Aunque nuestra sangre y nuestros huesos componen el tejido de sus cuerpos, no pasa lo mismo con el de sus vidas, y, mientras ellos viven las suyas, Joseph y yo seguimos aquí, en nuestra isla para dos, desorientados y extrañados por cómo los años parecen dejarnos atrás.

Joseph respira hondo para aunar fuerzas.

—No queremos permitir que el último capítulo de nuestra vida quede a merced del destino, con un final miserable y eterno para todos vosotros. Sé que os voy a sorprender con esto, de verdad para nosotros también fue toda una sorpresa y nos llevó un tiempo procesarlo, pero creemos que es la mejor decisión...

—Y esa es... —lo anima Thomas, casi sin paciencia al ver que su padre no puede continuar.

—Tenemos pensado ponerle fin a nuestra vida dentro de un año. En junio del año que viene —declara Joseph, con la voz entrecortada.

—¿Cómo...? ¿Cómo dices? —pregunta Violet, con los ojos como platos.

—No queremos que uno muera antes. Y no queremos vivir sin el otro... Queremos poder decidir cómo acaba nuestra historia. —La explicación que les ofrece es más suave que sus palabras anteriores, sin importar que tenga la voz cargada de dolor. Está haciendo todo lo que puede para no cargarlos con él, para esconderlo detrás de sus palabras llenas de amor.

—¡¿Cómo?! —suelta Thomas.

—Eso, ¿qué nos estáis diciendo? —interpone Jane, tras dejar su vaso sobre la mesa como si le hiciera falta usar ambas manos para hablar.

—Que este es nuestro último año. —Es casi surrealista oír a Joseph decir las palabras en voz alta, por mucho que haya sido yo quien las pronunciara primero. «Este será mi último año».

—Nos estáis vacilando. —Jane pasa la mirada entre ambos, como si estuviese esperando que nos echemos a reír.

—No es broma —les digo, aunque, para mis adentros, desearía que así fuera.

—No entiendo nada —dice Violet, con voz suplicante.

—Dejad que os lo expliquemos. —Me inclino hacia ellos, acercándome al borde de mi asiento.

—Sí, por favor, porque todo esto es muy retorcido. —Thomas se echa hacia atrás, hasta apoyarse en el respaldo del sofá, para alejarse de mí.

—Vuestro padre y yo nos estamos haciendo mayores...

—¡Como si tuvierais cien años! Vaya, si ni siquiera llegáis a los ochenta aún —interrumpe Jane—. ¿Cuántos vas a cumplir? ¿Setenta y seis?

Si bien el año que viene tendré setenta y siete y Joseph, setenta y nueve, son detalles sin importancia que no pienso corregir.

—Os decía que nos estamos haciendo mayores. Dejadme hablar, por favor. —Controlo mis nervios, pues todas las razones que he ensayado se me han quedado atascadas detrás de la lengua. Tengo la garganta seca por toda la pérdida, todo aquello que no estaremos para presenciar, por todo el dolor que estamos invitando a nuestro hogar. Thomas se remueve en su sitio, hecho una furia—. Sabemos que llegará un momento decisivo, cuando uno de los dos deje de reconocer al otro, cuando no podamos seguir cuidándonos entre nosotros, cuando ni siquiera podamos recordar quiénes somos. Y no tenemos cómo saber cuándo será, no podemos alargar nuestra existencia tal como es ahora. Ya hemos vivido más que nuestros padres, salvo mi madre... Y ya sabéis lo horrible que fue su caso durante muchos años. No queremos que tengáis que soportar esa carga ni tampoco dejársela al otro.

—¡Pero hay residencias para ancianos justo para eso! Hay soluciones racionales para... —me interrumpe Jane, pero no me dejo amilanar.

—No es la vida que queremos. Una media vida. No queremos vivir sin el otro —me explico, y siento como si me estuviese quedando sin aire.

—Entonces, ¿qué es lo que nos estáis proponiendo con todo esto? —pregunta Thomas, cruzándose de brazos.

—Os proponemos un último año —contesta Joseph—. Un último año para vivir al máximo como nosotros mismos, para dejaros bonitos recuerdos a vosotros y a vuestros hijos, para poder marcharnos por todo lo alto y que no tengáis que recordar una versión marchita y consumida de nosotros.

—Ah, conque sí que os acordáis de vuestros nietos —resopla Jane.

—Por supuesto que sí —apenas consigo articular, pues las lágrimas amenazan con caer—. No lo hemos decidido en un arrebato.

Thomas resopla por la nariz, una risa sin ápice de gracia.

—¿Y nosotros? ¿Qué esperáis que hagamos sin vosotros? —Cuando al exabrupto de Violet no lo siguen las quejas de sus hermanos, la frase queda flotando en el aire húmedo y nocturno que nos rodea.

Jane pasa la mirada de su padre hacia mí, para luego concentrarse en el plato de queso, como si este le estuviese escondiendo algo. Puedo verla procesando la información, todo lo que le hemos dicho en contraste con lo que sabe que es cierto, y sin poder dar con una razón que sea capaz de comprender.

Joseph les ofrece una sonrisa de lo más triste que intenta hacerse pasar por una llena de fuerza y certezas, y el gesto me rompe el corazón.

—Os queremos muchísimo. Y pretendemos que este año sea de celebración, que esté lleno de momentos juntos en familia.

—¿De celebración? —interpone Thomas, con incredulidad—. Ya, vale. Qué más da que tengamos millones de preguntas que haceros... ¿Acaso alguno de los dos se está muriendo o algo?

—Todos nos estamos muriendo, Thomas —le digo, con una pequeña sonrisa.

—Anda, qué graciosa, mamá.

—Va en serio. ¿Os pasa algo? —Jane parece un sabueso al acecho, totalmente quieta y con las orejas ladeadas hacia el crujido que ha oído en la hierba.

Me prometí a mí misma que no se lo diría. Todavía no.

—Mamá. —La intensidad con la que Jane me mira hace que se me ponga la piel de gallina bajo los brazos, que la luz me parezca demasiado brillante.

—Mamá —secunda Violet, al captar el mismo rastro que su hermana.

Mi diagnóstico se confirmó tras una serie infinita de pruebas médicas, le dio un nombre a la batalla secreta que había mantenido en silencio. Era la razón. Un ladrón de recuerdos y de capacidades, de poder reconocerme a mí misma y a mis seres queridos. La raíz de todos mis miedos condensados en una sola palabra: párkinson. Tomo medicamentos que deberían ser de ayuda, pero no lo son. La enfermedad avanza con agresividad de un modo que los médicos no consiguieron anticipar y que no pueden explicar. Soy una más de ese tercio desafortunado, con síntomas de demencia por venir, lo cual es una pesadilla que conozco a la perfección. La peste a podredumbre y lejía de la residencia en la que vivía mi madre, los gritos que profería al no saber ubicarse, cómo lanzaba cosas a su paso y dejó de reconocerme. Todo ello, un final que sería incluso más doloroso que el que tenemos por delante.

—¿Por qué nos mentís? —La acusación de Jane se me clava en la garganta con su punta afilada.

—No os estamos mintiendo. —Me aferro al tecnicismo y escondo los dedos que me tiemblan entre las rodillas.

—Tampoco nos estáis contando toda la verdad.

—Evelyn —empieza Joseph—, quizás lo entenderían…

—¿Qué entenderíamos? —Violet se vuelve hacia su padre.

—Joseph…

—Se van a acabar enterando… —Los hombros le pesan por la verdad no dicha, pues se ha quedado sin fuerzas llegados a este punto.

—Ya lo habíamos hablado. —Me resisto al impulso de mandarlo a callar. De sacarlo de la habitación a rastras si es necesario.

—¿Qué habíais hablado? —Violet pasa la mirada de uno a otro, como una niña pequeña desesperada porque la incluyan en la conversación.

—Lo sabía —suelta Jane, con un gesto de exasperación.

—No he dicho…

—Esto es el colmo. —Thomas se pone de pie para acercarse hacia la chimenea y apoya un codo sobre la repisa.

18

—Contadnos la verdad —dice Jane, haciendo énfasis en cada palabra como si estuviese probando distintas llaves en una puerta que no se quiere abrir.

—Evelyn...

—Es que no quería...

—No podéis pretender que aceptemos esto y ya —suelta Thomas.

—Dinos qué pasa, mamá. —La voz de Violet está empapada por el miedo.

—¿Qué podría ser peor que el que os vayáis a bajar de la vida en un año? —pregunta Jane. Y, pese a lo absurda que está siendo la conversación o quizás justo por eso, tengo que contener la risa. El sonido se me atasca en la garganta como si fuese un sollozo.

—Que me tratéis como si fuese a romperme. Eso sería mucho peor. —Las palabras se me escapan antes de que pueda retenerlas y son una admisión parcial que resulta ser el primer indicio de la verdad.

—Así que sí te estás muriendo —acota Jane.

—En un año exacto —concedo, en un intento desesperado por devolver la conversación a su cauce. «Un último año. En junio del año que viene».

—Pero qué retorcidos sois —dice Thomas.

—Mamá, por favor. —Jane me habla como si me estuviese ofreciendo una mano para ayudarme a subir a un bote salvavidas. Ella mejor que nadie sabe lo que cuesta quedarse a flote y prepararse para el peligro—. ¿De verdad pensabais que íbamos a dejarlo estar y ya?

Suelto un suspiro, y mi resignación es como un ancla. «Fase dos». Hace seis meses, la fase uno me había parecido terrible. «Está avanzando muy rápido... Lo normal es que se tarde meses o años en pasar de una fase a otra, no hay cómo saberlo, pero en su caso...». Y ahora haría cualquier cosa por volver a esa etapa. Así que es obvio que Joseph tiene razón. La muralla que he construido en torno a mi enfermedad está hecha solo de ramitas y paja. Incluso si no lo admitiera, esta se vendría abajo más pronto que tarde.

—Tengo párkinson, y está avanzando más deprisa de lo que previeron los médicos. Quería aferrarme a una especie de normalidad todo el tiempo posible, pero por cómo van las cosas... —Les muestro la mano, con su temblor que es una pista que ni siquiera el más experto de los jugadores de póker podría disimular.

—Ay, no, mamá —exclama Violet.

—Joder —suelta Thomas.

—Por Dios. Lo siento mucho, mamá. Ojalá nos lo hubieras dicho antes. Pero creía... ¿Párkinson no es lo que tiene Michael J. Fox? Ese actor que no se está muriendo y que aún puede hacer de todo —inquiere Jane.

—No es igual para todos. Mi médico dice que lo mío es inusual...

—Vale, pues busquemos otro médico —declara Thomas—. ¿Has buscado una segunda opinión?

—Por esto no quería contároslo. Me he pasado los últimos años sometiéndome a un montón de pruebas para intentar dar con una respuesta distinta, pero es que no la hay. —Se me rompe la voz al hablar de los hechos más simples, del destino ineludible e imposible de escapar contra el que batallé con todas mis fuerzas solo para terminar rindiéndome, con los puños ensangrentados, como si nunca hubiese intentado hacerle frente—. No quiero desperdiciar el tiempo que me queda en hospitales y clínicas y salas de espera y con vosotros tres volviéndoos locos investigando e intentando dar con una cura que no existe. Es mi decisión. Mi diagnóstico no es discutible.

—Deberías habérnoslo contado. Podríamos haberos ayudado —empieza Thomas—. Esto no solo os afecta a vosotros dos...

—¿Qué podemos hacer? —pregunta Violet—. Tiene que haber algo que podamos...

—A ver, un momento —interrumpe Jane—. Vale, tienes párkinson. Lo siento mucho, mamá, en serio. Es muy horrible, pero... Nos habéis dicho que los dos... Es que... Papá, ¿y qué tienes tú?

—Ay, madre... —Un nuevo grado de horror desdibuja las facciones de Violet—. Eso ¿qué tienes?

Joseph frunce el ceño, confundido.

—¿Qué tengo de qué?

—Nos habéis dicho que pensáis acabar con vuestra vida —dice Jane, con sus emociones bajo control como si fuese una médica leyendo un informe—. Así que ¿qué tienes tú?

—No tengo...

—Vuestro padre ha tomado la decisión unilateral de que mi muerte implica también la suya. Si podéis hacer que cambie de opinión, os estaré infinitamente agradecida. La verdad es que llevo tiempo intentándolo.

—Evelyn —me advierte Joseph.

—¡¿Cómo?! —exclama Thomas, pasándose una mano por el entrecejo—. ¿Es que os habéis vuelto locos los dos?

—¿No tienes nada? —dice Jane, con un hilo de voz.

—Que yo sepa, no.

—¿Y quieres suicidarte solo porque mamá piensa hacerlo?

—Preferiría que ambos siguiésemos con vida, pero vuestra madre me ha dejado muy claro que esa no es una opción —dice Joseph, con una voz tanto dolida como ronca. Ya no queda nada detrás de lo que escondernos, pues hemos mostrado todas nuestras cartas y no tenemos ningún as bajo la manga.

—¿Estáis jugando a alguna especie de juego retorcido para ver quién cede primero? —pregunta Thomas—. Porque, si es así, os vemos venir.

—No es mentira —aclaro, y ya me han entrado ganas de poder retroceder en el tiempo y ponerle punto final a la noche al darles un abrazo y asegurarles que siempre estaremos ahí para ellos. Una mentira que me puedo obligar a mí misma a tragar y que daría todo porque fuera cierta.

—Y, por desgracia, lo mío tampoco —añade Joseph. ¿De verdad podría hacer lo que dice? ¿Podría alguno de los dos? Confesarlo y soportar el peso del dolor y la furia que les estamos causando solo por el hecho de contárselo sí, pero... ¿hacerlo de verdad?

—Es que ni siquiera sé por dónde empezar —dice Jane.

—Creía que eras más sensato, papá —le reprocha Thomas, mientras lo fulmina con la mirada.

—Thomas —lo regaño, aunque sin demasiadas fuerzas. Ya sabíamos que nuestro hijo iba a reaccionar así, nos hemos preparado para esto.

—Ni se te ocurra regañarme —resopla—. Estáis siendo muy egoístas. ¿Cómo pretendéis que Violet y Jane les expliquen todo esto a los niños?

—Ya lo habíamos pensado. —Mis temblores, que han quedado expuestos para todos, me distraen y evitan que me siga explicando. Joseph vuelve a sujetarme la mano, con fuerza para conseguir frenarlos, y no sabe cómo se lo agradezco.

—No creo que lo hayáis hecho —explota Thomas—. Os estáis portando como un par de adolescentes encaprichados que...

—Thomas, relájate que no me dejas pensar —lo corta Jane, y su autoridad como hermana mayor supera la que él tiene en el mundo de las finanzas. Nuestra primogénita... Me cuesta creer que ella, a pesar de nunca haberse casado, no tardará mucho en convertirse en abuela. Su hija, Rain, nos ha contado que están intentando tener un bebé. Uno que quizás nunca llegue a sostener entre mis brazos. Imaginar a mi nieta sentada en una cama de hospital, con su bebé rosa y recién llegado al mundo contra el pecho, y una silla que debería ser para mí acomodada junto a la cama mientras Rain pasa al pequeñín de brazo en brazo, a mi bisnieto, solo que yo no estoy presente... Me invade una sensación de pérdida que me carcome por dentro solo de pensarlo. Nunca podré ver cómo se desarrolla esa vida, no podré sentir esos deditos apretando los míos, no podré ver a mi nieta heredar los secretos de la maternidad, esos que nos entrelazan a todas. Yo sostuve a mis hijos del modo en que ella hará con los suyos, y debería poder estar ahí para mostrarle cómo hacerlo, para dejar que sus ojos cansados se cierren un momento al decirle «deja que ya lo sostengo yo un rato». A ese bebé que he querido tanto tiempo como la he querido a ella, lo que implica que los he querido a ambos desde antes de que nacieran. Durante toda mi vida y más allá, incluso.

Thomas se vuelve hacia su hermana menor.

—Violet, no vas a decirme que estás de acuerdo con todo esto.

Más bajita que sus hermanos al haber heredado mi figura menuda, mientras que mis hijos mayores salieron altos como su padre, Violet me recuerda a las muñecas de porcelana que tanto le gustaban cuando era pequeña. Su cabello ondulado, sus labios carnosos y sus ojos brillantes por las lágrimas. Su fragilidad es hermosa y queda a la vista de todos.

—No puedo ni imaginarlo —dice, en voz baja e insegura—. Pero no creo que estén siendo egoístas. Aunque me mata pensarlo, creo que es… muy romántico.

Thomas se aprieta el puente de la nariz con los dedos, con la cabeza gacha y los ojos cerrados.

—Lo que dices es de lo más retorcido, espero que lo sepas. —Alza la vista hacia su hermana mayor—. Jane, hazlos entrar en razón, por favor te lo pido.

—No puedo ni procesarlo. —Jane se pone a retorcer un cacho de un racimo de uvas. Lo raspa tanto con los dedos que termina descubriendo un tallito verde debajo de unos zarcillos.

No se ha puesto a llorar ni tampoco está hecha una furia. Está intentando entenderlo todo, pero los detalles no le serán de ayuda. Una decisión como la que hemos tomado es demasiado extraña, imposible de concebir… Querer tanto a alguien es algo que la llena de miedo.

—Es que han perdido la cabeza en serio. —Thomas menea la cabeza, con una expresión confundida.

Joseph abre la boca para empezar a explicarse, pero lo interrumpo en un intento por devolver la conversación a su curso.

—Está claro que no te lo has tomado bien y lo entendemos.

—Mientras lo digo, sé que no es lo correcto. Pero tengo la mente confusa, no me salen las palabras que habíamos ensayado, la explicación tranquilizadora que teníamos la esperanza de que consiguiera darles paz a pesar de toda su tristeza.

—¿Que no me lo he tomado bien? Es que estáis mal de la cabeza, no podéis hacerlo —dice Thomas, con la voz entrecortada.

Sigo hablando, a pesar de que noto que voy perdiendo las fuerzas mientras lo hago.

—Es muchísimo que procesar y necesitaréis tiempo para hacerlo. Pero, por ahora, lo que necesitábamos es que lo supierais. No hay nada más que hablar.

Joseph asiente, y puedo notar sus ojos clavados en mí. Siempre ha sabido identificar a la perfección cualquier cambio en mis emociones. Deja de fruncir el ceño al ver lo que no soy capaz de ocultarle. Tengo el estómago hecho nudos. Lo que hasta hace unos días era hipotético ahora se ha puesto en marcha. La cuenta atrás ha dado inicio, le hemos dado la vuelta al reloj de arena. Ya no queda mucho más de mí para dar, el coraje que había reunido para enfrentarlos se vendrá abajo si siguen tirando de él, y mi certeza, ilusoria, se hará añicos conforme les devuelvo la mirada a mis hijos. Siempre es así, y Joseph sabe lo que necesito sin tener que preguntármelo.

—Esperamos que lleguéis a entenderlo algún día y, hasta entonces, que confiéis en nosotros y respetéis nuestra decisión. —Me suelta la mano y se levanta, con lo que señala el final de la conversación.

—Y ya está, ¿no? No hay nada más que hablar. Tenemos que confiar en vosotros y ya. —Thomas está hecho una furia y mira a sus hermanas para buscar algo de apoyo en ellas, pero, de momento, ninguna tiene las fuerzas suficientes para seguir avivando el fuego de la disputa. Violet está rendida y Jane, fría como el hielo.

—Se os escapará el tren —les recuerda Joseph, con voz suave.

Thomas abre y cierra la boca y transcurre un segundo en el que parece que va a ponerse a discutir de nuevo o a seguir con el tema. Hay una especie de neblina en el ambiente, como si todos estuviésemos compartiendo el mismo sueño lúcido. Se acomoda la chaqueta sobre el brazo y sale dando pisotones hacia el recibidor. Joseph lo sigue, y Violet y Jane se levantan, pues el hechizo se ha roto. De pronto parece muy tarde. Las olas rompen sin cesar contra la orilla y podemos volver a oírlas ahora que mis hijos han dejado de protestar. No puedo sentirme mal porque Thomas no me haya dado un beso ni se haya despedido. Nos lo hemos buscado. Aun con todo, noto un pinchazo de dolor cuando lo veo marcharse. Jane comienza a recoger los platos y le hago un ademán para que no se moleste, pero ella pasa de mí y lo recoge todo para llevarlo a la cocina.

Violet se sienta a mi lado en el sofá de dos plazas que ocupo, sobre las rodillas como si fuese una niña.

—Lo siento mucho, mamá. Por todo lo que has tenido que pasar, por cómo te habrás sentido. Es horrible. Ojalá lo hubiese sabido… Pero no lo hagas, por favor.

Puedo ver el pánico haciendo acto de presencia, colándose en su tristeza, y la culpabilidad que he estado tratando de ignorar me inunda. ¿Cómo podría explicarles que morir es lo que menos quiero en la vida?

—Ojalá fuese así de fácil.

Las lágrimas han empezado a caerme por las mejillas, así que la abrazo y escondo mis emociones entre sus rizos.

De lejos, oigo que Joseph intenta razonar con nuestro hijo por última vez.

—No pretendemos que lo aceptéis. Sé que no lo hacéis. Pero no te alejes de nosotros, Thomas, por favor.

Thomas le devuelve la mirada a su padre, furibundo, para luego marcharse sin pronunciar palabra. La puerta mosquitera se cierra de un portazo tras él.

—Que sepáis que el tema no está zanjado —declara Jane, antes de recoger su bolso. Aunque no me mira a los ojos, se inclina para darme un abrazo y luego seguir a su hermano. Le había dicho que lo dejaría en la estación para que tomara el último tren en dirección a Nueva York antes de volver a su casa, y ahora me pregunto si llegarán a tiempo o si estará demasiado afectado como para encontrar el andén correcto. Tendría que haber pasado la noche aquí, pero es que Thomas siempre vuelve a la ciudad antes de la medianoche.

Joseph acompaña a Violet hasta el exterior, y ella entrelaza el brazo con el de su padre y se queda unos segundos de más en la puerta como si estuviera memorizando el salón antes de que este desaparezca. Ella se irá por el jardín hacia su casa, la que tenemos al lado, que es donde me crie yo, pues mi madre nos dejó a Joseph y a mí su cabaña de tablillas de cedro cuando murió. Me pregunto cuándo le contará a Connor lo que hemos decidido. Si bien su marido es un buen hombre que la quiere mucho, nunca aprendió a preguntarle qué es lo que la aflige al ver la tristeza en su rostro.

Joseph vuelve, ya sin compañía, y se sienta junto a mí en el sofá. Con el salón vacío, los ecos de todo lo dicho flotan a nuestro alrededor.

—Qué bien ha ido. —Tiene la voz ronca por hablar tanto, como si necesitara carraspear un poco—. Quizás no tendríamos que habérselo contado.

Me duele el alma; recuerdo el tallito que Jane no dejaba de retorcer, las lágrimas de Violet, la furia de Thomas. Joseph y yo hablamos sobre si debíamos contárselo, si era más considerado darles tiempo para que se preparasen o si supondría un año de agonía. Sin embargo, sé lo mucho que pesa un secreto y este no era uno que pudiese guardarme para mis adentros.

—Es que era mucho que procesar, necesitan tiempo.

—Ojalá tengas razón —me dice, sin sonar muy convencido.

—Y anda que has tardado en ceder. —Me seco las mejillas y me niego a admitir el ápice de alivio que siento entre todo mi enfado por no tener que escondernos ni inventar excusas ni que nos descubran en un momento humillante.

—Lo sé, lo siento, es que... no parecía lo correcto. No tenía sentido que no entendieran las cosas. Todo lo que está pasando.

—Pero no estaba lista. —Aunque sueno como una niña pequeña, llegados a este punto ya casi nada es decisión mía, así que al menos quería eso.

—Yo tampoco estoy listo para nada de esto. —Joseph clava la vista en el sofá vacío, y su propio dolor es una ofrenda para las marcas que nuestros hijos han dejado a su paso.

—Ya somos dos.

Nos quedamos sentados en silencio, pero no el tenso de hace unos momentos, sino uno lleno de la certeza de que ambos estamos soportando una carga muy pesada al ser cómplices de las acciones del otro. Quizás Joseph cuenta con que vaya a cambiar de opinión o con que esta conversación y toda mi convicción vayan a escapar de mí como hace mi memoria tan efímera.

—¿Y ahora? —le pregunto.

—Ahora pasamos este año juntos, tú y yo, con nuestra familia. Rehacemos el camino de nuestra vida y... revivimos los recuerdos que hemos compartido. Es lo único que quiero hacer.

—Ya sabía que ibas a decir eso —le digo, para fastidiarlo, pues lo predecible que es puede dejarme un regusto amargo, pero también darme toda la calma que necesito.

—¿Es tan malo querer algo así?

—No —le aseguro, con una voz algo más seria—. Pero tú no tienes problemas de salud, tienes más tiempo...

—Ya he pasado demasiados días sin ti.

Me apoyo en él, aunque sea ligeramente. Los años que pasé en Boston, los años que él pasó en el extranjero... Son recuerdos tan distantes que bien podrían pertenecerle a otra persona.

—Ah, pero eso fue hace mucho tiempo. Ya debemos haberlos compensado con creces.

—Siempre querré más tiempo a tu lado. —Los ojos se le vuelven a anegar de lágrimas, pues la realidad se asienta entre ambos al comprender lo poco que dura un año.

—Nunca tendremos suficiente tiempo, ¿verdad? —Me tiembla el labio al hablar, y él me arropa entre sus brazos.

—¿Y qué quieres hacer tú? —me pregunta, susurrándome al oído—. Sé que lo has pensado. Sé que has soñado con muchas cosas que podríamos hacer juntos.

—¿Quieres decir además de hacerte cambiar de opinión? —Me aparto para poder mirarlo a la cara, con los ojos rojos por las lágrimas. Lo definitivo que es un solo año hace que mi cuerpo entero lo comprenda. Cuando solo era cosa mía, me daba menos miedo. Como si pudiese irme flotando y dejar a mi paso solo unas ondas ligeras que demostraran que había estado allí. Pero ahora el peso es doble. Dos piedras que se hunden hacia las profundidades, hacia lo desconocido.

—Para, Evelyn. Ya hemos tenido bastante esta noche.

Decido darle un poco de margen, porque el cansancio tampoco me deja pensar, así que cedo, si bien solo por el momento.

—Ya sabes la respuesta —le digo, meneando la cabeza—. Pero es una tontería. No es posible. No sabría cómo o si podría…

—¿La sinfónica? —termina él por mí, cuando dejo de hablar.

Echo un vistazo hacia el estudio iluminado por la luz de una lámpara en el que se encuentran nuestros pianos. El piano Steinway, negro y brillante, que ya casi nunca toco. Una joya musical que mi padre compró allá por los años veinte y que le rogué que me dejara tocar, pero que siempre me pareció que lo hacía de forma inapropiada y casi hasta imprudente, como si alguien se pusiese a bailar en medio de un museo, cuando lo hacía bajo el ojo crítico de mi madre. Prefiero el Baldwin, el que Joseph compró de segunda mano, con su madera cálida y de color miel, sus teclas amarillentas, el banco que puede guardar partituras bajo su asiento que se abre, el cojín que se hunde en el centro. El piano con el que le enseñé a Jane a tocar, con el que intenté enseñarles también a Thomas y a Violet, aunque con ellos nunca cuajó. Con el que di clases a alumnos principiantes y con el que entretenía a los invitados cuando los niños eran pequeños y cada estancia de La Perla estaba a tope, con conciertos espontáneos en mitad del salón que hacían que la casa rebosara de música y que las parejas se pusieran a bailar entre risas contentas.

Aquello que más anhelo en mi lista de sueños es tocar en la Orquesta Sinfónica de Boston. He practicado toda mi vida solo por cumplir ese sueño, tan vivo que hasta creía oír los latidos de su corazón. Es una ambición poco práctica e inalcanzable que brotó en mi interior cuando aún albergaba esperanzas para emprender un camino distinto en la vida, una que no he conseguido apaciguar por mucho que la lógica, la razón y el camino tan distinto que he acabado recorriendo me digan que no podrá ser. Ni siquiera ahora, tan cerca de mi final. No pienso reconocer lo absurdo que ha sido ese sueño, lo ridículo que resulta a estas alturas. Mi idea parece algo pequeño y egoísta en comparación con la furia que he visto en el rostro de mis hijos. Solo que, pese a todo eso, la idea no se va, permanece en mi interior, plenamente consciente de cómo los minutos se van agotando.

—Tendremos que encontrar un modo de despedirnos —repongo, en su lugar.

DOS

Joseph

Junio de 1940

Corto camino por el campo en dirección a la casa de Tommy y Evelyn, con sus tejas de cedro que relucen por el rocío bajo la luz sonrosada de la mañana. Hace un tiempo su jardín estaba salpicado por árboles que dejaban caer sus hojas y sus agujas, además de unas piñas pegajosas por la savia. Solo que ahora el camino está despejado, ya que un huracán arrancó los árboles de raíz. En invierno, este prado que nos separa se cubre de nieve y se vuelve peligroso; dejamos manchas oscuras con nuestras botas al caminar o al resbalarnos para abrirnos paso sobre su superficie congelada. En otoño se vuelve dorado, pues la hierba se seca y cruje al pisarla. La primavera lo llena de barro cuando empieza a derretirse la nieve, y todo parece desganado y sin vida, un caos de huellas que se entrecruzan. Y luego hay días como este, en los que el sol sale despacio, las plantas florecen, el terreno se seca y vuelve a absorber la humedad y la lluvia da paso al canto de las aves. Las flores silvestres brotan sin ton ni son, decididas, y el campo entero se tiñe de color morado.

Ya casi he llegado a su casa cuando Evelyn sale de sopetón por la puerta principal y la cierra dando un portazo.

Tommy sale un segundo después que ella.

—¡Ev, no te vayas! —la llama, a voz en cuello—. No puedes chillarle a mamá e irte corriendo.

—¿Por qué no? ¿Crees que me va a echar de casa o algo? —se burla Evelyn, tras darse media vuelta para responderle a su hermano.

—¿Qué pasa? —Corro un poco para alcanzarlos, y Tommy va algo más lento para permitírmelo. Evelyn sigue avanzando hecha una furia hacia la playa Bernard por delante de nosotros.

—¿No te parece que le estás dando la razón? Ya cree que eres una salvaje.

—Ya verá lo que es ser una salvaje.

—Y también una desagradecida.

—¿Por qué tengo que darle las gracias? —Evelyn suelta una risa, incrédula—. ¿Por pasarme los dos próximos años aprendiendo a hacer una reverencia? No quiero vivir como ella. Sola en casa y a la espera de que papá vuelva del trabajo, todos los días de Dios. —Se pone a correr una vez más y chilla por encima del hombro—: ¡Antes muerta!

—¿A qué vienen tantos gritos? —pregunto.

—Mi madre quiere mandar a Ev a Boston para que viva con la tía Maelynn.

—¿Qué dices? —Me detengo en seco, mientras que Tommy sigue avanzando.

—Cuando acabe el verano. Lo sé. Tampoco nos ha sentado bien a nosotros. —Me hace un ademán para que continúe andando a la par que me pone al corriente de este giro tan raro en nuestra vida.

—No entiendo nada. ¿Maelynn?

—La misma que viste y calza.

Según sé, la señora Saunders y su hermana llevan décadas sin hablarse, y ninguno de nosotros la conoce. Maelynn huyó de casa a los diecisiete, pero la historia es un poco confusa y con varias versiones, pues ha pasado de boca en boca por todo el pueblo. Se la conoce por alocada y por nunca andarse quieta, así que no tiene nada de sentido que quieran mandar a Evelyn con ella.

—¿Por qué querría tu madre que Evelyn fuese a vivir con ella?

—Cree que Ev necesita un empujoncito en todo eso de comportarse como una dama, y parece que Maelynn es profesora en un internado para señoritas. El centro de no sé qué de la señora Mayweather o algo así. Según parece necesitas algún contacto dentro para que te acepten.

Nos acercamos a Evelyn, que ya ha llegado a la playa como si fuese un animal salvaje, sin hacer movimientos bruscos, y nos sentamos a su lado en la arena. Ella no nos hace ni caso, pues sigue hirviendo de furia.

Tommy escoge un guijarro, gira la muñeca y lo manda a volar por encima del agua, donde da uno, dos y tres saltos.

—Ev, no lo estás viendo como debe ser. Esta es tu oportunidad para escapar de Stonybrook. Para vivir en una ciudad de verdad y conocer a nuevas personas. Para vivir una aventura. Qué no daría yo por algo así.

—Pues te cedo mi lugar encantada de la vida —farfulla ella, con el cabello cubriéndole el rostro como una cortina. Es una Evelyn que no he visto antes: sus mejillas salpicadas de pecas por el sol suelen estar estiradas en una sonrisa, pero ahora están tensas y marchitas.

—¿Para ir a una escuela llena de chicas? ¡No se hable más! —Tommy me da un codazo, con una sonrisilla traviesa.

Sentado al lado de los hermanos, me sorprende lo mucho que se parecen. En unas pocas semanas tendrán quince y diecisiete, pues cumplen años con dos días de diferencia, aunque esa no es la razón por la que la gente suele pensar que son mellizos. Ambos comparten una confianza que yo nunca he tenido, una certeza en su propia persona que siempre he envidiado, un carisma que suele meterlos en líos con suma facilidad (y en ocasiones, a mí junto a ellos), pero que también consigue hacer que se libren. Siempre han estado muy unidos, porque además de hermanos son mejores amigos, y eso es algo de lo que yo nunca he disfrutado al criarme en un hogar como hijo único. Sin compañía, aunque nunca solo, dado que ellos me acogieron como si fuese el naipe que les hacía falta en su baraja.

Juntos, corríamos hacia la orilla, por el camino terroso que en noches de luna llena solía inundarse. Tommy lideraba el grupo, y para el final de cada verano se nos habían endurecido las plantas de los pies por las rocas afiladas y la arena hirviente. Nadábamos hasta la Roca del Capitán, una masa de tierra sumergida que sobresalía del agua y que era una advertencia para que los marineros no acercaran sus embarcaciones, y tanteábamos hasta dar con los mejillones que se aferraban a los lados resbalosos de la piedra como si fuesen racimos de uvas. Sacábamos los suficientes para llenar un cubo y luego volvíamos nadando hasta el muelle de madera, donde nos tumbábamos, exhaustos y empapados, para secarnos bajo el sol del mediodía. Abríamos las conchas marinas con nuestras propias manos para revelar sus centros babosos, blancos o de color naranja brillante, los atábamos a un gancho con una cuerda y nos sentábamos uno al lado del otro, con nuestras cañas improvisadas entre las piernas, a la espera de que algún cangrejo picara. No recuerdo cómo fue nuestro primer encuentro, y quizás eso se deba a que no hubo uno como tal, pues nuestras familias llevan siendo vecinas desde hace muchas generaciones. Nunca ha habido un «antes» de Tommy y Evelyn, la verdad. Intento imaginar lo que serán los siguientes dos años sin ella y lo único que puedo ver es la huella de la arena entre ambos, donde debería estar.

—Seguro que esas chicas son insoportables —dice Evelyn, dibujando círculos en la arena entre sus rodillas con un palito.

—Seguro que no —la tranquilizo.

—Y si son insoportables pero guapas, me las mandas para aquí, ¿vale? —le dice Tommy.

Evelyn le da un puñetazo en el hombro, aunque al menos está sonriendo.

Tras pasar todo el verano juntos, se marcha, con la certeza de que solo podrá volver el próximo verano. Tommy y yo pasamos el año como solemos hacer: dividiendo nuestro tiempo entre la escuela, intercambiando noticias sobre la guerra y ayudando a mis padres a reconstruir la pensión que sufrió daños por el huracán de 1938.

Aunque la tormenta azotó hace dos años, el recuerdo sigue presente como un hierro caliente que deja su marca tras de sí. Ese día de septiembre empezó cálido y húmedo, como cualquier otro día de aquel verano. Tenía quince años por aquel entonces. Tommy, Evelyn y yo nos fuimos a nadar a la orilla después de clase y mi madre se puso a destender las sábanas cuando empezó a llover. Y entonces llegó, como algo vivo y enfurecido. La soportamos encerrados en el ático, con unos huéspedes muertos de miedo que se aferraban a unos baúles pesados y entre ellos, mientras las contraventanas se azotaban con fuerza debido a las ventiscas y al martilleo de la lluvia. El agua comenzó a inundarlo todo, se coló por puertas y ventanas, derribó arces de más de cien años, arrancó cables eléctricos y arrastró muchos muebles que flotaron por las calles.

Cuando acabó, salimos empapados y asustados, abriéndonos paso entre el desbordamiento y el barro, sin saber cómo afrontar las consecuencias. Los postes del muelle se habían partido como si se tratara de mondadientes, las cabañas en primera línea de mar se habían caído de sus soportes hacia la costa o habían terminado derruidas, nada más que un montón de restos inservibles. Tommy y Evelyn me encontraron al lado de una bañera de porcelana que se había volcado, y los tres nos quedamos allí plantados en silencio. Mi madre cayó de rodillas sobre la tierra húmeda y batida, se aferró a las raíces expuestas de un pino que había quedado arrancado de nuestro jardín y rompió a llorar. Mi padre, a su lado, la rodeó con fuerza para calmar sus sollozos.

El hogar de los Saunders volvió a su espléndida normalidad tan solo unos pocos meses después del huracán. El señor Saunders les pagó a algunos de sus trabajadores para que quitaran las paredes de yeso enmohecidas, arrancaran la moqueta y lo reconstruyeran todo mientras que él volvía a trabajar en su oficina. El único indicio de que el terreno había sufrido daños era el amplio jardín, que antaño había estado cubierto de árboles maduros.

En mi casa, la tormenta sigue siendo un enemigo reciente; mi padre se distrae durante las cenas, con la mirada perdida en las estancias vacías y las paredes improvisadas. Gracias a la insistencia de Tommy, el señor Saunders le ofreció un trabajo en la cadena de montaje de su fábrica, Motores y Embarcaciones Groton. Mi madre trabajó a tiempo parcial para la Cruz Roja entregando provisiones mientras el programa de la Administración de Proyectos de Obras del gobierno de Roosevelt se encargaba de ofrecer puestos de trabajo a miles de ciudadanos para despejar las calles. Según mi padre, se trataba de algo temporal hasta que pudiésemos ahorrar el dinero suficiente para volver a poner en funcionamiento La Perla. Sin embargo, dos años después de eso, sigue encerrándose en el garaje no bien termina de comer y hasta bien entrada la noche, para construir muebles desde cero de unos restos de madera. Mi madre limpia una y otra vez una pensión que ha dejado de serlo, mientras contempla a mi padre con ojos preocupados por la ventana, a la silueta que dibuja la única bombilla que cuelga sobre su cabeza. A veces los descubro abrazados, cuando mi madre ha decidido que se ha hecho bastante tarde ya y cruza el jardín húmedo para ir a buscarlo y hacer que vaya a la cama. Le rodea la cintura con los brazos hasta que él finalmente se da por vencido.

Si bien no hemos cambiado nuestra rutina, Stonybrook me ha parecido muy distinto estos meses sin Evelyn, y voy por la vida con un nudo en el estómago como si hubiese olvidado algo, pero no supiese qué es. Sigo esperando que aparezca de pronto, que apriete la nariz contra alguna ventana o que nos siga con la bici por el camino por el que volvemos de la escuela. Ya sabía que Tommy lo iba a pasar muy mal sin su hermana, pero me sorprende lo mucho que a mí también me afecta su ausencia.

—¿Recuerdas cómo Evelyn persiguió a los gemelos Campbell con uno de esos cangrejos gigantes cuando éramos pequeños? —Dejo de pintar, con la brocha suspendida sobre las nuevas cornisas de las ventanas. Según pronuncio las palabras, noto un pinchazo, una sensación que no reconozco. No puedo dejar de pensar en ella. En Evelyn, quien se ponía los monos que a Tommy ya le iban pequeños, quien echaba la cabeza hacia atrás para soltar unas carcajadas a todo pulmón cuando algo le hacía gracia, quien se arrodillaba sobre la arena húmeda para desenterrar almejas navaja con las manos desnudas.

Tommy suelta una risita.

—Esperemos que, por el bien de todos en Boston, no haya cangrejos gigantes por allá.

—¿Crees que la devolverán pronto? Que la echarán por mala conducta o algo así —pregunto, en un intento por sonar despreocupado.

—¿Lo preguntas en serio? Me sorprendería mucho si es que vuelve algún día.

—¿A qué te refieres?

—A que Stonybrook es un muermo. Si me mandaran a mí a Boston, no volvería nunca.

—¡Qué dices! Si a Evelyn le encanta el pueblo.

Tommy se pasa un brazo por la frente, con lo que se deja una mancha de pintura blanca en ella.

—Le encantaba el pueblo, pero porque no había ido a ningún otro sitio. ¿De verdad quieres quedarte a vivir para siempre aquí?

Nunca había pensado en eso. Le echo un vistazo al edificio de La Perla, el cual construyeron mis bisabuelos allá por 1800, con sus paredes salpicadas de moho y sus tablones medio podridos que reemplazaremos en algún momento para volver a poner la pensión en funcionamiento. Algún día será mía, criaré a mi familia aquí como hicieron mis padres y los padres de ellos. Cuando tenga hijos, estos serán la quinta generación de Myers que vivan en el estrecho de Long Island. Cinco generaciones que habrán correteado por la misma arena, que habrán aprendido a nadar en las mismas olas. No hay otro lugar en el mundo que se haya hecho sitio en mi alma de forma tan profunda, ningún otro lugar al que pertenezca de verdad, el único lugar en el que me siento en casa.

—Para mí, Stonybrook es más que de sobra.

No puedo evitar notarla en cuanto baja del tren, como una baliza en medio de todo el gris de los trajes y sombreros formales de los hombres. Y no la reconozco hasta que prácticamente ha llegado hasta donde estamos. Incluso Tommy se sorprende, pues había estado estirando el pescuezo entre la ajetreada estación de New London para dar con el rostro conocido que estaba buscando hasta un par de segundos antes de que ella le lanzara los brazos al cuello. Habíamos estado esperando a Evelyn. Pero la chica —la mujer— que parece flotar hacia nosotros, que lleva una maleta de cuero y que sonríe a los demás pasajeros mientras se abre paso por la multitud, es una completa desconocida.

El vestido le abraza las curvas del cuerpo de forma muy ceñida y es del color de las violetas silvestres que crecen en el campo que hay entre nuestras casas. Lleva el pelo hacia un lado y sujeto con un peinado que le realza la mirada. Su figura se ve muy delgada y femenina, en lugar de simplemente pequeña. Incluso lleva tacones en sus zapatos brillantes, por mucho que en todos mis recuerdos haya ido descalza. Un tren hace sonar su bocina desde lejos, mientras que el calor de principios de verano se vuelve cada vez más agobiante. Noto una presión en el pecho y la boca seca.

Tommy la sujeta de los hombros para apartarla a casi un brazo de distancia.

—¿Dónde has dejado a mi hermana? —La obliga a dar una vuelta completa y hace como que busca detrás de su espalda—. ¿Qué le han hecho a Evelyn?

Tommy siempre me ha parecido más alto de lo que en realidad es, con sus gestos animados y su voz fuerte se hace dueño de cualquier lugar incluso antes de poner un pie en él, pero ahora que Evelyn va en tacones casi son de la misma estatura. Esta suelta una risita, e incluso eso consigue llenarme de calidez. Se vuelve hacia mí y me abraza por la cintura. Huele a una flor que no consigo identificar.

—Me alegro mucho de veros, no os hacéis una idea de cuánto —nos dice, radiante, mientras entrelaza los brazos con los nuestros. Alza la ceja como es su costumbre antes de contarnos una de sus historias—. No os vais a creer el año que he tenido.

Tommy asiente.

—Sea lo que sea que hayan hecho contigo, Ev, parece que ha funcionado. Harás que le dé un infarto a mamá.

Evelyn echa la cabeza hacia atrás para soltar una carcajada. Una calidez que parece venir del mismísimo sol se me extiende por el pecho, mientras noto sus dedos hirviendo contra la piel. Me echa un vistazo, para luego bajar la vista hacia sus zapatos y soltarnos.

—No os dejéis engañar. Pensé en venir hecha un cristo, pero no quiero que explote. Además, la tía Maelynn se ha arriesgado mucho por mí y no quiero que mamá le ponga las cosas más complicadas. Dejémoslo en que no le caigo en gracia a la directora precisamente.

—¿Me lo dices o me lo cuentas? —dice Tommy.

—¿Y cómo es Maelynn? —le pregunto—. ¿Es como la describen todos los rumores?

—Sí, tenéis que conocerla algún día. Es increíble. Es la única que da clases interesantes. Leímos a Faulkner y a Woolf y a las hermanas Brontë y... —Se percata de nuestras miradas confusas—. Vale, que no tenéis ni idea de lo que os estoy contando, pero creedme: es una maravilla. Todas las chicas la adoran. Cuesta creer que nuestra madre y ella sean hermanas de verdad.

Tommy ladea la cabeza, listo para calmar las aguas entre Evelyn y su madre, como de costumbre.

—No es tan mala, Ev.

—Para ti es fácil decirlo. —Evelyn lo mira con intención—. Eres su hijito perfecto y maravilloso. —Por muy estricta que sea la madre de Evelyn con ella, cuando su hijo le dedica su atención, la mujer se derrite y cede a lo que sea que le pida. Solo entonces su fachada de acero parece quebrarse un poquitín.

—Bueno, es que soy perfecto y maravilloso —le dice Thomas, guiñándole un ojo.

Evelyn menea la cabeza y vuelve a entrelazar los brazos con nosotros.

—En fin, ¿le haríais el honor a esta dama de acompañarla a su morada, buenos caballeros? —pregunta, con unos modales de lo más exagerados.

Tommy le hace un ademán con su sombrero invisible antes de recoger su maleta. Yo suelto una carcajada que se me escapa más aguda de lo normal y hace que me avergüence. Es como si tuviera los sentidos de punta, pues noto lo suaves que tiene los antebrazos por debajo. Evelyn cuadra los hombros, alza la barbilla y se dispone a sonreírle de forma exagerada a todo aquel que se cruce con nosotros.

Durante las siguientes noches, sueño con ella, siempre enfundada en su vestido violeta o paseando por un campo de flores silvestres o completamente desnuda y poniéndose flores en el pelo. No recuerdo ni un día en el que Evelyn y yo hayamos estado solos, pero ahora es lo único que se me antoja. Necesito ver cuánto ha cambiado, si aún queda espacio en su vida en el que pueda encajar yo. Me sorprende lo poco que la conozco, incluso tras haber pasado toda la vida creciendo juntos al lado del mismo mar.

Aun con todo, siendo sincero, agradezco el tiempo que hemos pasado separados, porque no sé cómo se tomará Tommy lo de mis nuevos sentimientos y no dejo de sonrojarme al pensar en lo que sueño. Es mi mejor amigo, lo más cercano que he tenido a un hermano. ¿Cómo puedo esperar que comprenda este cambio en mí? La necesidad de hacer reír a su hermana menor, de cogerle la mano.

No puedo pedirle a Evelyn que salga conmigo así sin más, con un simple silbido como hace Tommy con las chicas del pueblo. Esas chicas que sueltan risitas porque saben que le encanta ligar y aun así se enamoran de él. Tommy siempre me pide que vaya con él para que sirva de acompañante para la otra chica, la amiga de la que ha capturado su atención. Y a veces esas chicas se inclinan hacia mí y nos besamos, pero el corazón nunca se me acelera cuando nuestros labios se tocan.

Ni siquiera sé qué pensar. Es Evelyn, por el amor de Dios. Evelyn, quien solía pelear con nosotros en la arena, retarnos para ver quién escupía más lejos y zamparse montones de zarzamoras sin que le preocupara ensuciarse la barbilla con el jugo de las frutas. Evelyn, quien solía echárseme encima y exigir que la llevara a caballito, quien se reía tanto de los chistes de Tommy que hasta hipo le entraba. Evelyn, quien ha pasado a echar los hombros hacia atrás para acentuar las curvas de su figura bajo la tela de su vestido. Cuyo aroma tan dulce me atrae como si se tratara de un hechizo y cuyo toque hace que me fallen las rodillas. Evelyn, quien solo pasará el verano con nosotros, para luego volver a esa escuela en Boston.

Hoy Tommy tiene el día libre, así que ambos se pasan por la pensión de camino a la playa y me insisten en que me escabulla unas cuantas horas.

—Por los viejos tiempos —me dice Tommy, lanzándome una toalla a rayas a la cara—. Antes de que Evelyn vaya y se convierta más en una señorita.

Sonrío.

—Dios no lo quiera —digo, con lo que me gano una carcajada de parte de Evelyn y mi sonrisa se ensancha, con timidez.

Lleva un vestido amarillo de algodón sobre su traje de baño y nos conduce por la calle Sandstone hasta la playa Bernard. Me la imagino desabrochándoselo y deslizándoselo por encima de los hombros para quitárselo. Doy gracias porque mis pensamientos sean solo para mí, por mucho que sigan sorprendiéndome, aunque no por ello sean menos bienvenidos. Las gafas de sol le ocultan los ojos y me preguntó de qué color serán en este momento, qué tonalidad exacta de verde o azul.

Si bien siento la arena fría bajo los pies en plena mañana, no seguirá siendo así por mucho tiempo, pues noto el sol intenso quemándome la nuca. Evelyn lanza sus gafas sobre una manta y corre hacia el agua, hacia la marea creciente. Se deshace de su vestido en el camino y este vuela a sus espaldas antes de caer arrugado sobre la arena. Salpica con los pies en la espuma del mar y suelta un gritito por el frío cuando se adentra en el agua y se impulsa para atravesar una ola suave. Tommy y yo dejamos nuestras toallas y nos quitamos la camiseta antes de correr tras ella. Me sumerjo hacia el agua helada que me empapa la piel, me tapona las orejas y hace que todo desaparezca al envolverme por completo. Cuando salgo a la superficie, el aire vuelve de pronto y oigo todos los sonidos con extrema claridad. Evelyn flota de espaldas, los dedos de los pies se le asoman por encima del agua y también sus pechos, llamativos, mientras que su rostro pálido brilla como el interior de una caracola. Cuando las olas se calman, capto un vistazo de su tripa, muy blanca, como si fuese un atisbo de la luna, antes de que se sumerja otra vez. Tommy va a lo suyo, con sus brazos bien bronceados por su trabajo en el astillero que entran y salen de las olas según nada cada vez más lejos de nosotros.

Aunque podría ponerme de pie, sigo flotando para no perder el calor y quedarme cerca de Evelyn, sin dejar de contemplar cómo el agua se le junta en la barriga y se derrama conforme ella flota en la suave corriente.

—Me alegro de que hayas vuelto —le digo en voz baja y mientras tiene las orejas un poco por debajo del agua. Evelyn no me contesta, lo que me hace pensar que no me ha oído. Pero entonces suelta un suspiro, no de frustración ni de cansancio, sino de felicidad; una exhalación tan plácida que no ha podido retenerla más en su interior.

—Me alegro de haber vuelto —dice ella, tras algunos segundos. Abre los ojos y se pone a observar los cúmulos de nubes que flotan sobre nosotros. La piel se le arruga por el frío, pues el mar en junio no se ha calentado lo suficiente aún, no para resultar solo refrescante como ocurre en julio y desde luego no para darse un buen chapuzón como en agosto. Un montón de algas de color cobrizo le flotan cerca de los muslos y terminan alejándose por donde han venido.

—Te he echado de menos —le digo, antes de que pueda arrepentirme. Y, justo al terminar de soltarlo, entro en pánico. Estoy siendo demasiado directo, nosotros no solemos hablarnos así. Quizás Evelyn no haya cambiado en absoluto. O quizás haya cambiado demasiado. Quizás debería cerrar el pico y dejarla flotar bajo las nubes, ligera y libre.

Evelyn se incorpora para mantenerse a flote a mi lado.

—Vaya, vaya, Joseph… —Me sonríe, ladeando un poco la cabeza en una expresión muy propia de su hermano que hace que el estómago se me haga un nudo por la culpabilidad—. No me digas que por haber vuelto a casa con apariencia de ser toda una dama, ahora te vas a comportar como un caballero.

—Me refería a que… —Entorno los ojos, dándole las gracias al sol por ser tan brillante y darme otra razón que justifique el sonrojo que me embarga— Tommy y yo te hemos echado de menos.

—Ajá —dice, alzando las cejas—. Si no te conociera como a la palma de mi mano, diría que te estás enamorando de mí.

Hace una pausa, sin dejar de mirarme a los ojos, y noto que hoy los suyos son de lo más azules. Abro la boca para contestarle, pero no me salen las palabras. Ella se echa a reír y le pone fin a mi mirada llena de culpabilidad.

—Que es broma, hombre, no te asustes —me dice, antes de sumergirse. Tommy se nos está acercando, dando unas brazadas fuertes y constantes. Al llegar hasta donde estamos, se pone de pie.

—Un chapuzón siempre está bien para despejarnos, ¿eh? —dice, sacudiendo la cabeza de forma deliberada para quitarse el agua de las orejas—. ¿Listos para volver?

—No, ni loca. El agua está perfecta, no pienso salir nunca. —Da pataditas en el agua como si fuese una sirena, estira las piernas solo para volver a doblarlas—. Si estuviese en clase estaría metida en un aula aprendiendo qué tenedor sirve para cada plato y cuál es la mejor forma de saludar a mi marido después de un largo día en el trabajo.

—¿Tú con marido? —Tommy le lanza un poco de agua—. Dime que no te enseñan todas esas tonterías.

—Te lo juro, tal cual. —Evelyn se retuerce el pelo mojado hasta recogérselo a la altura de la nuca.

—Pero ¿te gustó? ¿Algo de todo eso te pareció útil? —le pregunto, intentando hacer como que no me preocupa demasiado. Un mechón se le suelta del recogido y tengo que impedirme estirar una mano hacia él.

—Lo que echaré de menos este verano son los fines de semana que pasaba con Maelynn. Íbamos a todos lados, al parque Fenway y al MFA; ese es el museo de Bellas Artes, por cierto. ¡Ah! Y a veces escogía un número al azar y ese era el número de paradas que tomábamos en el tranvía hasta bajarnos y explorar la zona que nos tocara. No le tiene miedo a nada ella.

—Suena muchísimo mejor que aquí, la verdad —comenta Tommy.

—Oye, que aquí no estamos tan mal —repongo.

—Por desgracia, la mayor parte del tiempo que pasé en la escuela fue bastante horrible. Clases de buenos modales y de costura y de cómo vestirnos de forma apropiada y puaj, me aburro solo de recordarlo. Lo único que me mantuvo a flote todo ese tiempo fue que podía tocar mucho el piano. Maelynn me consiguió clases particulares, fue un encanto.

Solo la he oído tocar un par de veces, cuando la música me encontraba sentado en el porche esperando a Tommy esas noches en las que ya era demasiado tarde como para que Evelyn saliera con nosotros. Casi nunca entraba en su casa; a la señora Saunders no le agradaba nada el alboroto que montábamos cerca de sus espejos caros y sus muebles refinados. Sin embargo, en ocasiones en las que la puerta se quedaba entreabierta, conseguía atisbar a Evelyn bañada por la luz cálida de una lámpara. Prácticamente era el único momento en el que su madre toleraba su presencia en la casa, cuando sus dedos danzaban por las teclas y el piano de color azabache intenso soltaba su melodía bajo su roce. En esos momentos, Evelyn me parecía una desconocida, con su cabello húmedo tras haber salido de la ducha, elegante y concentrada, con un talento innegable. Incluso yo podía verlo, alguien que solo escuchaba música cuando su padre la ponía. Y él era un hombre corpulento a quien le encantaba atraer a mi madre entre sus brazos para bailar en nuestro salón lleno de huéspedes que hacían lo mismo, pero también después, cuando se quedaban solos.

—¿Un encanto? Ay, Ev, pero ¿qué te han hecho? —Tommy se cubre la cara, meneando la cabeza.

—Sí, lo sé. La mayoría no eran más que patrañas que me ponían de los nervios, pero... —Deja de hablar un segundo, con una sonrisa adornándole los labios—. Es que la gente me trata distinto cuando me comporto como me han enseñado. Cuando me pongo un vestido apropiado y me arreglo el cabello. Sigo siendo yo, pero no sé... Da igual.

—Me estás diciendo que te gusta cómo te miran los chavales del pueblo ahora que has vuelto, ¿eh? De tal palo, tal astilla. —Tommy la vuelve a salpicar, y yo siento un peso en el estómago al pensar en otros muchachos del pueblo comiéndose con los ojos a Evelyn, notando su presencia.

Evelyn le devuelve el salpicón con tanta fuerza que nos empapa a ambos.

—No es cierto; bueno, quizás un poco... Pero voy a que cuando te comportas de cierto modo, la gente te trata distinto. Y ya está. Está bien. —Se pone de pie, acunando un poco de agua entre las manos para dejar que se le deslice entre los dedos.

—Pues sí que te estás haciendo mayor, Ev. —Tommy chasquea la lengua—. Te has vuelto muy lista y bienhablada. Estoy muy orgulloso de ti. Aunque supongo que eso significa que ya no podrás... no sé..., echarte una carrera con nosotros hasta la Roca del Capitán o así. Porque no querrías echar a perder tu nueva imagen... —termina, alzando las cejas.

Evelyn alza las suyas como toda respuesta, con los ojos muy abiertos.

—¿Me estás retando?

—Jamás se me ocurriría retar a una señorita...

Y no puede terminar de hablar porque Evelyn se ha vuelto a sumergir, dispuesta a empezar la carrera. Hago lo propio y veo que sus piernas entran y salen del agua mientras nada por delante de mí. Tommy es el último, entre carcajadas que hacen que nade un poco a trompicones. Si bien nadar no se le da mal, yo tengo los brazos y piernas más largos y soy más rápido. Salgo disparado hacia adelante, moviendo brazos y piernas, y los salpicones de Evelyn me llegan por un lado. Vamos empatados, nadando juntos pero separados. El agua parece estar llena de electricidad entre ambos y, cuando llegamos a la piedra lisa y cubierta de algas al mismo tiempo, estiro una mano para tocarla, pero lo que encuentro es la suya. Salimos a la superficie y ella se escapa de mi agarre para apartarse el pelo de la cara, con la respiración entrecortada y los labios azules por el frío.

Las palabras de Tommy me dan vueltas por la cabeza y hacen que se me revuelva el estómago. «Me estás diciendo que te gusta cómo te miran los chavales del pueblo ahora que has vuelto, ¿eh?». Y entonces mi propio pensamiento las sigue sin mi permiso: *Evelyn, quien solo pasará el verano con nosotros, para luego volver a esa escuela en Boston.*

El agua nos cubre hasta los hombros, ondula a nuestro alrededor y puedo notar su sabor salado en los labios. El corazón me late a toda prisa y tengo la piel ardiente y entumecida al mismo tiempo. Clavo la vista en sus ojos: profundos y en calma, como el mar abierto. Atentos y a la espera.

Cuando vuelvo a estirarme para darle la mano, esta vez no se aparta.

A la semana siguiente, le llevo flores a Evelyn: un puñado de violetas silvestres que crecen en el campo entre nuestras casas, con sus pétalos morados con detalles blancos y dorados. Llamo al llegar, avergonzado ahora que me encuentro plantado frente a su puerta con mi ramo mediocre, sin saber cómo va a recibirme, pero la sonrisa que me dedica al verme me tranquiliza. Le entrego las flores como si fuesen una ofrenda, una explicación, una esperanza.

—Ese vestido que traías cuando llegaste... Estabas muy guapa y me recordó a estas flores, así que... He pensado que te gustaría tener unas cuantas.

Tras ello, recogía violetas y las escondía para que las encontrara, como si fuese nuestro código secreto («Estas flores me recuerdan a ti») para hacerla sonreír, para hacer que ella también pensara en mí. Me gustaba la idea de imaginarla encontrándolas por todos lados: en un jarrón junto a su puerta, en sus bolsillos, entre las páginas de sus libros favoritos.

Las semanas pasaron entre miradas furtivas y gestos de afecto discretos. Su brazo rozando el mío, mi rodilla apretada contra la suya bajo una mesa, nuestros dedos entrelazados en la oscuridad mientras el resto de mí vibraba por la incredulidad. *Ella también me quiere.* Sin saber cómo iba a reaccionar su hermano, nos ponía nerviosos la idea de desvelar nuestro secreto, de ponerle nombre, incluso entre nosotros mismos, de hacer que fuera real y que pudieran arrebatárnoslo.

Si bien el verano acababa de empezar, el inicio oficial llegaba más o menos cuando Evelyn y Tommy cumplían años, justo después del Día de la Independencia. Este año, para celebrar que los hermanos cumplían dieciséis y dieciocho años respectivamente, la señora Saunders hace una excepción y me permite acompañarlos a cenar: cerdo asado con unas patatas lo bastante tiernas como para triturarlas con el tenedor, además de un bizcocho de limón suavecísimo.

—Incluso en mi cumpleaños quieres ser la estrella —le reprocha Tommy a su hermana, mientras enciende las velas.

Evelyn le da un empujoncito cariñoso.

—Venga ya, si soy el mejor regalo que podrías haber pedido. —Su hermano le dedica una sonrisa y ambos soplan las velas a la vez.

Al acabar, nos vamos a la playa Bernard para ver el atardecer y unos cuantos fuegos artificiales que quedaron de la celebración de ayer y que adornan el cielo nocturno con chispas rojas y doradas más allá del muelle. Hace un poco de fresco, por lo que Evelyn se abraza a sí misma y yo debo contenerme para no atraerla hacia mis brazos. Me lamento por no haberme puesto una chaqueta que pueda ofrecerle, aunque ese gesto habría hecho que se disparen todas las alarmas de su hermano.

Tommy se pone de pie, con lo que deja una marca arrugada entre ambos en la manta en la que estamos sentados, y se saca la petaca plateada de su padre del bolsillo trasero de los pantalones.

—Vamos a darle un poco de vidilla a la fiesta, ¿qué os parece? —Bebe un largo sorbo, se sacude entero y le pasa la petaca a su hermana.

Evelyn la olisquea un poco antes de hacer una mueca.

—Huele fatal.

—No lo huelas, bebe. Ten, Joseph. —Tommy me pasa el whiskey y bebo un sorbito.

Tommy se enciende el cigarro que tiene entre los labios.

—Venga, Ev, ¡que ya tienes dieciséis! No me digas que una señorita no puede beber.

Evelyn mueve un poco los pies para enterrar los tobillos bajo la arena fría antes de liberarlos.

—Para ya con lo de ser una señorita. Sigo siendo la misma de siempre.

—Ah, pero es que no eres la misma de siempre —se burla su hermano, quitándome la petaca. Entonces la luz de uno de los fuegos artificiales le ilumina la expresión traviesa—. ¿Tú que crees, Joe?

Evelyn se tensa a mi lado.

—A mí me parece la Evelyn de siempre —contesto, encogiéndome de hombros, aunque la voz me tiembla un poco y tengo que clavar la vista en las rodillas.

Tommy bebe otro largo trago de whiskey, da una calada a su cigarrillo y deja que nos quedemos en un silencio incómodo antes de menear la cabeza.

—A ver, que no me molesta lo que hay entre vosotros. No pasa nada. Solo quiero que lo admitáis.

—Oye, ¿no deberías parar un poco? —le digo, haciendo un ademán hacia la petaca, pero él se aparta.

—Si acabo de empezar a beber. Mira, Joe, eres mi mejor amigo y, si quieres salir con mi hermana, tú mismo. Pero habría preferido que fueras de frente en lugar de andar besándola a escondidas. —No nos mira mientras habla y ni siquiera parece enfadado. Su voz suena vacía, decepcionada.

—¡No nos hemos andado besando! —chilla Evelyn, y suena como el neumático de una bici al perder aire. Si bien es cierto, no es más que un tecnicismo, en lugar de una explicación.

Entonces nos quedamos en un silencio lleno de los crujidos de los fuegos artificiales esmeralda y el vaivén constante de las olas. Veo la silueta de Evelyn contra la luz de la luna y me gustaría saber en qué está pensando, qué es lo que quiere que diga o que haga. Tommy lanza su Lucky Strike a medio acabar hacia la arena. Aunque la brisa hace que el vello de los brazos se me erice, por dentro ardo por la acusación que he recibido, por lo cierta que es. Por todos esos momentos en los que creíamos que estábamos siendo discretos y sutiles. Pues claro que Tommy lo sabía. He sido un idiota. Un idiota y un traidor.

Respiro hondo.

—Quería contártelo, en serio. Pero es que no sabía cómo ibas a reaccionar. No quería que me odiaras o que te pusieras como loco. No quería que nos lo prohibieras. Iba a contártelo... Solo estaba esperando el momento adecuado y... —Dejo de hablar, ya sin excusas que darle.

—¿Creías que os iba a prohibir que os vierais? —Tommy se echa a reír, e incluso en la penumbra soy capaz de distinguir cómo se va llenando de furia, como si fuese un temblor aunando fuerzas—. ¿Qué soy, su padre? —Baja el whiskey hasta que le queda colgando sin mucho cuidado desde las puntas de los dedos.

—No lo sé —vacilo, con la voz ronca por la incertidumbre—. Eres mi mejor amigo, no quería ser irrespetuoso.

Tommy me clava el índice en el pecho.

—Me habrías mostrado más respeto si me lo hubieras contado en lugar de andaros a escondidas. ¿Sabéis lo raro que me he sentido con vosotros? —Hace un ademán en dirección a la playa—. ¿Creíais que no veía lo que estaba pasando?

Evelyn mete baza para intentar aligerar el ambiente.

—Tommy, es que siempre estabas distraído con alguna chica que pasaba por ahí. —Intenta soltar una carcajada—. De verdad, no me imaginaba que te fueras a dar cuenta. —Se retuerce un mechón de cabello en un gesto nervioso que, a pesar de toda la tensión del momento, hace que el estómago se me llene de anhelo. Ya no hay vuelta atrás en lo que siento, no cambiaría nada.

—Lo siento mucho, Tommy. —Abro las palmas en un gesto de rendimiento—. En serio.

Tommy se queda callado durante una pequeña eternidad antes de soltar un suspiro de lo más dramático.

—Lo sé. Y sé que eres un buen hombre, Joe. Si estás lo bastante pirado como para querer estar con mi hermana, yo también lo estoy para permitírtelo. Solo quería dejar las cosas claras. La verdad es que no tengo ningún problema con ello. —Entonces hace una pausa para mirarme a los ojos y advertirme—: Siempre y cuando te cases con ella.

Evelyn se congela en su sitio, y yo me quedo con la boca abierta.

—Es que ni siquiera hemos hablado de... —tartamudeo.

—Vaya, que es broma —suelta Tommy, echando la cabeza hacia atrás para reírse a carcajadas—. Que estirados que sois. Venga, bebed un poco y relajaos, anda.

Ambos nos echamos a reír, y las carcajadas parecen aliviar la tensión. Como si hubiésemos salido de una cueva preparados para una tormenta y nos hubiéramos dado en las narices con el sol.

Tommy alza el whiskey que ha robado para hacer un brindis.

—Por Joseph y Evelyn. Que viváis una vida larga y feliz juntos, enamorados para siempre. —Nos sonríe antes de llevarse la petaca a los labios. Nos la vamos pasando y los tres damos sorbos que nos queman la garganta y nos hacen soltar risitas y sentirnos como tontos. Por fin libres bajo un cielo nocturno que se vuelve más y más borroso hasta que ya no podemos distinguir las estrellas.

Una vez que Tommy lo sabe, el resto del verano es muchísimo mejor de lo que me habría atrevido a soñar. No nos pasamos de cariñosos delante de él, pero no puedo evitar darle la mano a Evelyn ni apartarle el cabello de los ojos. Tommy menea la cabeza y nos llama tortolitos, antes de pasear la vista por ahí en busca de alguna chica en la que centrar su atención. Dado que trabaja en el astillero la mayoría de los días, Evelyn y yo solemos quedarnos solos. Va a verme a la pensión mientras yo me encargo de la lista de tareas que mi padre me ha dejado: reemplazo tablones del suelo que se han deformado, rodapiés podridos y tablillas sueltas. No me molesta tener que trabajar, pues pongo la mente en blanco mientras me dedico a mover cosas de aquí para allá, arreglar cacharros y lijar muebles. El trabajo manual me resulta reconfortante y me llena de orgullo ver los resultados de todo mi esfuerzo, el poder contribuir a un hogar que terminará siendo mío en algún momento. Es un modo de meterme en su historia, como he visto a mi padre y al suyo hacer desde que tengo uso de razón. Y jamás me molesta que me interrumpa. En ocasiones se queda leyendo sobre una manta en el césped que hay cerca o me sostiene la escalera y me pasa herramientas antes de que nos escapemos para pasar la tarde juntos nadando o tomando el sol sobre la cálida arena.

Esta tarde estamos tumbados en el muelle y buscamos formas en las nubes que hay en lo alto. Evelyn tiene el cabello húmedo y agitado por el viento, y yo descanso una mano en su muslo. Tocar su piel me resulta tanto emocionante como todo un consuelo, como si siempre nos hubiésemos tumbado así, como si nuestra relación nunca hubiese sido distinta. Me vuelvo para mirarla y absorbo cada detalle de su figura, como un pintor con su modelo, como un artista con su musa.

—¿Qué haces? —me suelta, sonrojada.

—¿De verdad quieres saberlo? —le pregunto, con una súbita timidez que no puedo evitar por la forma en la que me mira.

—Sí.

—Te estoy memorizando, tal cual eres a los dieciséis.

—Entonces me sorprende al admitirlo (*dieciséis*): quiero verla en todas sus edades y guardarme esta imagen para más adelante. Quiero buscar entre mis recuerdos este momento exacto, esta parte de nuestra vida juntos. El cuaderno que tiene guardado debajo de ella, con todas sus listas de sus sueños más secretos. Los lugares que quiere visitar, las aventuras que quiere vivir, las ideas que le recorren la mente desde que conoció a Maelynn. Sueños sobre los que me ha hablado, pero que aún no me deja leer. Sueños que garabateó mientras yacía tendida bocabajo sobre el muelle, viéndome nadar. Dieciséis años, con su piel bronceada y lisa, con la fina cicatriz que tiene en el codo y que se hizo cuando se resbaló un verano y se dio con uno de los bordes astillados del muelle. Su cuerpo es una balsa en la que podría irme flotando, a la deriva hacia la paz que me hace sentir.

Evelyn se acurruca a mi lado y me apoya la mejilla sobre el hombro sin camisa. Le rozo la frente con los labios y su cabello me hace cosquillas en el cuello.

—Es raro que no sea raro, ¿no crees? —me pregunta.

—¿Lo nuestro?

—Lo nuestro, sí.

—Me da la sensación de que se suponía que esto debía pasar. —Y, conforme lo digo, me parece que es cierto, como si alguna parte en mi interior siempre lo hubiese sabido. Nuestros destinos trazados y a la espera de que demos con ellos—. ¿Tú qué crees?

—Siempre lo he querido —contesta ella, y el estómago me da un vuelco al imaginarla imaginándose todo esto.

—Un año más en Boston y luego podrás volver para siempre —le digo, en voz baja—. Y podrás hacer lo que quieras… ¿Qué quieres ser, Evelyn?

Ella me sonríe, alzando la barbilla para mirarme a la cara.

—No sé… Quiero ser como Maelynn, alguien que haya visto el mundo, que tenga historias que contar. ¿Sabías que hay pianistas que hacen giras para tocar en distintos lugares? —Niego con la cabeza, y ella sigue hablando—. Maelynn me habló sobre ellos. Les pagan para tocar en una orquesta, ¿te lo imaginas? Quizás eso estaría bien. O tal vez me haga piloto y vuele a donde me dé la gana.

—No puedes ser piloto —le digo, en broma.

Evelyn alza las cejas al mirarme.

—¿Por qué? ¿Porque soy mujer?

Me echo a reír, encandilado con ella y con la forma en que parece creer que lo único que no existe en el mundo son sus propias limitaciones.

—Porque te dan miedo las alturas.

Chasquea la lengua, sin duda recordando todas esas veces en las que se acobardó y se negó a saltar de la parte más alta de la Roca del Capitán.

—Ah, conque ahora me conoces a la perfección, Joseph Myers.

—Conozco ciertas cosas —confirmo, en voz baja.

—Bueno, si eres tan listo, dime qué quieres ser tú, entonces.

—Tuyo. —El corazón me late a mil por hora, como las veces que corríamos a toda prisa por el sendero de tierra, con todos nuestros años juntos agolpándoseme en el pecho, mientras guío su barbilla hacia mí y, por primera vez, la beso.

TRES

Jane

Junio de 2001

M e siento frente a mi madre en el estudio, al lado del estante a rebosar de cuadros de fotos y novelas dañadas por el agua, en el Steinway. Con su brillo negro característico, es el piano que solía tocar cuando era pequeña, empecinada en distinguirme de ella, que siempre prefería el Baldwin. Hace décadas que no me da clases, que le he dedicado algo de tiempo de verdad al instrumento, pero, dado que no tengo un piano para mí, cada vez que vengo a casa de mis padres esta estancia parece llamarme. Sentarme en este banco me ayuda a recordar la persona que fui hace muchos años, cuando me alejé tantísimo de mi familia que estaba segura de que jamás iba a volver a hablar con mis padres ni mucho menos me iba a dejar envolver por el consuelo y la seguridad que me proporciona esta sala. Es imposible sentarme cerca de estos pianos y seguir estando perdida mucho tiempo, porque me encuentro en los miles de veces que mis dedos acariciaron estas teclas, conforme iba creciendo, se me estiraba la columna y los pies me llegaban hasta los pedales, con mi madre a mi lado y la música el único punto medio en el que podíamos encontrarnos.

No me permito mirarla ni contar todas las formas en las que ya ha cambiado y que, por alguna razón, no he notado. Las pequeñas imperfecciones que consideré propias del envejecimiento. No consigo obligarme a hacerle frente al verdadero culpable, aquel con el que no se puede discutir; el diagnóstico en el que debería estar centrándome, el que conseguiría acabar conmigo si no estuviese tan descolocada con lo que quieren hacer. No cuando es muchísimo más sencillo hacerle frente a la persona imperfecta que es mi madre, sumergirme en los años en los que no hacíamos nada más que pelear y extraer de ellos un escudo con el que resguardarme de lo que podría sentir. De lo que debería sentir, de hecho. No puedo ser complaciente con ella y ofrecerle mis condolencias sin reconocer en cierto modo que la decisión que ha tomado puede que esté justificada. No cuando lo han decidido sin nosotros, sin concedernos la oportunidad de ofrecerles un escenario distinto. No cuando «un año» es algo tan arbitrario, cuando bien podría tener muchísimos más. No cuando la búsqueda de detalles, hechos, fechas y todo lo que suelo hacer para asimilar bien una situación dará como resultado una madre que se está muriendo. Así que, en lugar de eso, toco algunas escalas con la mano izquierda, incapaz de resistirme al subconsciente de mi memoria muscular.

—¿Y de qué querías hablar? ¿Tienes otra sorpresita que contarme?

Es la primera vez que la veo, a los dos, en realidad (por mucho que mi padre esté convenientemente ocupado en el jardín para dejarnos solas), desde que nos soltaron ese anuncio tan absurdo. Desde que se nos presentaron a mis hermanos y a mí con un envoltorio de lo más agradable, con una mesa llena de aperitivos y nos hicieron preguntas sobre el trabajo antes de entregarnos la bomba que nos iba a explotar en la cara. Thomas se mantuvo en silencio y evasivo cuando lo dejé en la estación de tren aquella noche. No solemos hablar muy seguido; debido a nuestros horarios (yo grabo mis secciones en el estudio muy temprano por las mañanas y él trabaja hasta las tantas de la madrugada) prácticamente solo nos ponemos al día durante las fiestas y cuando alguien cumple años. Por tanto, fue toda una sorpresa recibir su llamada al día siguiente y oír sus exigencias sobre que teníamos que detener a nuestros padres antes de que fuese demasiado tarde. Y estoy de acuerdo, claro. No podemos dejar que lo hagan. En el caso de mi madre, no ahora o, al menos, aún no. Y en el de mi padre, nunca. Solo que ellos siempre han sido así, envueltos en su propia burbuja, codependientes, así que a una parte de mí no le sorprende que nos hayan propuesto ese final para su vida. Un mundo en el que el final de uno implica el de ambos. Parece algo muy propio de ellos y, cuando se lo dije a mi hermano por teléfono, me colgó.

—Nos has estado evitando —me dice mi madre, con un tono comedido.

Suelo venir a verlos cada semana o, como mínimo, cada dos si las cosas en el trabajo se ponen muy intensas. No he venido a visitarlos desde esa noche, aunque sí que hemos hablado unas cuantas veces por teléfono, de forma muy breve, porque creía que para eso sí estaba lista. Hasta que oí su calma forzada, sus voces llenas de preocupación cuando me devolvían la pregunta de cómo estoy, como si no fuesen ellos la razón por la que no estuviese del todo bien. He intentado verlo de cien modos distintos, ponerme en su lugar. Me he imaginado con casi ochenta años, con un diagnóstico de una enfermedad degenerativa, y siempre doy con la misma respuesta: no se lo han pensado bien, al menos no por completo. Y tampoco piensan hacerlo.

—¿Como papá está haciendo ahora? —Echo un vistazo a través de las ventanas, a mi padre arrodillado ante los lirios atigrados, con una pila de hierbajos a su lado—. Sabe que he venido a veros.

—Le he pedido que nos dé un ratito a solas.

—¿Para que me hagas sentir culpable?

—Me esperaba que Thomas se refugiara en su trabajo, que se distanciara un poco. Pero me ha sorprendido que seas tú quien lo haga.

Me lleno de furia, pues es la emoción que me puedo permitir sentir con más seguridad.

—La verdad es que no tienes ningún derecho a que te sorprenda nada a estas alturas, mamá.

—Vale, lo pillo. Es que creía que podríais tener preguntas.

—Lo he estado procesando —le explico y, al oír mi propia amargura, añado—: Lo siento. No me imagino lo difícil que debe de ser todo esto para ti. No pretendo restarle importancia o ser una insensible porque... Joder, es horrible, mamá, pero es que... es demasiado.

La he estado castigando, es cierto, y quiere que lo admita. La he castigado porque eso es más fácil que confesar que me despierto sobresaltada de unos sueños en los que ya no me reconoce. Porque he sido yo quien ha tenido que contárselo a mi hija, Rain, y soportar preguntas para las que no tengo respuesta. Contarle, en primer lugar, que su abuela está muy enferma y luego que sus dos abuelos pretenden ponerle fin a su vida debido a dicha enfermedad. Cuando tuve a Rain era incluso más joven de lo que ella es ahora. Es mi única hija y nunca le he escondido nada. Por muy difícil que me resultó contárselo, por muy irresponsable que me parece seguir expandiendo semejante tontería, me habría resultado imposible no hacerlo, pues el tema iba a estar presente cada vez que hablásemos, gruñéndome para que pusiera al corriente a mi hija sobre los hechos. También quería contárselo para que no fuesen sus primos quienes lo hicieran, no quería que las noticias viajaran y llegaran a medias como en el juego del teléfono, como sucedía con todas las historias que se compartían en la familia. De modo que me vi obligada a explicarle que no sé si pretenden hacerlo de verdad o no, pero que, de momento, debemos asumir que hablan en serio. Fui yo quien tuvo que abrazarla cuando las lágrimas de confusión y tristeza adelantada empezaron a derramarse, quien se quedó en vela pasada la medianoche para analizar una decisión que no podía justificar ni entender. Me planteé hacer que mis padres se sentaran frente a su nieta mayor, que la miraran a los ojos y le dijeran las palabras que la iban a destrozar, pues eso sería un golpe de realidad, quizás una razón para reconsiderar su decisión. Solo que la que iba a salir peor parada sería Rain, al comprender algo sobre sus abuelos que yo ya sabía desde hace muchísimo tiempo: que ellos siempre iban a quererse más entre ellos de lo que nos querían a nosotros.

—Tú procesa tranquila —me dice mi madre, como si fuese ella la sensata. Ella, quien de forma tan magnánima me ha concedido tiempo y espacio este último par de semanas, mientras esperaba que acudiera a ella, cuando la considerada tendría que haber sido yo, la que se ofreciese a ayudar, a ver cómo estaba, qué necesitaba. Hasta que decidió que ya se le había acabado la paciencia y me pidió que fuera a verla porque tenía algo que preguntarme en persona. Y yo también tengo algo que preguntarle. Quiero saber qué carajos le pasa a la gente cuando se hace mayor que se vuelven tan dramáticos, porque todos estos anuncios tan ceremoniosos me están sobrepasando.

—Y bueno, ¿qué era tan importante que no me lo podías decir por teléfono? —Sé que debería mostrarme más seria, pero no consigo seguirle la corriente. Es como si estuviera fuera de mi cuerpo. Me agota debatir sobre todo esto, hacer como que el suicidarse dentro de un año sea una opción plausible y razonable, su única opción, de hecho, cuando no lo es. No puede serlo.

—¿Marcus todavía tiene contactos en el *Boston Globe*? —me pregunta.

Me contengo para no preguntarle qué se ha fumado. Dado todo lo que hemos pasado, no le haría ni un poquitín de gracia. Pero es que lo más seguro es que pretenda dar marcha atrás con todo su plan maquiavélico para hacer una reinterpretación veterana y retorcida de *Romeo y Julieta*. O, como mínimo, podría darme más información, un poco de contexto, cosas que pueda buscar por mi cuenta, los nombres de sus médicos, los resultados de sus pruebas, opciones de tratamientos. No me ha solicitado que venga a verla para pedirle alguna tontería a Marcus, a quien solo han visto unas cuantas veces y nunca con mi permiso. Se han encontrado con él en el estudio cuando han ido a verme porque habíamos quedado para salir a comer y mi madre siempre es de lo más obvia, con sus codazos, sus preguntas indiscretas y sus invitaciones para que coma con nosotros. Y él siempre es muy elegante cuando se niega con educación, ya que es un presentador de noticias a quien le pagan por ser amable y cortés. Sabe que soy yo la que va a decidir si nos acompaña y cuándo. Y no estoy lista para eso.

Puede que nunca lo esté. Esto de las relaciones se me da fatal y ni siquiera vale la pena perder el tiempo con ello. Juro que cada vez que me encariño con alguno, lo echo a perder. Y lo de Marcus está bien de momento. Es casi perfecto: no tiene exmujer ni hijos y sus traumas más significativos le pertenecen a otra persona, pues son los horrores de los que fue testigo al pasar tantos años como corresponsal de guerra. No hay ningún peso extra en nuestra relación más allá del mío, y yo tengo de sobra por los dos. Así que todo puede ir a peor. ¿Y para qué? Solo hay que mirar a mis padres. Y a mi tía Maelynn. Si eso es lo que exige el verdadero amor, si eso es lo que puede hacer contigo, paso, gracias. Marcus quiere que nuestra relación avance, es paciente, aunque bastante claro con sus intenciones, y yo le he asegurado que lo que tenemos es más fácil. Nadie tiene que involucrarse demasiado, las cosas en el trabajo no tienen por qué volverse raras y nadie tiene que compartir tiempo extra con los padres del otro. Y, en definitiva, mi madre no tiene el lujo de andar pidiendo favores.

Respiro hondo, obligándome a armarme de paciencia.

—¿Por qué lo preguntas?

—Porque tengo algo así como un último deseo.

Hago una mueca, sin mover los dedos ni un ápice.

—Venga ya. No vais a seguir con esto.

—Es la intención, al menos por mi parte. Tu padre es cabezón como él solo, pero podrías intentar convencerlo.

—No me creo que vayáis a...

—¿Crees que Marcus tendrá algún contacto en la Orquesta Sinfónica de Boston de cuando trabajaba en el *Globe*? —me interrumpe.

Meneo la cabeza, incapaz de creer que pueda ser tan obcecada.

—¿En serio crees que os vamos a dejar que lo hagáis?

—Necesito ese favor, Jane.

—Y yo necesito que dejéis de decir idioteces —contrapongo, encogiéndome de hombros para que las cosas queden claras. Mi madre ha estado dispuesta a escondernos cosas, a ocultar sus motivos verdaderos, y saber eso no deja de clavarse en mí como si fuese una espina cada vez que bajo la guardia con ella. Si de verdad creía que podría escondernos sus síntomas, o bien nos toma por tontos o bien se está rindiendo antes de tiempo. Puede que aún le queden varios años de vida digna por delante. No la culpo por no querer vivir más allá de un determinado momento. No quiero verla sufrir ni perderse a sí misma. A mí tampoco me gustaría llegar al final de mi vida así; supongo que a nadie le haría mucha gracia, la verdad. Pero no me entra en la cabeza que haya escogido una fecha arbitraria para tirarlo todo por la borda sin ver cómo podrían ir las cosas. Y eso sin mencionar lo absolutamente descolocada que me ha dejado la respuesta de mi padre. Me distrae muchísimo, no me deja reaccionar de forma apropiada al diagnóstico de mi madre, como haría cualquier ser humano normal. Con preocupación, tristeza, miedo por su futuro y por lo que significa para nosotros, lo que, siendo sincera, me toca las narices. Ha hecho que los tres nos volvamos los villanos de la historia, insensibles a su ruego, egoístas incluso, al pensar en nosotros en lugar de en ella.

Aun con todo, el hecho de que mi padre nos permitiera descubrir su trastorno fue bastante sorprendente. Por norma general, mis padres son impenetrables, un frente unido sin importar lo que pase. En otros tiempos dudaba de la devoción que se profesaban, de todo lo que creía saber. Pero ahora estamos bien, nuestra relación mejoró hace mucho tiempo. Mis padres tienen todo por lo que han trabajado tantísimos años: ellos mismos, su familia y la libertad que les concedió tener su propia pensión. Así que no tiene sentido que decidan no aprovecharlo, ni siquiera un día menos. Sin embargo, soy consciente de que lo darían todo el uno por el otro, incluso si eso significa prenderle fuego a la isla en la que siempre han vivido y dejarnos a nosotros con las consecuencias.

Si la situación no fuese tan devastadora, sería hasta gracioso. Yo como la sensata de la familia. Mamá y papá como los pirados, Thomas sumido en una pataleta infantil y ya ni qué decir de Violet, la única persona en el planeta que es capaz de idealizarlo todo menos su propio matrimonio. Para mear y no echar gota. Mi hermana sigue venerando a nuestros padres como si fuese una niña y ellos los adultos y no fuese capaz de censurar nada de lo que hacen. Le dije que el plan de nuestros padres es de lo más absurdo y que van a terminar arrepintiéndose cuando todo se vuelva demasiado real. Violet dijo que no estaba de acuerdo, convencida de que ellos siempre han sabido que no pueden vivir el uno sin el otro, que era probable que hubiesen llegado a ese acuerdo hacía muchísimos años. Me dijo que no podía imaginarse a ninguno de los dos por su cuenta, que quizás su plan era la mejor solución para que no tuviesen que vivir solos y destrozados. Y entonces es cuando me planteo que quizás yo no sea la única que ha consumido muchas drogas en la familia.

—Es importante —me insiste mi madre. Me lleva unos segundos caer en la cuenta de que sigue hablando de la sinfónica, que, por alguna razón, eso es lo que le parece importante de todo este desvarío.

—Y lo que te digo yo también. —Me vuelvo hacia ella con fiereza, como si fuese una bestia arrinconada.

Si esto es lo que quiere hacer, qué remedio.

Mi madre hace una pausa, de esa forma tan exagerada que tiene ella cuando quiere hacernos ver que nos está escuchando. Me parece de lo más condescendiente, en especial ahora.

—Quiero tocar en la sinfónica. Siempre lo he querido. Y me estoy quedando sin tiempo.

—Eres tú quien ha decidido que se queda sin tiempo. Entiendo que estés empeorando y cada vez más rápido y lo siento mucho, en serio, pero escoger una fecha y ni siquiera intentar resistir todo lo que te sea posible... —He empezado a gritar—. ¡Es que es absurdo!

—Quiero que toques conmigo.

—Me estás vacilando.

—En la sinfónica. Te necesito ahí conmigo.

Su convicción hace que suelte una carcajada desdeñosa.

—En primer lugar, no tengo idea de si Marcus tiene algún contacto. En segundo, llevo años sin tocar un concierto. —Vil mentira, claro. Marcus tiene montones de contactos en Boston, pues se crio en Roxbury y es una especie de famosillo de la zona. Fue el primer afroamericano en ganar el premio Worth Bingham por periodismo de investigación. Trabajó muchos años en el *Boston Globe* y entrevistó a muchos políticos y diplomáticos en televisión antes de que un ataque cardíaco a los treinta y seis años lo motivara a cuestionarse su carrera profesional tan exigente y decidiera marcharse de Boston para acomodarse en una vida más tranquila en la costa de Connecticut. Seguro que solo haría falta que hiciera una simple llamada para que la ciudad entera se pusiera manos a la obra. Pero el concierto es harina de otro costal. No miento al decir que han pasado años desde la última vez que toqué a ese nivel, aunque su pregunta me deja cuestionándome si aún sería capaz de hacer algo así.

—Eso es algo que nunca se olvida.

—¿Por qué necesitas que toque contigo?

—Me temo no poder hacerlo sola.

Bajo la vista a sus manos, que tiemblan sobre las teclas del piano, y el muro que he construido a mi alrededor amenaza con desmoronarse.

—¿Por qué no me lo contaste?

Recuerdo la pregunta que hizo Thomas esa noche: «¿Acaso alguno de los dos se está muriendo o algo?». No puede ser cierto.

—Supongo que para protegerme a mí misma —suspira—. Pero ahora ya sabes por qué debo hacerme cargo de lo que me queda de vida y hacer este sueño realidad antes de que sea demasiado tarde. Tienes que entenderme.

Conque esa es su táctica, atacar con eso que compartimos. La fuerza que me motivó y me ayudó a resistir todas esas noches estudiando hasta las tantas durante la carrera de Periodismo mientras trabajaba a tiempo completo en un banco y criaba a Rain como madre soltera. Aunque no es culpa mía que ella no pudiera perseguir sus sueños, entiendo por qué quiere hacerlo. Mi madre y yo, como bien solía quejarse mi abuela, no nos conformamos nunca. Es una crítica que llevo como una medalla de honor. La gente me llama intensa. Implacable. Y pueden decir lo que les dé la real gana, porque es eso lo que me ha hecho llegar tan lejos. Mi madre no tanto, pero es que ella les dio prioridad a cosas que yo no. Por ejemplo, su matrimonio.

Me sonríe.

—¿No quieres saber qué es lo que tocaríamos?

—Todavía no te he dicho que lo vaya a hacer y tú ya has escogido qué vamos a tocar. No sé qué me esperaba. —Menuda cara tiene esta mujer. Aun con todo, en contra de mi voluntad, se me despierta la curiosidad.

—¿Pero tienes pensado decir que sí?

—Depende. —La miro a la cara por primera vez durante toda esta conversación tan absurda en la que me he metido, como si fuese Alicia siguiendo al Conejo Blanco de camino al País de las Maravillas—. ¿Qué canción has escogido?

—El concierto para dos pianos número diez, de Mozart. —Saca la partitura de debajo del asiento y la coloca frente a mí.

—Aún no hemos terminado de hablar —le advierto, aunque me pongo a probar las notas, para volver a recordar, con lo que pierdo la tensión que llevo en los hombros conforme la música se despliega ante mí. Un recuerdo sale a la superficie, sin permiso, una Navidad cuando era adolescente, justo antes de que me fuera de casa, cuando mi madre y yo nos pasábamos el día peleando. A papá se le ocurrió la idea de que debíamos sorprenderla con un villancico en el piano y cantando todos juntos, una idea de lo más cursi que solo a él se le ocurriría. Puso a Violet, quien estuvo encantada con la idea, a reclutarnos. Les supliqué que me dejaran tocar algo más interesante, algo que fuese un reto de verdad. Y a Thomas, cómo no, nos costó la vida convencerlo.

Ensayamos durante semanas, muchísimas más de las que hacía falta, mientras mamá estaba fuera de casa, dando clases particulares. En la mañana de Navidad, Thomas, Violet y papá cantaron junto al piano, en pijama y todos a mi alrededor. Con el árbol y las envolturas de los regalos tiradas por doquier, con sus voces discordantes y desafinadas, pero dándolo todo, aun así. Y a mamá le faltaron las palabras para darnos las gracias cuando acabamos, con los ojos anegados en lágrimas. No había pensado en eso desde hacía muchos años, se me había olvidado por completo. Y, aunque no sé exactamente qué es lo que hace que lo recuerde, noto un nudo en la garganta al contemplar la partitura de Mozart.

No sé cómo irá este año ni qué van a decidir mis padres. Pero sí que podría ser un modo de hacer tiempo. Tocar juntas en la Orquesta Sinfónica de Boston es una distracción por la que vale la pena esperar, una meta en la que podemos concentrarnos para alcanzar. Algo que darle a mi madre, un sueño que no llegó a cumplir, para compensar todo aquello que decidió perdonar. Algo para mí, una parte que he dejado que se marchite y que me ayudará a recordar la época en la que nos llevábamos tan bien. Un recuerdo al que aferrarme si lo que nos dicen es cierto, si, a pesar de lo que creo y de todas nuestras protestas, dentro de un año de verdad ya no están con nosotros.

CUATRO

Evelyn

Junio de 1942

E l tren hace un movimiento brusco para salir de la Estación del Sur, de vuelta hacia Stonybrook, tras mi segundo año en Boston, mi último año en la escuela de mujeres de la señora Mayweather. Apoyo la frente en el cristal frío de la ventana y me acomodo para el viaje. El hombre que tengo enfrente lee un periódico arrugado, con un anuncio publicitario de unos bonos de guerra con unas chicas en la portada. Contemplo cómo los tonos grises y marrones de Boston van desapareciendo y el verde y el azul del campo y el firmamento los van reemplazando.

Tengo el cuerpo lleno de una energía ansiosa; cuanto más cerca estoy, más me cuesta estar en cualquier lugar que no sea mi hogar. El vagón está lleno del humo de los cigarrillos y no veo la hora de respirar la brisa del mar, de oír el canto de las cigarras en los pantanos por la noche, de hundir los pies en la arena húmeda. Sin embargo, hay algo nuevo ahí, una capa de dolor bajo todo mi entusiasmo al dejar atrás a Maelynn, mis clases de piano, los contornos de una nueva vida que había empezado a cobrar sentido para mí. El profesor del Conservatorio de Boston, Sergey, un ruso que soltaba los cumplidos con gotero, me dijo una vez que «podría llegar muy lejos». La posibilidad de tener un lugar allí con ellos, el año que viene, si hacía una llamada. Las veladas hasta tarde en el salón de Maelynn, lleno de escritores, artistas y músicos, mientras me quedaba apoyada en el sofá y me bebía las historias que contaban, maravillada con su néctar. Las listas que mi tía me animaba a escribir, de sueños que no me atrevía a mostrarle a nadie que no fuesen ella y Joseph. «Hundir los dedos en la arena del océano Pacífico. Visitar la Exposición Universal. Montar en elefante». La lista de Boston que escribimos juntas y que ella pegó en el espejo del baño. La emoción al ir tachando cosas como «Navegar por el río Charles, ver las momias egipcias en el Museo de Bellas Artes, comer cacahuetes en Fenway Park». Las calles abarrotadas de Boston, llenas de personas vestidas con elegancia, siempre de camino a alguna parte. La libertad de abordar el tranvía en Brookline y poder ir a cualquier lugar que escogiera, deambular durante horas, exultante por las posibilidades.

Aun con todo, quedarme en la ciudad implicaría hacer a un lado la vida que tenía antes. Despedirme de Joseph al final del verano fue una de las cosas más difíciles que he tenido que hacer en la vida. Compartimos un beso, con el mundo girando en silencio a nuestro alrededor, hasta que estuve segura de que iba a perder mi tren. Llevo enamorada de él desde que tengo uso de razón. Probablemente porque no se parece en nada a mí ni a Tommy, quien está hecho de bravuconería, chistes y escándalo. Joseph es una roca cuyos bordes se han ido suavizando gracias a las olas, un guijarro tranquilizador que llevas contigo en el bolsillo.

Sabía lo de las citas a las que iba y las chicas a las que besaba. Nunca dejé que descubriera lo que sentía; no era más que unas rodillas raspadas y una melena enmarañada, no me veía de ese modo. Siempre me había prestado atención, como un hermano mayor, y nuestra amistad se consolidó porque éramos dos satélites orbitando en torno al mismo planeta, solo que no fue hasta el último verano que me vio de verdad.

Como nunca antes había hecho; como si fuese un sueño del que no quería despertar, con unos ojos que seguían todos mis movimientos y una mirada que casi podía acariciarme. Lo notaba incluso al darle la espalda. Cuando me besó por primera vez, el corazón me dio un vuelco, como un redoble de tambores.

El año ha transcurrido entre cartas que iban y venían y visitas breves durante las fiestas. Con despedidas que les pisaban los talones a los saludos y el pesar constante en mi interior a la espera de su próxima carta, su siguiente visita, su próximo beso. Sin importar donde estuviera, me encontraba partida por la mitad. En Stonybrook echaba de menos el alboroto de Boston; en Boston, anhelaba los brazos de Joseph, la sensación de estar en mi elemento, en mi hogar.

El tren vibra al llegar a la estación del pueblo y el corazón me da un vuelco. Sujeto la maleta y la levanto por encima del asiento, para pasar como un bólido por al lado de otros pasajeros que se asoman con tranquilidad hacia el pasillo. Me toqueteo el cabello, me acomodo una horquilla y suelto una maldición al notar que se me ha aplastado un poco en la parte de atrás por el viaje. Me asomo por el vagón y distingo a Joseph, una cabeza por encima de la multitud, y a Tommy a su lado, ambos con camisas de manga corta remetidas en sus pantalones de vestir. Esta vez corro hacia Joseph, suelto la maleta y me lanzo hacia sus brazos; él me levanta del suelo y los besos que intercambiamos son como pequeñas bocanadas que me llenan del aire que me hacía falta para sentirme completa.

—Ya vale, tortolitos —ríe Tommy, cubriéndose los ojos y hablando con el cigarrillo entre los labios. Me aparto del abrazo de Joseph y le doy un abrazo fuerte a mi hermano—. ¿Qué tal ha ido el segundo año? ¿Eres más femenina que cuando te fuiste?

—Ah, pues claro. La fineza y la elegancia se me salen hasta por las orejas —contesto, con una sonrisa radiante y haciendo una reverencia de lo más exagerada.

—Pues estás preciosa —me dice Joseph, antes de abrazarme por la cintura, volver a besarme y agacharse para recuperar mi maleta abandonada—. Bienvenida a tu hogar.

Mi hogar. La palabra me parece extraña, diferente.

Cuando llegamos a La Perla, Joseph aparca el Ford de su padre en la entrada y caminamos juntos hacia el porche. No puedo evitar ponerme a parlotear sobre nuestro encuentro, uno que me imaginé una y otra vez y que consiguió acompañarme cada vez que me sentía sola durante el último año.

—No sabéis cómo me alivia ya no tener que despedirme de vosotros. Por fin podremos estar juntos los tres. Para siempre —digo, sonriéndole a Joseph y después a mi hermano, a la espera de una sonrisa, de un asentimiento. Sin embargo, ambos están muy serios. Tommy tiene la mirada clavada en el horizonte, y Joseph baja la vista a sus pies.

»¿Qué pasa? —inquiero—. Venga, contadme qué pasa. Tommy, ¿ahora te vas tú a la escuela de mujeres? —pregunto entre risas. Pero ninguno me sigue el juego, así que me detengo de sopetón, como una piedra atascada en medio de un riachuelo—. ¿Qué pasa?

—¿Quieres contárselo tú? —Tommy señala a Joseph con la barbilla. Su expresión me pone los pelos de punta por lo seria que está, como si fuese una máscara de su rostro verdadero, un impostor de lo más severo.

—¿Contarme qué? —Me aferro más a él. Noto los músculos de Joseph tensarse bajo mi agarre, así que me vuelvo hacia él, que parece como si no pudiese guardarse el secreto más tiempo—. Joseph, ¿contarme qué?

Joseph baja la vista hacia mí y me dedica una mirada llena de tristeza.

—Nos hemos alistado.

Me aparto de sus brazos como si fuesen cables eléctricos, con la mente llena de una neblina confusa que cubre la alegría que había conseguido guiarme a casa.

—No, no podéis...

Tommy se mete las manos en los bolsillos en busca de alguna distracción, cualquier cosa con tal de no mirarme a la cara.

—Ya lo hemos hecho. Teníamos que hacerlo.

—No teníais que hacer nada. ¡No están reclutando a jóvenes de diecinueve años! —Noto que las piernas no me sostienen.

Joseph me toma de la mano y se la lleva contra el pecho.

—Solo es cuestión de tiempo que lo hagan.

—No tienes cómo saberlo. —Los ojos se me llenan de lágrimas y parpadeo muy rápido para no dejarlas caer.

Tommy se enciende un Lucky Strike.

—Ev, queríamos cumplir con nuestra parte. Tú mejor que nadie deberías entenderlo. No queríamos esperar hasta que nos obligaran. —Exhala una nube delgada de humo—. Venga, seguro que lo entiendes. A ti te han enviado en contra de tu voluntad dos años seguidos.

Niego con la cabeza.

—No, no es lo mismo. No hay muchas probabilidades de que vaya a morir en la escuela.

—¿Ni siquiera de aburrimiento? —Tommy alza las cejas con una sonrisa torcida.

—No estoy bromeando.

—No vamos a morir —me dice, restándole importancia con un ademán de la mano.

«Morir». La palabra hace que me tiemblen las rodillas. Quiero discutírselo, quiero chillarle las preguntas que no dejan de cruzarme la mente, pero no me salen las palabras. Me quedo pasmada en mi sitio, con los brazos a los lados como una inútil.

—Bueno, os dejaré tranquilos. Seguro que tenéis muchas cosas de las que hablar. —Tommy me da un apretoncito en el codo y se va por el campo de hierba alta para dejarnos solos en los escalones torcidos del porche de La Perla.

Nos quedamos allí de pie, sin hablar y sin tocarnos. El cielo está completamente despejado y la brisa cálida y los rayos del sol me descolocan. Necesito la cobertura de la noche, el golpeteo sombrío de la lluvia, acurrucarme hecha bolita en una habitación en penumbra. Las campanillas de caracolas tintinean. Joseph juguetea con un botón suelto de su camisa.

—¿Cómo has podido? —le pregunto, con los ojos llenos de lágrimas. Me concentro en mis zapatos, de hebilla y con tacón, y los arrastro levemente sobre los tablones de madera del porche.

Joseph se frota los nudillos unos contra otros, con tanta fuerza que parece que se va a hacer daño.

—No sé qué decirte… Ya sabes cómo es Tommy, se pasaba el día fastidiando. Le dije que deberíamos esperar y ver qué pasaba, pero no dejaba de insistir en que nos apuntáramos como hombres y dijo que lo haría de todos modos, sin importar si lo acompañaba o no. No podía dejarlo hacerlo solo… y tú tampoco habrías querido que lo hiciera.

Me dejo caer sobre los escalones del porche, con las manos enredadas en el pelo.

—¿Cómo me voy a despedir de ti de nuevo? ¿De vosotros? ¿Y si os pasa algo?

Joseph se sienta a mi lado, con las manos entrelazadas entre las rodillas. Aunque tiene una pierna casi rozando la mía, no se apoya contra mí, y puedo sentir el espacio que nos separa con la misma facilidad con la que podría sentir su toque.

—No lo sé, pero no me lo estoy tomando a la ligera. Sé lo que podría pasar. Pero tienes que entenderme… Para mí también es como un hermano. No soporto la idea de que tengamos que separarnos, pero nunca podría perdonarme si le pasa algo mientras yo estoy sano y salvo en casa.

Unas lágrimas ardientes se me desbordan e intento respirar hondo cuando él me atrae hacia sus brazos con delicadeza y me deja un beso en la mejilla.

—No llores, por favor.

Le busco la mirada por primera vez y me encuentro con los contornos desdibujados de mi propia silueta en las profundidades de sus ojos marrones.

—¿Cuándo os vais?

—En dos semanas.

—¡¿Dos semanas?!

—No nos queda otra opción.

—Pero he vuelto a casa para estar contigo —le suplico.

—¿A qué te refieres? —inquiere—. Tus clases han terminado… has vuelto porque ya has terminado en Boston.

—Es que quizás había un puesto para mí en el Conservatorio de Boston, no sé si lo habría podido conseguir, pero les dije que no porque eso habría implicado quedarme otros cuatro años por allá…

—Pero ¿qué dices? —Se aparta, con el ceño fruncido por la confusión.

—Que podría haberme quedado en Boston. ¿Qué hago aquí si tú no vas a estar conmigo?

—Este es tu hogar… —dice él—. Volveré antes de lo que te imaginas, y entonces podremos empezar nuestra vida juntos, retomarla desde donde la dejamos.

Entonces me echo a llorar sin contenerme.

—¿Cómo me voy a despedir de ti? —repito, con la voz ronca por la emoción, por todo lo que he perdido y todo lo que me toca perder.

Joseph me acaricia las mejillas y me limpia el maquillaje que he echado a perder con mis lágrimas según la barbilla me tiembla levemente en su agarre.

—No lo hagas. No tendremos que despedirnos del otro como si no fuéramos a volver a vernos. Porque nunca pasará.

Me abraza con fuerza, así que me apoyo contra su hombro hasta que consigo recuperar la calma y le he dejado la camiseta empapada y manchada con mis lágrimas.

La mañana en la que Joseph y Tommy se marchan está nublada y con una ligera llovizna. Long Island está escondida detrás de la niebla, más allá de todo el escándalo, y en la playa Bernard solo se oye el silencio gracias a la lluvia. Tommy va enfundado en su uniforme, mi padre se despide de él desde el porche, con un saludo militar, y mi madre le deja un beso en la mejilla, henchida de orgullo. El pañuelo que lleva en la mano no es más que un adorno, pues está seco como un desierto. El héroe del pueblo se marcha para convertirse en un héroe de verdad.

Pasamos a buscar a Joseph en La Perla y nos encontramos con que su madre está llorando contra su hombro, ambos de pie en el porche. Joseph se agacha todo lo que puede para rodearla entre sus brazos, y ella se aferra a su uniforme con tanta fuerza que, cuando se separan, aún se le notan las arrugas. Su padre, que es igual de alto que él, aunque mucho más corpulento, lo envuelve en un abrazo de oso.

—No te limites a actuar con valentía y ya, ¿me oyes? Tienes que volver a casa. Y asegúrate de que Tommy vuelva contigo. —Tiene los ojos rojos como si no hubiese dejado de frotárselos o como si no hubiese pegado ojo en toda la noche. Quizás ambas cosas.

Los padres de Joseph son mayores que los míos, con la piel llena de arrugas y el cabello entrecano. Intentaron tener un hijo durante muchos años, por lo que, cuando Joseph llegó al fin, se aferraron a él. Cuando éramos niños, su madre siempre lo achuchaba y su padre se lo ponía sobre sus hombros anchos antes de lanzarlo hacia el agua para que salpicara a todas partes. Siempre le mostraron su afecto, así como lo hacían entre ellos, conforme crecía. Así que verlos despedirse hace que note el dolor que había intentado enterrar durante estas últimas dos semanas juntos. Un borrón de momentos llenos de alegría teñidos por la preocupación, días que parecían consumirse en un abrir y cerrar de ojos. Una última cena.

A la estación solo vamos los tres. Tommy y Joseph frente a mí con su sombrero de cuartel, su chaqueta y su corbata color verde oliva. Estamos rodeados de un espectáculo deprimente lleno de novias, esposas y madres enfundadas en sus mejores galas y sombreros, empapadas por la lluvia y aferrándose a un último abrazo, beso o palabras de consuelo que parecen endebles y poco duraderas. Otro día de junio, como uno de los tantos veranos que hemos pasado juntos. Solo que este día no se parece en nada a esos, soleados y con un cielo despejado y libre. Noto el cambio como si fuese una fisura en un hueso, un dolor sordo que se hace más y más intenso con el tiempo.

Tommy se apoya contra una columna, exhalando anillas de humo según ve a otros hombres subir al tren.

—Volveremos antes de que te dé tiempo a echarnos de menos. Entre mi encanto y las pintas de Joe, esos alemanes no tardarán en rendirse. —Me dedica su sonrisa más amplia, al tiempo que menea las cejas con picardía.

Intento devolverle el gesto de confianza, pero noto la mandíbula tensa.

—Id con cuidado. En serio. —La voz no me tiembla, pues las lágrimas llegaron anoche y se han marchado esta mañana, con lo que me he quedado exhausta—. Tommy, te lo suplico, no hagas ninguna tontería.

Mi hermano exhala su última carcajada llena de humo y apaga el cigarrillo con la punta de la bota.

—Jamás se me ocurriría.

Me obligo a sonreír, y el gesto hace que se me tensen las mejillas.

—Nos vemos cuando vuelvas. Te quiero.

—Yo también te quiero, Ev. —Me envuelve entre sus brazos con fuerza, y noto la aspereza de la lana de su chaqueta bajo la barbilla. Siento que las lágrimas amenazan con volver, así que trago con fuerza. Se van justo antes de que cumplamos años. ¿Cómo voy a celebrarlo sin ellos?

»Joe, iré a guardarnos sitio. Te veo dentro. —Recoge las mochilas, y Joseph lo observa marcharse, con un asentimiento, antes de volverse hacia mí.

—Cuídalo, por favor. Cuidaos los dos... —La voz me falla ahora que mi hermano ha abordado el tren, ahora que la despedida es inminente.

—Eso haré. Evelyn... —Me alza la barbilla de modo que no pueda apartar la vista de él. De esos labios que han pasado tanto tiempo separando los míos, de la suavidad de su lengua, cálida e insistente. De la mandíbula que he acariciado una y otra vez durante tardes en las que no teníamos nada que hacer, en un esfuerzo por capturarlo todo, por memorizar hasta el último detalle. De esos ojos marrones y profundos que me miran con tanta intensidad que casi puedo verme reflejada en ellos, que me desdibujan como si fuese el reflejo dentro de un reflejo, un vistazo infinito hacia la parte más recóndita de mi interior—. Haré todo lo que pueda para que los dos volvamos contigo.

—Prométemelo. —La voz me vuelve a temblar, delatora.

Joseph hace una mueca y cierra los ojos como si lo estuviera haciendo sufrir.

—No puedo prometerte algo así... Haré todo lo que pueda...

—No, Joseph, prométemelo. Si lo prometes no puedes no cumplir tu promesa. Y quizás eso te mantenga a salvo... Déjame intentar mantenerte a salvo. —Entonces me echo a llorar. No tiene sentido lo que le digo, pero no puedo dejar de balbucear sobre promesas, mientras las piernas me fallan y Joseph tiene que atraerme hacia él hasta que noto que recupero el equilibrio en la solidez de sus brazos.

—Te lo prometo —susurra, rozándome la oreja al hablar. Se aparta hasta que quedamos nariz con nariz—. Te quiero, Evelyn.

Todas las fuerzas que me quedan se desvanecen con esas palabras, porque es la primera vez que me las dice, y el tren suelta un silbido a través del aire cargado de humo y de humedad conforme los últimos pasajeros del andén pasan por nuestro lado a toda prisa para abordar. Me quedo congelada y en silencio, con el corazón gritándome en el pecho, atrapado e incapaz de hacer que las palabras se asomen hacia el exterior. Quiero decírselo. Quiero decirle «yo también te quiero», pero es como ese último rescoldo de dudas antes de saltar por un barranco lo que hace que me frene en seco. No puedo decirle que lo quiero y despedirme de él con el mismo aliento. Si no se lo digo, tendrá que volver a casa para oírme decirlo. Tiene que hacerlo. Me aparto del refugio de sus brazos, consciente de que los rastros de las lágrimas me manchan las mejillas y de que la lana me ha raspado la piel que tengo expuesta, por lo que unas manchas rosas se me extienden por las clavículas.

«Te quiero, Joseph». Pero no puedo decírselo.

—Volved a casa, ¿vale? Los dos —le digo en su lugar. Sus ojos buscan los míos, con una pregunta que no pienso responder, con un espejo que revela lo más hondo de mí… pero entonces el tren vuelve a silbar y le doy un último beso mientras le acaricio el cabello que se le asoma bajo el sombrero antes de empujarlo suavemente hacia los escalones del tren—. Vuelve a mí —le suplico, en lo que me parece un gimoteo.

Entonces se marcha, y yo me quedo allí, vacía. Meto una mano en el bolsillo en busca de un pañuelo y lo que encuentro son violetas, como terciopelo contra las puntas de mis dedos. Me quedo allí plantada, acariciando los pétalos en mi bolsillo hasta que ya no puedo ver la silueta borrosa del tren. Y luego un poco más.

¿Qué es lo que más recuerdo desde el día en que Joseph y Tommy se fueron? El dolor de muñecas. Eso y el pesar que siento en el pecho. Cuento los días que se arrastran como las algas entre la marea, y mi cuerpo actúa como si les estuviese guardando sitio al de ellos, a la vida que tendremos cuando vuelvan, una vez que la guerra llegue a su fin. Me paso los días tocando el piano, escribiendo cartas y cosiendo paracaídas. Hay una habitación exclusiva para nosotras en la Fábrica Arnold, un edificio de ladrillos en el pueblo que en algún momento fue una escuela, donde las mujeres esperamos a nuestras parejas, hermanos e hijos detrás de unas máquinas de coser chirriantes, donde compartimos nuestra preocupación y cualquier noticia que nos llegue desde los frentes. Algunas chicas con las que iba a clase antes de ir a la escuela de la señora Mayweather no aparentan los dieciocho años que tienen, sino que parecen mucho mayores: con la frente llena de arrugas por el miedo. Nos reconocemos unas a otras, aunque no hablamos de nuestra preocupación colectiva, pues es poco probable que todos los soldados que esperamos vayan a volver. Cada pérdida es devastadora, y mi pena se mezcla con la culpabilidad, al agradecer que el telegrama que les llega a ellas no esté destinado para mí, mientras rezo con egoísmo para que por favor no me toque a mí sufrir su dolor. Coser paracaídas me hace sentir como si estuviera haciendo algo tangible. Es como si dijera: «Ten, sujétate, deja que te ayude a volar». En sueños, los paracaídas que coso flotan como las nubes, como las medusas, pero cuando llegan al suelo siempre están vacíos.

Cuando Joseph firma sus cartas, siempre se despide con un «Con amor», mientras que yo lo hago con un «Siempre tuya». Porque lo soy. Y lo quiero. Siempre lo he hecho. Lo suficiente como para no decírselo en una carta, como para no enviar esa esperanza a través del océano. Esos sentimientos me los guardo, los confieso en páginas que no pienso enviar nunca, unos anhelos garabateados que no me puedo obligar a mandar. A Tommy también le escribo, lo tiento con novedades del pueblo como «Todas las chicas guapas de Stonybrook trabajan en hospitales».

Y él me contesta con bromas como «En ese caso, puede que me haga daño aposta».

Las cartas de Joseph las guardo en mi mesita de noche junto a unos pétalos que hace mucho que se han secado. En ocasiones los junto todos y, por muy frágiles que sean, me los paso de una mano a otra. Me gusta su textura, me gusta imaginarme a Joseph sosteniéndolos cuando eran suaves, pues su palma fue lo último que tocaron antes de que me los metiera en el bolsillo. También me gusta leer la primera carta que Joseph me escribió. Me llegó varias semanas después de su partida, semanas que pase prácticamente sola. Me siento en el muelle en el que compartimos nuestro primer beso para escuchar el rugido del océano y leerlas una y otra vez. Las olas parecen muchísimo más fuertes ahora que no hay nadie más que las oiga conmigo.

Querida Evelyn:

No puedo dejar de pensar en nuestra despedida. No dejo de darle vueltas a... Aquello que no dijiste, cómo me apartaste de tu lado. Sé que eres fuerte; quizás tenías miedo de confesar tus sentimientos. Miedo a que eso fuese a volverte débil de algún modo. Pero quiero que sepas que mi intención es que mi amor también te haga fuerte. No tienes por qué hacerlo sola.

Lo que dije iba en serio: te quiero y siempre lo haré. No tendría que haber esperado hasta el último segundo para decírtelo. Quise hacerlo en numerosas ocasiones... En el muelle, en el mar, juntos en la playa. Pero no lo hice porque no quería hacerte creer que me estaba despidiendo. Solo que, cuando llegó el momento de marcharme, no pude subir al tren sin hacerte saber lo que sentía. No fue un arrebato del momento, si eso es lo que crees.

No tienes que confesarme tus sentimientos. Quizás no es el momento ni el modo adecuado. Sin embargo, tengo fe en que, cuando vuelva, todo seguirá siendo como antes. Confío en que seguiremos creciendo junto a nuestro amor y en que este superará con creces cualquier prueba a la que lo sometamos. Incluso este tiempo separados. Incluso la guerra.

No escribiré en mis cartas sobre lo que paso aquí; por favor, no me lo preguntes. No hace falta que te preocupes por cosas que no puedes cambiar. No quiero desperdiciar estas páginas haciendo un recuento de la violencia, así que, en su lugar, las llenaré de amor. Haz lo mismo con las tuyas y envíamelas de vuelta. Es lo único que necesito para volver a casa.

Con amor,
Joseph

Hago lo que me pide: lleno mis cartas de amor, aunque sin usar la palabra.

Le cuento sobre el piano, sobre el escape que me proporciona. Cómo mis dedos practican su coreografía con destreza y crean algo que no es como yo, pero que sigue siendo parte de mí, porque las notas canturrean en lo más hondo de mi ser incluso cuando no estoy sentada al piano. Le cuento sobre los paracaídas, sobre los rollos de seda infinitos. No puedo evitar distraerme con cada puntada, acordarme de cuando éramos unos críos, con unas escenas que se proyectan como fotografías en mi mente. Tommy recogiendo una medusa transparente, de esas que no pican, para dejármela en la mano, con toda su viscosidad. Joseph sentado en el muelle, con uno de mis pies apoyado sobre su regazo, concentrado mientras extraía un caparazón afilado que se me había clavado en el dedo. Los tres saltando desde la Roca del Capitán para zambullirnos en las aguas heladas. Tommy y Joseph escalando más y más para saltar desde la cima, mientras que yo los alentaba y vitoreaba desde la parte más baja.

Le cuento que siempre bordo las iniciales «T.S.» y «J.M.» en la esquina de todos los paracaídas que coso antes de entregarlos.

Unas costuras insignificantes en las que nadie más que yo repara. Sin embargo, lo hago siempre porque esa es la razón por la que coso, porque tengo la esperanza de que les dé suerte a los hombres que los usen.

No le hablo sobre los pétalos ni el modo en el que los pienso tocándole la piel. No le cuento que sueño despierta con Boston, con el tranvía haciendo vibrar el suelo, con el laberinto de casas de arenisca marrón que me hacían sentir grande y pequeña a la vez. Sobre las calles adoquinadas y serpenteantes que dejaban que me perdiera y me volviera a encontrar mientras me imaginaba un futuro distinto para mí. Sobre fechas límite y oportunidades perdidas, otra vida más que la guerra consiguió arrebatar, una respuesta que nunca obtendré, la chica que dejé atrás.

Eso es lo que recordaré del tiempo que no estamos juntos. La añoranza, la música, los pétalos, la seda de los paracaídas, las cartas que enviábamos como si se las hubiera llevado el viento, con la esperanza de que lleguen a buen puerto.

CINCO

Joseph

Julio de 2001

L a marea está alta y empapa el muelle cuando llegamos
a nuestro lugar de siempre para esperar que nuestros
hijos y nietos vayan presentándose poco a poco en el
transcurso de la mañana. El Día de la Independencia fue hace
unos pocos días, un miércoles, una fecha que extiende y diluye
la celebración al mismo tiempo y hace que el cielo se llene de
explosiones y estruendos cada noche durante una semana entera. Los restos de cartón de los fuegos artificiales que ya se
han consumido salpican la arena por todos lados.

Nuestra nieta mayor, Rain, la única hija de Jane, tiene veintisiete años. Fue la primera de nuestros nietos en casarse: el
verano pasado le dio el sí quiero a Tony Sanducci, un jovencito
italiano corpulento que trabaja para su padre y su abuelo en el
taller mecánico Sanducci, al salir de la carretera Boston Post.
Viven en un apartamento alquilado con garaje en el pueblo, así
que no tardan mucho en llegar, con tumbonas de rayas al hombro. Jane, tras acabar con su sección matutina de las noticias de
la ciudad, llega un poco por detrás de ellos. Cuando nos dan el
alcance, Rain suelta su tumbona y me da un largo y fuerte
abrazo.

Lo sabe.

Y allí está otra vez, el pinchazo, el arrepentimiento burbujeante, el temblor de la culpabilidad al haberle abierto las puertas de nuestro refugio al dolor de la pérdida. Incluso hoy, en nuestra celebración porque Evelyn cumple setenta y seis años, el día está teñido de tristeza.

Violet y Connor esperan a que sus hijos mayores lleguen en tren para nuestro fin de semana de fiesta; Molly, quien tiene veintidós años y se ha mudado a Providence tras graduarse en la Universidad Roger Williams, y Shannon, con veinte añitos, quien vive en Brighton durante el verano mientras hace sus prácticas en el Museo de Ciencias para llenar su currículum antes de acabar sus estudios en la Universidad de Boston. Llegan antes de la hora de la comida, con unas neveritas llenas de refrescos y bocadillos. Violet, Connor y sus cuatro hijos: Molly y Shannon, así como Ryan, quien pasará su último verano en casa antes de empezar la universidad, y Patrick, que va por detrás y es diez años menor que su hermana mayor. Un afortunado accidente el niño, quien con sus doce años va completamente absorto en su Game Boy. Al verme, guarda la consola, un poco avergonzado. Entonces recibimos más abrazos infinitos, de parte de caras tan arrugadas por la preocupación que parecen toallas estrujadas con demasiada fuerza. Me espero preguntas que no llegan, y sus miradas llenas de dolor me siguen incluso cuando cierro los ojos. La decisión que hemos tomado nos persigue como si fuese una sombra cada vez más larga, una red que va atrapando momentos llenos de melancolía. Violet contiene las lágrimas cuando Connor se inclina un poco para preguntarle a Evelyn cómo se siente. Jane mantiene la mirada clavada en el océano, perdida en sus pensamientos. Todos notamos la ausencia de Thomas, pues es una bandera que ondea y nos muestra su desaprobación.

Rain arrastra su tumbona para situarla a mi lado.

—Abuelo, cuéntanos esas historias de cuando mamá era niña. De cuando siempre andaba haciendo trastadas.

Jane suelta una risa por lo bajo.

—Con eso tendremos para rato.

—Pero si ya os las sabéis todas —le digo.

—Es que quiero oírlas de nuevo —me dice, apoyándome la cabeza en el hombro.

Dado que es el cumpleaños de Evelyn, todos intentamos olvidar la situación o hacer como que no nos acordamos. Comemos bocadillos envueltos en plástico transparente acompañados de patatas con sal y vinagre y unas cerezas que han traído en bolsitas, para luego escupir los huesos en la arena. El cielo azul parece infinito en lo alto, con unas nubes blancas y delgadas que lo recorren como las estelas que dejan los aviones. Oímos el estruendo de un avión que pasa promocionando langostas frescas a siete dólares el medio kilo, en la tienda de marisco de Hal. El sol nos calienta cada vez que salimos del mar y deja que se nos sequen los bañadores mientras nos tumbamos sobre unas toallas que han quedado tiesas al secarse al aire libre y hace que la pena que todos sentimos, pesada como una piedra, desaparezca durante un rato.

Conforme va bajando la marea, se organiza un partido de fútbol de toque, y los nietos terminan todos cubiertos de arena cuando hacen caso omiso de las reglas y terminan haciéndose placajes unos a otros. Me obligo a ponerme de pie, pues yo también quiero jugar con todos mis nietos, que se han reunido una vez más para estar todos juntos.

¿Será la última vez que lo haga?

Evelyn está tumbada a mi lado, con el cabello recogido y seco; ha optado por no bañarse en el mar al ver que, al despertar esta mañana, se sentía muy inestable en tierra firme.

—¿Quieres ir a dar un paseo? —le pregunto.

—Ve tú —me dice, cubriéndose los ojos con la mano—. Me lo estoy pasando pipa con el espectáculo.

Sigo las huellas de siempre para evitar aplastar unas colonias de caracoles y de cangrejos ermitaños. Oigo unos vítores en cuanto me acerco y veo a los nietos sonreír, con el pecho, las piernas y los hombros llenos de barro.

—A ver, nada de placajes para este vejestorio. —Alzo los brazos como si me estuviese rindiendo por adelantado—. Pero podemos lanzarnos el balón un rato. —Ryan sonríe, limpia un poco el balón en el agua que ya se acerca hasta donde estamos, porque está subiendo la marea, y me lo pasa. Es su último verano antes de irse a la universidad, como el adulto que ya casi es, y todo lo que yo ya he vivido a él aún le queda por delante. Nos separamos en un círculo amplio para pasarnos el balón, alternándonos entre jugar a ver quién lo atrapa y quién no, mientras recordamos anécdotas que ya han sido contadas tantas veces que forman parte del folklore de la familia, hasta que el agua nos cubre los tobillos y tenemos que volver con el resto.

Detrás de nuestras tumbonas, Evelyn ha juntado unas botellas de vino y unos cuantos tarros de mermelada bien lavados, así como unas libretas y unos bolis que ha sacado del cajón de cachivaches. «Enviar un mensaje en una botella» es uno de los sueños escritos en una lista olvidada que hemos desenterrado y uno de los muchos que esperamos cumplir en este último año. Sueños y también unos cuantos caprichos que Evelyn quiere cumplir por última vez, como las fresas que comimos directo de los arbustos, no más grandes que mi pulgar, rojas como un rubí y calentadas por el sol. Batidos de chocolate con patatas fritas. El primer bocado de una nectarina en su punto. Dormir con las ventanas abiertas para dejar entrar el aire del verano.

Y, por encima de todo, días como el que estamos viviendo.

Evelyn nos entrega una botella a cada uno, va repartiendo papel y bolis, según los críos se arrodillan por doquier y se turnan para escribir sobre los brazos de madera de las tumbonas o sobre la espalda del otro.

Hago como que echo un vistazo a lo que Evelyn está escribiendo, y ella me da un buen golpe con el boli.

—No se vale copiar —me dice, entre risas.

De modo que escribo lo único que se me ocurre, «J y E», como si estuviese tallando nuestras iniciales en el tronco de un árbol. Un testimonio, una prueba de que estuvimos presentes. Enrollamos los papeles como si fuesen pergaminos, los metemos en las botellas y las tapamos, tras lo cual nos metemos en el mar hasta que el agua nos llega hasta las rodillas, como si estuviésemos persiguiendo el sol al ponerse. Evelyn hace una cuenta regresiva desde tres y todos lanzamos nuestros mensajes lo más lejos que podemos, para verlos salpicar y volver a surgir hacia la superficie antes de alejarse con la corriente y desaparecer.

—Sabéis que probablemente volverán a nuestra orilla, ¿verdad? —pregunta Jane.

—Menuda aguafiestas estás hecha —le dice Violet.

—La mayoría de las cosas termina volviendo a donde comenzó, cielo —bromea Evelyn, dándole un golpecito con la cadera a Jane—. Eso no significa que no valga la pena hacer que encuentre su propio camino.

Todos vuelven a la casa para asearse antes de la cena, y los nietos gritan para decidir quién será el primero en usar la ducha exterior. Evelyn y yo nos quedamos rezagados, pues no queremos perdernos nuestra hora favorita del día. El momento en el que el resto de las familias ya lo ha recogido todo, cuando el sol se esconde en el horizonte y una brisa muy ligera hace que perdamos la calidez que se nos había quedado en nuestra piel bronceada. Mañana, la orilla estará llena de sombrillas de colores chillones una vez más, pero, de momento, nos hemos quedado solos.

Echo de menos los días largos como este, con la marea baja formando olas pequeñas en el banco de arena que se extiende por toda la playa como si fuese un brazo abierto. El respirar el aire salado hasta lo más hondo de los pulmones. La hora de ponernos algo de abrigo y de cubrirnos las piernas con la toalla, cuando la playa se queda en calma y lo único que se puede oír es el mar. Las noches infinitas que he pasado aquí con Evelyn, contemplando el ocaso sobre un océano que reflejaba el cielo.

Las olas van y vienen y despiertan mis recuerdos. Una Jane con coletas, con la arena mojada entre los dedos para formar un castillo escarpado. Violet haciendo piruetas en la orilla para exigir que le prestáramos atención. Thomas, a su aire, lanzando piedras por el muelle. Evelyn corriendo detrás de nuestros hijos, cogiéndolos en brazos para alzarlos entre risitas hacia lo alto. Recogiendo cangrejos verdes que eran demasiado pequeños para comérnoslos en unos cubos de plástico antes de devolverlos al mar. Demostrando cómo debían sostenerlos, con el pulgar y el índice entre las patas traseras, para que no pudieran pellizcarlos, y cómo descubrir si eran machos o hembras al darles la vuelta y ver las marcas que tenían por debajo. Los nietos nadando hasta la Roca del Capitán, cuatro pelirrojos guiados por la estrella del norte que era su prima mayor, Rain. La balsa enorme que ataron a un ancla para jugar al rey de la montaña y empujar al resto de los primos al agua. Sus grititos que nos llegaban hasta las tumbonas, mientras leíamos, charlábamos o nos dábamos el lujo de echarnos una siestecita bajo el cobijo de una sombrilla ladeada.

Evelyn suspira, contenta.

—Qué día más bonito hemos pasado.

—Casi perfecto —asiento.

Contemplo su rostro marcado por las arrugas, las manchas de la edad que le salpican las mejillas. Nuestra vida entera ha sido una serie de matrimonios sucesivos, unidos por sus similitudes y, aun así, distintos entre ellos. Similares pero diferentes. Incluso siendo mi esposa, nunca me ha pertenecido, ni siquiera ahora cuando le hacemos frente juntos al fin de nuestra vida. Nunca le ha pertenecido a nadie más que a sí misma, y yo nunca le he pertenecido a nadie que no sea ella.

—¿Tienes miedo? —le pregunto. Nos hemos debatido entre nuestras creencias confusas, más atados a la esperanza que a la religión, a una conexión a nuestro mundo que sentimos en los huesos, pero que no sabemos nombrar. El cristianismo en el que nos criaron fue un túnel angosto que terminó viniéndose abajo, con una piedra enorme que bloqueaba su entrada con cada pérdida que teníamos que afrontar.

Evelyn vacila un segundo.

—Temo por nuestros hijos, por cómo se sentirán. Temo no estar lista. Temo que llegue el día en que quiera cambiar de opinión.

Cuando llegue el día, no sé si podremos hacer lo que nos hemos propuesto. Abrazar a nuestros seres queridos y marcharnos, sabiendo que será la última vez que los veamos. Solo que esa es la decisión que hemos tomado debido a la pregunta que nos ha traído hasta aquí. La pregunta que aún me tortura. ¿Será este año demasiado largo como para que Evelyn consiga seguir siendo ella misma, tal cual es ahora, o podremos tener muchos años más como este?

Su mano es como un pajarillo de lo más frágil en la mía, y le doy un apretoncito delicado.

—Siempre podemos cambiar de opinión, Evelyn. Nadie dice que no.

—Tú puedes cambiar de opinión. De hecho, deberías hacerlo.

—Los dos podemos.

—Por favor, no digas eso como si de verdad tuviese otra alternativa.

No se lo discuto. Lo que constituye una alternativa como tal es un tema de lo más delicado. En su lugar, intento consolarla, darle las razones a las que me aferro como si fuesen un talismán cuando las dudas se apoderan de mí en momentos de quietud.

—No podremos vivir para siempre, pero al menos nos iremos como queremos. Y así no tendremos que seguir despidiéndonos. —Le dejo un beso en los nudillos, los cuales están hinchados en las articulaciones y tiemblan en mi agarre—. Somos afortunados —le digo en voz baja.

Evelyn sonríe, y las arrugas que rodean sus labios se acentúan un poco más.

—Creo que siempre lo hemos sido —me dice, en un hilo de voz.

Unas nubes de color rosa se extienden por el horizonte. El estrecho de Long Island está en calma, la superficie teñida del mismo color y tan tranquila que bien podría ser una extensión del cielo que parece florecer. Nos quedamos sentados hasta que el sol se ha ocultado tanto que ya casi no nos da calor, hasta que el día llega a su fin, con la promesa de traernos más calidez en unos días venideros que, pese a que ya lo sabemos y no podemos hacer nada al respecto, serán demasiado cortos.

Más tarde, en casa, la puerta se abre y el eco de dos pisadas distintas en el recibidor llega hasta la cocina: unas provocadas por unos zapatos elegantes sobre las baldosas y las otras, por el golpeteo inconfundible de unos zapatos de tacón. Thomas y Ann han llegado. Jane me mira con las cejas alzadas, antes de echarle un vistazo al reloj que hay en la esquina y dejar los rollitos sobre la mesa sin pronunciar palabra. No hace falta que me diga nada. Es sábado, han tenido todo el día para presentarse y, aun así, han llegado a estas horas.

Evelyn se limpia las manos en el delantal y abandona el cucharón en una olla de salsa antes de salir corriendo para darles la bienvenida con un beso. Su alivio ha pasado a convertirse en afecto. No hemos visto ni hemos sabido nada de Thomas desde que le contamos nuestros planes hace un mes; ha ignorado los cuatro mensajes que le hemos dejado, incluido en el que le especificábamos los detalles de esta noche.

Le doy un abrazo del que no tarda en apartarse y le digo:

—Me alegro de que hayáis podido venir.

—Sí, perdonad la tardanza —contesta, quitándose una pelusa de la manga—. Es que me ha salido algo importante en el trabajo que no podía posponer.

Me echo hacia atrás en mi silla, en la cabecera de la mesa.

—Es sábado, Thomas.

Thomas se quita su blazer y lo acomoda en el respaldo de la silla que escoge, al otro extremo de la mesa y opuesta a la mía.

—Es que en Nueva York no se descansa los sábados, papá.

—Os juro que yo casi ni lo veo tampoco, si os sirve de algo. —Ann me abraza de lado antes de pasarme una botella. Tiene unos brazos que parecen ramitas bien definidas, y su vestido elegante cuelga de su figura esbelta, con su cabello rubio liso y brillante. Es casi tan alta como Thomas e igual de exitosa: dirige una agencia de marketing en Manhattan y tiene la oficina a unas pocas calles de la de mi hijo. Siempre que nos visita, nos trae algo de la ciudad que podamos sumar a la comida: quesos gourmet, licores importados o pastelitos muy elaborados. Cuando llevamos a Rain a ver un espectáculo en Broadway por su decimosexto cumpleaños, nos invitaron a cenar al restaurante más elegante en lo alto de las Torres Gemelas. Evelyn se mareó un poco por la altura y Rain no dejaba de levantarse de nuestra mesa de manteles de lino para ir a apretujar las palmas contra los ventanales de cristal, maravillada ante las vistas infinitas y en miniatura que había debajo, como si se tratara de una ciudad de muñecas.

Acepto el vino tinto que me entrega y le doy las gracias.

—Sé que siempre andáis liados, pero es un día muy importante. Y la playa ha estado estupenda, ojalá hubieseis podido llegar antes.

—Bueno, pero ya estamos aquí, ¿no? —Es obvio que Thomas no tiene paciencia para mis comentarios—. ¿Cómo va la cena, mamá?

—Ya casi estamos. Habéis llegado justo a tiempo —repone de lo más contenta, mientras acomoda unos cubiertos que ya estaban bien colocados.

—Creo que lo que Thomas quería preguntarte, más bien, es cómo vas tú, Evelyn —corrige Ann, antes de volverse hacia mi mujer y hablarle con cariño—. ¿Cómo te encuentras?

—Muchísimo mejor ahora que estáis aquí —contesta Evelyn, al tiempo que le da un apretoncito a Ann en los brazos—. Pero no hablemos de mí que la comida se enfría.

El resto de la familia ocupa sus asientos y empezamos a devorar nuestros platos humeantes, pues todos nos morimos de hambre al haber pasado el día bajo el sol. Violet y Connor no se sientan juntos, sino con todos sus hijos en medio. Cuando se conocieron, prácticamente no podían separarse lo suficiente ni para sentarse cada uno en una silla, pero no creo que hayan intercambiado más que unas pocas palabras hoy. Violet para decir que Patrick necesitaba ponerse protector solar y Connor para preguntarle si prefería un bocadillo de jamón o de pavo de la neverita. Su relación se mantenía en pie gracias a los niños, a la logística de compartir un hogar. No podemos abandonarlos cuando están así, balanceándose sobre un precipicio y sin saber si podrán recuperar lo que tenían, sin echarles una mano. Siempre me ha caído bien Connor. La primera vez que nos dimos la mano, me pareció un tipo sincero, seguro de sí mismo en medio de su noviazgo apresurado y su breve compromiso. Aun con todo, me cayó bien. Y aún ahora tengo la esperanza de que todo vaya bien con él.

Conforme todos se van llenando y las conversaciones pasan a centrarse en el trabajo y las clases y los planes para el verano, me pongo de pie para hacer un brindis. Con la copa en la mano, contemplo la robusta mesa de pino, las sillas disparejas que hemos sacado de todos los rincones posibles de la casa y a todos los presentes, apretujados para caber en el perímetro. Los platos están llenos de cerdo asado y salsa, de mazorcas de maíz, patatas gratinadas y judías salteadas. La bandeja de la mantequilla, descascarillada en una esquina, junto al salero y el pimentero adornados con barquitos, pasan de mano en mano. La puerta del armario que hay detrás de la mesa está ligeramente entreabierta, lo que deja ver la pila inestable de juegos de mesa y rompecabezas. Unos rostros expectantes se vuelven para mirarme, con los tenedores y cuchillos en pausa. Una brisa que apenas se percibe se cuela por las ventanas abiertas y nuestra casa es un faro solitario iluminado en medio de la oscuridad.

—Evelyn, me cuesta creer que haya pasado un año más. Hoy cumples setenta y seis años y sigues siendo igual de guapa que cuando tenías dieciséis y te bajaste de ese tren. Creo que no podríamos habernos visto venir lo que todos estos años juntos nos han traído. —Me interrumpo un segundo para hacer un ademán al resto de nuestra familia—. Toda la felicidad que nos habéis dado. —Me vuelvo a centrar en mi mujer—. Gracias por pasar tu vida conmigo. No sabes lo mucho que significa para mí. Te quiero. Felicidades.

El tintineo de las copas al chocar y el eco de las felicitaciones se extienden a mi alrededor.

—Gracias —me dice Evelyn, con los ojos brillantes por la emoción.

Una lágrima se desliza por la mejilla de Jane, nuestra primogénita tan independiente e imperturbable. Recuerdo California y su espíritu libre, cuando no era nada más que unas extremidades muy largas, una melena rebelde y pura furia. No recuerdo la última vez que la vi llorar. Entonces menea la cabeza, desafiante.

—No podéis hacerlo —sentencia, y la mesa entera se queda en silencio.

Violet, quien nunca tarda nada en demostrar lo que siente, contiene un sollozo. Una vez, cuando era pequeña, encontró el huevo de un petirrojo en medio del césped, lejos de cualquier nido que hubiese en derredor. Lo envolvió en una toalla y lo mantuvo en una cajita cerca de su cama. La oía cantarle por las noches, aunque el pajarillo nunca salió del cascarón. Las lágrimas que derramó al enterrarlo me estrujaron el corazón. Y las que derrama hoy casi hacen que cambie de parecer. Que no la deje sufrir, que haga que el pajarillo salga del cascarón y pueda irse volando.

—Es absurdo —coincide Thomas, con una mirada fulminante.

Ann le da un golpe en el brazo.

—Chitón, que no es momento.

—Es que, según ellos, no nos queda mucho tiempo.

—Es nuestra vida, por ende, nuestra decisión —repone Evelyn, aunque quizás sin demasiada convicción—. ¿De verdad queréis que hablemos de esto delante de los niños?

—Es que no se trata solo de vuestra vida. Nos afecta a todos, incluidos los niños. —Thomas señala a nuestros nietos con su tenedor, quienes tienen la vista clavada en sus platos.

—Vale, tienes razón —concede Evelyn—. Violet, Connor, ¿estáis de acuerdo?

Violet asiente.

—Ya son adultos. Y cualquier cosa que digamos llegará a oídos de Patrick, nos guste o no. Así que creo que es importante que provenga de vosotros.

—¿Cómo pensáis hacerlo? —interrumpe Thomas, con voz cortante.

—¿Por qué tienes que saltar directo a eso? —Connor habla por primera vez, con su acento de Boston evidente en sus palabras y su entrecejo colorado fruncido al mirar a mi hijo.

Thomas se inclina hacia adelante.

—Porque si se lo han pensado tan bien como dicen, quiero saberlo. ¿Cómo pensáis hacerlo?

—Thomas, no seas retorcido. —Violet está muy pálida, mientras que nuestros nietos permanecen en silencio. Ya ni se oye el ruido de los cubiertos contra los platos. A pesar de que a Patrick siempre le ha tocado formar parte de conversaciones para las que aún es muy pequeño, por el hecho de tener hermanos bastante mayores que él, me vuelvo hacia él, temeroso de que todo esto lo supere, con sus apenas doce años. Mi nieto tiene las mejillas sonrojadas y la cabeza gacha. Me preocupa el recuerdo que se vaya a llevar de esta velada. Cómo esta discusión vaya a condicionar sus propias ideas sobre la vida y la muerte, cómo lo va a marcar nuestra decisión, cómo va a cambiarlo, así como a sus hermanos mayores y también a Rain.

—Es una pregunta válida —acota Jane.

—No va a pasar por arte de magia, algo tendréis que hacer. Y alguien tendrá que venir a buscaros cuando lo hagáis. ¿Alguien se ofrece voluntario? —Thomas fulmina con la mirada a sus hermanas—. Ya, eso creía. —Entonces se vuelve hacia nosotros—. Necesitamos más información si pretendéis que nos mostremos de acuerdo.

—Con pastillas, Thomas. ¿Vale? Hay pastillas que podemos tomar. Y una ambulancia se puede encargar de trasladarnos. No tiene que ser nada traumático. —Evelyn habla casi sin emoción, con un tono controlado—. No hay un modo bonito de hablar de esto. Sabemos lo que implica. Y también sabemos que os parece una locura...

—Anda, no me digas —interrumpe Thomas, antes de beber un sorbo de su vino.

—... pero todos vais a tener que vivir sin nosotros algún día. Y al menos así podremos prepararnos y aprovechar al máximo el tiempo que nos queda.

—Pero ¿por qué habéis puesto una fecha? Si de verdad no podéis ni imaginaros vivir sin el otro, lo cual es un tema aparte del que ya hablaremos, ¿por qué no esperar a que uno la palme y ya se matará el otro después?

—Calma, cariño, que hay niños en la mesa —lo regaña Ann.

—¡Pero si ese es el tema que estamos discutiendo! ¿Qué pasa? ¿No puedo decir las cosas como son?

—El dolor de la pérdida ya casi acabó conmigo una vez. —La voz de Evelyn es firme, aunque vacila un poco antes de continuar—: Si bien no estoy de acuerdo con la decisión de vuestro padre, puedo entenderla. Yo tampoco podría imaginar una vida sin él.

—Ya hemos sufrido demasiadas pérdidas... Así que sé perfectamente lo que hago —digo, estirando una mano para sujetar la de Evelyn. «Fase dos»—. Y yo tampoco podría seguir en este mundo sin ti.

—Pero es que así es la vida —repone Jane—. La gente muere y los que nos quedamos buscamos el modo de seguir adelante.

—Es posible, Jane, pero es que yo no quiero vivir sin vuestra madre. Y ella no quiere vivir sin mí. Caray, que no hay ninguna garantía de que algo no vaya a pasarme a mí primero, de la nada, y que la vaya a dejar sola mientras su enfermedad sigue avanzando. Si no lo hacemos... Si lo dejamos en manos del destino, podríamos quedarnos viudos durante años, quizás hasta décadas si alguno de los dos vive tanto como hizo vuestra abuela. —«Viudos durante décadas», la idea me sacude entero y hace que vuelva a afirmarme en mi convicción. Me da la fuerza para sonar seguro y hablar sin titubear—. Esto no tiene nada que ver con lo mucho que os queremos a todos vosotros, por favor, no lo dudéis ni por un instante. Pero todos tenéis vuestras propia vida, ajena a nosotros, y esta podrá seguir sin nosotros. En cambio, la nuestra —Hago un ademán hacia Evelyn— siempre ha involucrado al otro. El único mundo que he conocido en mi vida siempre la ha tenido a ella. Así que uno sin ella es uno en el que no quiero despertar, la verdad. Por favor, Thomas. Trata de entenderlo.

Nuestro hijo está serio, y todos nuestros miedos y razones pesan sobre la mesa.

—A mí me parece algo precioso, la verdad —interpone Violet, secándose las lágrimas con una servilleta de papel—. El querer tanto a alguien.

Connor, quien había permanecido en silencio en el otro extremo de la mesa, remueve su mantel un poco incómodo.

—No empieces con eso otra vez... —se queja Thomas, con un ademán de impaciencia.

—Es que es una idea muy bonita —interrumpe Jane—, pero no deja de ser una soberana estupidez...

—Mamá... —advierte Rain, con una mueca de incomodidad.

Sin embargo, nuestra hija sigue, decidida.

—Lo siento, pero no. No creo que vuestra vida tenga que terminar si el otro no está. Joder, que yo estoy sola y estoy de maravilla. ¿Qué pasa con vivir por uno mismo? Mamá, ¿qué pasa con todo lo que querías hacer?

Evelyn asiente.

—Para eso nos damos este año. Por eso es que la sinfónica es tan importante y por eso necesito tu ayuda. No puedo hacerlo sin ti.

—Pero es que podrías tener muchísimos años más —suelta Jane—. Y si uno de los dos tiene que irse antes que el otro, aun así tendríais muchas razones por las que seguir viviendo.

—¡Por fin! —Thomas da un golpe a la mesa con la palma abierta, con lo que consigue que Ann pegue un bote, claramente tensa a su lado.

—¿Y qué hay de todo eso de la ley de la Muerte Digna que propusieron en Oregón hace unos años? —interpone Jane—. Mamá, si esperas hasta que de verdad estés muy enferma, todos te apoyaríamos. Ninguno de nosotros quiere que sufras, es obvio.

—He considerado todas las opciones antes de tomar una decisión. No pienso ir a Oregón ni a Suiza ni a ningún lugar que no sea mi hogar. Voy a morir, eso está claro. Y quiero morir aquí.

—Y, cómo no, eso no me valdría a mí —añado—. Incluso si Evelyn consigue cumplir con todos los trámites y condiciones. Así que esto nos asegura que los dos podamos hacerlo juntos.

—Pues claro que no te valdría. ¡Si no te estás muriendo! —rechista Thomas, casi entre risas.

—El estar muriendo no es lo único que acaba contigo, hijo mío —le digo, y la mesa vuelve a quedarse en silencio.

—No os reconoceré, lo tengo por seguro. No me reconoceré a mí misma. No quiero deteriorarme y acabar siendo alguien que no sabe ni quién es. Lo que la enfermedad le hizo a mi madre…, cómo era en sus últimos días…, la mayoría de las veces no tenía ni idea de quién era. No quiero agotaros tanto por tener que cuidar de mí que veáis mi muerte como un alivio. No os haré pasar por eso.

—Pero es que no pareces estar tan mal, mamá —suplica Violet—. ¿Y si en un año sigues igual? ¿No puedes esperar y ver cómo evolucionas?

—El decidirlo ahora, cuando aún tengo todas mis facultades, es el único modo que tengo de asegurarme de que tendré la fuerza suficiente para llevarlo a cabo. Si sigo posponiéndolo, nunca lo haré. Siempre habrá la posibilidad de tener otro día, solo un día más, para seguir viviendo. —Entonces se le quiebra la voz.

Me alivia que sepan lo de su diagnóstico, por mucho que Evelyn no haya querido contárselos. Según ella, no quería que la trataran de un modo diferente. Pero no lo hacía por eso. Cuando se los dijo, se volvió real. Su decisión no es algo que se encuentre en el futuro, dentro de un año, donde pueda controlarla, sino que tiene que hacerle frente al ladrón que está con ella en la casa, a sabiendas de que no puede hacer nada para detenerlo.

—No puedo protegeros, por mucho que quiera... —Evelyn vacila un poco—. Mi enfermedad no va a desaparecer y tampoco voy a mejorar. Sé que es difícil imaginarlo, pero estaréis bien.

—Eso no lo sabes —dice Violet, entre sollozos.

—Claro que sí —la tranquiliza Evelyn, antes de centrar su atención en Jane—. Siempre he querido vivir bajo mis propios términos. Y con mi muerte lo mismo. —Alza la barbilla al mirar a Thomas, aunque su mirada se suaviza un poco—. Cielo, no os estoy pidiendo permiso... No pienso cambiar de opinión.

Toda la familia vuelve a quedar en silencio.

Evelyn echa un vistazo a todas las cabezas gachas, concentradas en sus propios platos. Y entonces sonríe, la travesura clara en su mirada.

—Ya vale con esas caras largas. Es mi cumpleaños, así que vamos a celebrarlo. —Se pone de pie, apoyando su peso sobre la mesa—. ¿Sabéis qué? No me he dado un chapuzón hoy.

—¿Qué dices? —Thomas alza la mirada, preocupado.

—Ya me habéis oído. En marcha todo el mundo. —Se da media vuelta y enfila hacia la puerta principal sin añadir nada más, por lo que lo único que oímos es el traqueteo de la puerta mosquitera al cerrarse a sus espaldas. Todos se quedan boquiabiertos y contemplando los restos de la cena, sin saber qué hacer.

Yo me encojo de hombros y empujo la silla para levantarme y seguir a mi mujer.

Fuera, una brisa cálida me agita el cabello mientras cojeo un poco para darle alcance, pues la pierna ya me empieza a molestar al ser tan tarde. Oigo la puerta mosquitera crujir a nuestras espaldas: una, dos y tres veces, en medio del estruendo distante de los fuegos artificiales. Evelyn me sonríe, con unos ojos brillantes gracias a la luz de la luna.

—¿Estás segura? —le pregunto. Los dolores tan intensos que ha tenido últimamente me preocupan. La parsimonia y los temblores. ¿Cuán rápido podría seguir empeorando? Quizás no hacer muchos esfuerzos físicos haga que resista un poco más.

—No es como si tuviese mucho que perder, ¿no te parece?

Puede que tenga todo el derecho del mundo a ser temeraria.

Avanzamos a oscuras por el caminito angosto de la entrada, pavimentado con las conchas marinas de donde salieron las perlas que le dieron el nombre a la pensión. Le ofrezco el brazo a Evelyn para que se sostenga, pero ella se hace a un lado para caminar por su cuenta, una negativa que me esperaba incluso antes de mi ofrecimiento. No necesitamos la luz para guiarnos. Conocemos bien el crujido de nuestros pasos al andar, el camino que da a la calle Sandstone delineado con rosas del pantano de lo más aromáticas, la calle que dobla hacia el este en dirección hacia el mar, más allá de unos robles altos y unas dunas cubiertas de pasto varilla hasta que giramos al llegar al cartel de la playa Bernard, con el mar frente a nosotros. Son unas vistas que siempre consiguen sacudir algo en mi interior. Conozco el camino como conozco a Evelyn: en lo más hondo de mi ser y por completo.

Llegamos juntos hacia el agua, y su séquito nos sigue, la mar de confundidos.

—No dejéis que vuestra abuela os gane, eh.

—Mamá, no. No es… No deberías… —empieza Violet.

—Y os preguntabais por qué no quería deciros nada —bromea Evelyn, con una voz teñida de algo que le hace gracia solo a ella, pues no se puede creer que alguien pretenda decirle qué puede y qué no puede hacer. A ella.

Se apoya en mi hombro para quitarse los zapatos y hunde los dedos de los pies en la arena fría. Entonces se adentra ella sola en el agua y la dejo ir. En este momento no me necesita: ella misma es la única luz que le hace falta para guiarse. La contemplo hasta que la oscuridad casi la devora por completo, con las estrellas centelleando en lo alto y la luna reflejada sobre el agua en unos anillos brillantes que no dejan de ondular.

En una noche como esta, no puedo evitar recordar a mis propios padres; no estaba listo para perderlos, había muchísimas cosas que quería compartir con ellos, que me gustaría que hubiesen podido ver. Nunca habría estado listo para decirles adiós, por mucho que supiera, al menos en teoría, que la despedida iba a llegar en algún momento. Se supone que los hijos deben enterrar a sus padres, ese es el orden natural de las cosas. No puedo ahorrarles el dolor del mismo modo que no puedo ahorrarme a mí mismo la muerte; lo más que podemos hacer es posponerlo todo lo posible.

Solo que perder a Evelyn, vivir más que la persona que es la razón por la que respiro, verla consumirse hasta convertirse en una versión de ella misma que no es más que una muñeca de trapo, una pianista que ya no puede usar las manos para crear la música que tanto le gusta, esperar a que no me reconozca más, hasta que deje de ser Evelyn y tener que pasearme por los pasillos de nuestra casa yo solo… Todo eso sería algo que no podría soportar.

¿Cuántos años más podríamos estar juntos, si lo dejáramos a la suerte? Me recuerdo a mí mismo que hemos tenido más años juntos que los que suelen tener la mayoría de las parejas y que, de algún modo, eso tendrá que bastar.

Nuestros nietos pasan corriendo por nuestro lado, entre gritos y vítores, totalmente vestidos, antes de lanzarse desde el muelle. Jane los sigue, dándome un empujoncito en el codo antes de perseguir a los críos. Rain y Tony corren tras ella y saltan a la vez. Para cuando la alcanzo, Evelyn se ha adentrado hasta que el agua le cubre las rodillas, más allá de la orilla, y doy gracias por lo manso que es el estrecho de Long Island, la tranquilidad propia de un lago que no se puede encontrar en las entradas al mar abierto. El dobladillo de su falda se agita con la corriente sutil, y el agua está helada y el suelo desnivelado bajo mis pies. Violet corre detrás de sus hijos, y lo mismo hace Connor, quien se tira de bomba hacia la superficie oscura. Los únicos que permanecen en la orilla son Thomas y Ann.

—¿Vamos donde están todos? —me pregunta Evelyn, con una expresión llena de luz.

—Te seguiría hasta el fin del mundo —le aseguro, antes de que me coja del brazo y sigamos adentrándonos, mientras flotamos en el océano bañado por la luz de la luna que tan bien conocemos.

—Thomas, Ann, ¿a qué esperáis? —los llama Jane.

—Se os ha ido la olla a todos —exclama Thomas de vuelta, a voz en cuello—. Basta, mamá, vas a pillar una pulmonía.

—¡Que estamos en julio! ¡Ven a nadar con la loca de tu madre! —le chilla Evelyn de vuelta.

Los nietos exclaman su aprobación a gritos.

—No me puedo creer que nos hagáis hacer esto. —Thomas y Ann empiezan a acercarse, tras quitarse los zapatos con sumo cuidado. Thomas se enrolla las perneras de los pantalones y se adentran en el mar hasta que el agua les llega hasta las pantorrillas—. ¿Contenta?

Jane y Violet intercambian una sonrisa antes de correr hacia su hermano y darle un placaje que lo hace doblar las rodillas. Intentan pillar a Ann también, pero esta se les escapa y sale corriendo, salpicándolo todo a su alrededor hasta que mis hijas la superan y la sumergen también. Cuando vuelven a salir a la superficie, entre bocanadas de aire y carcajadas, todos están empapados y se han rendido a lo inevitable.

La luna casi llena brilla sobre la superficie del agua a nuestro alrededor, iluminada por los destellos rojos, verdes y dorados. El ambiente está lleno de risas, salpicones y el estruendo de los fuegos artificiales a lo lejos, con Evelyn en el centro de todo. El estómago se me hace un nudo al pensar en lo que le va a costar el chapuzón de hoy, en lo que mañana vaya a traer consigo, pero ella no está pensando en mañana. El océano está oscuro y nos arrulla con su tranquilidad, con nuestros hijos y nietos nadando a su alrededor como si Evelyn fuese una baliza y ellos, luciérnagas. Piscardos plateados nadando bajo la superficie, motitas de polvo que bailotean en un rayo de luz, como la noche más despejada y salpicada de estrellas.

SEIS

Joseph

Mayo de 1944

El uniforme de lana se me pega a la espalda y a las pantorrillas por el sudor. Aunque las ventanas del coche de color verde oliva apagado están abiertas y dejan entrar el aire cálido y salado, tengo un bloque de hielo en el pecho que me pesa y me hace daño conforme recorremos el pueblo. El estrecho de Long Island se extiende frente a mí: la marea está baja y puedo ver su superficie lisa como el cristal, pero no consigue tranquilizarme en absoluto.

El tiempo se volvió un eco distante mientras me encontraba en el extranjero y los recuerdos a los que les he dado vueltas durante dos años regresan distorsionados, en una voz que no reconozco. Esos días lánguidos y confusos en la playa Bernard le pertenecen a otra persona, a un muchacho que no sabía nada de la guerra. No son más que un sueño. Las trenzas húmedas de Evelyn sobre mi pecho mientras yacíamos tumbados sobre la arena se han convertido en los restos sangrientos y pegajosos del brazo de alguien que me salpicaban la espalda cuando estaba tendido en la tierra. El olor a almizcle y agua salada, el rumor de las olas se ha distorsionado hasta adquirir la peste a pólvora y carne humana, los gritos de los soldados.

Conforme recorremos el pueblo, todo está como lo recuerdo. Los bancos de arena se extienden por la costa. El muelle de madera reconstruido donde besé por primera vez a Evelyn deja ver sus pilares expuestos cuando el agua retrocede. La Roca del Capitán brilla bajo el sol vespertino. El camino de tierra que hacía que tuviese que limpiarme los pies antes de meterme en la cama desprende polvo mientras avanzo con el coche y salgo de la calle Sandstone para dirigirme hacia mi hogar. Todo sigue igual.

Solo que, al mismo tiempo, nada es lo que fue.

Llegamos demasiado pronto y pasamos por al lado del poste que solía anunciar que estábamos acercándonos a la pensión La Perla, solo que ahora no es más que una estaca clavada al final de la entrada, pues el huracán arrancó el cartel de su cadena. Nunca lo encontramos, pese a que pasé años esperando que apareciera en la arena, cubierto de algas secas, o enterrado en el saliente rocoso. Si bien mi padre dijo que haría uno nuevo, no hemos vuelto a abrir la pensión desde entonces. ¿De qué servía un cartel, un distintivo para un lugar que el mar había tragado? Tenían pensado volver a inaugurar la pensión en algún momento, pero eso fue hace seis años, muchísimo antes de lo de Pearl Harbor, antes de que Tommy y yo nos alistáramos.

El coche traquetea en la entrada, y el crujido de los neumáticos que indica que he llegado a casa hace que se me revuelva el estómago. Pese a que intento darle las gracias al sargento Allen, alguien designado por el ejército para acompañarme, lo único que consigo es dedicarle un ligero asentimiento antes de bajarme del coche. Tengo un nudo en la garganta y unas perlitas de sudor se me forman bajo el gorro, por lo que me lo quito y lo sujeto bajo el brazo. Me duele la pierna derecha, pues, si bien me han curado la herida, sigue en carne viva bajo los vendajes. Decido usar más la izquierda, por lo que apoyo más peso en ella. No es el andar de un héroe, sin duda, y la palabra me deja un regusto amargo en la boca. Cojeando y muy despacio, avanzo con la esperanza de nunca llegar hasta el porche. No estoy seguro de si ya se han enterado, si el telegrama ha conseguido llegar antes que yo.

La mosquitera cruje al abrirse y Evelyn sale corriendo, se me lanza a los brazos, y oigo el traqueteo de la puerta a sus espaldas. Me besa y me abraza, y, aunque noto sus manos rozándome la cara y el cuello, tengo el cuerpo paralizado, sin equilibrio bajo su agarre. Entonces echa un vistazo en derredor y se percata de que estoy solo. Solo yo y nadie más. No hay otro coche que entre por el camino, nadie que llegue tras de mí. Evelyn se aparta y, por primera vez, repara en mi expresión.

—Evelyn... —Me estiro hacia sus brazos e intento cogerla de la muñeca, pero ella se aparta de sopetón. El coche que me ha traído ha desaparecido, y la única señal de su presencia son las huellas ligeras que han dejado los neumáticos y el rugido del motor que va mermando en la distancia.

—Él también está herido. Lo están trayendo en otro coche. —Su voz es firme, bajo control, y no aparta la mirada de la mía.

No puedo contestarle. Abro la boca para decirle algo, pero el hielo que tengo en el pecho me lo impide: sus bordes afilados se me clavan más hondo. Es un dolor que nunca había experimentado; el ver sus ojos llenarse de lágrimas, verla comprender aquello que no puedo decirle, porque no tengo palabras para explicarme.

—El telegrama decía que se había hecho daño. Que los dos os habíais hecho daño. Dímelo, Joseph. Dime... que va a llegar pronto, que está de camino. —Sus palabras se vuelven gritos mientras empieza a golpearme el pecho y el cabello se le escapa de las horquillas—. ¡Di algo, joder! ¡Háblame! —La cojo de las muñecas y vuelvo a atraerla hacia mí. No puedo ver bien por las lágrimas.

—Lo siento... —le digo, enterrándole la cara en el cuello—. Lo siento tanto. —Es lo único que consigo decirle.

Evelyn deja que la sostenga durante un instante antes de tensarse entre mis brazos. Se endereza, respirando con dificultad, y retrocede para apartarse. Sus ojos son como unas nubes oscuras que no dejan que nada los atraviese, ni el amor, ni siquiera un mínimo de reconocimiento. Me miran un segundo, y los veo más azules de lo que los he visto en la vida.

—Me lo prometiste —me dice, en un hilo de voz.

El hielo que tengo en el pecho se retuerce y se me clava más hondo.

—Evelyn... —No reconozco ni mi propia voz.

Retrocede sin dejar de mirarme. Me escudriña el rostro por completo, como si estuviese leyendo algo que está escrito allí. Algo escrito en un idioma que no consigue entender, algo horrible. Se vuelve y, aunque me estiro para cogerla del brazo, ella se aparta con brusquedad y se aleja a toda prisa. El sol brilla en lo alto y hace que me falle la vista; el color verde y el morado se distorsionan frente a mí, difusos e irreales, conforme Evelyn atraviesa el campo lleno de flores en dirección a la casa que antes compartía con su hermano.

La casa que ha pasado a ser solo de ella.

Porque él ya no está.

Nadar por la noche es mi único consuelo. Me escabullo hacia la playa Bernard cuando no puedo dormir, cuando el corazón se me retuerce como un tornillo demasiado ajustado. Es el único lugar en el que puedo respirar, al sumergirme en las profundidades heladas. El cielo se ve tan oscuro en lo alto que parece de un color completamente nuevo, con el universo brillante e infinito. En Italia no había estrellas como estas. El ambiente estaba lleno de humo y pólvora, de hollín grisáceo y las cenizas de los edificios derruidos. Al pensar en ello, se me cierra la garganta y el aire empieza a escasear. Una mujer desplomada frente a su puerta, con el cuello torcido hacia atrás. Los gritos de su hijo, cubierto de pies a cabeza por el polvo. ¿Fue eso real? ¿Lo es esto?

Me despierto antes del amanecer, agotado, con la almohada húmeda y oliendo a mar. Cojeo hasta el campo que hay entre nuestras casas. Evelyn sigue trabajando en el pueblo cosiendo paracaídas, aunque luego vuelve a esconderse en su habitación y no veo ninguna señal de ella que no sean sus cortinas echadas hasta la mañana. Quiero preguntarle si sigue cosiendo nuestras iniciales en la seda; si puede soportar la idea de escribir una sin la otra, si el hecho de coserlas o de no hacerlo hace que el dolor se afiance más. Antes de irse a dormir, enciende la lámpara, un cuadrado diminuto de luz amarillenta que sé que es ella, moviéndose por su habitación. La ventana por la que solía lanzarle mensajes arrugados para vernos a escondidas, hace una vida. ¿Se quedará contemplando por ahí hacia la pensión sin vida, mientras piensa en mí?

Lleva sin hablarme desde el día en que llegué. Ni siquiera lo hizo durante el funeral, con el peso del ataúd que se me clavaba en el hombro y la pierna torturándome al marchar, mientras cargaba con el cadáver uniformado de alguien que no era Tommy, que no podía serlo. La señora Saunders apretaba con fuerza un pañuelo frente a la iglesia, con el rostro contraído por el dolor, según recitaba las plegarias. Y el señor Saunders, siempre estoico, estrechaba la mano de todos. Evelyn permaneció en silencio, envuelta en un vestido negro y holgado, en un reflejo de todo el vacío que yo mismo sentía al ver cómo bajaban el ataúd hacia la tierra, con una pena tan profunda que conseguía cambiarle los rasgos por completo. Eran dos figuras de cera, dos desconocidos imposibles de reconocer. Uno al que dejaban descansar bajo la tierra oscura y otra completamente vacía por dentro mientras permanecía de pie a un lado de la tumba.

El ejército me concedió una baja con honores debido al trozo de metralla que me atravesó la pierna, aquel que causó la renguera que ahora hace que la gente se me quede mirando y baje la vista, con lástima, o peor, que me dé las gracias. No tengo ningún deseo de seguir involucrado con la guerra después de haber vuelto. No quiero ir al astillero naval ni recolectar todos los metales posibles; ya les he dado todo lo que tenía. Lo único que quiero es quedarme en Stonybrook para siempre, nadar y dejar que el agua fría me envuelva la piel, como solía hacer antes de que partiera y como seguirá haciendo para siempre. Los médicos me dijeron que me lo tomara con calma, que tenía suerte de poder andar y que cojearía durante el resto de mis días. Es algo que no puedo aceptar, no puedo quedarme con un recuerdo constante de ese día. Así que nado, muevo las piernas para avanzar entre las olas y me regodeo en el dolor hasta que el frío y las punzadas incisivas hacen que no sienta nada.

Sin embargo, tanto mis días como mis noches se desdibujan al pensar en ella.

Evelyn, quitándose la sal de uno de sus rizos mojados. Evelyn, cogiéndome de la muñeca para indicarme las formas de las nubes en el cielo. Evelyn, poniéndose una flor detrás de una de sus orejas pequeñitas, que parecían una caracola. La primera vez que le cogí la mano, en la Roca del Capitán. La primera vez que me mostró sus listas, mientras estaba sentada con las piernas cruzadas sobre el prado áspero, en unas páginas llenas de sueños y tinta. La primera vez que le dije que la quería. Sus ojos llenos de lágrimas conforme el tren se alejaba. El modo en que me miró, como si no me reconociera, cuando volví sin su hermano.

Se va a trabajar todas las mañanas, y cada día me levanto a recoger violetas para llevárselas. Como un recordatorio, una ofrenda, una súplica. Me quedo plantado donde su entrada adoquinada da con la calle Sandstone con un ramo de flores contra el pecho y el corazón dándome sacudidas como un pez en una red. Cuando llega hasta donde estoy, se las ofrezco. Y ella me mira, con una expresión vacía y distante.

—Aquí estaré todos los días hasta que vuelvas a hablarme —le prometo.

Todos los gestos tan propios de ella han desaparecido, como burbujas al explotar y extinguirse por completo. No soy capaz de leerle la expresión cuando se niega a devolverme la mirada y se limita a girarse hacia la calle y seguir caminando. Aun con todo, camina al mismo ritmo que yo, por mucho que mi andar sea lento y con dificultad. Mientras avanzamos juntos, el silencio entre ambos está cargado de incertidumbre. Cuando llegamos a la Fábrica Arnold, Evelyn desaparece tras el portón de hierro sin reconocer mi presencia en absoluto.

Esta mañana, como todas las anteriores, saco los tallos diminutos de las flores, descarto las hojas más grandes y me quedo con un puñadito de pétalos de terciopelo. Sin embargo, permanezco un poco rezagado para ver si nota mi ausencia o si no soy más que un fantasma que camina a su lado.

Su puerta se abre de par en par y allí está ella, con su uniforme de color beis sin adornos y el cabello recogido en un moño tirante a la altura de la nuca. Baja los escalones del porche con la vista clavada en los pies, como hace cada mañana. Solo la alza al llegar a la acera y entonces veo la sombra de la decepción, la forma en la que apenas gira la cabeza antes de marcharse por la calle de siempre.

Ha vacilado. Me estaba esperando.

Me doy prisa, por mucho que me duela la pierna al acelerar el paso para alcanzarla. Me arde la pantorrilla, y las llamas se me extienden hasta llegar al pecho, como si el dolor fuese un rayo cayendo sobre el metal, pero lo ignoro y sigo andando.

—¡Evelyn! —exclamo para que me oiga, unos cuantos pasos por delante.

Se gira, tan sorprendida que se detiene y me permite llegar hasta ella. Tan cerca que podría tocarla, si me lo permitiera.

—No pienso dejar de venir. No tienes que hablar, tan solo escúchame, por favor. No te vayas. —Le extiendo las violetas, con la respiración entrecortada. Baja la vista hacia mi mano y vacila, como si fuese a rechazarlas. Pero entonces rodea los tallos con sus dedos delgados y me roza la piel al cogerlas. El roce es tan suave como las cosquillas que me hizo una vez al pasarme un ranúnculo por el cuello. «Cierra los ojos», me dijo en un susurro infantil, cuando aún le faltaban algunos dientes. «Si te mueves, pierdes». Un juego de niños, un recuerdo que, al haberlo guardado con tanto detalle, duele.

Como no había esperado que se detuviera, el discurso que he practicado todos los días durante nuestras caminatas en silencio me sale apresurado y a trompicones.

—No tendría que haberte hecho esa promesa. Estaba intentando protegerte, hacer las cosas bien antes de irme. Pero no pude mantenerla y me está destrozando por dentro. —Me tiembla la voz y tengo las manos a los lados, vacías e inútiles, desesperadas por tocarla, por comprobar que es real—. No estaba con él cuando pasó. Si hubiésemos estado juntos, quizás... No sé, quizás las cosas serían distintas.

Se me nubla la visión. Todo lo sucedido antes de eso no son más que recuerdos confusos. Veo al coronel acercarse para contarme lo sucedido. Veo las vendas que me rodean la pierna. Veo sus labios moverse y el ruido distante de sus palabras como si estuviera bajo el agua, como si me estuviera ahogando, como si estuviera muerto. Lo siento todo hasta que no siento nada. Ver a Evelyn hace que algo en mi interior se agite, y es lo único que puedo hacer para sacar las palabras antes de que me sumerja en el entumecimiento una vez más.

—Ojalá pudiera hacer algo para cambiarlo. Ojalá hubiese sido yo y no él. No sabes cómo lo echo de menos. Dime que lo entiendes, por favor. Dime que...

Las flores caen al suelo como un montón de cerillas usadas cuando me envuelve en un abrazo. Escondo la cara en su cuello y la liberación que me proporciona su toque hace que pierda todas las fuerzas y que rompa a llorar, sacudiéndome por los sollozos porque no hay nada que pueda hacer para cambiar la situación y porque me sienta muy bien poder rendirme al fin. Porque todo lo que he querido hacer desde que he vuelto es estar entre sus brazos.

—No te atrevas a decir eso —me susurra al oído, firme como ella sola, mientras los hombros se me sacuden sin parar—. Quería que volvierais los dos.

La abrazo con más fuerza, y tenerla cerca me duele y me alivia al mismo tiempo.

—¿Por qué no querías verme? Te necesito, Evelyn.

Se echa hacia atrás, hasta que quedan unos pocos milímetros para rozarnos con la nariz. Me mira a los ojos, por primera vez desde que he vuelto a casa, y noto una ligera calidez en su mirada.

—¿Cómo podría? ¿Cómo puedo verte y no recordarlo?

—Pero no puedo perderte a ti también.

Se me hace un nudo en el estómago al pensar en mi madre. En el tumor que le encontraron mientras estaba en la guerra, ese que no deja de crecer y de restarle vida. En las noches en las que mi padre camina de un lado para otro, con la vista clavada más allá de la ventana, sin ver nada. En la pensión que solo lo es en nombre, pintada a medias y con las ventanas de las habitaciones de invitados tapiadas. No habían querido contarme lo del tumor que le estaba creciendo en un costado, por el miedo que tienen a lo que podría conllevar, pero los había descubierto sentados a la mesa de la cocina. Mi padre llorando sobre las manos abiertas de mi madre. Y Evelyn no sabe nada de eso. Resulta imposible pensar que hay algo que no hemos compartido.

—No puedo… —Su voz me trae de vuelta al presente, casi en un susurro—. Es demasiado para mí, Joseph.

La brisa nos trae el aroma del rocío en la hierba, de la tierra. Levanta el borde de su falda y Evelyn cruza los brazos sobre su pecho para resguardarse del frío. Me contengo para no acercarme a ella. Si no podemos usar las palabras para resolver esto, ¿podrán reconocerse nuestros corazones en medio de esta nueva oscuridad? ¿Podremos volver a encontrarnos a través del tacto? Contemplo su rostro, el cual está lleno de ángulos afilados donde antes había unas mejillas sonrojadas y llenas de vida.

—Te quiero —le digo.

Evelyn alza la vista hacia mí, sus ojos de color azul grisáceo llenos de lágrimas.

—No pienso quedarme.

Es como si una fuerte ventisca soplara de pronto y se llevara sus palabras hacia el océano.

—¿Cómo dices?

Niega con la cabeza.

—Que me voy de Stonybrook. Para siempre. No sé si cuando acabe la guerra o quizás antes. No puedo seguir viviendo aquí, no tiene sentido. Todo me recuerda a él.

—Llámalo por su nombre. —La desesperación me tiñe la voz como si fuese la marea al subir.

—¿Cómo? —Da un respingo, sorprendida.

—Que lo llames por su nombre. No lo has pronunciado desde que te conté lo que pasó. No te he oído decirlo ni una sola vez.

—¿Por qué iba a decirlo? —sisea—. Siento como si lo estuviera gritando en todo momento. Me pasé dos años esperando a que volvierais. Dos años, Joseph. ¿De qué sirve que diga su nombre? ¿Qué va a cambiar?

—¿Cómo puedes irte si ni siquiera puedes decir su nombre?

Evelyn se echa atrás, como el aguijón de un escorpión listo para atacar.

—¿Por qué me haces esto?

—Porque no puedes huir. No puedes ignorar lo que sientes, ignorarme a mí y hacer como si nada hubiese pasado. —He empezado a jadear, por el esfuerzo de contener todo el amor que siento, así como el dolor y la furia. Estoy corriendo por la calle antes de que le dispararan. Corro junto a él, junto a su cuerpo sano y salvo. Corro entre las balas que cortan el aire y esquivo todas y cada una de ellas. Corro por el océano, y las olas son como taburetes que me impulsan hacia adelante, hacia la playa Bernard, hacia Stonybrook, hacia la vida que compartíamos. La vida que debo seguir viviendo yo solo, por mucho que no sepa cómo.

—Puedo hacer lo que me venga en gana. —Su expresión es de acero y los brazos que antes me han rodeado ahora están cruzados con firmeza sobre su pecho.

Respiro hondo, escogiendo mis palabras con cuidado.

—Claro que sí. Puedes irte, puedes huir si eso es lo que de verdad quieres hacer. Pero te estoy pidiendo que no lo hagas. Que te quedes conmigo. —Vacilo, con la garganta seca. La escuela de la señora Mayweather y la orden de su madre de abandonar el pueblo. Un tumor que no deja de crecer y se abre paso sin piedad. El reclutamiento, que se cernía sobre nosotros, amenazante y aterrador. Una bala, metralla, atravesándome la carne. Mi vida que se sale de control y solo me dirige hacia ella.

—Tengo que irme, no puedo quedarme aquí. —Su voz es fría y distante, imposible de reconocer.

—En ese caso, iré contigo. —El agua se alza y me empieza a faltar el aire. Me froto los nudillos en un gesto nervioso.

—Es que no quiero que vengas conmigo, ¿no lo entiendes?

—Te necesito, Evelyn. Y sé que tú a mí también. —La escena empieza a alejarse y todo se hace más y más pequeño, con los bordes borrosos y oscuros.

—Eres tú a quien no soporto ver. En este pueblo, rodeada de todo esto. —Baja la vista a las violetas, tiradas por la acera—. Creía que estar juntos sería suficiente. Pero la vida que estuve esperando… se ha ido. Así que no puedo quedarme atrapada aquí, deseando poder volver atrás en el tiempo y que todo sea como antes. —Respira hondo—. Deberíamos despedirnos de una vez.

Estiro una mano hacia ella y noto su mejilla caliente contra la palma. Tiene los ojos hundidos y está casi en los huesos.

—Te dije que no tendríamos que despedirnos del otro como si no fuésemos a volver a vernos. —Evelyn se aparta ligeramente, para no tener que mirarme. Una lágrima se le escapa entre las pestañas y se desliza hasta encontrar mi pulgar—. Sé que tú también me quieres.

—Tengo que irme —dice, retrocediendo, con lo que rompe el contacto entre nosotros. Y es como si me arrebatara el salvavidas. El agua empieza a agitarse a mi alrededor, sin piedad.

Puedo notar la humedad de su lágrima en mi piel.

—Me quieres, ¿verdad? —pregunto, con un nudo en la garganta.

A ella se le llenan los ojos de lágrimas mientras me dedica una mirada suplicante.

—Ya no me esperes por las mañanas… Por favor, Joseph.

—Evelyn…

La última mirada que me dedica, con esa belleza atormentada que parece una daga, me parte en dos. Se da la vuelta y, a un paso que sabe que no podré alcanzar, se aleja.

Un mes más tarde, la ventana a oscuras de Evelyn me da todas las respuestas que necesito. No hay ninguna lámpara que anuncie que se está yendo a dormir y, después de tres noches de lo mismo, me queda claro que ya no vive ahí. Que ha abandonado Stonybrook. Que me ha abandonado a mí. Solo quedan unos pocos días para sus cumpleaños. Tommy habría cumplido veintiún años. El estruendo de los fuegos artificiales del mes de julio se convierte en un bombardeo mientras me refugio en mi habitación, y los reflejos de los destellos en mi ventana son advertencias para que nos retiremos. Me fumo un paquete entero de cigarros según espero que las explosiones lleguen a su fin y termino vomitando hasta que no queda nada en mi interior.

En el cuarto día, me animo a llegar hasta su porche, con el campo de minas que son mis pensamientos. *¿Y si no la vuelvo a ver? ¿Y si me odia? ¿Y si conoce a otro?*

La señora Saunders abre su pesada puerta principal tan solo una rendija, y veo sus ojos hundidos y su piel tensa sobre los pómulos.

—Buenos días, señora Saunders. ¿Está Evelyn en casa? —La mujer me devuelve una mirada llena de desconfianza, como si le estuviese gastando alguna especie de broma pesada—. ¿Sabe a dónde fue?

—No me lo dijo. Creía que tú lo sabrías.

—¿Habrá vuelto a Boston? ¿Sabe cómo contactarla?

—No sé y no me dijo nada. Lo único que sé es que ahora ella tampoco está. Ahora hazme el favor de irte, que ya no tienes a nadie por quien volver a esta casa. —Y, con eso, retrocede y cierra la puerta.

Si bien nunca me había sentido precisamente bien recibido en el hogar de los Saunders, esto es completamente nuevo. No se debía a un deseo de mantener la casa impoluta y de evitar que destrocemos su frágil decorado con nuestros juegos bruscos. Mi presencia es un giro del destino bastante retorcido, pues soy el soldado que volvió mientras que el suyo no lo hizo. Cuántas veces había esperado en este segundo escalón cerca de la barandilla con las grietas diminutas de una vez que le habíamos dado con una pelota de béisbol que se nos había escapado con demasiada fuerza. Solo que las dos personas a las que solía esperar en este porche ya no viven en esta casa. Ya no corren descalzos por la calle Sandstone para luego zambullirse en las olas de la playa Bernard. No tomarán el atajo por el campo para llegar a la pensión ni se lanzarán desde la Roca del Capitán ni existirán en este lugar salvo en sueños y recuerdos.

Me he quedado a la deriva.

Floto sin rumbo durante los siguientes meses, que más bien parecen años. Lucho por dentro, una batalla que no podré ganar. *No quiere estar conmigo.* Pero nos necesitamos el uno al otro. *Me dijo que verme le hacía daño.* Pero estamos hechos el uno para el otro. *Me pidió que le diera espacio.* Pero nunca sanaremos nuestras heridas si no estamos juntos.

Por las noches, me debato en sueños contra un soldado que, aunque tiene mi porte, también tiene el rostro de Tommy y los ojos llenos de sufrimiento de mi padre, y no puedo vencerlo. Me estrangula hasta que despierto.

La mañana después de que Evelyn me pidiera que dejara de ir a verla, le dejé una última nota, escondida entre un ramo de violetas en un frasco de cristal que dejé en su porche. «Que te marches no impedirá que te siga queriendo», decía. Y nunca me contestó. No estoy seguro de si la vio y, si lo hizo, no cambió nada. Algunas semanas después ya se había ido.

Algo en mi interior se parte como si fuese una bisagra que se ha utilizado demasiado y sus fragmentos se alejan a la deriva. Pasan semanas y meses sin que me dé cuenta. Deambulo sin rumbo por los lugares que me recuerdan a ella. A Tommy. Fumo como un condenado. Contemplo la posibilidad de nadar hasta la Roca del Capitán con la marea baja, atarme contra un saliente escarpado y esperar hasta que la marea suba y me cubra por completo.

Tengo que irme. No queda nada para mí aquí sin ella.

Y la verdad es que la seguiría hasta el fin del mundo.

Abordo el tren con destino a Boston, maleta en mano, con la intención de dirigirme a una dirección que encontré en una carta descolorida que Evelyn me envió hace años. «Escuela de mujeres de la señora Mayweather, calle Walnut 239, Brookline, Massachusetts». Como no la encuentro en la guía telefónica, empiezo por la mejor pista que tengo y rezo por aún conocerla lo bastante bien como para seguir sus pasos.

Al verlo por primera vez, confundo el colegio con un museo, pues es un edificio suntuoso de ladrillos con unas columnas griegas blancas y un portón excesivamente grande. Una secretaria refunfuñona me recibe cuando pregunto por Maelynn y me pide que espere fuera del despacho de la directora, en una sala que huele a humedad y está llena de libros viejos y sofás pomposos de cuero. Cuando llega Maelynn, veo que es más menuda de lo que me había imaginado: en las historias que Evelyn nos contaba era una diosa aguerrida y fuerte, una mujer que puede llenar una estancia entera solo con su presencia, solo que, en la realidad, tiene una figura bastante similar a la de Evelyn. Va vestida con un traje de pantalón y chaqueta azul oscuro y me dedica una mirada cómplice cuando me indica que me acerque con tan solo un ademán de la cabeza, con toda la confianza de una mujer que no está acostumbrada a que le digan que no.

—Conque tú eres el famoso Joseph. —Alza las cejas y se parece tanto a Evelyn que el gesto me saca un poco de cuadro y hace que responda en un balbuceo.

—Sí, señora. He venido a casarme con ella, si me acepta. Estoy en esta ciudad con un plan para encontrarla, pero no sé por dónde empezar. —Ojalá tuviese una presentación más convincente que pudiera dar la talla con la confianza que tiene en ella misma, ser un pretendiente más galante y no un simple pueblerino con nada más que súplicas en los labios.

—Bueno, no parece un plan muy bueno que digamos, ¿no crees? —Vuelve a alzar las cejas, con lo que me deja sin palabras una vez más—. A ver, no creo que sea muy correcto que te deje entrar en nuestro hogar así como así sin su permiso —me dice, antes de hacer una pausa—. Y no estaría nada bien que te cuente que trabaja como secretaria en la calle Boylston ni que sale a comprar algo de comer todos los días a las doce y media en el mercadito que hay frente al hotel Copley Square. La verdad es que no estaría nada bien que comparta esa información contigo, así que, sintiéndolo mucho, no puedo ayudarte. —Entonces me guiña un ojo antes de añadir—: Ha sido un placer conocerte. —Se da media vuelta y procede a alejarse, con lo que la puerta del despacho se cierra tras ella.

Me quedo de piedra al ver lo fácil que ha sido. Solo hace unas horas que he salido de Stonybrook; imaginaba que iba a tener que buscarla una y otra vez, que iba a perderle la pista y que iba a terminar encontrándome con más de un callejón sin salida. Pasaron tres meses desde la última vez que vi a Evelyn. Meses sumidos en el dolor de la pérdida, cuidando de mi madre postrada en cama e ideando formas de volver a ganarme el corazón de Evelyn, solo para terminar pisoteando cualquier ilusión. Y ahora que estoy bastante cerca de encontrarla, con un plan y un lugar en el mapa que me conducirá hasta ella, el miedo me paraliza. Miedo de hacer que huya, de que Boston no esté lo bastante lejos de mí, de obligarla a alejarse aún más. Me había convencido a mí mismo de que ella también me echaba de menos. Pero ¿y si me equivoco? ¿Y si me estoy mintiendo por mi desesperación de que sea cierto?

Al haber llegado tan lejos, voy a toda prisa a la parada del tranvía de Brookline Village, aún con la maleta a cuestas y regañándome para mis adentros por no haberme instalado primero, al menos por una noche, y presentarme ante ella con mi equipaje como si mi decisión de si pienso quedarme o no en la ciudad dependiera de la respuesta que me dé. Solo que estoy decidido a llegar hasta Copley Square mientras aún me queda valentía para hacerlo. Lo único peor que encontrar a Evelyn sería no hacerlo, así que cruzo los dedos por que Maelynn tenga razón.

Cuando llega el tranvía, me asomo para preguntar:

—Perdone, ¿pasa por la calle Boylston?

—Es el trayecto de ida —se limita a contestar el conductor con un gruñido, antes de meterme prisa para que suba con los demás pasajeros y nos dé un billete al pagarle. Avanzamos por unas vías que recorren la ciudad, dando tumbos cada vez que nos detenemos en una parada y el vagón se vacía para volver a llenarse, se llena para volver a vaciarse, y yo me voy quedando en un espacio cada vez más reducido. Me aferro a un asidero de tela para no caerme, con abrigos, sombreros, codos y hombros apretujándose contra mí mientras me estrujo el cerebro para saber qué decirle cuando la vea. «No sé cómo vivir en Stonybrook sin ti. No sé cómo vivir sin ti a secas». Nada me parece correcto. Nada parece expresar correctamente lo que necesito que entienda: que todo esto no es un berrinche motivado por mi debilidad o mi desesperación. No hay ninguna violeta que pueda ofrecerle, tan solo las hojas doradas propias de octubre, y no quiero llevarle algo que simbolice el cambio. Quiero que sepa que soy igual de constante que el mar, con las mareas que suben y bajan y las olas que se mecen hasta la eternidad. Así que tendré que presentarme yo solo y ya. A solas con las palabras que no consigo encontrar.

El mercado frente al hotel Copley Square está cubierto de carteles que rezan: La comida es un arma, no la desperdicies y Compra poco, cocina con moderación, cómetelo todo y ayuda a ganar la guerra al saber racionar. Me planto cerca de la entrada, apoyado contra el ladrillo áspero, concentrado en la acera del frente, sin saber si vendrá por un lado o por el otro. El viento otoñal agita las banderas que hay sobre el hotel y, a pesar del abrigo de lana y el sombrero que llevo, tengo que soplarme un poco de calor en las manos para no pasar frío. El aroma a pan recién horneado y embutidos me tienta cada vez que la puerta se abre a mi lado. Me ruge el estómago, pues los nervios que sentía me han impedido desayunar. Los minutos pasan más y más despacio hasta que estoy seguro de que no he llegado a tiempo o de que no estoy en el lugar correcto o de que Maelynn me ha dado una pista falsa a propósito.

Y entonces, como un espejismo o una ilusión óptica, allí está Evelyn.

Lleva puesto un vestido de mangas largas verde que le llega por debajo de las rodillas y los rizos largos recogidos con una horquilla para que no se le vengan a la cara, en contraposición con el moño tirante que llevó durante todo el verano. Le dedica una sonrisa al portero del hotel Copley Square cuando pasa por su lado, aunque es un gesto más bien cortés, en lugar de alegre. Y entonces mira a ambos lados antes de cruzar la calle hacia mí. Tengo las palmas tan sudadas que meto las manos en los bolsillos, con una sensación de electricidad que me recorre entero. Evelyn se acerca al mercado, pero aún no me ha visto. Le abro la puerta para que pase y ella se vuelve para darme las gracias, como a un desconocido más en un sombrero de lana. Y entonces se detiene, con la boca abierta por la sorpresa al verme.

—¡Joseph!

—Hola, Evelyn.

Un hombre que parece que va con prisa y lleva un abrigo marrón se planta en el umbral, así que nos hacemos a un lado para dejarlo salir.

—¿Qué haces aquí?

—Me alegro de verte —le digo, y noto que ya no tiene el rostro tan demacrado como antes. Ha adquirido una apariencia de lo más adulta, ahora que ya tiene diecinueve años. El vestido que lleva le otorga una mirada de color esmeralda, el bosque siniestro de unos ojos que me muero por explorar.

Verla de nuevo, en esta ciudad, es como tropezar con ella en otra vida. Como si pudiéramos volver a nacer y conocernos por primera vez fuera de este mercado y, aun así, supiéramos quiénes somos. Mi alma reconocería la suya en otra vida incluso si fuese una desconocida del mismo modo que hace ahora, de una forma absoluta y primigenia. Lo único que quiero es atraerla hacia mis brazos, pero me contengo, pues no sé cuán dolida siga y si mi roce podría magullarla con la misma facilidad que a un melocotón demasiado maduro.

—¿Cómo sabías dónde encontrarme?

—Maelynn. —Sus labios suaves, esos que reconocería contra los míos incluso en la penumbra, siguen separados por la sorpresa, de modo que continúo hablando—: Te dije que el hecho de marcharte no haría que dejara de quererte y así ha sido. No sabes cuánto te echo de menos. Necesito estar cerca de ti, a tu lado. Me mudaré a la ciudad, si eso es lo que quieres. Haré lo que sea que haga falta…

Evelyn menea la cabeza.

—¿Te mudarías aquí… para estar conmigo? Ay, Joseph…

—No quiero asustarte. Sé que no es poca cosa que me presente aquí ante ti, pero es que no sabía cómo contactarte o qué más hacer…

—No sé qué decir…

—¿Me has echado de menos? ¿O acaso…? ¿Has encontrado lo que querías en esta vida? —le pregunto, desesperado por recibir una respuesta que no me parta en dos.

—No es tan fácil.

—Pero puede serlo.

—Ojalá.

—Te juro que me iré. Te dejaré tranquila y no volveré a molestarte si me lo pides. Solo quiero que sepas que, si hay siquiera una oportunidad de que puedas quererme, aquí estaré.

Evelyn respira hondo y me devuelve la mirada, una tan enigmática como la de una sirena cuyo canto seguiría con mucho gusto hacia mi perdición.

—Vale.

—¿Vale?

—Sí, vale. —El atisbo de una sonrisa—. No me molesta que estés aquí.

—¿Y no te molesta que comamos juntos?

Entonces se ríe, lo que consigue sorprendernos a ambos, y asiente.

—Vale, eso tampoco me molesta.

Compartimos un bocadillo de jamón en un pan de hogaza del mercado que es una cacofonía de olivas en salmuera, embutidos y quesos curados; un santuario de exquisiteces que creía que habían desaparecido por culpa de la guerra. Me he acostumbrado a los trozos de carne dura del estofado, a las galletas hechas con jarabe de maíz y a las alubias enlatadas que crecen en jardines diseñados para tiempos de guerra. Solo que, en Boston, las cartillas de racionamiento te proporcionan unos alimentos que saben a paz, a un chapuzón en agua salada y flores en el cabello de Evelyn.

Compramos lo que nos corresponde y disfrutamos de nuestra comida, ese día y todos los que le siguen. Es un acuerdo tácito que mantenemos incluso después de que empiece a vender trajes en Filene's, mi primer trabajo oficial que no fuese en la pensión. Me contrataron gracias a la señora Moretti, una viuda de mirada amable que se percató de que cojeaba en el tranvía y me preguntó si había combatido en la guerra. Me ofreció alojamiento en la habitación que tenía libre; la que había reservado para su hijo, otro soldado que no había llegado a volver a casa. También me escribió el nombre Filene's en un papel, junto a la dirección del local, y me dijo que preguntara por Sal, el encargado. Cuando se reunió conmigo, me abordó sobre el problema de mi cojera.

—Pareces un buen muchacho —empezó, con un acento italiano bastante marcado—, pero estarás de pie muchas horas al atender a los clientes, ¿crees que podrás soportarlo?

Entonces apoyé mi peso sobre mi pierna herida, para dejarme soportar el dolor, y le juré que no habría problema. Él asintió, con su piel llena de arrugas tensándose al sonreír, y me contó que necesitaba un vendedor de trajes, por lo que podría empezar de inmediato.

Una vez que empiezo a trabajar, pillo el metro en Downtown Crossing, una de las estaciones al aire libre, y me bajo tres paradas después en Back Bay para luego ir a toda prisa hasta Copley Square, donde Evelyn me espera con la mitad de un bocadillo para mí y la otra para ella. Si bien solo compartimos unos pocos minutos en la compañía del otro, vale la pena por disfrutar de su sonrisa cuando me ve al otro lado de la calle, como si fuera una grieta en la muralla que había construido a su alrededor para obstruirme el paso.

Nos sentamos arrebujados en un banco, aferrando nuestros bocadillos con los dedos congelados, y Evelyn me dice:

—¿Sabías que puedo escribir a máquina el doble de rápido que otras chicas? Son todos esos años practicando el piano.

—Quizás empiecen a pagarte el doble también.

Suelta una risa.

—Ya estaría bien. Quizás entonces podría permitirme pagar más clases. Lo echo de menos.

—¿Puedes convencer a Maelynn para que te consiga un piano? Entonces podrías practicar por tu cuenta.

—¿Y dónde lo meteríamos? Casi ni hay espacio para las dos, y ya se pasa de buena al dejarme vivir con ella.

Ya tienes un piano, pienso, por mucho que no lo diga. *Te está esperando en casa.*

—¿Puedo preguntarte algo?

Mastica su bocadillo, sin apartar la vista de la mía, con cuidado de no aceptar una pregunta que no puede responder.

—¿Qué hizo que cambiaras de opinión? El día que me presenté aquí... No estaba seguro de si querrías verme.

—Si te soy sincera... —Hace un gurruño el papel de cera antes de volver a ponerse los guantes—. Cada día desde que me fui, cada vez que salía de trabajar, una parte de mí esperaba que, de algún modo, estuvieras aquí.

Siempre has sabido dónde encontrarme, pienso, aunque tampoco se lo digo.

Decido considerar con cuidado su honestidad y guardarme la conversación para cuando nuestra relación sea más estable. Y nuestros días pasan así, oscilando entre lo que estamos dispuestos a decir y lo que no nos permitimos soltar, lo que compartimos y lo que mantenemos a buen recaudo.

Le confieso que no disfruto precisamente de vender trajes, pero que me pagan lo suficiente y el horario es constante. Considero contestar anuncios para algún puesto de mantenimiento o preguntar en alguno de los hoteles, pero mi empleo en Filene's parece más sencillo que intentar perseguir las sombras de una vida que he dejado atrás. Reparar La Perla nunca me pareció que fuese un trabajo porque era mía, pero trabajar en el edificio de otra persona sería como malgastar mi esfuerzo, tan insustancial como coser pañuelos de bolsillo. A Evelyn le preocupa todo el tiempo que paso caminando por la ciudad o de pie en la tienda, que pueda hacerme daño en la pierna, y mi cojera hace que incluso estos momentos bonitos estén teñidos por las consecuencias de la guerra. Yo le resto importancia y le digo que tengo que esforzarme si quiero recuperar las fuerzas. Sin contar lo de mi pierna, no hablamos sobre la guerra ni sobre Tommy, ni tampoco sobre Stonybrook ni nuestros padres; en esta nueva vida que estamos viviendo no tenemos que hacerlo. No hay nada que nos pille por sorpresa y desencadene recuerdos dolorosos, ningún aroma ni sonido familiar que nos transporte a casa. Boston huele al humo de los tubos de escape, a desconocidos en el metro y a las calles llenas de lluvia. No hay ni un atisbo de aire salado, tierra fresca ni del almizcle que dejan las mareas bajas.

Aquí somos libres de empezar de cero.

Evelyn tiene las mejillas sonrojadas y sostiene, con las manos enfundadas en guantes, una bolsa de papel que contiene el cacho final de una hogaza expuesta al aire nocturno. Nuestras botas dejan unas huellas descuidadas sobre la acera adoquinada y cubierta de nieve. Me acomodo nuestras raciones en los brazos, a duras penas y distraído por su culpa. Su gorro de lana se ha movido de su sitio, por lo que puedo verle la curva de la oreja, de un tono rojizo por el frío. La nieve cae mientras volvemos a casa de Maelynn, un edificio de estilo colonial que alquilan en la calle Walnut, y pasamos frente a las viviendas adornadas con guirnaldas de Brookline Village al atardecer. Las calles están vacías y en silencio; todo el mundo refugiado dentro junto a las chimeneas crepitantes. Evelyn tiene el cabello salpicado de blanco y me entra un impulso por robarle un copo de nieve y dejar que se me derrita contra la yema del dedo.

La Evelyn de antes sería la primera en desatar una pelea de bolas de nieve o de dejarse caer sobre la capa espesa y mover brazos y piernas para crear un ángel de nieve. La Evelyn de ahora no hace ninguna de las dos cosas, sino que camina con la cabeza y la barbilla en alto. Por sí solo, el gesto ya es todo un triunfo, pues bajo sus hombros erguidos se encuentra una Evelyn hecha bolita bajo el peso de la manta más pesada de todas: la de la añoranza por su hermano. Es algo que no me decepciona, porque solo es un ajuste, un cambio en ella que debo aceptar. Y lo hago. Estoy aprendiendo que quien solíamos ser no siempre termina siendo aquel en quien nos convertimos.

Un recuerdo difuso se cuela como el humo: la última mañana que Tommy pasó en Stonybrook. Estaba taciturno mientras encajaba su maleta en el compartimento superior y se sentaba a mi lado en el asiento del tren. Se pasó las manos por los pantalones para alisarse unas arrugas imaginarias en el uniforme bien planchado y le echó un último vistazo a la figura de su hermana, que ya iba desapareciendo según nuestro tren arrancaba. En el ambiente espeso por el vapor y el carbón caliente, con una voz algo insegura, me dijo: «Si algo me pasa, tienes que cuidar de ella». Yo asentí, y juntos partimos en silencio mientras contemplábamos a la chica que ambos queríamos hasta que se volvió pequeñita y desapareció a lo lejos. Aquel momento me atormentó después de su muerte, pues fue la primera vez que lo vi actuar con miedo.

No fue sencillo mudarme de Stonybrook, y, conforme camino junto a Evelyn, incluso en una noche como esta en la que todo parece estar bien, cuando el aire está frío pero no demasiado, cuando puedo oler las estufas de leña y ver el humo alzarse desde las chimeneas, con todo el mundo refugiado en el calor de sus casas, hay un dejo de culpabilidad que marca mis pasos. Por haber abandonado a mi madre, a mi padre que le llevaba la cena cada noche en una bandeja, conforme ella se consumía y el tumor seguía creciendo. Se sentaba a su lado en la cama y se olvidaba de que él mismo debía comer, por lo que solía llevarle vasos de agua fría y lo instaba a beber, por más que a la mañana siguiente siempre me los encontrara llenos, sobre una anilla de humedad en la mesita de noche de madera. Aun con todo, ambos sabían que hablaba en serio cuando les dije que tenía que irme y, por segunda vez, se despidieron de mí con un abrazo. Me tragué un sollozo al notar las costillas de mi madre en un espacio que siempre había sido suave al tacto, un abrazo blando como un cojín que olía a harina, a sábanas que se secan bajo el sol y a mi hogar.

Hoy bajo la nieve, a dos meses de nuestro reencuentro, me permito maravillarme una vez más por la belleza de Evelyn. Los copos caen en silencio y se le posan sobre el cabello y los hombros. Se apoya la bolsa en una cadera como si fuera un bebé. No ha dejado de nevar desde hace días, y a ella le preocupa que puedan quedarse sin comida si no consiguen reabastecerse. Cuando las he visitado para cenar y Maelynn nos ha servido una olla de macarrones un poco secos, pues la cocina no se encuentra entre sus muchos talentos, me he ofrecido a pasarme por el mercado y Evelyn ha insistido en venir conmigo.

Me pilla observándola y me devuelve la sonrisa, con timidez, como si nos acabáramos de conocer. Intento congelar el tiempo para no olvidar nunca cómo la veo en este preciso momento, en este instante, con el rubor en las mejillas, su sonrisa avergonzada y el viento meciéndole los rizos. Me pierdo en el momento hasta que ella se detiene y cambia el agarre que tiene en la bolsa para sujetarla con una sola mano.

—Joseph... —Un copo de nieve le cae sobre las pestañas antes de que continúe hablando—. Me alegro mucho de que estés aquí.

Le acomodo un rizo detrás de la oreja al olvidar mis límites y la distancia autoimpuesta que hemos respetado todo este tiempo, pues me muero por sentir su piel contra la mía, y la sensación me sobrepasa.

—Eres preciosa, Evelyn. No te lo había dicho porque no quería espantarte, pero es que no puedo guardármelo más tiempo. Eres preciosa y no sabes cuánto te quiero.

Entonces me apoya uno de sus guantes húmedos sobre la mejilla, se pone de puntillas y junta sus labios con los míos. Siento su beso como los que compartíamos antes de la guerra, antes de lo de mi pierna, antes de Tommy y de que todo se volviera tan complicado. Cuando se aparta, la expresión encandilada que tiene es un regalo que quiero envolver para poder volver a abrirlo en otra ocasión, así que la beso una vez más. Dejamos que la compra termine en el suelo, sin que nos importe que las bolsas se vayan a mojar y a romper y que aún nos queden bastantes calles por recorrer. Evelyn me devuelve el beso y llevo tanto tiempo esperando esto que lo único que quiero es besarla una y otra vez, sin fin.

—Gracias por no olvidarte de mí —me dice, echándose hacia atrás con una sonrisa triste.

—No podría incluso si así lo quisiera —le aseguro, presionando la frente contra la suya.

—Te quiero, Joseph. Perdona que haya tardado tanto en decírtelo, pero de verdad que te quiero. Siempre te he querido.

La rodeo con los brazos y la despego del suelo. Entierro la cara en su cuello, maravillado por las palabras que llevo tanto tiempo esperando escuchar, por los sentimientos que siempre supe que guardaba en su interior, pero que nunca había oído de sus propios labios. Con su cabello haciéndome cosquillas en las mejillas, le susurro:

—Cásate conmigo.

Evelyn se queda en silencio, y yo me aparto un poco de su abrazo, temeroso de haber ido demasiado lejos y de que quiera salir corriendo. Tiene los labios separados por la sorpresa, la misma expresión con la que me recibió fuera del mercado. Solo que esta vez los ojos se le llenan de lágrimas.

—¿Lo dices en serio?

Asiento, mareado por la intensidad de su mirada.

—Nunca he dicho nada tan en serio. Cásate conmigo, Evelyn.

Salta a mis brazos tan de golpe que el impulso hace que pierda el equilibrio y volquemos una de las bolsas al terminar en el suelo. Evelyn cae sobre mi pecho y me besa allí mismo, sobre el banco de nieve, con las calles vacías y las luces centelleando en la noche que nos rodea. Me siento tan feliz que podríamos estar en cualquier lado o en ninguno al mismo tiempo. Lo único que me importa es ella, su peso sobre el mío, sus labios y los copos de nieve que tiene en el pelo.

—Vale —me dice, para volver a besarme, y hace que el calor de mi pecho se extienda y que la calidez de su promesa se convierta en nuestro hogar.

SIETE

Evelyn

Agosto de 2001

La puerta mosquitera cruje al abrirse y las voces de Rain y Tony llenan la estancia al presentarse sin avisar, como suelen hacer ellos. Nuestro recibidor siempre tiene las puertas abiertas para nuestros hijos y nietos, quienes nos saludan a gritos antes de asaltarnos la nevera o de pillar algunas tumbonas de camino a la playa. Todos menos Thomas, quien guarda las distancias y mantiene la actitud fría de una visita cada vez que viene a vernos, lo cual, últimamente, sucede cada vez menos.

Esta noche, Rain pela y corta unos cuantos pepinos como acompañamiento para la cena mientras Tony se escabulle para ayudar a su abuelo a arreglar un fregadero que no deja de gotear. Los dos pasan más tiempo aquí que en su propia casa. Tony nos ayuda con las reparaciones o nos ofrece un par de brazos fuertes para lo que haga falta, mientras que Rain trabaja junto a Joseph en el jardín. Su abuelo le enseñó a reconocer los hierbajos, a arrancar las flores marchitas, a brindarle soporte a la glicinia trepadora al enroscarla en torno a una estaca con un cordel, todo ello cuando vivía en paz en la casa en la que se crio en lo que Jane conseguía asentarse bien. La Perla es su hogar; siempre lo ha sido, así como también lo ha sido para mí.

Nos sentamos a la mesa, pero, antes de que podamos servirnos la comida, Rain nos suelta:

—No puedo guardármelo más tiempo, ¡tenemos algo que contaros!

Joseph baja el cuenco de la ensalada y yo dejo las pinzas sobre la bandeja del pollo para dedicarles toda nuestra atención.

—¡Estoy embarazada! —exclama nuestra nieta, con una risita juvenil que hace a Tony sonreír. Nos ponemos de pie de un salto para abrazarlos y felicitarlos a ambos. Parece imposible que sea una mujer de veintisiete años con su propio bebé creciendo en su vientre cuando hasta hace nada era una nenita ella misma, balbuceando entre mis tobillos mientras jugaba con un cubo de arena.

—¿De cuánto estás? —le pregunto, agitada por la emoción.

—Nos acabamos de enterar —me cuenta, sin dejar de sonreír—. Ni siquiera hemos ido al médico aún, pero me hice como cinco pruebas de embarazo. Sé que la mayoría prefiere mantenerlo en secreto durante un tiempo, pero, dadas las circunstancias…

Asiento, y la vergüenza hace que se me coloreen las mejillas. Toda la familia está notando el paso y el peso del tiempo.

—¿Cuándo sales de cuentas? —La voz de Joseph está teñida por la dicha cuando saca la silla de Rain y le hace un gesto para que vuelva a sentarse.

—En mayo —contesta ella, con una sonrisa insegura.

Mayo. Un mes antes de nuestra despedida. Un bisnieto que casi no alcanzaremos a conocer, que llegará a este mundo cuando nosotros nos vamos. Un recién nacido que podremos acunar en brazos tan solo un instante, pero cuyas primeras palabras nos perderemos, así como sus primeros pasos y verlo crecer. No veremos a Rain convertirse en madre, y su vientre redondeado será un recordatorio de todo a lo que estamos renunciando. De todo lo que le estoy arrebatando a Joseph por mi propio miedo. Y es una pérdida inconmensurable. Un nuevo agujero se forma en mi interior, profundo y punzante.

—Creía que, si lo sabías, quizás... —Baja la vista, para no mirarme a los ojos— te daría una razón para quedarte.

Se me cierra la garganta y una sonrisa triste es lo único que puedo ofrecerle.

—Ojalá fuese tan fácil.

—No hablemos de eso esta noche, ¿de acuerdo? —propone Tony—. Mi única tarea de momento es asegurarme de que mi esposa embarazada sea feliz. Así que esta noche es para celebrar.

—Estoy de acuerdo —exclama Joseph, casi con demasiado entusiasmo.

—¿Puedes hacerme un favor? —Rain apoya una mano sobre su vientre aún plano—. ¿Puedes hacerle una mantita al bebé? Como la que me hiciste a mí.

Rain tenía más de un año cuando Jane nos la trajo desde California, una bebé más grandecita que siguió arrastrando durante años y años su mantita rosa hasta que los bordes empezaron a deshilacharse.

—Por supuesto que sí, yo encantada —le digo, con una confianza que no siento y rezando porque sea cierto. Entonces la abrazo, los abrazo a ambos; a la madre y a la criatura, mientras aún puedo. Quizás el único modo en que podré hacerlo. El hijo de Rain aún no tiene unas piernecitas regordetas ni unos deditos diminutos, sino que es un puñadito de células, la ausencia de un ciclo menstrual. El agujero en mi interior se hace más grande. Nueve meses para que el bebé crezca y diez meses para despedirnos.

Días después, la aguja tiembla en mi agarre y se escapa del algodón amarillo pastel una, dos y tres veces. Alzo la vista y doy las gracias porque Joseph no se dé cuenta, pues no quiero que me pregunte si estoy bien. ¿Bien en comparación con qué? Intento concentrarme en la tarea que tengo por delante, uso el dedal para obligar a la aguja a pasar y el hilo se enreda. Tengo la visión un poco borrosa, como si estuviese viviendo dentro de una pompa de jabón, con la luz refractándose y distorsionándose en unos arcoíris, siempre en movimiento ante mis ojos. Parpadeo e intento deshacer el punto, pero el espacio es demasiado angosto y no tengo nada de precisión, por lo que tendré que cortarlo y arrancarlo.

El salón está lleno de la luz intensa de la mañana. Es otro día caluroso de agosto más en el que terminaremos dándonos un chapuzón antes del mediodía, y ya quiero que llegue ese alivio. Quiero flotar de espaldas, como si no pesara nada, con los ojos abiertos bajo el cielo azul salpicado de nubes antes de que nos toque dar un paseo por el museo marítimo Mystic Seaport esta noche, en la velada que ha planeado Joseph. «Navegar hacia el horizonte» es uno de esos sueños fantásticos propios de las películas, con dos copas de vino, la brisa despeinándonos y alguien más al timón mientras los colores se desdibujan en el atardecer. Me debato para no pasar el día dormida hasta entonces. Joseph se ha acomodado en una butaca, con sus gafas para leer cerca de la punta de la nariz y su cabello blanco cada vez más escaso. Si bien tiene el mismo porte que su padre, sólido como un roble, ha empezado a marchitarse; tiene la piel frágil y suelta alrededor de los músculos y un estómago suave y más rellenito. Me es imposible saber si aún se parece al señor Myers a esa edad, pues es veinte años mayor de lo que su padre llegó a ser.

Cuando suena el teléfono, doy gracias por la interrupción.

—¿Diga? —contesto, con el corazón dándome un vuelco.

—Buenos días, mamá. —Es Violet—. Estoy a punto de salir para allá, ¿papá me está esperando?

—Está leyendo el periódico, no hay prisa. —Esta mañana de domingo, Patrick, su hijo más joven, tiene clases de béisbol y Ryan, quien sigue los pasos de su hermana mayor Shannon, está en una sesión introductoria para sus clases en la Universidad de Boston. Eso implica que Violet y Connor se queden solos en casa, pero, en lugar de eso, mi hija vendrá aquí porque prefiere quitar las malas hierbas del jardín en lugar de pasar tiempo con su esposo. Intento hacérselo ver, porque reconozco un patrón que me preocupa. Tiene cuarenta y cinco años y sigue siendo demasiado complaciente, siempre dispuesta a ayudar y a hacer lo que toque. Dejó de dar clases cuando nació Molly y prefiere pasar el día con nosotros, removiendo una cacerola en la cocina para echarme una mano o agazapada sobre la tierra junto a su padre—. Pero si Connor está en casa, no hace falta que vengas. O dile que venga contigo.

—No, tiene cosas que hacer por casa. Hasta ahora.

Vuelvo a dejar el teléfono en su sitio con un suave chasquido. No me doy cuenta de que lo estoy fulminando con la mirada hasta que Joseph se asoma por encima de su periódico y comenta:

—Imagino que no era Thomas.

Niego con la cabeza y me contengo para no llamarlo. Aunque nunca ha sido de los que dan el primer paso, siempre nos llamaba entre reunión o reunión o cuando tenía un rato libre en su despacho. Nuestras conversaciones eran cortas, pero relativamente seguidas. Desde que le contamos lo de nuestros planes, no nos ha devuelto ni una sola llamada.

—Ya se le pasará —dice Joseph, y su tono tranquilo hace que se me dispare aún más la frustración.

—¿Cuántas veces ha venido a vernos desde que se lo dijimos? ¿Dos? —Hago un repaso mental de los últimos dos meses, como si estuviese barajando unos naipes nuevos que se pegan entre ellos. Unos recuerdos de hace años se cuelan entre los nuevos, como en ese truco en el que se entremezclan las cartas y no se debe perder de vista a la reina, algo que siempre me sale bien. Sin embargo, los recuerdos más recientes están algo tiesos, demasiado lustrosos, y cuando los barajo noto que lo hago con torpeza y unos cuantos se me escapan.

Joseph frunce el ceño; cree que es algo que debería recordar.

—Solo ha venido a casa una vez desde que se lo contamos, por tu cumpleaños. Todos nos metimos al mar, ¿te acuerdas?

Pues claro. Esa noche en la que todos nos zambullimos, con la luna brillando en lo alto, la vida parecía aceptable. El recuerdo se acomoda con total claridad en su sitio. La espuma de la marea azul casi negra retrocediendo al llegar a la arena húmeda. Thomas, escupiendo agua en la orilla después de que sus hermanas lo arrastraran bajo la superficie, como una ostra abierta a la fuerza para revelar la perla pequeñita de su niño interior, llena de diversión, de entusiasmo, de un brillo deslumbrante.

—Solo una vez... —Me quedo mirando por la ventana la luz que se cuela por el jardín de Joseph, una sinfonía de colores vivos: las notas tranquilas de la lavanda, el estruendo colorido de los lirios atigrados, los acordes azul intenso de las hortensias—. Ya imaginaba que no lo entendería, pero ¿hacernos esto?

Joseph pasa de página en su periódico.

—Ya sabes cómo es. Se está protegiendo a sí mismo.

—No sé cómo Ann no se cansa. —Poso la vista en el marco plateado de su foto de boda. Ann sostiene un ramo de lirios de agua mientras vuelven del altar, ella con una expresión tímida y él con una de un orgullo comedido. El día de su boda, el salón de baile estuvo atiborrado de compañeros de trabajo y demás socios de negocios. Según se paseaban por las mesas para saludar, Ann soltó el agarre que tenía en el codo de su marido para darle la mano, y Thomas se volvió hacia ella, con una sonrisa deslumbrante, para besarla. La alegría de ella y la ternura de él combinadas en un gesto tan íntimo hicieron que tuviera que apartar la mirada y centrarme en los trozos de pastel a medio comer que había por todas las mesas. Siempre supe que mi hijo quería a Ann y ella a él, pues su relación tenía sentido, pero esa fue la primera vez en la que pude ver un atisbo del afecto que se profesaban el uno al otro cuando estaban a solas.

Joseph dobla el periódico para dejárselo sobre el regazo, y yo espero para mis adentros que no venga a sentarse a mi lado;

sus caricias de consuelo harían que la presa de mis emociones termine rebasándose. Sin embargo, se queda en su butaca y entrelaza los dedos.

—Creo que piensa que, si nos llama, estaría apoyando nuestra decisión. Y necesita procesarla él solo.

—A veces me dan ganas de darle una colleja, ¿sabes? —Me río, en un gesto un poco forzado—. Me preocupa que el tiempo que nos queda está contado y… No sé, me preocupan los tres, hay tantas cosas que aún no han conseguido resolver, cosas importantes… —Paso la vista por los marcos de fotos. Los nietos de rodillas en una pirámide que han hecho en la orilla; Rain y Tony bailando en su boda; Jane, Violet y Thomas, unas siluetas difusas en sus pijamas de cuerpo entero al lado de un árbol de navidad.

Joseph se queda callado unos segundos, con una expresión que ya le he visto antes, como un hacha que podría partirme en dos con la fuerza de su amor.

—Sabes que si hubiera cualquier cosa que pudiese hacer por ti, lo haría, ¿verdad?

—Lo sé. —Lo miro con cariño y mi culpabilidad vuelve a brotar; por ser egoísta, por no ser más fuerte, por no estar dispuesta a enfrentarme a lo que vendrá—. ¿Y qué puedo hacer yo por ti?

—Conservar tus fuerzas —contesta, con una voz ligeramente ronca por la emoción contenida—. Conservar tantas fuerzas como puedas hasta que llegue junio.

Violet llega en unos pantalones cortos de tela tejana y su camiseta desteñida de la Universidad Tufts, con el cabello atado en un moño suelto a la altura de la nuca. La sigo hacia el jardín trasero con mis enseres de coser y me acomodo en el banco de madera que me hizo Joseph por nuestro primer aniversario para que pudiera hacerle compañía. Ya se ha puesto a cavar y a dividir unas hostas que han crecido demasiado con una pala de metal, para replantarlas en grupos más pequeños y que puedan florecer. Los girasoles se ciernen altísimos a su lado como unos vecinos chismosos que supervisan su trabajo, disfrutando de lo lindo del calor de fines de verano. He aprendido que la jardinería consiste en muchas cosas más que simplemente plantar semillas y regarlas, sino que es una batalla constante llena de hierbajos, fertilizante y arreglos varios que me parece agotadora. A Joseph no, claro; su cuidado es constante y demuestra toda su paciencia con los elementos que escapan de su control. No pretende que se le reconozca todo su esfuerzo, pues encuentra su dicha al observar cómo todas sus plantas florecen por sí solas.

El jardín se extiende casi media hectárea más allá de nuestra puerta trasera hacia el hogar de Violet, la casa en la que crecí, donde vivió mi madre hasta que la encontramos deambulando por el barrio, sin saber dónde estaba, e hizo que termináramos mandándola a una residencia para ancianos. Mi padre había muerto de un infarto hacía mucho tiempo, y ella fue empeorando más y más hasta desarrollar su demencia y más tarde su muerte, prácticamente sola en el mundo. Imagino que el aire a mi alrededor huele a tierra y a polen y a una mezcla de flores de lo más intensa, pero los aromas es otra de las cosas que ha pasado a ser un recuerdo para mí, encerrado tras una puerta con llave. Nunca imaginé que mi sugerencia de darle un poco de vida al jardín fuese a terminar así.

Cuando cerramos La Perla, Joseph no sabía qué hacer consigo mismo; sus pasos parecían vacíos al carecer del tintineo de las llaves en su bolsillo, sin la necesidad constante de arreglar algo por aquí o por allá, que es lo que siempre hace falta en una casa tan concurrida. Se quedaba en el fondo de la estancia mientras yo practicaba con el piano o picoteaba un poco cuando hacía la comida, al robar cubitos de tomate picados o meter un dedo en las mezclas de las tartas. Lo insté a que se buscara algo, lo que fuera, que quisiera hacer por sí mismo. Muchísimas veces había deseado que tuviésemos más tiempo libre que pasar juntos, mientras nos tocaba trabajar cada uno por su cuenta y sin parar durante las temporadas altas, e imaginaba que disfrutábamos de unos días tendidos en la playa Bernard como hacíamos cuando éramos adolescentes. Solo que, al ya no contar con La Perla para mantenerlo ocupado, tenía un exceso de energía que no parecía saber dónde desfogar, y eso pasó a ser una carga sobre mis hombros.

El campo llevaba mucho tiempo vacío y solo servía de hogar para unos pocos tréboles y, de vez en cuando, para jugar al cróquet. En ocasiones lo imaginaba como un jardín gigantesco, y conforme mi frustración fue aumentando, la idea se fue asentando. Era algo que podía pedirle, como si fuese un regalo, cuando en realidad lo haría por él. Una noche, tumbados en la cama, aceptó mi idea, si bien pude notar cómo se extendía su vergüenza al tener que reconocer que no sabía cómo usar todo ese tiempo libre que de pronto había llegado a sus manos.

Con el fin de convertir el campo en un jardín propiamente dicho, lo primero que Joseph tuvo que hacer fue domar las violetas silvestres. Estas crecían sin control durante las primeras semanas de mayo hasta que no parecía que quedase ni un solo centímetro que no fuera morado en todo el campo. Esas flores tan frágiles escondían la fortaleza de las raíces que tenían debajo, unas que se extendían con el mismo fervor de los hierbajos, hasta acabar con lo que fuera que creciera a su paso. Si bien eran preciosas, eran perfectamente capaces de asfixiar lo que fuera con tal de sobrevivir, sin un ápice de malicia o deliberación en ellas. Joseph las delimitó del resto del jardín para salvarlas en un espacio seguro donde pudiesen florecer con tranquilidad. Y lo único en lo que podía pensar al verlo era en cómo se había presentado cada mañana en la puerta de mi casa con unas violetas en la mano. Me pregunté si él también lo recordaría, mientras batallaba con el abono y regaba las plantas en exceso. Temía que la idea no fuera lo que había pensado en un principio y que estuviese persiguiendo algún fantasma: el de Tommy, el de sus padres o el de la vida que habíamos tenido.

Sin embargo, la jardinería no tardó en convertirse en algo más allá que un simple favor para mí. Se puso a investigar qué flores prosperaban en Nueva Inglaterra, qué variedades preferían estar a la sombra en lugar de al sol y cómo organizar las semillas para que siempre hubiese algo floreciendo. Volvía a casa con montañas de libros y se quedaba leyéndolos durante horas después de que me hubiese ido a dormir. Plantó distintos lechos en honor a cada uno de nuestros hijos. Margaritas, con toda su inocencia y esperanza, por Violet. La bondad de la lavanda en honor a Thomas. Y, para Jane, gladiolos, por la fortaleza de su carácter. Conforme pasaron los años, fue despejando más y más espacio para ampliar el jardín y acompañó cada planta de un sueño. Llevó a todos nuestros nietos al vivero y los dejó escoger la planta que querían: bocas de dragón, zinnias, caléndulas, lilas, prímulas, peonías, lirios de día e iris, para crear un tapiz infinito de colores. Empezó con las violetas, porque todo había comenzado con ellas, y ahora lo que tenemos es casi un paraíso, un jardín secreto bañado por el rocío para conmemorar nuestro amor y a nuestra familia.

Joseph y Violet se arrodillan el uno al lado del otro sobre la tierra. Y entonces me pregunto si, incluso ahora mientras está trabajando en él, lo echará de menos. Como lo echaba de menos yo a él incluso cuando éramos una pareja de recién casados y yacía entre sus brazos.

¿Quién cuidará del jardín cuando no estemos?

Violet arranca una raíz que no quiere salir y se detiene para apartarse el cabello que se le viene a la cara con el dorso de la muñeca. Es obvio que está cansada.

—Papá, ¿podemos parar un momento? Tengo que hablar con vosotros. —Tiene una expresión de sufrimiento. Nuestra niña popular, llena de energía. Nuestro rayito de luz. No sé dónde se ha metido, pues no puedo verla en esta mujer en la que se ha convertido, la de mirada cansada. Cuadra los hombros y se acomoda junto a mí en el banco antes de beber un largo trago de un vaso de té helado, húmedo por la condensación.

Joseph capta la seriedad de sus palabras, y yo lo noto en él por la forma cuidadosa en la que se pone de pie para acompañarnos, deliberado, como si cualquier movimiento suyo fuese a desencadenar un mar de lágrimas.

—Sabemos que esto es complicado —empiezo, intentando anticipar sus miedos.

Violet niega con la cabeza antes de soltar a bocajarro:

—Creo que quiero divorciarme.

Abro mucho los ojos antes de mirar de reojo a Joseph. Si a él le ha sorprendido la noticia, lo disimula mejor que yo. Violet siempre se ha apoyado mucho en nosotros para contarnos sus cosas, pues perdió a muchas de sus amigas cuando la vida de adultos pasó a ser bebés y maridos en lugar de fiestas de pijamas y charlas de chicas. Sabía que no lo estaban pasando bien; su relación se había ido desgastando como solía pasarles a los matrimonios, del mismo modo que los guijarros se volvían arena: casi sin darse cuenta y sin que nadie les diera permiso. Pero no tenía ni idea de que hubiera llegado a este extremo.

—Es que... no sé —continúa—. Creía que el matrimonio iba a ser otra cosa, que si nos queríamos ya sería suficiente. Cuando nos comprometimos éramos muy jóvenes y felices y todo fue tan rápido y hace tanto tiempo que... No sé, nunca ha sido lo que había imaginado que sería.

Intento decir algo, pero Violet sigue hablando, casi sin detenerse para respirar.

—Y creía que tenía que aceptar mi vida tal y como era, pero... Cuando nos contasteis lo de vuestro plan... —Entonces empieza a llorar y las lágrimas le caen y le caen por las mejillas—. Sentí muchísimas cosas. Tenía pánico de perderos, y aún lo tengo, y no quería creerlo, por supuesto, pero, más que nada, lo que sentí fue envidia... —Sus palabras empiezan a volverse confusas, amortiguadas por los sollozos—. Envidia porque no creo que Connor me quiera así y creo que yo tampoco podría hacer eso por él, y lo único que siempre he querido es lo que tenéis vosotros, y creía que eso era lo que tenía con Connor y que podría esperar a que todos nuestros hijos se fueran de casa para resolver las cosas, pero es que no puedo. Quiero mi propio «felices para siempre» y no estoy dispuesta a desperdiciar más tiempo. —Deja de hablar de sopetón, entre jadeos entrecortados, y se limpia la nariz con el dobladillo de la camiseta.

Noto el sudor bajo los brazos. Hemos roto un jarrón ya de por sí bastante delicado. A nuestra Violet, quien siempre ha defendido el amor con uñas y dientes. No se me había ocurrido que la palabra «divorcio» pudiese estar en su vocabulario.

Joseph es el primero en hablar.

—Sé que os habéis distanciado…

—Pero eso no quiere decir que tengáis que lanzarlo todo por la borda —interrumpo al encontrar las palabras que quiero decir, desenterrando cuestiones que había apartado en un rincón de mí misma, batallas que había luchado hacía muchísimo tiempo—. El matrimonio no siempre es fácil, Violet. Porque la vida no siempre es fácil. Es cierto que no vale la pena pelear por todas las relaciones, pero mira la familia que tienes ahora, el compañero que tienes contigo. Tu relación sí que vale la pena.

—Es que veo cómo sois vosotros dos. Papá y tú nunca habéis tenido que esforzaros por quereros el uno al otro.

—Créeme, nosotros también tuvimos nuestros años complicados. No sabes todo lo que pasó durante nuestro matrimonio… En ocasiones la vida no nos lo puso nada fácil. —Hago todo lo que puedo por que lo entienda, por que descifre el mensaje tan críptico que le estoy entregando. Un secreto de mi pasado amenaza con surgir a la superficie: el día en que casi le di la espalda a todo.

—¿Has hablado con él? —pregunta Joseph, aunque ambos sabemos qué nos va a decir antes de que responda.

—Tendría que darse cuenta de que no soy feliz.

—Seguro que sí, pero es posible que no sepa por qué o qué hacer al respecto —acota Joseph.

—Es que ni siquiera sé cómo explicarlo, no sé cómo hemos llegado hasta aquí... Ya no siento esa chispa que solía sentir al pensar en él o en nuestra vida, todo es tan... —Ha vuelto a encenderse al hablar, por lo que le cuesta dar con las palabras necesarias a través de sus sentimientos— aburrido y ordinario.

Puedo ver cómo se forman su incertidumbre y su decepción, con Connor en el centro de esas emociones. Connor, quien nunca ha hecho nada que no fuese convertirse en un marido normal y decente. Y, para Violet, conformarse con la normalidad había sido lo único que había hecho falta para traicionarla.

—A veces es fácil centrarnos en lo que no tenemos en lugar de en lo que sí. —Soy muy consciente del eco de mis palabras, de las cosas que me gustaría poder decirme a mí misma al volver atrás en el tiempo—. Pero el amor que os tenéis es algo que nadie podría negar al veros juntos. Es una fuerza sin límites. Y el que hayáis aunado eso para crear una vida juntos, para empezar una familia... Así son las historias de amor de verdad. Puede que no sientas lo mismo que sentías antes, pero es que tenías veintiún años, cielo. Es normal que no te sientas igual.

—La vergüenza en mi interior me consume al ver que la historia se repite. Al ser consciente del error que casi cometí.

Joseph se limpia una mancha de tierra que tiene en el antebrazo, asintiendo.

—Las cosas fueron muy complicadas entre tu madre y yo después de la guerra, pero, si nos hubiésemos rendido porque todo era difícil, no habríamos vivido las mejores partes de nuestro matrimonio, la intimidad que nace al haber sido puestos a prueba y haberlo superado juntos. —Violet se sorbe la nariz—. ¿Aún lo quieres? —le pregunta él, con delicadeza.

Nuestra hija se seca las lágrimas de las mejillas.

—Es un buen hombre y un padre estupendo, pero es que nos hemos distanciado tanto...

—Habla con él. —Le rodeo los hombros con un brazo, del modo en que debí dejar que hicieran conmigo en aquel entonces, para soltar lo que tenía dentro hecho un nudo—. Cuéntale cómo te sientes, lo que necesitas. Puede que os lleve un tiempo y mucho esfuerzo, pero vuestra relación lo vale. —Necesito que se dé cuenta, aunque me temo que quizás le haga falta perdernos para que comprenda que el amor que tiene con Connor no es algo que pueda encontrar así como así. No es algo que se pueda arrancar como las malas hierbas. El compromiso de verdad amerita cuidados. No se trata de las cosquillas que sientes en el estómago y de los subidones de adrenalina. No es magia ni polvo de hadas lo que hace que la chispa no se apague. La constancia con el paso de los años es lo que lo vuelve algo valioso.

Violet rompe a llorar una vez más.

—Pero ¿cómo podré seguir si no estáis? ¿Con quién voy a hablar? Me temo que no lo entienda y vosotros sois los únicos que lo hacéis... —Se tapa la cara con las manos y veo cómo se sacude por el llanto. Entonces comprendo que esto, en realidad, no tiene nada que ver con Connor.

—Lo sé, cielo. Pero todo irá bien. Tú estarás bien. —La consuelo como cuando era una niña pequeña, y mis certezas se van mermando. El sol intenso cae con fuerza, y los paneles para la mantita del bebé de Rain quedan olvidados en un rincón del banco. Violet tiembla entre mis brazos, y noto el peso de una fecha que se acerca, de todo lo que nos vamos a perder. El peso de aquellos a los que dejamos atrás.

OCHO

Evelyn

Mayo de 1945

Organizamos una ceremonia sencilla en la iglesia de la calle Arlington, en mayo. Escojo un vestido blanco que me llega hasta las rodillas, y Joseph se compra un traje de color negro con su descuento de empleado. Me contempla sonriendo mientras me acerco hacia él con un ramo de violetas en la mano y desde el órgano suena el «Ave María». Sus padres se encuentran en el banco delantero, sin dejar de sonreír, junto a la tía Maelynn y nuestros amigos. Mis padres han decidido no asistir, con la excusa de tener que viajar hasta aquí, como si Boston no estuviese a una mañana en coche, sino a un mundo de distancia. («Para ellos puede que sí», interpuso Joseph. «Es una ciudad muy grande»). Si bien su ausencia me dolió un poco, no eran sus rostros los que quería ver de verdad, la sonrisa traviesa, el par de chicos enfundados en traje que me esperaban al final del pasillo y a los que veía en sueños. *Él tendría que estar presente.* Joseph me besa cuando el cura nos declara marido y mujer y derramo lágrimas de dicha, así como de tristeza. Dicha porque Joseph siempre será mío, tristeza porque siempre habrá un resquicio vacío en la felicidad que compartamos.

Cuando me tumba sobre la cama en nuestro piso, es mi primera vez y también la suya. Por mucho que haya intentado seducirlo en distintas ocasiones a lo largo de los años, Joseph no se dejaba tentar por mi roce ni mis palabras susurradas, ni siquiera cuando ya pasaba de la medianoche y me colocaba a horcajadas sobre él en la playa Bernard. Esta noche no vacila. Me desliza las tiras del vestido por los hombros, me acaricia la clavícula con la punta de los dedos y, después, las sigue con sus labios. El vestido me cae en torno a los tobillos mientras me debato con el nudo de su corbata hasta que consigo deshacerlo, tras haber dejado caer su chaqueta sin cuidado sobre el suelo. Le desabrocho los botones de la camisa para exponer el vello oscuro que le cubre el pecho. Joseph mueve las manos por doquier hasta que me desnuda, tras desabrocharme el sujetador y quitarme las medias y las bragas al deslizármelas por las piernas hasta el suelo. Él mismo se quita los pantalones y la ropa interior hasta que le queda en los tobillos, sin dejar de mirarme ni un segundo, y luego se aprieta contra mí. Me besa, y lo único que puedo pensar es en su piel contra la mía y en lo suave que parece todo, como si estuviésemos rodeados de pétalos. Entonces siento una presión dolorosa que no tarda en transformarse en algo más, en algo nuevo, algo que, por alguna razón, me da ganas de llorar y de reír al mismo tiempo, hasta que llega a su fin y noto todo su peso sobre mí y su mejilla en mi hombro. Tiene la cara enterrada en mi pelo y lo único que podemos oír son nuestros propios jadeos. Me besa las mejillas y me pregunta si estoy bien, lo que hace que se me escape la risa, una espontánea, porque, por primera vez en mucho tiempo, sí que lo estoy.

Meses después, su padre nos llama.

—Vuelve a casa, hijo —le dice, con voz temblorosa—. Tu madre ha muerto.

Recorrer Stonybrook desentierra un dolor que creía que había escondido en lo más hondo de mi ser. Joseph ha vuelto una vez al mes desde que se marchó, y su madre se había ido consumiendo más y más tras cada visita, pero yo no podía soportarlo. Las calles estaban llenas de fantasmas.

Cuando lo vemos, nos encontramos con que el padre de Joseph es un cascarón vacío, enfundado en sus mejores galas, pero casi en los huesos y sin nada en su interior que lo sostenga, como los maniquíes en la tienda de Joseph. Vemos brevemente a mis padres en el funeral, cuando se acercan para dar el pésame. Tras la muerte de Tommy, me esperé que mi madre recurriera a mí, que nuestro dolor por su pérdida fuese el idioma que finalmente nos uniera. Sin embargo, este se convirtió en una daga y cada día que pasábamos en silencio nos clavaba su filo más hondo. Mi padre se sumió en su trabajo, mientras que mi madre se dedicaba a dormir todo el día y a fumar toda la noche a solas en el porche. Cuando me vio hacer las maletas, se escondió en su habitación. Nunca me preguntó a dónde pensaba ir ni cómo podría contactarme. Mi enfado vuelve a salir a la superficie conforme nos acercamos hacia ellos en medio de la multitud que ya se está dispersando fuera de la iglesia, y la reto a que sea ella la primera en hablar, la que resuelva nuestro conflicto.

Mi padre da un paso hacia nosotros y su felicitación tardía y claramente incómoda por nuestra boda queda amortiguada por su bigote poblado.

—Los padres de Joseph sí que fueron a vernos, por mucho que su madre estuviese enferma —les digo, con toda la intención de recriminárselo más que de compartir la información.

—Sí, eso oímos —asiente mi madre—. Mi más sentido pésame, Joseph.

Ninguno de los dos nos ofrece que nos quedemos en su casa a pasar la noche, pues asumen que nos quedaremos con el señor Myers, y no se equivocan. Estoy segura de que se dan cuenta de que es lo que prefiero, de que piensan que por fin he conseguido la familia que tanto ansiaba.

Dejar al padre de Joseph me hace sentir como si lo estuviésemos abandonando en una isla desierta, a sabiendas de que se queda solo. En el tren de vuelta a Boston, Joseph apoya la cabeza contra la ventana, empañada por el frío.

—No quiero volver de nuevo, es demasiado para mí —le digo.

Joseph no me lo discute; la culpabilidad con la que carga por haberse alistado con Tommy y haber vuelto solo de la guerra es un ancla que nunca deja de arrastrar consigo, sin importar lo mucho que intente persuadirlo de lo contrario. Y ahora esto. Un último año que Joseph no ha podido compartir con su madre, un último adiós que no fue. Su padre solo y sin familia ni una pensión que sacar adelante. Y todo por estar conmigo. Un sacrificio, siempre en carne viva.

Recuerdo las cartas que me envió mientras estaba en el otro lado del mundo. Una pila de ellas siempre firmadas «Con amor»; sobres llenos a rebosar de añoranza, de esperanzas por nuestro futuro. Recuerdo el frasco lleno de violetas que me dejó en el porche, unas flores destinadas a la chica que solía ser. «Que te marches no impedirá que te siga queriendo», decía la nota que me dejó dentro. Sin ninguna pregunta ni exigencia. Tan solo un hecho, con el que no me pedía nada. Casi que fue peor, mi silencio fue una respuesta muy cruel cuando lo único que quería era sumirme en una vida nueva en la que el dolor no pudiese encontrarme. Su devoción fue un regalo que me llegó cuando no tenía nada, una certeza que me gustaría poder ofrecerle en este momento, a él que ha renunciado a todo por mí.

De vuelta en nuestro piso, nos tumbamos en la cama en direcciones opuestas, apoyados en el codo, y le acaricio la cicatriz. Por primera vez, exploro con la punta de los dedos los bordes afilados de las líneas que lo marcan.

—¿Qué pasó? —Nunca se lo había preguntado. Era nuestro acuerdo tácito: jamás hablábamos de la guerra.

—Detonó una bomba durante uno de los asaltos cuando estábamos en Roma… Un día antes de que le dispararan a Tommy. —Cierra los ojos con fuerza por el dolor de los recuerdos antes de quedarse callado. Nos contaron los detalles sobre la muerte de Tommy después, los suministros que llevaba su escuadrón, la trampa en la que cayeron, la bala que le impactó en el estómago, cómo los médicos dijeron que se recuperaría, pero una infección se esparció como el veneno de una serpiente hasta llevárselo.

—¿Qué sentiste?

—No recuerdo nada. Me desperté ya con los vendajes.

—¿No recuerdas nada?

—Nada de nada. —Quizás intenta protegerme o quizás de verdad no guarda ningún recuerdo del momento: ni el dolor, ni el olor a la carne chamuscada, ni siquiera el sonido de la explosión. Tan solo una expansión blanca en su mente, como un mapa desconocido que se niega a explorar.

»La he matado yo, estoy seguro —me dice, con voz temblorosa.

—No digas eso.

—La maté al alistarme, se preocupó tanto por mí que todo eso se le concentró dentro y terminó matándola. —Empiezo a llorar, pues siento su dolor como si fuese el mío—. Y la abandoné de nuevo, aun sabiendo que se estaba muriendo. La abandoné… Y ahora he abandonado a mi padre…

—Ven. —Me vuelvo hacia él para atraerlo contra mí, para que me apoye su mejilla húmeda contra el pecho. Lo abrazo mientras rompe a llorar y se limita a murmurar disculpas incesantes, unas que no son para mí, que siento que estoy oyendo a hurtadillas, mientras las susurra al infinito.

—Lo siento… Lo siento tanto.

Me fui de Stonybrook con la esperanza de buscar una vida más grande, pero, cuando Joseph me siguió hasta aquí, esta se redujo a nuestro alrededor. Nuestro mundo entero se limita a estas paredes, a esta cama, a un colchón delgado en nuestro pisito minúsculo en la calle Tremont, parte de un edificio que sirve como pensión para un grupo de inmigrantes y unos bebés que no dejan de berrear. Me despierto con el dulce sonido de unas trompetas, saxofones y guitarras. El jazz se cuela por la ventana abierta como el aroma de un pastel recién hecho, y yo floto entre la vigilia y los sueños, sin saber cuándo estoy dormida y cuándo estoy despierta. Por la noche nos aferramos el uno al otro, temerosos de que, si no lo hacemos, uno de los dos desaparecerá con la luna antes del amanecer. Joseph se ha convertido en mi único consuelo, y yo en el suyo. Aunque eso parece reconfortarlo, lo que me provoca a mí es miedo, por el hecho de quererlo tanto. Es algo más que podría perder. No sé cómo describirlo, salvo en determinados momentos, en anotaciones sobre el papel. Un sentimiento que se va concentrando hasta crear algo precioso y que solo nos pertenece a nosotros. El brazo con el que me rodea al dormir. Las sábanas desgastadas que se nos enredan en las piernas. La forma en la que su barbilla me raspa ligeramente los hombros cuando me besa al despertarme. Cómo me muevo contra él por las mañanas, cómo se mueve él contra mí, cómo hacemos el amor por toda la alegría que sentimos, pero también por la furia y por el dolor que nos acechan. Nos acomodamos en un espacio donde no existe nada más, nos desplomamos sin aliento y nos abrazamos el uno al otro para no desaparecer. Cuando estamos tumbados juntos, observo la ropa de Joseph colgada en el armario y encuentro consuelo al ver que sus cosas están mezcladas con las mías. Sus chaquetas junto a mis vestidos, sus corbatas cerca de mis blusas. En ocasiones, cuando le toca trabajar hasta tarde en la tienda, paso los dedos por la tela de sus camisas, inhalo el aroma del jabón y del almizcle del cuello, para recordarme que vive aquí. Que volverá a casa conmigo.

Joseph me sorprende con entradas para ver a la Orquesta Sinfónica de Boston por nuestro primer aniversario. Me confiesa que lleva meses guardando monedas en las botas que tiene en el armario, para ahorrar y que así nos podamos permitir el gasto extra de los treinta centavos que cuesta la admisión. Salto a sus brazos y él me da vueltas por nuestro piso y, por primera vez en lo que parece una eternidad, nos reímos como si no estuviésemos rotos por dentro.

La noche del espectáculo, Joseph vuelve a ponerse su traje y yo un vestido brillante que Marjorie, una compañera de trabajo, me ha prestado. Tomamos el tren que nos lleva hasta la estación Symphony. Cuando entramos en el vestíbulo, es imposible no imaginar que nos estamos adentrando en un lugar sagrado. Incluso Joseph, que no ha tocado ni una sola nota en la vida, se queda sin palabras por la santidad del lugar. Me da un apretoncito en la mano, igual de emocionado que yo mientras nos abrimos paso en medio del gentío para encontrar nuestros asientos. Unos balcones dorados adornados con terciopelo del color del vino proporcionan unas vistas de la orquesta en lo alto, con unas estatuas de mármol acomodadas en unos nichos decorativos. Los pasillos están recubiertos por unas alfombras rojas y elegantes y las puertas de salida son de color burdeos, pero, más allá de eso, el resto de la sala es de un color blanco prístino. Nos quedamos con la boca abierta al ver los enormes tubos de los órganos, que se alzan como columnas doradas hasta el techo y que parece como si llegaran hasta el mismísimo cielo. El escenario tiene los bordes tallados y lustrosos, como un escudo muy elaborado con el nombre Beethoven escrito en el centro.

Se lo señalo a Joseph y le hago un ademán a uno de los acomodadores para que se acerque.

—Perdone, me pica la curiosidad, ¿por qué el nombre de Beethoven es el único tallado en el borde del escenario?

El caballero de pelo entrecano me observa por encima de sus gafas antes de contestar a mi pregunta.

—Esa es una historia increíble, señorita. Verá usted, los diseñadores querían rendirles homenaje a los mejores músicos de la historia, unos cuyas obras nunca fuesen a ser puestas en duda. Y resultó que el único nombre con el que todos pudieron ponerse de acuerdo fue Beethoven, por lo que el resto de las placas que hicieron para honrar a otros artistas las dejaron en blanco.

Me sonríe, y la admiración compartida que sentimos por la sinfónica sirve como un lenguaje en código entre ambos, un club al que podría pertenecer.

—Muchas gracias —le digo, con una sonrisa—. Es la primera vez que venimos.

—Pues están de suerte, hoy tocarán el concierto de Mozart número diez. El arreglo a cuatro manos es un espectáculo único en la vida. —Entonces se endereza y se dispone a ayudar a otra mujer a encontrar su sitio.

La música clásica fue el sonido de fondo de mi infancia; mi madre se paseaba por el recibidor para darles la bienvenida a los compañeros de mi padre mientras yo me plantaba en las escaleras, con los ojos cerrados, en un intento por oír las notas lejanas de la música bajo el murmullo de las voces y el tintineo de la vajilla. Esta es la primera vez que oigo la música como debe ser, y el espectáculo me sobrepasa. Es como haber chapoteado en un charco durante años antes de descubrir la existencia del mar. Las lágrimas se me deslizan por las mejillas conforme el concierto nos rodea con sus notas altas, y algo en mi interior se rompe, como si un rayo hubiese atravesado las placas tectónicas que componen mi tristeza.

Después del concierto, me aferro al brazo de Joseph mientras damos un paseo por la ciudad, con la noche envolviéndonos. Vuelvo atrás en el tiempo, cuando caminaba con Maelynn en dirección al tranvía, tras mi primera clase de piano en el Conservatorio de Boston. Con el brazo entrelazado con el mío, declaró:

—Evelyn, sabes que podrías ser una pianista profesional, ¿verdad? Tienes muchísimo talento y sería una forma increíble de viajar por el país, de ver California, hasta de ver el mundo, incluso. Podrías empezar a tachar cosas de tu lista.

La idea centella en mi interior una vez más. Ser parte de la sinfónica de Boston sería como existir dentro de la propia música, como plantarme en el centro del universo, en una melodía de la Vía Láctea, con un coro de planetas meciéndose y girando en torno al astro que es mi *cadenza*.

Conforme Joseph y yo nos desvestimos y nos preparamos para ir a la cama, no puedo deshacerme de toda la emoción que llevo dentro, como si fuese un recuerdo divertido que vuelve a la mente en el momento apropiado y amenaza con salir a la superficie.

—Algún día llegaré a tocar con ellos —le susurro, cuando casi se está quedando dormido. Y entonces me quedo despierta, con el concierto resonando en los oídos, soñando con el poder de la música al estar tan cerca, con el zumbido constante en mi interior reflejado por fin y escapando por todo lo alto. Una explosión de luz y color, de pura emoción hecha música.

La semana pasada nos llegó la noticia de que su padre había muerto. La señora Myers tenía cincuenta y cinco años cuando dejó este mundo, y su marido solo duró once meses sin ella, con lo que murió a los cincuenta y seis. No tuvo ningún síntoma ni ningún problema de salud que lo aquejase. Se limitó a morir por el desamor.

La culpabilidad se me cuela por los resquicios de mi mente ya a rebosar que aún no estaban ocupados por la pérdida. Mis padres siguen vivos, pero no hablamos nunca. Cargo con todo este peso en mi interior y tan solo tengo veintiún años, y Joseph, veintitrés. ¿De verdad es posible que, hace tan solo cinco años, compartiéramos nuestro primer beso con las nubes flotando en el cielo?

Me pierdo en mis pensamientos mientras lo contemplo bajo la luz de la ciudad que se cuela por nuestra ventana. Me permito recordarlo como era antes de la guerra, antes de lo de su pierna. Joseph a los dieciocho, con sus hombros anchos, piel bronceada y cabello abundante mecido por el viento. Con una mano sobre uno de mis muslos mientras yacíamos tumbados en la arena de la playa Bernard.

No ha dicho nada desde que se enteró de la muerte de su padre, y me da pavor pensar en cómo lo afectará. Las dos primeras muertes hicieron que se acercara más a mí, que escondiera su pena en las curvas de mi cuerpo, pero esto me parece distinto. La pérdida de su padre, cuyo único propósito en la vida era regentar La Perla y amar a su esposa y a su único hijo, hace que Joseph quede a la deriva, como un marinero sin brújula ni la luna para que lo guíe. Esta noche me desvisto con timidez, preguntándome si quizás preferiría quedarse a solas con sus pensamientos del mismo modo en que yo necesité estar sola con mi dolor.

Cuando me meto bajo las mantas, Joseph me atrae hacia él con un movimiento de modo que quedamos cara a cara, y le rozo las espinillas con los dedos de los pies. Me rodea la cintura con los brazos y me levanta un poco, hasta dejarme sobre su pecho. Y entonces deja de moverse. No me besa, sino que se limita a abrazarme, a sostenerme con fuerza. Y yo me aferro al borde de su abismo, con pánico a caerme, a sentir toda la pena, todo el dolor que nos azota el cuerpo y que podría llevarme lejos, hacia el aire nocturno.

Joseph yace despierto, se ha quitado las sábanas de encima a patadas por el calor sofocante y estancado de la ciudad. Se ha pasado la noche de mal humor, con dolor en la pierna. Lo noto sufrir, así que me giro hacia él.

—¿Qué pasa?

Puedo verle los ojos clavados en el techo gracias a la luz amarillenta de las farolas de la calle.

—Odio este piso.

—No empieces, por favor...

—Quiero una casa. Quiero que volvamos a nuestro hogar.

Niego con la cabeza, preparando mis excusas de siempre. Después de que Joseph heredara La Perla, se sintió atormentado por lo vacía que se había quedado.

—Nuestra vida está aquí. El trabajo, nuestros amigos, la tía Maelynn... Todo.

Es una excusa endeble, a lo mucho. Las compañeras de trabajo que empezaba a ver como amigas renunciaban a sus empleos para formar una familia y se mudaban fuera de la ciudad para vivir en Newton o en Quincy. Unas chicas más jóvenes las sustituían en sus máquinas de escribir, vivarachas y siempre cotorreando. Cada vez que la llamamos, Maelynn parece volver de una nueva ciudad con un nuevo novio, pues su puesto de profesora en la escuela de la señora Mayweather apenas consigue retenerla. Maelynn es una pieza con forma de estrella que se niega a encajar en ningún sitio, un hecho que la escuela se limita a tolerar solo porque mi tía es una escritora reconocida, un trofeo del que se vanaglorian. Lo que la ata a Boston va perdiendo fuerza, y tan solo hace falta una brisa demasiado tentadora para hacerla alzar el vuelo.

Cuando está en la ciudad, nos invita a su casa, y yo suelo ir, pues estoy desesperada por recuperar la sensación que tenía cuando vivía con ella. Sentada de rodillas sobre un sofá mientras ella recibía a pintores y poetas y yo inhalaba tanto el humo de sus cigarros como sus historias. La promesa que veían en mí al tener tan solo diecisiete años. Maelynn a mi lado, con su aroma a menta y a algo que no podía nombrar; tenía su cómoda cubierta de botellitas de color ámbar de unos aceites antiquísimos y siempre daba fe de mis habilidades, de su tesorito, una pianista que iba a llegar muy lejos, con el talento suficiente como para recibir clases particulares en el conservatorio.

Solo que llevamos meses sin verla. La excusa era que Brooklin quedaba demasiado lejos como para ir a visitarla, en especial después de un largo día de trabajo. O que la línea verde siempre iba tarde y no era nada predecible. No le cuento cómo me siento ahora cuando estoy en compañía de sus amigos, lo consciente que soy de cómo me dan la espalda al verme, a una taquígrafa veinteañera de tres al cuarto que había llegado a la ciudad desde el extremo sur del país, poniendo la antena a ver si pillaba cualquier conversación interesante.

—Nuestra vida está en Stonybrook —dice Joseph, casi en una súplica.

—Antes, pero ahora ya no.

—Pero podría volver a estarlo.

Me doy la vuelta, para mirar la pared.

—No me hagas esto, ¿vale? Es tarde.

—Sé que tienes miedo —me dice, apoyándome una mano en la cadera.

—Me gusta nuestra vida tal como es —me excuso, por mucho que no me convenza ni a mí misma.

El futuro que me había imaginado para mí misma, lleno de música, de aventuras y de lugares nuevos, se ha convertido en el murmullo incesante de las teclas, de ir apretujados cual sardinas en el tranvía, de unos pagos de alquiler abusivos y unos mercados llenos de gente. Sin tiempo, dinero ni energía para desear algo más que no fuera poner los pies en alto al llegar a casa cada noche. Maelynn hizo que todo pareciera muy glamuroso y sencillo, eso de ver el mundo a mi edad, y los hombres se la llevaban casi en volandas a Londres o a Grecia. Y ella los dejaba tirados y volvía con bufandas de cachemira, unos cuencos pintados a mano e historias sobre sus aventuras. Nunca me explicó cómo era que tenía el dinero para viajar ni cómo se ganaba la vida durante dichos viajes, y yo no se lo pregunté, así como tampoco le habría pedido a un mago que revelase los trucos que se escondía en la manga. Maelynn era joven y guapa y el mundo era suyo. Y sí que podía ser así de sencillo, ¿verdad?

Quizás para ella. Solo que, ¿a dónde he llegado yo? A la única ciudad a la que me desterraron, donde me quedé y empecé una vida a medias con Joseph que ha terminado encerrándonos a ambos. Stonybrook es amaneceres rosa y crepúsculos añil, flores silvestres y olas que acarician la orilla con su vaivén, mientras que Boston es ladrillos y arenisca, revoltijos de gente por las calles y una sensación de transitoriedad que me deja un vacío en el estómago. Aun con todo, en cualquier momento podría subirme al tren y no bajarme hasta la última parada, donde podría empezar una vida nueva.

Volver a Stonybrook implica quedarnos para siempre. Implica abrir La Perla, criar a la quinta generación de Myers en aquella misma costa, la vida que se suponía que Joseph iba a vivir y que dejó de lado cuando decidió seguirme hasta aquí. La que Pearl Harbor echó por tierra, con la peste intensa del vapor del tren que se los llevó y las madres, hijas y esposas reunidas en torno a las radios. Con la infección en el estómago de Tommy que se extendió y el hecho de que no volvió a casa y yo olvidé cómo respirar por mí misma y La Perla ya no existía, pues en su lugar solo había una casa enorme y vacía y la señora Myers se estaba muriendo y el señor Myers se iba consumiendo en vida cada vez más y ¿todo eso había sido un sueño? Estaba perdida, hundiéndome, y tuve que huir al único lugar que me quedaba en el que me había sentido a salvo. Solo que, entonces, como si de una ilusión se tratase, Joseph llegó y me cogió en volandas para tumbarme en lo que se convertiría en nuestra cama y juntos nos sumergimos en nuestra tristeza compartida hasta que, como un par de cervatillos, conseguimos ponernos de pie con dificultad, con el problema de que se nos olvidó el camino a casa, por lo que apartamos Stonybrook de nuestra mente hasta que dejó de existir. ¿Cómo podríamos abrir La Perla sin ninguno de ellos? ¿Cómo vamos a llenar sus estancias bañadas de luz cuando lo único que quiero hacer yo es cerrar todas las persianas?

Joseph se incorpora de golpe y hace un ademán hacia la oscuridad.

—¿Esto te gusta? Casi ni podemos pagar este piso de mierda cuando en nuestro pueblo tenemos una casa enorme muerta de risa.

Y Joseph nunca dice palabrotas.

—Vendámosla. Si no vamos a volver a nuestro hogar, ¿de qué sirve tenerla ahí? —pregunta, casi sin voz.

—No podemos venderla.

—Entonces ¿qué quieres que haga, Evelyn?

—No lo sé —contesto, abrazándome las rodillas contra el pecho.

—Sé lo que implica volver. Y tú no quieres tener hijos, pero... —Vacila un segundo—. Si tuviéramos una familia podríamos llevar la pensión juntos... Y si volvemos a un lugar que adoras, sé que te haría muy feliz.

Me tenso de inmediato.

—¿Crees que no quiero tener hijos?

—Nunca quieres hablar del tema.

—Porque me aterra. —Me muerdo el interior de la mejilla y me pongo a toquetear uno de los hilos que escapan de las sábanas desgastadas, cualquier cosa con tal de impedir que se me derramen las lágrimas. Para mantenernos en este limbo, en esta vida alternativa, en este lugar en el que los recuerdos no pueden dar conmigo.

—Ay, cariño, ven aquí. —Estira los brazos y yo me refugio en ellos, acorto la distancia que nos separa y hago que el calor espeso que nos rodea quede apretado entre ambos.

Me limpio la nariz que me gotea con el dorso de la muñeca.

—¿Y si tenemos un bebé y le pasa algo? No puedo perder a nadie más, Joseph... De verdad que no.

—Pero tampoco podemos escondernos aquí toda la vida —dice, apartándome un rizo de la cara—. Si tienes miedo... yo también. Podemos tener miedo juntos. —Deja de hablar un momento—. ¿Qué es lo que quieres hacer?

Respiro hondo y me muevo un poco para poder mirarlo a los ojos. Entonces pronuncio las palabras que llevan meses dándome vueltas en la mente, unas que me daba miedo admitirme incluso a mí misma:

—Quiero tener un bebé.

—¿En serio?

Cada vez que me cruzo con una madre empujando un carrito, noto un pinchazo de envidia que hago a un lado como si estuviese cerrando una persiana para protegernos de una tormenta, pues me imagino a un bebé que se parece a Joseph correteando por la orilla que aún consigue arrullarme en sueños, en el lugar al que ambos pertenecemos.

—Quiero volver a casa —le digo, y le rodeo el cuello con los brazos antes de que me atraiga hacia él y entierre el rostro en mi pelo.

—Sé que esto nos hará muy felices. Gracias, Evelyn. No sabes cuánto te quiero. —Solo que, conforme me besa, lo único que puedo sentir es el subidón de miedo que se me alza en el pecho, como si una ola me consumiera por completo.

NUEVE

Thomas

Septiembre de 2001

El coche que he alquilado, un Audi plateado, huele a cigarros rancios y a algo cítrico y artificial que emana del ambientador con forma de pino que cuelga del retrovisor. El cielo es de un azul que casi no parece real, por lo que abro las ventanas para que se refresque el ambiente conforme salgo de la autopista. Odio alquilar coches, tener que acostumbrarme a los nuevos botones y diales y pelearme con las palancas para ajustar el asiento, pero es que no tiene sentido tener uno si vives en el Upper East Side. Le dije a Ann que podríamos arreglárnoslas sin problemas, que incluso en Goldman podrían conseguirme uno si lo pidiera. Solo que es más fácil alquilar uno en los pocos fines de semana en los que decidimos desaparecer del mapa en el norte del estado o para ir a ver a un especialista, como es el caso de hoy.

Le digo a Ann que estamos en Nueva York, que la gente viene a esta ciudad para buscar a los mejores médicos. Aun así, ella encontró a un neurólogo en las afueras de Greenwich que se especializa en migrañas, y al final he terminado cediendo y moviendo algunas reuniones para hacer tiempo. Llevo años dándole largas. Al haber escalado puestos tan rápido y convertirme en el director ejecutivo más joven de la empresa, echándole unas ochenta horas de trabajo a la semana, estaría más preocupado si no me doliera la cabeza. ¿Quién tiene tiempo para pedirse un día libre y conducir hasta Connecticut para hacerse un montón de pruebas médicas solo para que no puedan decirme exactamente qué es lo que me pasa? O que sí que lo sepan, pero que no pueden curarlo. Como el soplo que tengo en el corazón o los óvulos de Ann. Tantas salas de espera, meses y meses de inyecciones, las marcas de sus vértebras cuando me daba la espalda y se apoyaba en el pedestal del fregadero de nuestro baño, preparada para el impacto. Me odiaba a mí mismo cada vez que tenía que hundir la jeringuilla en su piel, a sabiendas de que los pinchazos no servirían de nada, de que las hormonas la iban a trastocar entera y que la harían someterse a todo eso solo para que terminara devastada cuando el embrión no se implantara en su útero. ¿Y todo para qué? Para tirarnos años intentándolo. Para ver que el rostro se le llenaba de tensión cuando nuestros compañeros de trabajo, con buenas intenciones, le preguntaban para cuándo el pequeñín. Las noches que pasé abrazando a mi esposa en nuestra cama, hecha un mar de lágrimas, mientras intentábamos procesar la realidad de que simplemente no íbamos a ser padres.

Yo también quería tener hijos, pero, más que eso, lo que en realidad quería era que Ann tuviese la oportunidad de ser madre, de darle todo lo que quería. Conocíamos parejas que habían adoptado, que habían soportado el calvario de la burocracia durante años solo para que los ilusionaran con una falsa posibilidad, con una madre biológica que cambiaba de parecer y se arrepentía. Fue Ann la que puso el punto final al asunto. Nos guardamos para nuestros adentros todos nuestros pesares y dejamos que los demás asumieran lo que mejor les pareciera mientras soportábamos nuestro dolor en privado. En su lugar, nos dedicamos a nuestro trabajo, a nuestra relación, a aprovechar al máximo la vida que habíamos conseguido y a las libertades que nos concedía el vivir una existencia libre de hijos. Podíamos quedarnos hasta las tantas en la oficina sin tener que buscar niñera, irnos de copas con algún cliente después del trabajo, volar a Los Hamptons. Hablamos sobre cómo las carreras profesionales de nuestros compañeros de trabajo se habían estancado cuando sus prioridades habían cambiado, cómo nuestros amigos se convertían en un manojo de nervios, siempre agotados e irreconocibles. Celebramos nuestros ascensos con botellas de vino carísimas y sushi recién hecho, cosas de las que no podría disfrutar si estuviese embarazada, premios de consuelo que nos ofrecíamos el uno al otro, como razones por las que simplemente aquello no debía ser.

Sin embargo, en ocasiones también me imagino lo que podría haber sido. Ann de la mano de su versión en miniatura, señalando las focas en el zoológico de Central Park. Persiguiendo a sus primos en la playa Bernard. Se parecería un poco a mi madre, la matriarca de la familia a todas luces, y yo quedaría un poco relegado en el fondo, como mi padre. Y no me importaría; Ann estaba hecha para dirigir una empresa, una familia y el mundo entero si hacía falta. Abandonó el Medio Oeste del país en cuanto le fue posible, pues su carta de aceptación a la Universidad de Nueva York fue su billete para una nueva vida. Se mudó a la residencia universitaria frente a la mía y nos conocimos en la lavandería que había en la esquina y que apestaba a calcetines mojados y comida china. Nos hicimos amigos al ver que ninguno de los dos sabía nada sobre la ciudad y nos hicimos compañía durante nuestras sesiones interminables de estudios en la biblioteca.

Nueva York me parecía una ciudad hecha a medida, como si fuera yo mismo. La organización de una ciudad bien planificada, del sistema de metro, de la gente andando siempre con un destino en mente hacía que fuese muy sencillo ir de un lugar a otro, encontrar el camino, y el modo en que Ann se abría paso por sí misma me encandiló por completo. No había nada que me atara a Stonybrook. No me interesaba en absoluto heredar La Perla y, siendo sinceros, mis padres nunca intentaron presionarnos a ninguno de los tres. Tenían la esperanza de que me enamorara de alguna chica del pueblo y siempre me alentaron a salir los sábados por la noche. Pero me había hecho a la idea de que el amor era algo que obligaba a la gente a quedarse estancada, que se evaluaba en la medida de a lo que uno renunciaba. Y nunca me pareció que valiese la pena. Hasta que llegó Ann.

Estuvimos juntos casi cinco años antes de que le propusiera matrimonio. Nunca dudé que fuese a ser la indicada para mí, no me hizo falta salir con un montón de chicas para confirmarlo. El problema era que los padres de Ann eran divorciados; ella y sus hermanas crecieron pasando de una casa a otra durante los fines de semana y las fiestas, por lo que no las tenía todas consigo respecto a la institución del matrimonio. Fue así que decidí esperar y seguir su ritmo. Un papel que nos uniera frente a la ley no era importante para mí, pues ya estábamos tan comprometidos el uno con el otro como cualquier otra pareja estable. Entonces su hermana menor se casó, con una boda por todo lo alto en Boise. Aunque nunca creí que Ann fuese el tipo de chica que necesitara pedir permiso para nada, ni siquiera para algo tan importante como el matrimonio, eso es lo que fue esa boda para ella, con su bufé a rebosar de platos mediocres típicos de la zona, sus madrinas con vestidos esponjosos y un grupo de música demasiado entusiasta. Necesitaba permiso para cometer sus propios errores. Para intentarlo. Bebió un porrón de champán y me confesó que ella también quería casarse, que sentía que podríamos hacerlo y que deberíamos. A la mañana siguiente, ya sobria pero aún envalentonada, me confirmó que era lo que creía de verdad. Y básicamente fue ella la que me lo propuso a mí. Así que el fin de semana siguiente compré el anillo.

Nos aventuramos en nuestro matrimonio con los ojos bien abiertos. En algún momento, por complicada que sea la cosa, uno tiene que ser realista: los sueños no se cumplen solo porque uno quiere que así sea y nada dura para siempre. Este plan que mis padres han urdido es de lo más retorcido. Como cuando idealizan el amor en los libros y las películas y se describe como algo por lo que vale la pena morir, algo que se demuestra a través del sacrificio. Es cobardía disfrazada de devoción. Amar es poner las inyecciones, son los puntos negros y moreteados que quedan en la columna por culpa de los pinchazos, es saber que podría vivir sin Ann porque ella querría que siga haciéndolo, en lugar de hacerme el mártir y morir con ella. Lo fuertes que serían si decidieran seguir viviendo y aprovechar hasta la última gota del tiempo que les queda juntos.

Conforme me voy acercando al consultorio del médico, enciendo la radio para intentar redirigir mis pensamientos. Lo único que echo de menos de conducir es escuchar las noticias, lo cual me relaja de un modo que no consigue hacer leer el periódico todo apretujado mientras vas en el metro. Mi Black-Berry empieza a sonar, seguro que porque algún analista necesita que compruebe algo. O quizás otro mensaje de mi madre en el buzón de voz.

Ann dice que debo dejar de evitarlos, que así no arreglaré las cosas ni conseguiré que cambien de parecer. La cuestión es que detesto que nos hayan obligado a actuar como sus cómplices. Este plan no tiene ni pies ni cabeza, aunque no me sorprende, al saber cómo son. Jane dijo básicamente lo mismo, por mucho que no me sentara nada bien oír cómo los excusaba tan rápido. Quería que se cabreara como yo, que se erizara y estuviera lista para montar un numerito, como la Jane de antes. Solo que no se equivoca, sí que es algo muy propio de ellos.

Su relación hacía que me avergonzara cuando era pequeño. El modo en que mi madre se sentaba en el regazo de mi padre cuando acabábamos de cenar o cómo se acomodaba entre sus rodillas en una toalla compartida en la playa, en lugar de mantener las distancias como hacían los padres normales. Jane está segura de que es a mamá a quien tenemos que convencer, pues papá aceptará lo que sea que ella decida, y probablemente tenga razón. Mi padre siempre se ha adaptado a las necesidades de mi madre. Una noche, cuando era joven, se lo reclamé, le dije que mi madre lo tenía atado en corto, una frase que había oído que un chaval decía en el colegio y que no había entendido del todo, pero que repetí de todos modos, para quedar bien. Él dejó lo que estaba arreglando y me clavó la mirada más seria que le he visto en la vida. «Tu madre renunció a mucho por mí, hijo. Aceptó volver, criaros aquí y reabrir la pensión. Nunca lo he olvidado. Y vosotros tampoco deberíais».

Por aquel entonces no los entendía, no comprendía cómo podían priorizar al otro por encima de su propia felicidad. Y ahora pretenden morir por el otro. Yo haría cualquier cosa por Ann. Cualquier cosa menos eso. No puedo excusarlo, y llegados a este punto, el simple hecho de saber lo que planean me parece algo irresponsable, como si les estuviésemos siguiendo el juego.

Lo cual intenté explicarle a Violet, pero es que esa es incluso peor que nuestros padres. Intenta hacerme entrar en razón, convencerme de que aproveche al máximo el tiempo que me queda con ellos, como si hubiese sido yo el que decidió empezar la cuenta atrás. Creía que Jane estaría de mi lado. Si bien puede ser muy complicada, al menos ella es razonable. O eso era lo que creía, hasta que me envió por correo una invitación para un espectáculo dentro de cuatro meses, en enero, en la Orquesta Sinfónica de Boston. Escribió que Marcus, su compañero de trabajo, había propuesto la idea de una actividad comunitaria para que «los pianistas de la zona pudieran demostrar sus habilidades», y que ella y mamá estarían entre los numerosos participantes. Marcus lo había organizado y nos había conseguido entradas a todos. Nos ha hablado de él (incluso a mí, y eso que nosotros casi no hablamos) muchas más veces de lo normal para ser un simple compañero de trabajo. Así que es obvio que se están acostando. Mi hermana es un poco rara con el tema de las relaciones sentimentales, pero no es de mi incumbencia. La verdad es que no me importa lo que haga siempre y cuando no vuelva a causar problemas en la familia. Solo que toda la idea del concierto me ha sacado de cuadro. Jane no suele dar su brazo a torcer, en especial cuando se trata de mamá.

Y no es que quiera que nuestra madre sufra, por supuesto que no. Aborrezco todo lo que está pasando. Su diagnóstico, que nos ocultara su sufrimiento, que la enfermedad de una madre pueda causar disputas entre sus hijos. Mi furia que no me deja estar ahí para ella, para ambos, porque nos han obligado a escoger un bando. La idea de perderla poco a poco hasta perderla para siempre de golpe... Solo que los médicos no son clarividentes, no pueden predecir el futuro y, en ocasiones, el organismo responde de un modo que no nos vemos venir. Podrían descubrirse nuevos tratamientos, ensayos clínicos, medicamentos experimentales. Ann y yo lo intentamos hasta casi llegar al límite, contorsionamos nuestra esperanza y seguimos su sombra casi invisible hasta que no nos quedó absolutamente nada de ella. Fue el único modo en el que pudimos quedarnos con la conciencia tranquila. No podemos saber qué nos depara el futuro, no a ciencia cierta, y mucho menos si uno le corta las alas. No puedo creer que Jane le esté siguiendo el juego de este modo, al cumplirle un último deseo basado en la fecha arbitraria que nuestra madre ha dispuesto. No sé, para mis adentros creía que la única ventaja que teníamos sobre ellos era si todos estábamos de acuerdo, si nos mostrábamos unidos en contra de su decisión. Así que ahora me siento tan inútil como soy de verdad.

Otra serie de vibraciones. Si ya pospusimos la reunión, ¿qué puede ser tan urgente que no puedan esperar unas horas hasta que vuelva? Intento echar un vistazo a la pantalla y termino saltándome la calle por la que debía girar, así que lanzo el móvil sobre la consola central y hago caso omiso de las llamadas mientras vuelvo por donde he venido, de modo que solo pillo a medias lo que dice el locutor.

—... *avión... estrellado... las Torres Gemelas...*

Freno sin pensarlo para subir el volumen de la radio. *¿Qué carajos?*

—...ha ocurrido una desgracia. *Tenemos informes no confirmados de que un avión se ha estrellado contra las torres. Estamos intentando obtener más información. Hay humo saliendo de una de las torres y un caos de lo más perturbador en tierra. Estamos intentando descubrir qué ha pasado, lo único que sabemos hasta el momento es que un avión que parecía volar a una altitud más baja de lo normal parece que se ha estrellado en medio de una de las torres...*

Aparco para llamar a Ann, y lo único que consigo es un mensaje de error: *El número al que ha llamado está apagado o fuera de cobertura. Vuelva a intentarlo en unos minutos.* Llamo de nuevo. *El número al que ha llamado está apagado o fuera de cobertura. Vuelva a intentarlo en unos minutos.* Llamo a la oficina. *El número al que ha llamado está apagado o fuera de cobertura. Vuelva a intentarlo en unos minutos.* Llamo a Ann de nuevo. Nada.

La reunión de esta mañana era en esa misma torre. La que pospuse.

Joder. Virgen santísima.

El pánico me embarga. ¿Acaso el piloto estaría borracho? Me tiemblan las manos en el volante. Conozco a algunas de esas personas, sus pobres familias... Intento respirar hondo y casi no puedo oír las noticias de la radio por encima de los latidos de mi corazón. Ann no está en el centro. Yo estoy bien. Por algún giro de la vida, yo estoy aquí, sentado en este coche.

Lo cerca que ha estado todo. *Dios bendito.* Pero no ha sido más que un accidente.

Y entonces se estrella el segundo avión.

Casi arranco la puerta principal al abrirla. Mis padres se ponen de pie de un salto desde el sofá, con las noticias a todo volumen de fondo. Avanzo a toda prisa, pálido y con las piernas temblando, y me inclino hacia abajo para envolver a mi madre en el abrazo más fuerte de la historia.

—Lo siento, mamá —le digo, sin dejar de sollozar—. Lo siento muchísimo. —Casi la noto perder las fuerzas bajo mi peso, por el shock de todo lo sucedido.

Me vuelvo hacia mi padre y lo abrazo, casi con desesperación.

—Papá, te he tratado horrible. Perdóname, por favor. Lo siento mucho.

—No pasa nada, hijo. No pasa nada. —No sabe qué más decirme, por lo que me habla con una voz suave, mientras me da palmaditas en la espalda—. Estás bien, gracias al cielo… Casi nos da algo intentando ponernos en contacto contigo. ¿Dónde está Ann?

Me aparto y me tropiezo un poco, mientras intento explicarme y me paso una mano por la frente hasta que me la dejo roja.

—No sé, no consigo dar con ella. Los teléfonos no funcionan y no sé dónde está. —Noto que las piernas no me sostienen, por lo que me dejo caer sobre la mesita de centro, escondiendo el rostro entre las manos.

—No entiendo nada, ¿cómo es que estás aquí?

Niego con la cabeza.

—Es que Ann… Lleva siglos suplicándome que vaya a ver a un médico cerca de aquí. He tenido unos dolores de cabeza muy intensos, pero es que no he tenido tiempo de hacérmelo ver. Pero ella seguía y seguía dando la tabarra. Y me pidió cita para esta mañana… Tendría que haber estado en la Torre Norte hoy, pero pasé mi reunión para mañana. *Porque Ann no quiere perderme.*

—Ay, Thomas. —Mi madre se deja caer a mi lado.

—Y cuando he oído las noticias por la radio he intentado volver y buscar a Ann, pero dicen que todo está colapsado. Los trenes, los puentes, no hay cómo entrar en la ciudad. Ningún teléfono funciona. Me estoy volviendo loco. —Hablo entre jadeos y a trompicones—. No sé dónde está ni si está bien y… No podía estar solo, no sabía qué más hacer. Así que he venido para aquí… Creo que me he pasado todos los límites de velocidad por el camino. La verdad no sé si he frenado ni una sola vez en algún semáforo. No lo recuerdo.

—Menos mal que has venido —dice mi padre, con la voz entrecortada, antes de pasarme un brazo por los hombros.

Repiten una y otra vez la catástrofe por la tele, unas imágenes surrealistas que no consigo concebir como la realidad. El humo sale de unas oficinas en las que se suponía que tendría que haber estado yo y envuelve por completo las Torres Gemelas. Mi madre me aferra una mano. ¿Cuándo fue la última vez que le di la mano a mi madre? No sé qué está pasando, solo que el miedo me supera. Es más fuerte que yo y hace que se me cierre la garganta. No puedo respirar. *Ann.*

Vemos los rótulos de las noticias gritando la información desde la parte inferior de la pantalla: «Dos aviones se estrellan contra las Torres Gemelas». Lo vemos todo, congelados en nuestros sitios. Observamos a la espera de respuestas. Pero nada tiene sentido. Nada parece tener sentido mientras los equipos de noticias van hilando información que les llega a retales, por lo que no tienen ninguna respuesta y la máscara de compostura de los presentadores se quiebra. Se echan a llorar mientras todavía los graban, con todas las reglas que siempre seguimos ya abandonadas. Lo único en lo que puedo pensar es en mi mujer, me estrujo el cerebro para intentar recordar dónde tenía sus reuniones, lo que podría haberme contado, lo que sea que me ayude a apaciguar el pánico. Pero solo veo las torres destrozadas, los escombros y las cenizas que llenan las calles. El humo negro que no deja de salir. El cielo azul, infinito y manchado de negro.

Observamos cómo la Torre Sur se desploma entre cenizas y humo.

Noto que un grito se me atasca en la garganta, pero ningún sonido escapa de mi interior. Mi madre se cubre la boca con las manos. Mi padre no se mueve, horrorizado por lo que se ve en pantalla. En la mesa hay un jarrón lleno de girasoles del jardín y el cielo que se ve por la ventana sigue totalmente despejado y de un azul casi imposible.

Llamo a Ann al móvil y a la oficina, sin parar, por mucho que las llamadas sigan dando error. Estoy furioso conmigo mismo por estar tan lejos, por lo inútil que es apretar unos cuantos botones cuando debería estar corriendo hacia ella, pero estoy atrapado aquí, sin poder hacer nada, desesperado por oír su voz y repitiéndome una y otra vez nuestra despedida apresurada de esta mañana. ¿Acaso le he dado un beso antes de que se fuera? ¿Qué ha sido lo último que le he dicho antes de que saliera por la puerta?

—Volvamos a intentar llamar a tus hermanas para decirles que estás bien, al menos. —Mi madre dice que se pusieron a llamarme en cuanto vieron las noticias, pero que les saltaba el buzón de voz, probablemente porque yo no dejaba de intentar dar con Ann. Cuando han hablado con Violet, estaba en casa pegada al teléfono a la espera de noticias. No había podido ponerse en contacto con sus hijos y no quería que, cuando la llamaran, les saltara el contestador. Connor ha ido a buscar a Patrick al colegio. Le dejan otro mensaje a Jane, aunque lo más probable es que la hayan llamado al trabajo para que cubra la noticia.

Vemos cómo el cielo lleno de cenizas se apodera de nuestra pantalla.

Vemos cómo se derrumba la Torre Norte.

Mi padre abraza a mi madre. Yo estoy frenético y no dejo de caminar de un lado para otro.

Seguimos llamándola. *El número al que ha llamado está apagado o fuera de cobertura. Vuelva a intentarlo en unos minutos.*

Toda esa gente… y sus familias.

Ann. ¿Dónde estás?

Cuando me suena el móvil, todos pegamos un salto. Lo arranco de la mesa y casi se me cae de las manos.

—¿Ann? —Un poco más y me desmayo del alivio—. Madre mía. Gracias a Dios. —Me empieza a gotear la nariz, así que me seco con la manga—. Te quiero, no sabes cuánto te quiero.

—Apenas consigo oírla a través de la estática y el ruido, algo sobre una cabina telefónica, gente esperando, que ha caminado hasta Brooklyn, al otro lado del puente, y que está bien.

Está bien. La llamada se corta y dejo caer la cabeza, pues el alivio casi puede conmigo.

—No le ha pasado nada —les digo, casi sin voz y con la respiración entrecortada—. No le ha pasado nada. Por Dios, está bien y no le ha pasado nada. Creía que la había perdido… Creía que… —Rompo a llorar, escondiendo el rostro entre los brazos.

DIEZ

Evelyn

Agosto de 1951

Me despierto en plena noche, aunque no por el llanto de Jane, sino por la ausencia de ellos. Tengo que asegurarme de que pueda llorar, de que respire, por lo que me suelo despertar sobresaltada de unas pesadillas horribles, desesperada por ir a ver que esté bien. Y esta noche me pasa lo mismo. El sueño me evade, el cuerpo aún me duele por el parto y tengo la mente a mil por hora. Me aparto de Joseph en silencio para salir al pasillo, y mi resentimiento va en aumento cada vez que tengo que levantarme de madrugada a dar el pecho. Despierta una vez más, deambulando por la casa, mientras él permanece dormido a pierna suelta bocabajo, con el sueño tranquilo que le concede ser padre y no madre: sin cicatrices en el vientre ni nada que lo ate a esta criaturita diminuta, que es necesidad y exigencias en su estado más puro. Tras haber pasado cuatro años en nuestro piso minúsculo, casi había olvidado lo enorme que es este lugar, que nuestras habitaciones como propietarios de la pensión están completamente apartadas de las de los clientes: tres cuartos solo para nosotros, un lugar pensado para criar una familia. Nuestro futuro dispuesto frente a nosotros, un plan de acción para una buena vida.

De pequeña, La Perla me fascinaba. Encontraba consuelo en su caos, en sus muebles de estampados florales que no combinaban entre sí, con todas sus superficies suavecitas y mullidas. El polvo en las estanterías del estudio, los granos de arena en el vestíbulo, todo con un ligero olor como si en algún momento hubiese estado mojado. La forma en la que la luz entraba nublosa por las ventanas y te invitaba a acurrucarte en una butaca. Las puertecitas extrañas que conducían a unos rincones de almacenaje no más grandes que un niño, pero que, si sabías qué cajas apartar y quitabas las telarañas, se conectaban entre sí con unos pasadizos angostos. Joseph, Tommy y yo solíamos jugar al escondite cuando no había muchos huéspedes, nos contorsionábamos en los espacios llenos de polvo e intentábamos oír pasos. Me rodeaba las rodillas con los brazos, cerraba los ojos y deseaba que La Perla se convirtiese en mi hogar.

Me dirijo al cuarto de Jane en silencio, el que queda frente a otra habitación, vacía salvo por una tabla de planchar y unos cuantos cordeles para secar la ropa. En su momento había estado destinada para los hermanos de Joseph, unos bebés que habían esperado tener pero que nunca habían llegado al mundo, por lo que su madre había terminado usándola para planchar las sábanas. Joseph dijo que lo mejor sería dejar esa habitación tal cual estaba de momento, que podríamos amoblarla y decorarla cuando tuviésemos más hijos.

«Más hijos». Siempre lo agrega al final de sus oraciones, como si fuese un extra para la lista de la compra: mantequilla, leche y unos cuantos hijos más. Vivía ilusionado con la idea de tener una gran familia incluso antes de que tuviéramos a nuestra primera hija, antes de que yo conociera el dolor intenso y desgarrador de un parto, el terror de enterarme de que llegaba con el cordón umbilical enredado en el cuello. Antes de los pechos hinchados, las noches que se estiraban hasta volverse días y sospechar de lo turbia que podía ser mi propia mente. De tener que cargar, mecer y calmar a toda hora, del aroma embriagador a bebé recién nacido y de la magnitud sobrecogedora de mi propio amor, de la sensación de siempre estar al borde de las lágrimas. Cuánto podía querer a esta personita diminuta que había hecho con mi propio cuerpo, que acababa de conocer. Y qué pocas ganas tenía de pasar de nuevo por todo eso, de partirme en dos al parir, solo para tener que partirme en más pedazos al convertirme en madre. Cortándome en más y más cachitos hasta convertirme en una voluta de mujer, casi irreconocible.

Me acerco a la habitación de nuestra hija, y la luz suave de la lámpara que hay en su cómoda la ilumina. Me parece muy gracioso que alguien tan pequeña pueda tener su propia cómoda, y aquí está. Una que Joseph hizo con sus propias manos mientras ella crecía en mi interior. Le encantaron todos los proyectos: pintar la habitación, fabricar la cuna. Creo que nunca lo había visto tan contento. Desde que volvimos del hospital, ha sido él quien se ha encargado de todo lo relacionado con la pensión, la cual lleva funcionando desde hace unos cuantos meses, después de pasar semanas limpiándola y poniéndola a punto, con un nuevo cartel tallado que reza «Pensión La Perla» y «Gran reapertura» desde mayo y las habitaciones llenas desde que empezó a hacer buen tiempo. Lo cual me deja a solas con Jane, y los días y noches que paso alimentándola y lavando pañales y colgando toallas para que sequen se estiran sin fin frente a mis ojos. En algunos momentos echo de menos mi vida antigua, cuando se me iban las horas tocando el piano, cuando tenía listas llenas de sueños, cosas que estaba segura que habría hecho llegados a este momento, lugares que ya habría visitado. Y qué improbable parece todo eso ahora, como si hubiese pasado una vida desde entonces. No tengo cómo escapar de esta nueva realidad, de esta maternidad que lo consume todo. Exige mucho más de mí de lo que habría imaginado. Es la alegría más triste que jamás he sentido porque ya es más grande de lo que era ayer, un poquitín menos mía. Ya echo de menos la bebé que es en estos momentos y me desespero por recordar momentos que, sin duda, pasarán al olvido.

Cuando estaba embarazada, Joseph me acariciaba la piel tersa con los dedos, me apoyaba una oreja contra la barriga y le hablaba en susurros a la bebé por la noche, solo que todo su afecto no conseguía calmar mis nervios. Mientras metíamos cosas en cajas, se acercaba con un poco de timidez para preguntarme cómo estaba y me envolvía entre sus brazos, a mí y a mi barriga cada vez más grande, para sostenernos a ambas. Entonces me abrazaba más fuerte y me dejaba sola con mis pensamientos, los cuales parecían nubes de tormenta dentro de mi mente. Nunca podría haber lidiado con la verdad que estaba por venir, con la certeza que tengo ahora de que esos nueve meses fueron lo más sencillo.

El pasillo está en silencio mientras voy de camino a la habitación de Jane. Antes de que naciera, consideramos otros nombres, pero cuando la sostuve supe que era Jane. Como Jane Eyre, de la novela que Maelynn me compró en esa librería de Boston cuando echaba de menos mi hogar. Una chica muy independiente y de armas tomar que creía en el amor y hacía de todo para conseguirlo. No podía haber otro nombre para la belleza que vi entre mis brazos, para cómo se me llenó el corazón de amor cuando se aferró a mí y me enterró la carita en el cuello como si fuese el lugar más seguro en el mundo. Antes de tener a Jane, no entendía por qué todo el mundo hablaba de los deditos de los bebés, pero ahora sí que lo hago. Podría sentarme con ella en el regazo y tocarle los pies suavecitos que tiene durante un día entero, ver cómo se le enroscan los deditos y cómo aprieta unos puñitos diminutos. Incluso con tan solo una semana de vida, puede tener su propia cómoda, su propia habitación y sostener mi mundo entero entre sus manitas pequeñitas.

Joseph tenía razón: soy feliz por tenerla, por que hayamos vuelto a nuestro hogar. Mi deseo de cuando era pequeña, susurrado en la oscuridad, concedido por el destino o por una fuerza mayor. O tal vez por pura fuerza de voluntad. El chico que me buscaba y todas las veces en las que me encontró. Solo que también tengo miedo. Miedo porque hay tantísimos bebés que dejan de respirar y comen algo que no deben y se enferman y sufren. Y la gente a la que queremos se va por razones que nunca podré comprender.

Jane duerme bocabajo, con sus bracitos regordetes junto a las orejas. Me acerco en silencio y llevo la muñeca a su boca abierta con forma de O para notar el suave cosquilleo de su respiración sobre mi piel. Espero hasta notar cinco respiraciones antes de soltar el aire que había contenido y apoyar la barbilla sobre la cunita para observarla. Para rogarle a un dios en el que no sé muy bien si creo, para ofrecer todo lo que tengo con tal de que la mantenga a salvo.

Joseph

Noviembre de 1953

—Cuidado con el cuello, querida —rechista la señora Saunders, antes de darse un toquecito en el moño para asegurarse de que se queda en su sitio. Evelyn no le contesta y se limita a tensar un poco los labios. Thomas llora entre sus brazos, por lo que se levanta y lo mece mientras le da vueltas al sofá. Solo tenemos dos habitaciones ocupadas esta noche: una pareja de recién casados que prácticamente no han salido de la habitación y un hombre mayor que está visitando a su hija, así que la pensión es casi toda nuestra. Si el día fuese un poco más cálido, se lo llevaría a pasear por la calle Sandstone, pero, como el invierno ha llegado del todo, los días se acortan y traen consigo unas ventiscas que pelan. Jane está sentadita cerca de la chimenea y va lanzando sus bloques de construcción por toda la estancia.

—Ya está, Thomas... No pasa nada, cielo. No pasa nada. —Evelyn le habla con un tono muy suave a nuestro hijo, por mucho que su expresión sea muy seria. Un bloque le da de lleno en el tobillo y se vuelve con el ceño fruncido—. Jane, ya basta. Deja de lanzar los bloques.

—Evelyn, ¿le has dado de comer? Ese llanto es de hambre, no hay duda. —Si bien la señora Saunders está sentada tranquilamente en el sofá y con las manos acomodadas sobre el regazo, su voz es de lo más estridente. Es como si no recordara que no es el primer hijo de Evelyn y que se las arregló para criar a Jane sin ayuda de nadie.

Cuando nos mudamos de vuelta a Stonybrook hace algunos años, Evelyn no tenía nada de ganas de siquiera acercarse un poco al mundo de sus padres. Llevaba sin hablarles desde el funeral de mi padre e, incluso antes de eso, las conversaciones que mantenían eran bastante tensas. Solo que, cuando volvimos a pisar el recibidor de la pensión, incluso con todos sus muebles cubiertos de polvo y los tablones del porche podridos, pude imaginarme a nuestros hijos corriendo por el campo detrás de la casa, un piano acomodado en el estudio y a Evelyn y a mí dándoles indicaciones a los huéspedes para que llegaran hasta la playa. Entonces la miré, ansioso por saber si ella había visto lo mismo que yo, y entrelazó los dedos con los míos. La Perla. Nuestro hogar.

Nos pasamos por casa de sus padres la tarde del día que volvimos, por mucho que Evelyn no quisiera, y llamamos a la puerta para hacerles saber que habíamos vuelto y que pretendíamos quedarnos. El porche estaba cubierto de hojas, el jardín, descuidado y la aldaba de latón, deslustrada. La puerta chirrió al abrirse un poco, con la señora Saunders asomada detrás con los ojos entornados por culpa del sol. Si bien siempre había sido una mujer delgada, había algo que no parecía encajar del todo en su figura, como si ella también se hubiese descuidado a sí misma dentro de su hogar.

Si se sorprendió al vernos, no lo demostró.

—Me preguntaba qué iba a ser de la pensión, al quedarse ahí vacía todos estos años. Tu padre está trabajando, pero se lo comentaré. —Aunque le echó un vistazo al vientre redondeado de su hija, mantuvo la misma expresión carente de emociones: ni enfado ni alegría, solo unas mejillas hundidas mientras añadía—: No me imaginaba que fuese a verte embarazada nunca. Creía que...

Pero Evelyn la interrumpió al darle la espalda.

—Ya, claro, es que no parecía que te interesara mucho nuestro matrimonio, así que no espero que pases mucho tiempo con el bebé, descuida.

Después de eso, no la vimos mucho. Nunca se pasó por la playa Bernard, y solo de vez en cuando podíamos ver el brillo de una lámpara y de unos cigarrillos en el porche después de la cena. Estábamos muy ocupados con la pensión y con Jane, con el esfuerzo de navegar nuestra nueva vida que era una versión opuesta y extraña de lo que había sido la anterior. Entonces el señor Saunders murió de un infarto a los sesenta y un años, y la madre de Evelyn no tenía ninguna amistad ni pariente a quien recurrir. Pese a que su esposo casi nunca estaba en casa ni parecía ser nada afectuoso con ella, imaginaba que el olor residual de sus puros permanecía impregnado por doquier cuando iba y venía y daba la impresión de que sí que estaba y le hacía compañía. Tras la muerte de su marido, debió de haberse sentido lo bastante sola como para tragarse el orgullo y, cuando llegó el segundo nieto, esta vez un niño, de pronto la encontramos en nuestra puerta. Evelyn, casi delirando por el cansancio y desesperada por contar con un par de manos que la ayudaran, aceptó la tregua.

—Sí que le he dado de comer. Cómo no le voy a dar de comer. Pero se pasa el día llorando porque sí. —Jane vuelve a lanzar sus bloques y Evelyn le dedica una mirada severa.

—Deberías cambiarle el pañal —insiste la señora Saunders—. Me ha parecido que olía un poco cuando lo he cargado.

—Ya ha comido y está con el pañal limpio. Ya te he dicho que él llora y ya, no insistas.

173

Alguien llama a la puerta batiente e interrumpe la conversación en el salón. Es nuestro huésped habitual, un caballero de pelo blanco, que se asoma un poco para pedirnos unas cuantas toallas extra. Evelyn me entrega a Thomas y lo sigue, y yo doy gracias por la distracción. Thomas pasa de gritar a soltar unos suaves gimoteos. Entonces el corazón se me tranquiliza un poco, por mucho que no hubiera notado que lo tenía acelerado hasta ese momento, pues el estrés de Evelyn es mi propio estrés.

Esa noche, mientras nos preparamos para irnos a la cama, Evelyn se muestra taciturna y perdida en sus pensamientos.

Se mete bajo las mantas y se vuelve hacia mí.

—Hicimos lo correcto, ¿no? Al dejar que mi madre volviera a nuestra vida.

—Sé que puede ser un poco dura a veces…

—Dirás siempre.

—Vale, siempre. Pero no tiene a nadie más y, sin contar a Maelynn, es nuestra única familia. Qué no daría yo porque mis padres hubiesen conocido a nuestros hijos.

—Y yo, ya sabes que adoraba a tus padres. Pero los míos son distintos. —Hace una pausa, mientras se enrosca un mechón de pelo en un dedo—. ¿Sabes que no he llorado por la muerte de mi padre? Ni siquiera a solas. Siempre estuvo tan ocupado trabajando que casi ni lo conocí, y él nunca intentó conocerme a mí. Y sigo enfadada con ellos por comportarse como si Tommy fuese el único que valía la pena como hijo. Y cuando murió, fue tan… —Se interrumpe a sí misma con un suspiro—. ¿Y ahora viene y pretende decirme cómo criar a mis hijos? Como si ella supiese de lo que habla. Si me echó de casa; ¿qué clase de madre echa a su hija de su propia casa? —Vuelve a interrumpirse, solo para añadir en voz baja—: ¿Y qué clase de hija no llora cuando su padre se muere?

Abro la boca para consolarla, pero entonces oímos los gritos de Thomas, que se ha vuelto a despertar en la cuna. Evelyn suelta un suspiro y aparta las mantas de un tirón para ir a atenderlo.

—¿Quieres que vaya yo? —me ofrezco, pero ella me hace un ademán para descartar la idea, ofuscada. Thomas es un bebé muchísimo más exigente que Jane, y puedo ver las ojeras que tiene Evelyn cada mañana tras pasar una larga noche dándole el pecho y meciéndolo en brazos.

De vez en cuando me siento culpable, al haber insistido en tener hijos, pero cuatro años fue mucho tiempo para quedarnos solos en la isla que era nuestra habitación, regodeándonos en nuestra tristeza bajo las mantas. Esos cuatro años se han convertido en una vida distinta, pues la muerte de Tommy dividió nuestra existencia en dos: un antes y un después. Los recuerdos de antes son como un sueño difuso, con los tres bronceados por el sol, nadando entre las olas tranquilas, mientras que el después está marcado por mi cojera, por la pérdida, por la sensación de haberme quedado vacío por dentro y, de algún modo, aún seguir en pie, como si no se me estuviese saliendo hasta el aire. Huir todos esos años no consiguió cambiar nada, ya que nuestro dolor siguió allí, dormido y a la espera de que volviéramos.

Después de instalarnos, compré un piano de segunda mano, un Baldwin de madera, y sorprendí a Evelyn al cubrirle los ojos con un pañuelo y conducirla hasta el estudio, donde lo había pulido hasta dejarlo como nuevo. Por las noches y con Jane en el regazo, tocaba conciertos mientras los huéspedes se sentaban con unas copas de whiskey o vino a disfrutar del espectáculo, con las ventanas abiertas para dejar entrar el aire salado. Y entonces parecía que la paz había vuelto. Sin embargo, cuando Evelyn me confesó que estaba embarazada de nuevo, lo hizo con la palidez de un fantasma. Se refugió en sí misma y me hacía a un lado cuando intentaba acariciarle la barriga. No quería que escogiéramos un nombre, ni siquiera cuando ya llevaba meses embarazada. «No sabemos lo que va a pasar», decía. Solo que, cuando dio a luz a nuestro hijo, la dicha volvió a ella y la vi sonreír de un modo que llevaba meses sin ver. Lo sostuvo en brazos y le acarició la mejilla, con Jane acurrucada en la cama de hospital junto a ambos.

—¿Qué te parece Thomas? —le pregunté, tras sentarme a su lado y dejarle un beso en la frente.

—Thomas —repitió ella en un susurro, con los ojos anegados en lágrimas. Entonces se inclinó hacia mí y yo hacia ellos. Nuestra familia, ya compuesta por cuatro personas.

Ahora que Thomas tiene unas cuantas semanas de vida, noto que Evelyn se vuelve a refugiar en sí misma. La observo en el pasillo, paseando al bebé en brazos mientras este no deja de chillar, con los hombros hundidos por el cansancio. Si bien tiene veintiocho años, este embarazo le ha echado muchos años encima: la bata cerrada oculta el vientre abultado que le ha quedado después del embarazo y unas estrías apenas perceptibles recorren sus pechos hinchados. Se mueve con la misma cadencia de un centinela mientras mece a nuestro hijo. Y, esta vez, no parece que vaya a acompañarme para refugiarnos en nuestro oasis secreto de melancolía. Esta vez parece que se está alejando a un lugar en el que me cuesta alcanzarla. Un lugar tenso y lejano.

—Deja que lo cargue un rato —le digo, acercándome a ellos en el pasillo, con cuidado.

—Anda, ¿ahora sí quieres ayudar? —responde con el ceño fruncido y dándome la espalda.

—¿A qué te refieres? —La sigo hacia la habitación de Thomas.

—A que los momentos que escoges son muy convenientes. —Empieza a arrullar a nuestro hijo bisbiseando con fuerza en su oreja—. Por las noches ni te inmutas cuando llora.

—Ya lo hemos hablado —le digo, con voz cautelosa, como si estuviese avanzando por arenas movedizas—. Tengo que trabajar durante el día.

—¿Y qué crees que hago yo? —me suelta, cortante por encima de los berridos de Thomas.

—Sé que tú también te esfuerzas durante el día, no digo que no —repongo, con las manos alzadas en señal de rendición.

—Mira, da igual. Vete a descansar, anda. —Me echa al tiempo que se sienta en la mecedora, con los ojos cerrados y Thomas apoyado contra el pecho, demasiado cabreada como para mirarme.

Creía que regresar sería la solución; si conseguía llevarla de vuelta al mar podríamos recuperar algo de la sencillez que tanto anhelábamos, pero ahora no las tengo todas conmigo. Hay algunos momentos en los que consigo atisbar a la Evelyn del pasado. Momentos que me dan la esperanza de que pueda volver a nosotros. Una noche de verano, mientras hacíamos la cena, con Jane en la trona, unas nubes negras se acercaron. De pronto empezó a llover, cada vez más, y Evelyn salió corriendo a recoger las sábanas tendidas. Apagué el fuego para que la cena no se nos quemara y corrí a ayudarla. Estaba quitando pinzas y recogiendo las toallas como podía entre los brazos, para ganarle a la tormenta. Pero entonces se detuvo, empapada de pies a cabeza. Alzó la cara al cielo y se echó a reír. Quise acompañarla, envolverla en mis brazos y besarla para compartir lo que estuviera sintiendo, pero me quedé congelado en la puerta. El modo en el que le sonreía a la lluvia parecía sagrado. Y apenas duró un segundo, pues, si hubiese bajado la vista me lo habría perdido todo.

—¿No crees que es una preciosidad, Joseph? —me dijo, tras dejar de reír al notar que la miraba.

Y yo no pude apartar la vista de ella, de las gotas que le caían por las mejillas. Corrió de vuelta a mí, con el vestido totalmente empapado. Y entonces me besó. Solo que esos momentos no eran nada comparados con el peso que llevaba encima, como la ropa que se cargaba de lluvia y tensaba el tendedero hasta arrastrarlo hacia el suelo.

Tras un día lleno de huéspedes que han desocupado tarde las habitaciones y una gotera en el tejado que me ha costado la vida encontrar, la pierna me duele por haber abusado de mis fuerzas. Cuando me estiro a por los analgésicos que están en la mesita de noche, tiro de casualidad el libro de Evelyn, un ejemplar maltrecho de *Jane Eyre* que está leyendo por enésima vez. Me agacho para recogerlo y una página doblada se escapa del libro, con la palabra «Sueños» escrita en mayúsculas y rodeada por una nube.

—Hace mucho que no veía una de estas —le digo, levantando la hoja arrugada y dándole la vuelta—. No sabía que aún las tenías.

—Es una tontería, Joseph. La estaba usando de marcapáginas y ya está. —Me la quita de las manos y la vuelve a meter en el libro, aunque sin buscar la página en la que se había quedado.

—Evelyn Myers, nunca has sido de las que creen que los sueños son una tontería —le digo, medio en broma—. Creo que deberías seguir con ellas. ¿Y si haces una nueva?

Solía sonreír cada vez que la llamaba por su nombre de casada. Un nombre que la oí repetir una vez, mientras se ponía el pintalabios frente al espejo, cuando creía que no la estaba escuchando. Y esta vez también sonríe, solo que con un dejo de tristeza.

—Bueno, quizás Evelyn Saunders no, pero Evelyn Myers no tiene tiempo que perder en los sueños de una jovencita.

—Todo se volverá más fácil con los niños, ya lo verás. —Le dejo un beso en los nudillos antes de desearle las buenas noches.

—¿Y si hacemos una juntos? —propone, tras algunos segundos en silencio—. Podría ser una lista de sueños de los dos.

—Casarme contigo y sacar adelante esta pensión juntos es toda mi lista —confieso, acariciándole el brazo con los dedos—.

Hacerte feliz, tener una familia… La verdad es que esos son los únicos sueños que he tenido en la vida.

—Odio cuando te pones en este plan —me dice, con una expresión de amargura.

—¿Qué plan?

—Cuando haces como si todo fuese perfecto.

Contengo el aliento, como si me hubiese dado un puñetazo en el estómago.

—Me estás malinterpretando.

—Prácticamente no tengo tiempo ni para darme una ducha. Y tú te estás matando al tener que encargarte de la pensión sin ayuda. ¿Y esto es lo que siempre has querido?

—Joder, Evelyn. —Me aparto de ella—. Sí. Esto es lo que siempre he querido. No significa que tenga que ser perfecto, pero muchísima gente sería feliz con lo que tenemos. —El estómago se me hace un nudo con sus contradicciones, con el hecho de haber vuelto a casa como ella quería, como me pidió que hiciéramos, y que lo vea como si fuese una sentencia de muerte—. Pero no para ti. No. Nada es suficiente para ti.

—Quédate tú cuidando a los niños todo el santo día y me cuentas qué te parece.

—Pero si esto es lo que querías. Me dijiste que querías tener hijos.

Clava la vista en el techo, al parecer furiosa por mi incompetencia, porque me guste nuestra realidad, porque los términos que acordamos han acabado siendo culpa mía de algún modo.

—Eso no quiere decir que no quisiera nada más.

—Vale, pues tú ponte a desatascar los retretes y a limpiar las duchas y a arreglar el tejado y yo me iré a jugar con los niños a la playa si a ti te espanta tanto la idea.

—Cuando dices esas cosas haces que te odie —confiesa con un tono gélido, tras clavar la mirada en mí.

Debería dar mi brazo a torcer, pues sé que no lo ha tenido nada fácil, que sus días son largos y agotadores y tediosos. Que la vida con un recién nacido y una niña pequeñita es cualquier cosa menos sencilla, pero es que estoy demasiado cabreado, demasiado cansado y, la verdad, muy harto de sentirme como el villano, como aquel que siempre tiene que hacer lo correcto, decir lo correcto, ser paciente y comprensivo y considerado para no hacerla enfadar, para no meter la pata y nunca pedir nada porque ya he pedido todo esto tan enorme: el estar con ella y volver a nuestro hogar.

—¿Me equivoco? ¿Acaso no te ha tocado a ti la parte más fácil en todo esto?

—Ese es el problema, que fuiste tú quien orquestó todo esto.

—Era lo que los dos queríamos. Yo no te obligué a nada.

—Bueno, pues a lo mejor he cambiado de opinión —dice, cruzándose de brazos, desafiante.

—¿A qué te refieres con eso? —inquiero, inseguro.

—No lo sé.

—No es poca cosa lo que has dicho, que lo sepas.

—Pues que tú sepas que me siento bastante atrapada.

—¿Atrapada? —repito, sin poder creérmelo—. Pues vale. Vete, si eso es lo que quieres. Si esta vida te parece tan horrible y me odias y odias estar con los niños y lo único que quieres es irte a tocar el piano y vivir en un mundo de fantasía sin ninguna responsabilidad, vete.

—No me hables así.

—Te estoy diciendo que te vayas. Si tan atrapada te sientes, lárgate.

—Como si fuese opción —repone, con la voz cargada de veneno.

—¡No te estoy obligando a quedarte! —le grito—. No quiero que te quedes si no es esto lo que quieres.

—Mira, da igual. No entiendes nada.

—Claro, cómo no —exclamo, alzando las manos en un ademán hastiado—. Odias la vida que hemos escogido y ahora resulta que da igual.

—¿Quién está malinterpretando a quién ahora? —Entonces se va hecha una furia a cepillarse los dientes, tras lanzar su libro sobre la cama. Me da de lleno en la rodilla, con el papelito asomándose para tentarme. Espero a oír el grifo del baño, abro la lista y echo un vistazo, de lo más cabreado, antes de devolverlo a su sitio. Las palabras me flotan por la mente, una línea añadida al final, en una tinta distinta y reciente.

«Tocar con la Orquesta Sinfónica de Boston».

Un sueño que quedó desterrado, una reliquia de otros tiempos, ha vuelto a la vida. Me quedo despierto mucho rato después de que vuelva a la cama echando chispas, se cubra con las mantas hasta la barbilla y me dé la espalda para apagar su lámpara con un chasquido. Vuelvo a temer por ella y, por primera vez, también por nosotros. Temo que se vaya, que vaya a ser más feliz al dejarnos tirados a todos y que esta vez no sea capaz de dar con ella y de traerla de vuelta a casa.

ONCE

Joseph

Octubre de 2001

Vamos conduciendo por la costa, de aventura con la intención de tachar otro elemento de una lista escrita hace muchísimo tiempo. «Tocar el cielo». Volar en un biplano abierto mientras surcamos los cielos, sobrevolando las copas de los árboles con los colores del otoño en todo su esplendor, por encima de la orilla que solo conocemos desde el suelo y no desde arriba. Me sigue sorprendiendo, después de todo este tiempo, que pueda ver algo que conozco como a la palma de la mano como si fuese la primera vez. Evelyn va a mi lado en el coche, con la boca un poco abierta, más dormida que despierta. Incluso su postura delata cómo está luchando en una batalla que tiene todas las de perder. Me destroza verla cada vez que se pelea con los botones de su jersey o que encuentra sus llaves en el congelador o que se pasea por la casa por la madrugada como si fuese un fantasma, presa del insomnio. Verla así me despierta un nuevo tipo de dolor, pero hemos decidido no obsesionarnos con ello, sino centrarnos en el futuro y seguir una ruta que ella trazó hace años: bailar un vals, hacer una búsqueda del tesoro, aprender francés. Sueño a sueño, como si diéramos saltos de roca en roca, un modo de pasar el tiempo.

En mi caso, no aspiro a alcanzar la grandeza, no tengo ninguna ambición olvidada que vuelva a salir a la superficie, pues encuentro un consuelo que no me había visto venir en saber que lo hecho, hecho está. Ya he plantado las semillas, ya he removido la tierra y lo único que me queda es disfrutar de sus frutos. Cuando la enfrento, mi muerte es una idea abstracta que, conforme nos acercamos a ella, cambia de forma y se escapa de mi comprensión. Es algo que siempre he sabido que estaba en camino y para lo que nunca me he preparado. ¿Cómo se prepara uno para dejar de existir? Aun así, aquí estamos. En octubre, con el crujido de las hojas doradas que pisamos e indican nuestro último otoño, el cual dará paso a nuestro último invierno y nuestra última primavera. Me quedan ocho meses para memorizar las arrugas que tiene Evelyn en torno a los nudillos, como si contara los anillos en el tronco de un roble; para ver cómo le va creciendo la barriguita a Rain y esperar las pataditas de mi bisnieto bajo su piel tersa, para oler la brisa salada que nos llega desde el océano mientras cubro las plantas más jóvenes con arpillera para protegerlas de las heladas. Ocho meses para sumergirme en esta vida, el único modo que se me ocurre para prepararme para morir.

Evelyn se despierta y posa la vista en los árboles conforme los dejamos atrás. Le doy un toquecito en la pierna para llamar su atención.

—Cuando volvamos, deberías ver si Jane quiere pasarse un rato a practicar —le digo.

—¿Practicar? —repite, sin volverse—. ¿Para qué?

—¿No te acuerdas? —Noto un peso en el estómago.

—Sí que me acuerdo —Se vuelve hacia mí, ofendida—. Pero mírame, Joseph. Mira dónde estamos. Esto es una estupidez.

—No es ninguna estupidez.

—Soy vieja.

Me echo a reír ante su comentario, una identidad que no asume salvo que sea para ganar una discusión.

—Y yo soy viejo, ¿qué más da?

—No, es que… —Lucha con sus palabras, frustrada—. Todo lo demás es muchísimo más importante. Ya he tenido una buena vida.

—No te sigo.

—Que es egoísta. Todo esto… Yo soy egoísta. —Las noticias no dejan de hacernos pasar vergüenza: personas desesperadas por averiguar qué les ha pasado a sus seres queridos, suplicando por una respuesta entre los escombros, buscando algún significado entre toda esa devastación, mientras que Evelyn y yo nos dirigimos por nuestro propio pie hacia la muerte.

—¿Qué crees que conseguirías al renunciar a tu sueño?

—No lo sé —dice, meneando la cabeza.

—¿Aún quieres seguir con… todo esto? —pregunto con delicadeza, tras quedarme en silencio algunos segundos.

Se queda callada.

—No lo sé —contesta, después de un rato.

—Podemos esperar y ver qué te parece más adelante —propongo.

—Para entonces sería demasiado tarde —repone, cortante.

—No tenemos que decidirlo ahora.

No contesta a eso último, y yo la presiono por última vez, acercándome de forma peligrosa a un precipicio.

—Sea como sea, que renuncies a la sinfónica no es una muestra de respeto para esas familias.

—Pero escoger hacerlo, seguir con ello… ¿No es peor? —me pregunta con un hilo de voz.

Me quedo callado un momento.

—Podemos cambiar de opinión. No tenemos que hacerlo.

—Tú no tienes que hacerlo.

—Ni tú tampoco. —Es una excusa absurda, pues nuestra situación no es la misma, por mucho que ambos tengamos todas las de perder.

—Toda esa gente… Sin ningún tipo de aviso, sin un último año para alcanzar sus sueños. Sin tiempo para llamar a sus familias y despedirse. Y nosotros aquí, muriendo porque queremos. No es justo.

—Nada de esto es justo —le digo, y la angustia hace que se me cierre la garganta.

Pasamos por un par de robles gigantescos que señalan la entrada del lugar, con hojas de un rojo anaranjado intenso, y aparcamos. Los dedos le tiemblan sobre el muslo, aunque no sé decir si es por los nervios o por el párkinson. Su miedo a las alturas me ha impedido hacer ningún plan demasiado arriesgado en todo este tiempo.

Si bien se ha subido a un avión antes, a vuelos comerciales enormes, nunca ha hecho nada como esto. Después de jubilarnos planeamos varios viajes para ambos e incluso unas vacaciones en familia a Disneyland cuando los nietos aún eran pequeños. Evelyn siempre había querido ir a California, pues el sol y las olas del océano Pacífico la llamaban desde que Maelynn se mudó a aquella costa, por lo que fuimos una vez. Cruzamos el puente Golden Gate en bicicleta, nos mojamos los pies en el océano y bebimos vino en Sonoma, en unas copas relucientes: espesos y aromáticos o con notas cítricas, florales o terrosas. Por mucho que California guardase un recuerdo diferente para mí, decidí volver por Evelyn, quien llevaba toda la vida soñando con verlo. Para entonces, nunca antes había despegado los pies del suelo solo para aterrizar en un lugar completamente distinto, nunca había visto la tierra volverse más y más pequeñita conforme ella se alzaba, sin peso alguno. Cuando despegamos, se aferró a mi mano, pero, una vez en el aire, mantuvo ambas presionadas contra el cristal de la ventanilla, maravillada por encontrarse por encima de las nubes.

El piloto nos guía hacia el asfalto y nos entrega un par de gorros de aviador de cuero y gafas de protección. Evelyn se ata su cabello largo y plateado y se lo pone, con las solapas cubriéndole las orejas. Hago lo propio y entre los dos la ayudamos a subir al taburete y por encima del ala, hasta sentarse en el asiento de detrás de la cabina.

Me acomodo a su lado y le apoyo una mano en la rodilla.

—Mi amor, solo por el gorro estoy seguro de que habrías sido una piloto magnífica.

Evelyn se echa a reír.

—Lástima que no pudo ser —me dice, antes de ponerse las gafas en su sitio conforme el piloto arranca el motor. El rugido de este hace que resulte imposible hablar y que me vibre el cuerpo entero. Le indicamos que estamos listos con una señal del pulgar, y entonces empieza a avanzar por la pista. El miedo y la emoción de Evelyn me aceleran el corazón, y, con las manos unidas con mucha fuerza, despegamos del suelo. Estamos envueltos en ropa de abrigo y damos las gracias por todas las capas que nos rodean conforme empezamos la subida, pues el aire pasa a nuestro alrededor con una estática atronadora, como cuando te quedas entre dos emisoras de radio, solo que a todo volumen. Evelyn estira los brazos por encima de la cabeza, hacia el cielo, con la boca abierta en una carcajada que el viento se lleva con él.

Dejamos atrás campos enteros de árboles cobrizos y seguimos un arco de gaviotas, tras lo cual el piloto nos señala unas ensenadas y unas calas secretas. Las islas Thimble son una constelación escarpada a lo lejos. Las nubes son una capa de algodón que nos cubre, y el mar, una expansión cerúlea por debajo mientras que nosotros, de la mano, nos encontramos suspendidos en medio de ambos. Cuando aterrizamos, tenemos las piernas temblando y como de gelatina. La emoción que me corre por las venas hace que sienta como si pudiera ponerme a gritar, golpearme el pecho y hacernos despegar una vez más solo para bajar en picado y saltar con un paracaídas que nos lleve sanos y salvos de vuelta a tierra, todo por sentirme así de vivo. Y lo veo también en ella. La chica de mirada salvaje que conocía de la playa, que se sumergía hacia las profundidades y me retaba a lanzarme hacia el mar.

La que siempre había querido volar a Boston, a California. Siempre me ha dado miedo perderla por aquello que pudiese encontrar o la persona en la que se pudiese convertir. Evelyn quiere alzar el vuelo una vez más, y yo pienso dejarla, porque sé que esta vez puedo hacerlo con ella y que juntos podremos llegar hasta las estrellas.

Unas cuantas noches después, pretendemos invitar a la familia a pasar la velada con nosotros por el cumpleaños de Thomas. Y esa misma mañana casi lo cancelamos todo. Evelyn está de mal humor porque le duele todo y los temblores no dejan de empeorar. Después de comer se echa una siesta y vuelve a ser una versión bastante cercana de sí misma para cuando empieza a llegar la familia, por lo que parece que podremos pasar una noche normal, como en un año cualquiera. Disfrutamos de una cena sencilla pero exquisita de rosbif con puré y judías verdes. Thomas no quería ningún plan extravagante para celebrar su último cumpleaños con nosotros, y yo no quiero nada extravagante en nuestro último año. Solo tiempo con nuestra familia y ya está.

Violet desentierra unas cajas con fotos antiguas, unas que llevaba siglos sin ver, y todos hacemos corrillo en torno a la mesa de la cocina, con unos cuencos de crujiente manzana calentitos cubiertos por bolas de helado de vainilla que ya se van derritiendo por los bordes. Ayer fuimos a un manzanal y recogimos unas cuantas Macouns que luego limpiamos contra la camiseta y fuimos comiendo mientras paseábamos por la zona. Tan dulces, ácidas y firmes que resultaron perfectas. Llevábamos décadas visitando el manzanal con nuestros hijos y nietos, trepando árboles y echándonos carreras entre las filas de frutos. Los veíamos sonreír al dar mordiscos a las manzanas y hundir los dientes en un primer bocado de lo más satisfactorio, para luego limpiarse la boca con la manga.

—¡Jane, mira qué pelos! —Violet suelta una risita mientras saca una foto del montón—. Había olvidado la melenaza que llevabas.

—Deja mi pelo tranquilo y mira lo que llevabas puesto —se ríe Jane.

Patrick, el único de los hijos de Violet que ha podido pasarse a celebrar un rato, pues sus hermanos están en clase, le quita la foto a su tía.

—Mamá, qué es esto. Menudo papelón.

Violet se encoge de hombros.

—Eran los sesenta, cariño. Era lo que se llevaba en esa época, aunque no te lo creas.

Evelyn me busca la mirada y se echa a reír.

—Menos mal que no nos tomábamos muchísimas fotos cuando éramos jóvenes. Aunque tu abuelo podría contarte un sinfín de historias. Cuando era pequeña tiraba más hacia patito feo que hacia un bello cisne.

—Nunca has sido un patito feo. Solo que el cisne quedaba escondido detrás de toda la mugre y los petos. —Suelto una risita al ver el montón de fotos en blanco y negro—. Mira estas. Qué jóvenes éramos. —Se la deslizo a Evelyn, una de las primeras fotos que nos tomamos juntos. Tommy, como siempre el centro de atención, se encontraba entre ambos, rodeándonos con los brazos. Debía tener unos trece años y ya le sacaba una cabeza entera a mi amigo y, por mucho que la imagen se hubiera decolorado un poco, sabía que teníamos la piel bronceada y que nuestras sonrisas eran genuinas y no simples poses para la fotografía.

No puedo evitar pensar en cómo sería todo si él siguiera con nosotros, recordando los viejos tiempos y soltando payasadas al lado de Evelyn. Perderlo de verdad fue cuando empecé a darme cuenta de que podía pasar un día entero sin pensar en él y entonces me invadía la vergüenza. *¿Cómo podía olvidarlo?* Poco a poco, ese día se convirtió en dos y luego en tres y no mucho después podía contar una semana entera sin sentir aquel dolor sordo que siempre llevaba conmigo. Echarlo de menos se convirtió en el polvo que cubría cada superficie, que flotaba en el aire, imposible de percibir salvo que se viera bajo la luz indicada, pues entonces parecía estallar y refulgir hasta volverse unos destellos a la vista. Un momento cotidiano, como cuando Jane aprendió a zambullirse desde el muelle, a hacer un clavado con los dedos apuntando hacia el cielo, era una mirada que Evelyn y yo intercambiábamos, un «a Tommy le habría encantado ver esto». La cantidad infinita de momentos que se había perdido.

Y qué vida hemos construido desde entonces; jamás podríamos habérnosla imaginado por aquellos tiempos. Han cambiado muchísimas cosas: han abierto nuevas tiendas y se han creado nuevos vecindarios en zonas en las que recuerdo que solo había descampados y senderos de tierra. Como la granja de los Hayes, de donde robábamos moras silvestres y por donde cortábamos camino en bicicleta para llegar al cole, que ahora se ha visto reemplazada por una cafetería y un puestecito de pizzas. No debería sorprenderme, ya que vendieron el terreno hacía muchísimo tiempo, pero de tanto en tanto me espero encontrarla allí, cuando doblo la esquina, por algún milagro de la naturaleza. Esa versión de Stonybrook sigue viva en mi memoria, por mucho que no consiga recordar de qué color estaba pintado el granero ni si las moras eran ácidas o dulces. Casi puedo oír los ululatos que soltaba Tommy para llamarnos desde la Roca del Capitán y sentir las plantas de los pies endurecidas por haber andado descalzo todo el verano y, de algún modo, en este preciso momento, el pueblo en el que crecimos sigue siendo el mismo, como si solo nosotros dos fuésemos los que han cambiado.

Jane hojea las fotos a toda prisa hasta que se detiene en una, con una mirada enternecida.

—Guau... Mirad esta. Rain, Tony, aquí tenéis vuestro futuro.

Tony deja un beso sobre el hombro de Rain, con una sonrisa encantada, y observa la foto.

—Nunca había visto a Rain de bebé. Jane, qué jovencita te ves.

—Es que era muy muy joven. Casi una bebé, de hecho.

—A ver. —Evelyn hace un ademán para que le pasen la foto. Es de Rain a los dos años, redondita, con una maraña de rizos oscuros y unos bracitos flacuchos. Jane acababa de volver de California y su melena de rizos alborotados ocupaba casi la mitad de la foto. Tenía la mirada clavada en su hija, cuyos puñitos se veían borrosos al estar en constante movimiento.

—Bueno, me pido toda la ropa que aún tengáis de esa época. Sí que teníais un estilazo, eh —dice Rain entre risitas, mientras hojea un puñado de fotos hasta que su madre se las quita con una colleja.

—¿Y este quién es? —pregunta Connor, pasándome una foto por encima de la mesa de un joven veinteañero sentado detrás de un mostrador, de lo más cómodo en mi silla. Sam. Me sorprendo al notar un pinchazo de amargura. Fue la primera y la última vez que contratamos a un desconocido para que trabajara con nosotros, y la suya es una cara que ya casi había olvidado.

—Un chico que trabajó en la pensión —contesto, evitando la mirada de Jane hasta que encuentro otra foto de la pila, una distracción—. Esta de aquí me encanta. —La paso para que le llegue a Ann—. Thomas y sus aviones.

—Parece que te lo tomabas muy en serio —bromea ella, apoyándose en su marido.

Thomas entorna los ojos para ver mejor la foto.

—Es un caza Bell X-5. Lo bien que me lo pasé montándolo. Dónde lo habré metido.

Evelyn se encoge de hombros.

—Seguro en el ático con el resto de vuestros cacharros. Tendréis que pasaros los tres a ver con qué queréis quedaros.

—No digas esas cosas, mamá —dice Jane, aún con la vista clavada en las fotos.

Thomas carraspea.

—Ahora lo entiendo, ¿sabéis? —empieza, con expresión solemne y la vista clavada en Evelyn y en mí—. Antes no, y no es que lo apruebe, tampoco, pero… —Se aferra a la mano de su mujer—, cuando creía que te había perdido… Joder, no me imagino… —La mira y los ojos se le empañan por las lágrimas—. Por un segundo supe lo que se sentía… al perder a la persona que más amas en la vida.

Noto un nudo en la garganta y lo único que consigo decir es:

—Gracias, hijo.

Se hace el silencio a nuestro alrededor, con la seriedad que yo esperaba que no nos encontrara esta noche. Aun con todo, no intentamos hacerla desaparecer, pues es una consecuencia de nuestra decisión.

—Esta me gusta mucho —dice Violet en un hilo de voz y con los ojos anegados en lágrimas. Frente a ella, Connor se tensa al notar su emoción y procura enfrascarse con otra montaña de fotos. Es una de nuestra boda y paso los dedos sobre el acabado reluciente del material. Soy capaz de ver el tono morado oscuro de las violetas del ramo de Evelyn, por mucho que la imagen esté en blanco y negro.

Nos pasamos la noche así, compartiendo fotos y anécdotas, porque la necesidad de estar juntos es casi tangible. Una historia entera se intercambia en una mirada entre hermanos, en una risa, como si reconocernos en otra persona lo hiciera todo más real y así pudiéramos preservar aquellas partes que tememos perder. En una foto de Evelyn embarazada que no tiene la fecha escrita, el grupo entero intenta adivinar a cuál de los tres llevaba en su vientre. Hay fotos de la señora Saunders, con su clásica sonrisa con la boca cerrada y su moño tirante, quien primero había sido abuela y luego bisabuela. Hay otra de pésima calidad de mis padres, de pie en el porche de la pensión: mi madre con su delantal y mi padre altísimo a su lado, rodeándole los hombros con un brazo. La boda de Violet y Connor, la de Thomas y Ann… Violet embarazada en muchas de las fotos, ya sea con un niño o con otro. Nuestros cinco nietos haciendo una pirámide en la playa. Evelyn y yo bailando en la boda de Rain y Tony, nuestra primera nieta y la única que veremos casada. Evelyn y yo boquiabiertos según entramos a un restaurante, una fiesta sorpresa por nuestra boda de oro que organizaron nuestros hijos. Cincuenta y seis aniversarios en total, aunque la mayoría no cuentan con ninguna foto que los conmemore. Fueron días que conseguimos celebrar en los pequeños momentos que compartíamos, un beso, un roce, un «¿te lo puedes creer?» y un «no sé cómo hemos tenido tanta suerte», mientras nos preguntábamos cómo podía ser que otro año hubiese pasado sin nuestro permiso.

DOCE

Evelyn

Mayo de 1955

Escojo mi vestido de falda a cuadros y paso las manos por mis blusas como si estuviese paseándome por una tienda de ropa, como si fuese algo importante, como si fuese esta la decisión que fuese a cambiar las cosas. Tengo la maleta abierta a los pies y suelto el vestido dentro de ella, por lo que la tela se derrama un poco por uno de los lados, como si se me hubiese caído y no lo hubiese soltado aposta. Meto un poco más la maleta en la habitación con un pie, para que no quede tan a la vista. Entonces saco dos camisas de sus perchas con un movimiento rápido; casi ni veo lo que hago mientras lanzo a la maleta unos jerséis, pantalones capri, un cinturón negro y delgado, las medias que tienen una rotura a la altura del tobillo por perseguir a Jane entre un arbusto espinoso, unos zapatos de tacón bajo con las suelas desgastadas.

Oigo un susurro en el pasillo y me congelo. Pasa un segundo en silencio hasta que echo un vistazo en el espejo y veo el pasillo vacío proyectado a mis espaldas. La mujer que me devuelve la mirada desde el espejo lo hace con desaprobación. Unos mechones despeinados y recogidos como sea en una coleta baja, arrugas que le marcan la frente, un rostro angular y carente de expresión, ojos grises y cansados. Va enfundada en un vestido sencillo de andar por casa que oculta unas caderas redondeadas que no tardará en cubrir con un delantal. Me da lástima verla, pues no la reconozco.

En la planta de abajo, oigo un estruendo seguido del sonido de algo al romperse. Gritos, distantes pero enfadados. Cierro la tapa de la maleta y me agacho para abrochar las hebillas y luego esconderla en el fondo del armario, detrás de un par de botas de invierno que aún debo guardar, dado que la primavera ya está aquí. Salgo corriendo hacia las habitaciones de Jane y Thomas, donde los he dejado jugando con unos bloques y la promesa de que volvía en un periquete, pero las encuentro vacías. *Mierda.* Bajo a toda prisa por la escalera angosta y trasera que da a la cocina, y también la veo vacía. *Mierda, mierda y más mierda.* Me abro paso a través de la puerta batiente hacia el comedor y descubro a Joseph de espaldas, sujetando a Jane de la muñeca con una mano mientras aferra a Thomas con la otra y se disculpa una y otra vez con un huésped. Al acercarme un poco más, veo que se trata de los Whitaker, una pareja que nos visita por primera vez y cuya mesa está cubierta de zumo de naranja y unos restos de huevos. Jane tiene el pelo todo mojado y la ropa empapada, con una gran mancha de mermelada de fresa en la barbilla. Joseph me oye acercarme y se vuelve hacia mí con una mezcla de enfado y alivio.

—Sácalos de aquí —me ordena, hecho una furia, antes de pasarme a un Thomas pegajoso y de soltar a Jane en mi dirección con un suave empujón. La cojo en brazos a ella también, por mucho que se retuerza y que con sus cuatro años ya sea casi demasiado grande para que la carguen, y aferro a mi hijo en el otro, desesperada por llevármelos de ahí. El comedor entero está en silencio y tengo la cara roja por la vergüenza.

»Mis disculpas a todos... —balbucea Joseph por lo bajo antes de abandonar la estancia.

En la cocina y ya lejos de los demás, Jane clava la vista en sus pies descalzos mientras retuerce los deditos sobre las juntas del suelo y unos restos de huevo le caen a la mejilla. Me estiro a por la cuchara de palo para cogerla de la muñeca y darle unos buenos azotes cuando Thomas arruga la carita y rompe a llorar. Echo un vistazo a la puerta, hacia donde se encuentran los huéspedes intentando disfrutar de lo que les queda de desayuno.

—Arriba, venga —ordeno con un gruñido, antes de lanzar la cuchara hacia la encimera. Jane sale por patas y Thomas la sigue, lloriqueando cuando llega a los escalones pese a que, a sus dos años, ya sabe subirlas la mar de bien. Lo cojo en brazos de nuevo, con el vestido ya húmedo de cuando lo había cargado antes y el cuello manchado de la mermelada que él llevaba en las mejillas. Al llegar a la segunda planta, veo que Jane ya se ha desvestido y ha dejado su ropa hecha un gurruño en medio de la alfombra.

»Jane, ¡a la bañera ahora mismo! —Me arrodillo para desvestir a Thomas y la peste a caca recién hecha me sobrepasa, pues su pañal de tela está sobrecargado y se le derrama por las piernas. Mientras tanto, Jane se chupa un mechón de pelo embarrado de mermelada. Los ojos se me llenan de lágrimas.

Compruebo la temperatura del agua de la bañera con la muñeca y limpio a Thomas mientras esta se llena. Los restriego, les lavo el pelo con champú y paso los dedos entre los enredos y los mechones pegajosos por la mermelada, con ambos chillando e intentando zafarse de mi agarre. Me duelen las rodillas al tenerlas clavadas en el suelo de baldosas. Podría ser una mañana o una noche cualquiera. El agua ha subido bastante, más que de sobra, así que me estiro para cerrar el grifo. Dejo los dedos bajo el chorro y vacilo al sentir la potencia del agua sobre la piel. Cierro los ojos e imagino que el agua sube y sube, que llena el baño, inunda la casa entera y nos quedamos todos suspendidos en su abrazo mudo, por fin en un silencio maravilloso.

La puerta se abre de un movimiento y mi madre me hace pegar un salto con su llegada. Soy ligeramente consciente de que el baño apesta a zumo de naranja y mierda, pues la ropa manchada y el pañal sucio siguen junto a mí. El agua sigue saliendo y Jane y Thomas juegan a salpicarse entre ellos, con lo que empapan el suelo también.

—Pero qué... —Mi madre se queda boquiabierta por la incredulidad. Lleva hasta el último pelo recogido en su moño tirante de siempre, los labios pintados, la falda planchada y los zapatos lustrados.

Entonces noto cómo me ve ella, con mi cabello sin lavar, el vestido arrugado y con manchas de comida, los labios sin pintar y las mejillas pálidas.

—A ver, ya basta —digo, cerrando el grifo—. Nada de salpicar.

—No sé ni qué decirte, Evelyn —suelta, meneando la cabeza—. Me pides que me quede con los niños para que puedas ir a tu cita y ¿así me recibes? Joseph está abajo recogiendo un desastre de vajilla rota y a ti te encuentro hecha unos zorros. ¿Qué has hecho? O mejor dicho —Señala con uno de sus dedos delgados a Jane—, ¿qué ha hecho esta gamberra?

Me encojo de hombros, demasiado cansada para quejarme o entrar en detalles. Jane se esconde bajo el agua y Thomas suelta una risita.

—Qué barbaridad —resopla mi madre—. Tienes suerte de contar conmigo, porque a mí nadie me ayudaba cuando eras pequeña. A ver, niños, me salís de la bañera ya mismo. —Chasquea la lengua, les entrega las toallas dobladas sujetándolas con las puntas de los dedos, como si estas también estuvieran muy sucias, y se dispone a seguir a los niños que van goteando por delante de ella. Pero vuelve a asomar la cabeza para agregar—: Es por esto que una no puede darles mucha libertad a los críos. Se vuelven unos salvajes. Cometí ese error y mírate —Hace una pausa—, nunca te has conformado con lo que tienes.

Trago en seco.

—Voy a darme un baño.

—Buena falta te hace —añade ella, para luego cerrar la puerta del baño.

Vuelvo a abrir el grifo y lleno la bañera de agua caliente hasta que quema. Abro el grifo, pongo el tapón, vacío la bañera. Lavo la ropa, la tiendo, la plancho y la guardo. Cocino, sirvo, recojo y limpio. Hago las camas y luego las deshago. Friego las bañeras y limpio los fregaderos. Abro el grifo, pongo el tapón, vacío la bañera.

Y así hasta la eternidad.

Me parecía que La Perla era más mía cuando vivía al lado. Ahora que duermo en la habitación principal y preparo galletitas para los huéspedes y doblo las sábanas para que no quede ninguna arruga, este lugar ha dejado de ser mío. A veces capto un aroma conocido, como el de las moras o el de una toalla que huele a humedad, y siento que me transporto, solo que esos momentos son efímeros. Sin embargo, Joseph necesita la seguridad que le otorga una casa vieja, unos barandales que se han alisado por el uso de nuestras manos, así como las de sus padres y sus abuelos. Sentarse cada mañana a la mesa a beber el café. No creo que se haya preguntado nunca qué sonidos podría hacer el océano Pacífico y, si lo ha hecho, seguro que preferiría algún otro canto más conocido.

Me quito el vestido manchado y me meto en la bañera sin cerrar el grifo. Dejo que pasen los minutos. Oigo el crujido de las escaleras que tanto conozco y a mi madre marcharse con los niños. El agua me llega hasta la barbilla, así que me hundo más para que me cubra la boca y poder jugar con el chorro que me cae entre los dedos de los pies. Aunque por fin estoy sola, anhelo estarlo incluso más: lejos de mí misma, de todos y todo lo que me presiona, lo que me acorrala.

El agua empieza a salir fría. Contengo la respiración, con los ojos apenas por encima de la superficie del agua. Cuento hasta diez y veo el agua acercarse peligrosamente hasta el borde. Me estiro hacia adelante para cerrar el grifo y entonces vacilo, con la vista clavada en el lugar en el que el chorro perturba la superficie en calma. Presto atención, pero no oigo ningún sonido en el pasillo. El corazón se me acelera conforme el agua sigue subiendo, hasta que la porcelana apenas consigue contenerla. Giro el cuello hacia la puerta y no capto nada más que silencio. Me pongo de pie, con lo que unos riachuelos se me deslizan por la piel y veo que el agua se acomoda para llenar el espacio donde antes estaba mi cuerpo. Me envuelvo en una toalla tiesa al haberse secado bajo el sol.

Abro el grifo, pongo el tapón, vacío la... *Pero ¿y si no lo hago?*

Oigo el agua caer con fuerza sobre el suelo de baldosas, y es la distracción perfecta mientras cierro la puerta del baño detrás de mí.

En la habitación, me pongo el vestido camisero azul. Me pinto los labios de un rojo intenso y me seco el cabello con la toalla. La chica de los ojos vacíos me devuelve la mirada una vez más. Oigo un suave susurro de fondo y me pregunto si, cuando pase, será suficiente para ahogarme o si se derramará hacia la calle, tras destrozar las ventanas como un huracán, hasta conducirme hacia el mar.

La puerta se abre de un tirón, y Joseph entra en la habitación.

—¿Qué ha sido todo eso? —pregunta, furioso—. ¿No te estabas encargando de los niños?

Lo observo desde el espejo, y su voz me suena muy lejana.

—Mi madre se quedará con ellos un rato. Tengo hora con el médico, ¿recuerdas? —Me llevo el meñique a los labios para corregir el pintalabios.

—¿Con el médico? —Joseph se detiene en seco y ladea la cabeza hacia la puerta—. ¿Te has dejado el grifo abierto?

Hago caso omiso de la pregunta y voy a por el bolso.

—Ya voy tarde, volveré en un rato.

—Evelyn, de verdad tienes que vigilarlos... —me dice, sujetándome del codo.

—¿Sabes? —le digo, sin devolverle la mirada—. Creo que también lo oigo...

—¿El qué? —Se vuelve hacia atrás y, en el silencio, ambos oímos el claro sonido del agua al caer—. Ay, no.

Sale corriendo hacia el baño conforme el agua empieza a escaparse por debajo de la puerta y moja la alfombra elegante que recubre el pasillo.

—¡Me voy ya! —exclamo, cuando Joseph ya está detrás de la puerta.

—¿Puedes pasarme unas toallas? —grita él, pero hago como que no lo he oído.

Saco a toda prisa la maleta de su escondite y bajo corriendo las escaleras traseras, mientras el crujido de cada escalón me delata. Las llaves cuelgan de un perchero cerca de la puerta, así que las pillo con manos temblorosas y me obligo a caminar con una calma que no siento hacia el coche, tras dedicarle un asentimiento a una familia que va en dirección a la playa y cruzar los dedos por que la falda de mi vestido esconda mi equipaje. No quiero que me hagan preguntas, que se pongan a charlar y sean un motivo para perder tiempo, para tener que volver. No ahora que casi lo he conseguido.

Pero entonces oigo una voz que no está ahí, la de mi madre, la que he intentado mantener al margen y enterrada en el fondo de mi ser y que de algún modo ha conseguido asomarse: «Cometí ese error y mírate, nunca te has conformado con lo que tienes». Sus palabras me llenan la mente mientras abro la puerta del coche, lanzo mi maleta al interior y me meto a toda prisa.

Y también está Joseph. Sus palabras también me inundan junto a las de mi madre, hacen que me hunda bajo las olas y que todos los sonidos desaparezcan y la presión me atruene en los oídos. «Quiero tener un bebé. Quiero volver a casa. Sé que esto te hará muy feliz. A los dos».

Y, de pronto, ya tengo casi treinta años, dos hijos, un marido, una madre que vive al lado y una vida que no se parece en nada a aquella con la que soñé, que no es para nada la que quiero. Me imagino a mí misma a los dieciséis, antes de tener hijos, casarme y de que llegara la guerra. Con dieciséis años, el pelo suelto y mojado contra la espalda después de haber estado nadando, cuando notaba la piel tensa por las horas que había pasado bajo el sol, cuando podía correr por el campo y zambullirme desde el muelle y chapotear entre las olas. Cuando escribía mis deseos más descabellados con la certeza de que podría cumplirlos. Esa Evelyn le habría echado un vistazo a la vida que llevo ahora y se habría dado media vuelta para irse nadando hacia los confines del océano y nunca más volver.

Meto la llave para arrancar el coche, con las manos temblando. Me aferro al volante para intentar calmarme antes de echar marcha atrás y salir por la entrada en un movimiento tan brusco que la maleta que había dejado en el asiento trasero se cae. Los neumáticos crujen según me acerco a la calle Sandstone y al nuevo cartel que da la bienvenida a la pensión La Perla, el que pusimos para reemplazar el que el huracán arrancó de su cadena hace tantos años ya, el huracán que vuelve a estar presente de fondo ahora que hemos vuelto a esta vida. Pese a que la pensión sigue ahí, me da la sensación de que a Joseph me lo han arrebatado, de que se lo han llevado las sombras de la tormenta, porque la persona que veo ha dejado de ser mi esposo. Se despierta antes del amanecer para reparar los ecos de algún daño, como las tejas que se han partido y gotean o el cobertizo lleno de moho, y se dispone a atender a los huéspedes, consumido por la culpabilidad de que sus padres no pudieron llegar a ver la pensión nuevamente en funcionamiento. Se queda despierto hasta tarde con los libros de contabilidad, muchísimo después de que los niños se hayan ido a dormir y de que yo me haya arrastrado bajo las mantas, con el dolor que me llega hasta los huesos después de cada jornada.

No es el Joseph que me enseñó a lanzar rocas y hacerlas rebotar sobre el agua, el que se enredaba mis rizos en torno a un dedo mientras yacíamos tumbados en el muelle e intentábamos adivinar las formas de las nubes. Es una sombra que va a hurtadillas por la casa, es el tintineo de sus llaves y los atisbos de ropa que veo cuando entra y sale de alguna habitación, mientras que soy yo la que carga con los niños, aspira las alfombras, dobla la ropa de cama y prepara bocadillos. Es a mí a quien le dan tirones en el pelo y en el vestido, a quien le vomitan en la blusa. Soy yo la que vive en una casa que no me parece mía, atrapada en un pueblo del que muero por escapar.

Nadaría hasta los confines del océano para nunca más volver.

Avanzo sin pensar hasta dar con la autopista, conduzco para alejarme de mi conciencia, la cual me sigue cada vez más de cerca. Llevo en el bolsillo la carta de la Orquesta Sinfónica de Boston. «Estimada señora Myers: Muchísimas gracias por su interés en nuestra sinfónica. Necesitamos con urgencia a un pianista dispuesto a viajar y haremos las pruebas el día diez de mayo…». La mañana transcurre con el paso de las líneas de la carretera, la hierba y los árboles durante kilómetros, mientras otros coches pasan a toda velocidad por mi lado, como simples borrones de colores.

Enciendo la radio para ponerle fin al silencio. Nat King Cole canta acompañado del piano, y no tardo en apagarla. Joseph me compró un piano cuando Jane nació. Me dijo que sabía cómo hacerme feliz. Con una casa, un piano y niños. Cuando Jane era pequeñita, tocaba con ella en el regazo, acurrucada contra uno de mis brazos, canciones de Bach, Mozart y Chopin, música que me hacía sentir que aún era parte de un mundo que había dejado atrás. Pero entonces me quedé embarazada de nuevo y me dolía la espalda y se me hinchaban los tobillos y no podía inclinarme lo suficiente sobre las teclas como para tocar con comodidad y Jane no se andaba quieta y la casa estaba llena de ruidos y conversaciones, un estruendo que era sonido y no música y que hacía que tuviera que abrir las ventanas para dejarlo escapar.

Cuando Jane y Thomas descubrieron la existencia del piano, le añadieron eso al estruendo, los golpes de palmas contra el marfil, la cacofonía de todas las notas equivocadas. El escándalo me hacía doler la cabeza y molestaba a los huéspedes, por lo que terminé cubriendo las teclas y dejando el piano así para que los niños se olvidaran de que, debajo de la tapa de madera, había toda una estampida que podían crear cada vez que aplastaban sus manitas sobre las teclas. Lo mantuve cubierto tanto tiempo que olvidé que de ahí salía una música tranquila y preciosa que yo misma era capaz de crear.

Paso al lado de carteles que apenas leo, de coches que se incorporan y que casi no veo, directa hacia Boston, hacia la sinfónica, hacia la vida que tuve antes. Una vida que casi empecé por mi cuenta.

Avanzo hacia el Conservatorio de Boston con tranquilidad, sintiendo la presión que provoca el entusiasmo en mi estómago, la emoción del recuerdo de mis primeras clases particulares. Sería un edificio que conocería a la perfección si me hubiese presentado y me hubiesen aceptado. Si me hubiese quedado en la ciudad. Cuánta gente habría conocido, cuántos futuros diferentes podría haber tenido de haber cruzado esas puertas. Ahora tengo frente a mí una segunda oportunidad para un nuevo comienzo, un despertar de posibilidades a mis pies. Paso por delante de la Academia de Música Berklee, de sus alumnos que van cargados con estuches de instrumentos, pues parece que Boston está lleno de músicos, como si mis deseos fuesen algo admirable y de lo más común en esta ciudad. Siento el cuerpo ligero como una pluma, sin ningún pesar, sin que nadie esté dándome tirones, llamando mi atención, necesitando mis cuidados. Tengo los brazos libres y a los lados, bajo el cálido sol de mayo. Protegida por las casas de arenisca que hay a ambos lados de la acera, la gente pasa sin dedicarme ni una sola mirada. He dejado mi equipaje en el maletero del coche, aparcado en una calle secundaria en Back Bay, junto a todo lo que ello implica.

¿Por dónde podría empezar? Quedan horas para la prueba y una distancia muy corta que caminar hasta el Salón de la sinfónica, por lo que tengo la mañana libre como un mapa sin destino, una eternidad de la que puedo disfrutar al no tener a nadie a mi cargo y poder emprender el rumbo que se me antoje. Quiero un té, el hecho de sentarme y beberlo en una cafetería, por mi cuenta y riesgo… De pronto me embarga la urgencia de hacer eso y la emoción burbujea en mi interior por la posibilidad de pasar el tiempo así, de forma tan frívola. Me pido un té *latte*, todo un lujo que jamás me había permitido, pues es algo demasiado elegante, casi europeo, y me tiro la mañana entera en un patio adoquinado. Doy gracias por la taza caliente que acuno entre las manos cuando el viento empieza a soplar; la leche espumada y suavecita esconde el líquido hirviente que lleva debajo y me quema la lengua. Examino a las mujeres de mi edad, así como a las más jóvenes y también a las mayores, a las que van solas y empujando carritos o en grupitos con otras mujeres, a las que van enganchadas del brazo de un hombre mientras se abren paso entre el gentío o entre los coches para cruzar la calle y considero quiénes podrían ser y a dónde podrían ir. Me deleita la idea de que me confundan con alguien que vive por la zona y está disfrutando de lo que suele pedir en su cafetería de siempre, de camino a algún lado.

Hace muchísimos años que llegué por primera vez. Quince, para ser más exactos. Maelynn me fue a buscar a la estación del sur, con sus pantalones azules abotonados hasta la cintura, de lo más llamativa entre un mar de señoras con vestidos florales. Llevaba los labios pintados de fucsia y se levantó sus gafas de sol de carey sobre la cabeza al verme.

—Anda, imposible confundirte vestida así.

Iba con un peto corto de tela tejana que mi madre odiaba. Maelynn me dedicó una mirada, entrelazó el brazo con el mío y agregó:

—Creo que nos vamos a llevar la mar de bien.

Ojalá pudiese ir a verla ahora, refugiarme en la habitación de invitados que solía usar como despacho pero que se había convertido en la mía, muy bien iluminada y llena de libros y plantas exóticas de hojas largas que colgaban sobre sus macetas de arcilla, con esa cama individual que colocó junto a la ventana y que compró para mí. Ojalá pudiese ser esa chiquilla de quince años de nuevo, sin ninguna de las decisiones que habían tomado por ella más adelante, una jovencita que pasaba las tardes tumbada sobre esa moqueta turca mientras hablaba con su tía y jugueteaba con las borlas que parecían plumas y reseguía los caminitos del hilo rojo hasta que los diseños se volvían demasiado intrincados, como cuando pronuncias una palabra demasiadas veces y deja de tener sentido.

Maelynn se enfadaría conmigo si supiera que he estado tan cerca y no la he llamado. El problema es que no tengo nada que contarle, nada que pueda explicarle. La maleta sigue encerrada en mi coche, lista no solo para hoy sino para la posibilidad de que muchos días se conviertan en semanas y en meses, para mañanas como esta tras noches tocando con la sinfónica, paseando y bebiendo a sorbitos mientras veo a la gente pasar, hasta que mi conciencia también se va volviendo más y más difusa. Pienso en preguntas que no me he hecho, en respuestas que no quiero considerar, planteadas una y otra vez hasta que ellas tampoco significan nada y no le hacen daño a nadie.

Me entra frío a la sombra del toldo a rayas del establecimiento que tiene un nombre francés, Patisserie Lola, escrito al frente. Ya me he bebido todo el té salvo por los restos amargos del fondo y la adrenalina va mermando; esa urgencia que tenía por conducir ha sido reemplazada por la de caminar hasta que no me den las piernas, por ver cuán lejos puedo llegar por mi propio pie. Pago mi consumición y empiezo a pasear por la calle Newbury, por unas callecitas secundarias mientras me familiarizo con Boylston hasta llegar a Copley Square. Los recuerdos de haber quedado aquí con Joseph para almorzar, de cuando compartíamos unos bocadillos, vuelven sin que los llame. Esa primera vez en la que me esperó, con la maleta en la mano. Ahora hasta Boston ha dejado de ser mío, pues es el lugar en el que ambos nos escondimos. Sigo avanzando, desesperada por dar con algún sitio en esta ciudad que aún me pertenezca. Paso por la iglesia Arlington, donde pronunciamos nuestros votos, y esas promesas me persiguen cuando le doy la espalda al viento cortante para dejar de ver el edificio.

Llego al Jardín Público y doy una vuelta al estanque, donde unos gansos flotan sin prisa por la superficie, rodeados de lechos de tulipanes. Cruzo el puente a rebosar de parejitas y turistas y sigo el césped verde del parque Common hacia la calle Charles. Es uno de mis lugares favoritos, escondido en Beacon Hill, con sus aceras de ladrillos delineadas con tiendas y restaurantes que serpentean hasta el río Charles, donde unos veleros se desplazan gracias al viento. Es lo más cerca que podía llegar al mar. Maelynn me trajo hasta aquí aquella primera Navidad, cuando echaba de menos lo que conocía. Los panecillos de jengibre de mi madre, las peleas de bolas de nieve con Tommy y Joseph de camino al colegio, el humo del puro que se arremolinaba en torno a mi padre después de la cena. Maelynn se percató de lo alicaída que estaba, así que nos subimos al tranvía hasta la calle Park, nos bebimos un chocolate caliente con sirope y paseamos frente a los escaparates adornados con lucecitas de Navidad y de farolas envueltas en guirnaldas. Me compró *Jane Eyre* en una librería llena de lámparas polvorientas con flecos y butacas enormes, y seguimos caminando mientras les dábamos pataditas a pequeños bloques de hielo y curioseábamos por los escaparates hasta que se nos adormecieron los dedos de los pies y dejé de echar de menos mi hogar.

Esa tienda ya no está, y su lugar la ocupa una de ropa. La calle está tranquila, pues, al ser un día de entre semana, la mayoría de las personas están trabajando, por lo que me tomo mi tiempo al observar los maniquíes y contemplar los menús hasta que llego al río. Puedo ver el cobertizo para barcos y el anfiteatro al otro lado del río, donde se celebran conciertos gratis durante el verano. Fue algo que no viví, ya que volvía a Stonybrook al terminar el año lectivo, y algo de lo que Joseph y yo no disfrutamos por razones que no se me ocurren en este momento; no recuerdo cómo pasábamos nuestro tiempo, los recuerdos están borrosos por el dolor de la pérdida. Todo el tiempo que pasamos en esta ciudad es un mero fragmento de lo que pudo haber sido, y lo conservo en mi interior como otra pérdida. Joseph, pese a estar a mi lado físicamente, seguía atado a La Perla, mientras su destino parecía esperarlo como un coche al ralentí bajo nuestra ventana, listo para sacarlo de ahí.

Yo también sentí el llamamiento de la pensión abandonada que me pedía que volviese, incluso mientras me aferraba a la mentira de haberlo dejado todo en el pasado. De pie en el puerto, siento que me transporto a La Perla que vive en mis recuerdos. La cocina era un golpeteo de ollas y sartenes y el aroma de la levadura y la harina que nos seguía a través de la puerta batiente de madera cuando nos colábamos dentro para robar una probadita de mermelada recién hecha o un trocito de queso. La risa de la señora Myers era melodiosa mientras nos perseguía para darnos unos azotes con una toalla, aunque siempre estaba dispuesta a recibirnos con un suave abrazo. El señor Myers era el tintineo de las llaves que llevaba en el cinturón según reparaba grifos que goteaban o barría el suelo y unos bombones envueltos en papel de aluminio que me daba a hurtadillas cuando nadie se daba cuenta. La casa de mis padres estaba llena de esculturas de mármol y muebles de caoba, donde todo siempre estaba frío, a diferencia de La Perla, que era la calidez que emitía una chimenea chisporroteante. Había huéspedes enfundadas en vestidos de verano que bebían té entre carcajadas en el porche y todo ello era una especie de canturreo suave, una sensación de bienestar y comodidad que he anhelado desde entonces.

Me pillo a mí misma pensando en Joseph sin querer, y lo imagino acostando a los niños esta noche. Esperándome preocupado, hasta que el pánico se apodere de él. Su dolor al descubrir la verdad. La vergüenza me quema la piel. La maleta que he hecho es una salida de emergencia hacia una vida con la que sí estaba conforme. Puedo oír a Thomas gimotear y ver su carita acongojada iluminada por la luz del pasillo. Veo a Jane salir de su habitación, con la camisa puesta del revés y los zapatitos de correa sin abrochar, dando una vuelta sobre sí misma para mostrarme cómo se ha vestido ella solita. Noto los labios de Joseph en los hombros, sus rodillas presionadas contra las mías mientras me abraza al estar tumbados en la cama. Me siento mareada, desconectada de la realidad, como si estuviese flotando. Thomas se estira para que lo cargue, Jane me sonríe mientras baila a la luz de la mañana. Joseph aprieta el cuerpo contra el mío. Los veleros se desdibujan a lo lejos y solo entonces reparo en que estoy llorando. Una iglesia que hay cerca hace sonar cinco campanadas.

La prueba. El corazón se me acelera, como el redoble de unos tambores.

Las lágrimas caen sin cesar, hasta que no me dejan ver nada. Soy una tonta que ha dejado que el día se le pase volando. Protegí mi única oportunidad como una madre que mete a su bebé en una canastita para enviarlo río abajo, una esperanza a la deriva sin ningún plan verdadero ni una oportunidad de triunfar. El turno se me ha pasado con las campanadas del reloj, la prueba que me podría haber dicho si tenía lo que hacía falta, si era lo suficientemente buena. Esa prueba a la que ni siquiera estaba segura de haber querido ir. Nunca he querido dejar a mi familia. Lo que quería era que el sueño de Joseph dejara de eclipsar el mío, abandonar el ancla que él había heredado al nacer. Solo que, sin él y sin nuestros hijos, incluso la música más cautivadora pierde sentido. Boston se ha convertido en una canción sin alma.

Tengo que irme. Tengo que alejarme del río, de este mar farsante, de la fantasía absurda de una vida distinta. El sol me ciega al ponerse, y voy dando tumbos por el sendero hasta llegar al césped, donde me apoyo contra un roble enorme y la aspereza de su tronco para cerrar los ojos y recuperar el aliento.

Y entonces las veo. Las veo por todos lados y las rodillas dejan de sostenerme hasta que me hundo entre ellas, unas violetas que crecen junto a la ribera, un lecho infinito de color morado en el que me dejo caer. El llanto se ha apoderado de mí, mientras noto las flores al lado de las orejas y haciéndome cosquillas bajo los brazos. Entonces lloro por mi padre, por Tommy, por los padres de Joseph y por él mismo, quien está enamorado de una chica a la que ambos hemos perdido.

Conduzco de vuelta a Stonybrook y dejo atrás faros y señales de tráfico que no son más que borrones conforme el día da paso a la noche y noto la presión en el pecho que me causa la culpabilidad de haberlo dejado, de haberlos dejado a los tres, y comprendo que es algo que jamás podré deshacer. Aparco antes de llegar a la calle Sandstone y escondo mi equipaje en el maletero, me peino como puedo con los dedos y me humedezco un poco el meñique para borrar los rastros del rímel que se ha corrido.

Los neumáticos crujen sobre la entrada y anuncian mi llegada. Veo las luces de las habitaciones encendidas por la ventana, detrás de las cortinas cerradas, por lo que los huéspedes ya se deben haber retirado. Joseph aparece en la puerta, como una silueta contra la luz amarillenta del porche. Avanzo con lo que espero que sea mi andar de siempre, pero cuando llego a los escalones no puedo evitar lanzarme a sus brazos.

—Lo siento —le susurro a la oreja. Los ojos se me llenan de lágrimas y doy las gracias por haber enterrado la cara contra su hombro.

—¿Dónde te habías metido? —Su voz contiene apenas toda su furia—. Creía que te había pasado algo. —Es una pregunta que no puedo contestar, pues la respuesta solo provocaría más preguntas que terminarían destrozándolo, porque jamás podría comprender la necesidad que tiene una madre de escapar.

—Es que… necesitaba un día libre.

—Joder, Evelyn. ¿Un día libre? —Se aparta de mi abrazo y lo veo frío y distante, como si no quisiera mostrarme lo que siente.

—Lo siento mucho. —Le doy un tirón a su manga, pero él se resiste a devolverme la mirada.

—¿A dónde has ido? —insiste.

—Necesitaba un poco de tiempo y conducir un rato, eso es todo. Tendría que habértelo dicho.

—Se ha hecho de noche.

—¿No te ha pasado nunca?

—¡Pues claro! —exclama—. Solo que no me largo sin más. Porque uno no puede abandonarlo todo cuando las cosas se ponen difíciles. Que ya no tenemos dieciocho años, Evelyn.

La silueta de una pareja se acerca hacia el porche, tras haber dado un paseo a la luz de la luna. Joseph me conduce hasta donde no podrán oírnos, a la cocina, con una mano apoyada en mi baja espalda. Su toque es lo único que me anima a seguir, que consigue calmarme, y algo dentro de mí parece explotar, algo que había estado contenido durante todo este tiempo. Todo por lo que ha pasado nuestro amor, lo mucho que lo necesito, se alza en mi interior como si fuese una vida por la que ya hubiésemos pasado, como un recuerdo que encaja por fin en su sitio, como la sensación inexplicable de haber estado en este preciso lugar y momento, como si estuviésemos siguiendo unas huellas que el mar se ha llevado. Una vez que nos oculta la puerta de la cocina, me aferro a él con desesperación en un lenguaje que habíamos perdido. Separo los labios y rozo la lengua contra la suya. Lo he tomado por sorpresa, pero me devuelve el gesto, se adentra conmigo en este lugar tan natural y primordial en el que solíamos refugiarnos hace una vida, uno que hicimos nuestro.

Me baja las manos por la espalda hasta llegar a los muslos y me levanta del suelo para que lo rodee con las piernas. Llevo los labios a su cuello mientras nos conduce escaleras arriba hasta nuestra habitación y, una vez allí, me desata el vestido y me lo desliza por los hombros. Le desabrocho la camisa y los pantalones y él me cubre el estómago con unos besos hambrientos. Paso los dedos por sus omóplatos, y su peso se vuelve mi ancla. Joseph suelta un gemido cuando me aprieto contra él y me sumo en el vaivén de nuestro cuerpo, me hundo tanto en la sensación que todo lo demás deja de existir. Pronuncio su nombre, libre por fin, como si estuviese nadando hasta los confines del océano con él a mi lado, dejándonos mecer por las olas hasta descansar en la orilla. Lo rodeo con los brazos según nuestra respiración y latidos se van ralentizando, y él esconde el rostro en mi cuello. Sé que, como yo, está pensando en la chica que ambos creímos que habíamos perdido, la que ha vuelto con la brisa fría que se cuela por la ventana abierta. Joseph, la has vuelto a encontrar. Me siento en casa.

TRECE

Violet

Noviembre de 2001

Vuelvo a casa después de haber salido a correr por la
mañana y me fastidia ver que el coche de Connor sigue aparcado en la entrada. Me quito los guantes y
guardo el gorro y el anorak en el armario de la entrada, atiborrado de plumíferos, mitones y botas llenas de barro. Dado que
Patrick ya se había subido al bus de la escuela, tenía la esperanza de llegar a la tranquilidad de una casa vacía. Tengo los pulmones congelados por el frío y ya solo me quedan unas pocas
semanas de la vuelta que suelo dar por la playa Bernard y el
pueblo antes de que el invierno me envíe de vuelta a la YMCA.
Aunque no es como si eso importara mucho. Desde que mis
padres nos contaron lo de su plan, las cosas que solían traerme
algo de paz, como la cadencia de mis pies sobre el pavimento,
la calma de la marea baja al amanecer, no consiguen tranquilizarme en absoluto.

Sobre todo porque no logro escapar de ellos. Allí estaban,
entre los rastros rosa del amanecer, con la Roca del Capitán
resplandeciente contra la luz de la mañana, más allá de los
bancos de arena, arrebujados en esa manta enorme que usa-
mos para los pícnics en la playa, sin reparar en mi presencia
mientras pasaba por detrás de ellos con la respiración

entrecortada. ¿Cuándo fue la última vez que Connor y yo hicimos algo así a propósito? ¿Cuándo salimos con una manta y un termo para contemplar el inicio de un nuevo día? Me estrujo el cerebro para hacer memoria, pero lo único que me viene a la mente son mañanas consumidas por la rutina, por los niños, por las tareas del hogar y prácticamente ninguna por el amanecer.

Llevo un vaso al grifo para llenarlo de agua y vuelvo a ver a mi padre, esta vez a través de la ventana de la cocina, removiendo el mantillo de su jardín. Las puertas del porche se abren a sus espaldas y entonces aparece mi madre para traerle una taza de café, tras apoyarse en el barandal para poder pasársela. Se quedan conversando y mi vaso se llena de más mientras los veo e intento descifrar su lenguaje corporal, desesperada por notar un atisbo de desazón entre ambos. Solo que, como siempre, lo único que veo es paz.

Me noto la peste a aire frío y sudor, ladeo la cabeza en dirección a la escalera y percibo el ruido lejano del agua al caer, pues Connor se ha levantado tarde y se acaba de meter en la ducha. Agradezco que no esté revoloteando por la cocina y por ende no tener que hacer como si todo fuera bien. Mientras tanto, mis padres aún se las arreglan para incluir el romance en sus mañanas, a pesar de todo. Una mañana más romántica que cualquiera de las mías que pueda recordar desde hace años, de hecho. Qué triste y retorcido es sentir celos de mi propia madre en su condición, de hacer como si esto girara en torno a mí (y odiarme a mí misma en el proceso), pero no puedo evitar comparar nuestros matrimonios cuando los veo uno al lado del otro.

¿Qué haría Connor si me desnudara bajo la protección del vapor, abriera la puerta de cristal y me metiera en la ducha tras él? Me da risa solo de pensarlo. Suelo quitarme la ropa dándole la espalda bajo la luz tenue de la lámpara, consciente de que mi desnudez es solo algo necesario para cambiarme la ropa en lugar de algo que podría excitarlo. Si me metiera en la ducha con él, me diría: «Ya mismo salgo» o «Que voy con prisa» o algo peor, como «Anda, gracias, pero lo dejamos para otro día, ¿vale?». Gratitud teñida por la lástima, al reconocer mi esfuerzo y no quererlo. O no quererme a mí, en absoluto. Saldría de la ducha, aún chorreando, y mi figura desnuda sería algo que ya no conseguiría hacer que llegara tarde al trabajo, sino más bien parte del decorado del baño, algo que lleva siglos ahí y que ya casi ni se aprecia.

Rebusco entre las montañas de sábanas desteñidas que hay en el armario del pasillo hasta dar con una toalla y luego me meto en la ducha de los niños, la cual ahora ya solo es de Patrick, pues no quiero esperar a que Connor termine y también tengo la esperanza de que se vaya antes de que salga. No soporto estar cerca de él desde que mis padres nos contaron lo que querían hacer. Me da vergüenza ocupar demasiado espacio, respirar el mismo aire que él o existir a su lado, como si la idea de divorciarnos fuese un arma que llevo escondida y que sé que no tardará en descubrir.

No tengo ninguna prisa por vestirme, la verdad. No tengo nada más que hacer hasta la cita que tiene Patrick con el dentista a las dos. Tengo la precaución de no tocar ni apoyarme en ninguna de las paredes de la ducha, pues las juntas están descoloridas, la capa de plástico de la cortina tiene manchas de moho y de pronto sé a qué le voy a dedicar la mañana. Se supone que Patrick es quien tiene que encargarse de mantenerla limpia, pero tiene entrenamiento de fútbol y clases de trombón y más deberes de los que yo recuerdo haber tenido en secundaria. Así que pongo en práctica aquello que aprendí con mis otros tres hijos y también con Connor: si quiero que algo esté bien hecho, tengo que hacerlo yo misma.

Me quedo un rato bajo el chorro de agua caliente, para hacer tiempo, y muevo el cuello en círculos para que el agua se lleve la tensión de mis hombros. Se supone que Connor tendría que estar ya en el trabajo, pero, si no se va a primera hora, suele esperar a que pase la hora punta, para no quedarse atascado en el tráfico de camino a Groton. El haber revivido el negocio familiar tiene algunas ventajas, como esta flexibilidad con los horarios, ya que la casa no fue lo único que heredamos de mis abuelos. La fábrica Motores y Embarcaciones Groton pasó a ser de mi madre después de que su padre muriera, bastante antes de que yo naciera. Desde entonces mantuvo una existencia un tanto inestable, pasó de mano en mano y tuvo muchísimos encargados, hasta que Connor se hizo cargo como ingeniero jefe. Es algo que le produce muchísima inseguridad, el haber construido nuestra vida sobre los hombros de mis padres y mis abuelos, además de una burla constante de parte de mis hermanos. «Cómo no, la casa para Violet, la favorita». Por mucho que, en realidad, ninguno de los dos hubiera querido quedarse con la casa de la abuela. Ni tampoco con la compañía que venía incorporada.

A mí misma tampoco es que me encantara. Siempre me pareció una especie de monstruosidad, con su recibidor de mármol y sus puertas elegantes, oscura y con demasiados muebles, no era para nada mi estilo. Sin embargo, tenía espacio de sobra para criar a nuestros cuatro hijos, a Connor le quedaba lo suficientemente cerca del trabajo y mis padres no la necesitaban, sin duda. No tenía sentido venderla, comprar otra vivienda que estuviese más lejos de la playa e invitar a una familia de desconocidos a instalarse en nuestro enclave, a que invadieran el espacio que compartíamos. Me gusta más la casa en la que crecí, por lo que he intentado replicar aquellos detalles que la vuelven tan hogareña mientras procuraba darle nuestro propio toque. Cambié las cortinas enormes para dejar que entrara más luz y busqué muebles de mimbre y telas sencillas. Aun con todo, era una casa demasiado grande para nosotros, incluso cuando todos nuestros hijos vivían aquí. Nunca nos las arreglábamos para que estuviese limpia, pues las habitaciones enormes como cuevas siempre estaban llenas de juguetes, uniformes deportivos que se habían quitado a toda prisa y habían lanzado hacia algún rincón y corazones de manzana que se habían fosilizado bajo algún cojín. A mi abuela le habría dado un patatús. Claro que el caos, el escándalo y el desorden que ocasionaban esos tres pelirrojos y, más adelante, su hermanito menor fue justo lo que consiguió que esta casa se convirtiera en nuestro hogar. Todos los clichés resultaron ser ciertos, esos que decían que las mejores épocas eran las que ya habíamos dejado atrás, cuando teníamos el corazón henchido de amor y nuestra vida juntos era pura felicidad.

Este año más que otros, no quiero que llegue el invierno, cuando todo el mundo se refugia dentro de casa y lo vacío que está nuestro nido es aún más evidente, al ya haber visto partir a tres de nuestros cuatro hijos. Patrick prefiere encerrarse en su habitación ahora que ya casi es un adolescente y no tiene ningún hermano mayor que lo tiente a salir a hacer gamberradas o al oír revuelo en el salón o que regañan a alguien que no es él. El invierno que inevitablemente conducirá a la primavera, a junio, una cuenta regresiva que no puedo ignorar ni siquiera en mis propios pensamientos. El último año de mis padres. No puedo procesarlo, y ahora ya solo nos quedan siete meses hasta la fecha. Me froto con fuerza las plantas de los pies, me quito la piel muerta alrededor de los tobillos y los codos e intento no pensar en ello. No obstante, el pensamiento vuelve, por muy roja que se me ponga la piel. El pánico me embarga, esa sensación como de estar cayendo que hace que una se despierte de sopetón cuando se está quedando dormida. La pérdida que se acumula en mi interior, rauda y a todo volumen, como si el dolor fuese un sonido, un tren a toda máquina entre los oídos. Dentro de poco, mis guías constantes, las dos personas en las que más confío, mis paradigmas de una buena vida y del amor verdadero, ya no estarán en este mundo.

Jane no les cree, o eso es lo que pretende afirmar como una excusa para no tener que lidiar con lo que siente, como es clásico en ella. Jane, la hija pródiga, quien, por alguna razón, se lleva el honor del gran final de nuestra madre: su concierto en la sinfónica. Por mucho que sea yo la que siempre ha estado aquí, en quien pueden confiar, la que los ayuda a llamar a los de la tele de pago, la que organizó ese viaje en bus al Gran Cañón para la familia entera y la que se pasa los domingos quitando hierbajos de su jardín.

Fui yo la que se encargó de hablar con Thomas cuando prácticamente no quería hablar con nadie. Le dije —por mucho que aborrezca la idea y no consiga imaginar su casa sin ellos o nunca más oír sus voces al teléfono— que yo tampoco podía concebir a uno sin el otro. Que se arrepentiría si desperdiciaba el poco tiempo que nos quedaba con ellos solo porque no estaba de acuerdo, pues castigarlos no iba a hacer que nuestra madre recuperara su salud, no nos iba a ahorrar el sufrimiento ni hacer que nuestro padre cambiara de opinión. Mis hermanos no lo entienden; creen que se me ha ido la pinza, pero es que ellos no viven al lado de nuestros padres. No ven lo que yo veo todos los días. Las flores que papá recoge del jardín, las horas que mamá pasa acompañándolo mientras él trabaja. Sus caminatas juntos, las ventanas iluminadas que siguen su camino cada noche, según se desplazan por la casa. El listón tan alto que han dejado, lo único por lo que jamás podré perdonarlos.

He sugerido que vayamos a ver a una especialista en relaciones de pareja, pero a Connor no le convence la terapia. Es del sur de Boston, un lugar en el que la gente va a lo suyo y no deja que unos desconocidos se inmiscuyan en sus asuntos. Cree que estamos lidiando con cosas normales, que nuestra relación se está adaptando al hecho de que tengamos nuestro propio negocio y a criar cuatro hijos. Y no se equivoca, no tiene toda la culpa. Yo también me he conformado con lo que vivíamos. Dormía mejor en mi lado de la cama, de espaldas a él; el sofá me parecía más cómodo cuando podía tumbarme sola. Dejé de contarle lo que había hecho durante el día, pues no quería aburrirlo con mis historias de voluntariado en el cole de los niños, la biblioteca, las carreras de cinco kilómetros por alguna obra benéfica, la jardinería y todo lo que hacía para ocupar mi tiempo que nunca conseguía despertar su interés para hacerme alguna pregunta al respecto. Me encargaba de lo que iban a llevar de comer los niños al colegio y servía la cena mientras él iba y venía, y, en algún momento, dejó de saludar y despedirse con un beso, o yo dejé de hacerlo, y no estoy segura de que ninguno de los dos se percatase hasta que se volvió algo fijo, cuando ya era demasiado tarde para cambiarlo. El cansancio que iba en aumento con cada hijo que teníamos nunca desapareció, nunca nos dejó encontrar un camino de vuelta al otro.

Lo que no sabe es que, en esas pocas noches en las que retozamos entre las sábanas en una rutina en piloto automático que se encarga de cumplir con lo necesario y ya está, a veces recuerdo a los novios que tuve en el instituto. Recuerdo cómo explorábamos el cuerpo del otro, el pinchazo del deseo, de sentirse deseada. Jamás le contaría algo así, ni siquiera si fuésemos a terapia. Me da muchísima vergüenza; cuarenta y cinco tacos y fantaseando con chavales que conocí hace una vida, más jóvenes que mi hijo mayor, pero congelados en el tiempo como jovencitos que casi eran hombres, llenos de virilidad y del deseo que sentían por tenerme.

Nunca había pronunciado la palabra en voz alta. «Divorcio». No hasta hace unos meses, cuando les conté a mis padres lo que me daba vueltas por la cabeza. Nunca lo había pensado. Los niños eran mi prioridad, el crear un hogar feliz para ellos. Connor es el tipo de padre que sabe poner tiras de sutura, que ayuda a hacer divisiones de varias cifras y que sabe preparar tostadas con un agujerito para los huevos. No es el tipo de hombre del que una se divorcia. Conozco a mujeres del pueblo cuyos maridos se han ido por el mal camino y que siguen casadas. ¿Cómo podría divorciarme yo? Incluso la logística de todo ello (dónde viviría cada uno, cómo pasaríamos las fiestas, cómo me ganaría la vida, si tendría que volver a dar clases, algo que apenas empecé a hacer hace mucho y que dudaba que pudiera retomar después de veintidós años) y la posibilidad de que mis hijos me odiaran, mi peor miedo en la vida, hacían que me lo pensara mejor.

Hasta junio, hasta que mis padres nos invitaron a su casa e hicieron que nuestro acuerdo tácito, un matrimonio del montón, ardiera en llamas.

Porque ya no tengo cómo evadir la verdad. Tengo un marido que me importa, a quien no le deseo el mal, que quiero que sea feliz. Pero no tengo uno por el que daría la vida, uno que la daría por mí. Jane y Thomas pueden creer que es algo retorcido, pero ¿acaso no merezco tener un amor así? ¿O Connor? ¿Acaso no lo merecemos todos?

Oigo un grito lejano en el pasillo y cierro el grifo. Me seco, me envuelvo en la toalla y me dirijo a nuestra habitación para asomarme por la ventana: el coche ya no está en la entrada.

Ni siquiera tengo un marido que se asegure de que lo oigo cuando se despide.

Enciendo la tele y pongo *Good Morning America* para que me haga compañía mientras me visto. Veo una imagen de las ruinas, con los bomberos todavía abriéndose paso entre los escombros. Desde lo de las Torres Gemelas, todo parece ser menos relevante. Thomas parece haber encontrado un poco de claridad en medio de la tragedia, pero lo único en lo que yo puedo pensar es en esas personas, en cómo deben sentirse al haber perdido a alguien, en su devastación absoluta. Solo que, si yo hubiese perdido a Connor, podría seguir con mi vida. Me sentiría desolada por mis hijos, porque hubiesen perdido a su padre, pero podría seguir existiendo en un mundo en el que él ya no esté. Quizás querer seguir, creer en el amor, esperar hasta que encontremos nuestro camino de vuelta al otro no es suficiente. Uno no tendría que esforzarse hasta el límite para convencer a la otra persona de que tiene que quedarse.

Porque amar a alguien es ir de la mano y seguirlo hacia la luz.

Más tarde esa misma mañana, vuelco una bolsa arrugada de harina en una taza medidora, la aplano con el dedo y vacío el contenido en un cuenco. Voy a preparar unas magdalenas con unos plátanos que mamá ha olvidado y que están demasiado maduros mientras ella me acompaña sentada a su mesa de la cocina, con una mantita cubriéndole el regazo. El sol se asoma por detrás de unas nubes y llena la cocina de una sensación de calidez que no parece del todo real. Ilumina los libros de cocina con las puntas dobladas, la tetera de cobre y los delantales con motivos florales que hay colgados al lado de la alacena, la cual está llena de frascos de café que tienen de todo menos café, tomates en conserva y bolsas enormes de azúcar. Vierto la mezcla en unos moldes de magdalenas y me limpio con la lengua un poquitín que se me ha quedado en el pulgar. Los meto en el horno y me dejo caer al lado de mi madre, para luego acomodar la mantita de modo que nos cubra a las dos.

—¿Cómo te encuentras hoy? —Si bien sé que es una pregunta que detesta, no puedo evitar hacérsela. Tengo la esperanza de que me dé una respuesta distinta, una que implique que podemos dar marcha atrás y que podremos recordar todo esto más adelante con incredulidad, aquello de lo que nos salvamos por haber conservado las esperanzas.

—Igual. —Intenta sonreírme, para tranquilizarme un poco, pero el gesto le sale forzado.

Me acerco un poco más a ella; no puedo evitar retroceder y volver a ser su hija pequeña cuando estamos así, lado a lado.

—¿Tienes miedo? —le pregunto, intentando que no me note el temblor en la voz.

—A veces. —Su rostro pierde toda expresión al ponerse la máscara que ya he visto en otras ocasiones, uno de los síntomas que he aprendido a medir, a notar, y que me revela las verdaderas respuestas a mis preguntas—. Pero me da más miedo quedarme, cielo. Quedarme sola dentro de mi propia cabeza al final.

Resigo con un dedo un arañazo que tiene la antiquísima mesa de roble, marcada por pinchazos de tenedores y los redondeles emborronados de unos vasos húmedos que se dejaron demasiado tiempo sobre su superficie.

—Lo sé. De verdad te entiendo... más de lo que cualquier otra persona podría. Me aterra quedarme sola.

—Pero no estarás sola. Tienes a Connor.

Si fuese cierto, no haría falta que lo dijera. A ella nadie tiene que recordarle que cuenta con papá. Son como las vides de glicinia: mi padre es la estructura en torno a la cual mi madre ha florecido, y, de ese modo, le ha dado vida a lo que, de no contar con ella, habría sido un marco sin más. Connor y yo nos hemos ido distanciando poco a poco, conforme los niños se iban marchando para hacer su vida. Lo único que nos ataba era nuestro bebé, solo que él también ha crecido y no tardará en independizarse como sus hermanos. ¿Y entonces qué? Las pocas palabras que puedo intercambiar con mi marido en el otro extremo de una mesa vacía son algo que me atormenta. No recuerdo la última vez que nos dimos un abrazo.

Vacilo un segundo y, cuando vuelvo a hablar, la voz me sale incierta y temblorosa:

—Aún sigo pensando que debería irme. —Alzo la vista para ver su reacción, pues necesito que me diga que lo haga. O que no. Que me asegure que no soy una persona horrible por sentirme como me siento—. Me pregunto qué haría él. Si lucharía por nuestra relación. Quizás es eso lo que hace falta.

Mi madre suelta un suspiro lento que no me revela nada.

—Yo lo hice una vez.

Pongo los ojos como platos. ¿Quizás sea una mala pasada de su mente? He leído que su enfermedad puede causarle cierta confusión, que los pensamientos pueden empezar a distorsionarse y los recuerdos, a mezclarse.

—¿Qué dices?

—Dejé a tu padre una vez. O lo intenté. Cuando Jane y Thomas eran pequeños y tú no habías nacido.

Me quedo sin palabras por unos instantes antes de negar con la cabeza, convencida de que todo esto es una confusión.

—No, jamás podrías haber hecho algo así. Tú y papá os adoráis.

—Es cierto —asiente—. Y lo amaba incluso mientras hacía la maleta, pero... Sentía como si mi vida hubiese dejado de ser mía. —Centra la mirada en mí, y veo que está completamente lúcida, lo cual es de lo más espeluznante porque significa que todo lo que me está contando es cierto—. Ser madre y tener que encargarnos de la pensión era demasiado para mí, y dejé de reconocer a la persona en la que me estaba convirtiendo.

Boquiabierta, me resulta imposible esconder mi asombro.

—Pero si os queréis con locura...

—Es que no lo hice por tu padre —me explica, con una sonrisa triste—. El problema era que mi vida no era lo que había creído que iba a ser. Me daba la sensación de que me estaba ahogando y de que todo lo que quería estaba fuera de mi alcance. Me aterraba que, si no hacía algo, fuese a perderme a mí misma para siempre.

Una lágrima me cae por la mejilla y siento el alivio, la sorpresa y la devastación de oír el reflejo de mis propios pensamientos más oscuros mientras ella los revela como propios.

—Yo me he sentido así.

—Lo sé, y por eso te estoy diciendo todo esto. Porque yo sí que me fui, y no sabes cuánto me alegra no haber llegado muy lejos. No habría vivido los mejores momentos de mi vida de lo contrario. Y tú no habrías nacido —dice, apoyando una mano sobre la mía para darme un apretoncito.

No puede ser cierto... No en el caso de mis padres, de mi madre... Tengo un millón de preguntas que hacerle, pero no sé por dónde empezar. Intento encajar las piezas de la nueva imagen que tengo de su matrimonio en contraposición con la antigua, aquella que siempre he llevado conmigo, una fotografía que se ha desgastado muchísimo de todas las veces que la he examinado.

—¿Y qué pasó?

—Me subí al coche y conduje hasta Boston. Creo que ni siquiera tenía un plan más allá de un sueño difuso de tocar para la sinfónica, de distanciarme de la vida que estaba intentando consumirme entera... Solo que no pude. Tenía la intención de hacer una prueba, pero no llegué a tiempo, por un descuido... O quizás fuera algo deliberado. No sé, la cosa es que me quebré. Lo único en lo que podía pensar era en tu padre y en lo que todo aquello le haría. Intenté imaginarme una vida sin él y simplemente no pude. Perderlo y hacerle daño me aterraba más que cualquier cosa a la que pudiésemos hacerle frente juntos.

La posibilidad de tener esta conversación con Connor hace que se me forme un nudo en el estómago. Hacer que se siente y pronunciar las palabras: «Quiero el divorcio». Pensarlo por mi cuenta es una cosa y compartirlo con la tumba cerrada que son mis padres, otra. Pero ¿decírselo a él? Aunque he fantaseado con lo que sería el después de los hechos, en una especie de montaje superfluo (la casita que amueblo a mi gusto, recetas que aprendo a preparar solo para mí, el trayecto en coche por mi cuenta para ir a visitar a los niños a la universidad), nunca me he permitido imaginar el momento en el que las palabras salen de mis labios, ver la sorpresa y el dolor en su rostro. Connor es un hombre que no se lo merece, que no se lo vería venir. Alguien que lleva comprometido con esta vida desde hace dos décadas, criando hijos y pagando las facturas; alguien que tiene por seguro que vamos a superarlo todo. Porque la confianza que nos tenemos, la amistad que existe debajo de todo eso, no soportaría ese golpe. Tengo la certeza de que él nunca me haría pasar por algo así, nunca me pediría algo así de impensable tras hacer que me sentara frente a él, para pillarme por sorpresa y hacerme quedar como una tonta.

—Lo siento mucho, no quería que ni tú ni tus hermanos lo supierais. Ni siquiera se lo conté a tu padre. Me moría de la vergüenza y me sentí muy culpable durante muchísimos años.

—Entonces se le quiebra la voz y las lágrimas empiezan a resbalarle por las mejillas.

Me acerco para rodearla en un abrazo fuerte.

—Lo entiendo, mamá. De verdad que sí.

—Entonces también tienes que entender esto —dice, apartándose para volver a mirarme a los ojos—: si decides marcharte, no será algo de lo que puedas arrepentirte. Tienes que estar segura de que no tienes un motivo más importante por el que quedarte.

Asiento y me vuelvo a apoyar contra ella, mientras su decisión se entrelaza con la mía y se me sacuden los hombros por el llanto. Mi madre me rodea con un brazo, también entre lágrimas. Y lloro por mis padres, por mis hijos, por Connor, por todo a lo que no puedo hacerle frente, por todo lo que podría perder. Por esa niñita que soñaba con el amor verdadero y por la mujer adulta que ha empezado a entender lo que significa de verdad.

CATORCE

Joseph

Abril de 1960

Oímos un fuerte crujido de neumáticos según alguien conduce a toda pastilla hacia la entrada y, cuando me asomo por la ventana, veo el Chrysler verde azulado de Maelynn. Evelyn, quien estaba recogiendo los restos del desayuno de los huéspedes, se limpia las manos en el delantal antes de enfilar hacia la puerta. Thomas se asoma desde detrás de su cadera.

—¿Qué haces aquí? ¡Menuda sorpresa! Mi madre no está en casa, puedes quedarte a jugar con los niños un rato.

Después de haber tenido demasiadas discusiones con su hermana cada vez que coincidían de visita y de haber soportado comentarios malintencionados sobre sus viajes y sobre cómo no deberíamos dejarla sola con los niños dado que ella no es madre, Maelynn prefiere venir de visita cuando podemos estar solos. La madre de Evelyn sigue viniendo, en especial cuando la pensión está a tope y necesitamos adecentar las habitaciones que han desocupado por la mañana para tenerlas listas por la tarde, pero ya no se pasa por aquí tanto como antes. Como ha empezado a hacerse mayor y los niños también están creciendo, les tiene menos paciencia. A Thomas lo tolera, pues es un crío excesivamente pulcro para ser que solo tiene seis años y no suele andar muy lejos de ninguno de los dos, siempre escondido detrás de nuestras piernas. Sin embargo, cuando ve a Jane en el prado, jugando en la tierra descalza y con las trenzas deshechas, no puede evitar soltar suspiros de puro hartazgo.

—Me encantaría, Evelyn, pero es que tengo que irme ya mismo. —Sonríe de oreja a oreja y tiene la voz teñida de emoción, mientras señala el asiento trasero del coche con una tremenda cantidad de maletas.

—¿A dónde te vas? ¿Por qué has hecho las maletas?

—A Los Ángeles. Me voy a mudar *por fin.* —Hace énfasis en las últimas palabras, como si la espera le hubiese resultado un tormento, por mucho que sea la primera vez que nos habla sobre el tema. No suele contarnos mucho sobre sus visitas frecuentes a California, pese a que se rumorea que tiene a alguien especial por allí, aunque Maelynn no ha querido contarnos nada más que unas pocas pistas de su existencia. Evelyn y yo creemos que lleva años con él, pero que se niega a admitirlo.

—¿A Los Ángeles? ¿Y qué piensas hacer por allá?

—¡Qué más da! Tengo cincuenta años. Si quiero mudarme, eso es lo que haré. —Eso no nos sorprende; tras habernos marchado, lo único que la ataba a Boston era la escuela. Evelyn me había contado que le iba bien con sus poemas y que no soportaba a la nueva directora, por lo que era probable que no quisiera quedarse mucho tiempo más trabajando allí. Maelynn se acerca a Thomas para darle un abrazo—. Adiós, Thomas, pórtate bien con tu mami, ¿vale? ¿Dónde están Violet y Jane? Tengo que darles un abrazo. —Se asoma hacia donde me encuentro yo, en el vestíbulo liado con la contabilidad—. Y a ti también, Joseph, vente para aquí.

Evelyn vacila un poco, como si no comprendiera lo que está pasando.

—¿Te marchas ya? ¿Ya mismo?

—Que sí, cariño. ¿Acaso no me has preguntado por qué tengo el coche lleno de maletas? No lo tendría si no fuese a irme ya, ¿no te parece? Voy a conducir hasta allá. —Su voz suena muy animada, y cada palabra parece salirle entre risas—. ¿Por qué esperar?

—No puedo creer que no nos hayas dicho nada. —Evelyn se vuelve para gritar hacia el interior de la casa—. ¡Jane! ¡Violet! ¡Ha venido la tía Maelynn!

Me acerco a la puerta con la sensación de haberme puesto de pie demasiado rápido, sorprendido tanto por su llegada como por su partida.

Maelynn abraza a Evelyn con fuerza.

—Venga, no te me enfades. Ha sido una decisión del momento. La vida es así de imprevisible, ¿no crees? Dime que iréis de visita.

—Nunca he estado en California —murmura Evelyn, en un hilo de voz.

Jane, quien ya tiene ocho años, cruza la puerta como un bólido para lanzarse a los brazos de su tía abuela, con lo que aparta a su hermano con brusquedad, y Violet, con sus cuatro añitos, avanza a su paso tras ella.

Maelynn se encoge de hombros, como si Los Ángeles quedara a la vuelta de la esquina y no en la otra punta del país.

—Más razón aún para que vayáis, entonces. Niñas, me voy.

Jane me mira, ladeando la cabeza, y luego a su tía.

—¿A dónde? Si acabas de llegar.

Maelynn, quien más de una vez se ha escabullido con Jane y la ha devuelto con algún que otro rasguño y a rebosar de secretos, le tira uno de sus rizos hasta hacerla reír.

—Exacto. ¡Ya he venido y ahora me marcho! Me mudo a California. Vuestra madre os llevará a verme, ¿a que sí, Evelyn?

—Me gusta. —Jane le vuelve a dar un abrazo, con los ojazos muy abiertos por la promesa de otra aventura que podrán compartir.

Violet se pone a llorar.

—Tía Mae, ¿te vas?

—Sí, cielo, ¡pero no me llores que es algo bueno! Ahora ven y dame un beso. —Coge a Violet en brazos y esta le rodea el cuello con sus bracitos y le deja un beso con lágrimas en la mejilla. Maelynn nos abraza a Evelyn y a mí y nos insta una vez más a visitarla. Y entonces, tan pronto como ha llegado, se marcha, con su pañuelo ondeando tras ella al caminar. Su coche cobra vida con un traqueteo y juntos se alejan.

Durante semanas después de eso, Evelyn no habla de nada que no sea California, de viajar y explorar tierras distantes. Le impresiona muchísimo que Maelynn haya empezado una nueva vida en una nueva ciudad a sus cincuenta años, porque así lo ha querido. Para mí, no es nada glamuroso ni valiente, sino triste, solitario, al haber construido tan poco a su alrededor como para poder recogerlo todo en brazos y marcharse en un visto y no visto. Sin embargo, Evelyn no lo deja estar.

Una noche, la veo haciendo una lista, un hábito que retomó cuando se quedó embarazada de Violet, cuando noté un cambio en ella que nunca pude entender, una felicidad que brotó en su interior como una flor en un muro de piedra, resistente e inexplicable. Le quitó la tapa al piano para tocar de nuevo, en lugar de usarlo como una repisa para fotos, y le enseñó a Jane las notas y los acordes básicos. Era el único momento en el que Jane se quedaba quieta, aunque, incluso así, se moría de ganas de tocar más rápido, más alto, de aprender todas las canciones posibles. Hasta a Thomas le gustaba apretar las teclas con sus deditos regordetes sentado en su regazo. Violet, recién nacida, solía quedarse dormida acurrucada contra el cuello de Evelyn mientras ella la cargaba con un brazo y tocaba con el otro. Y así pasaron años, una nueva edad dorada de tranquilidad y alegría que no había creído que pudiésemos recuperar nunca más.

Evelyn alegraba la pensión con su música; por las noches, nuestro salón se llenaba de vecinos y huéspedes, de vino y carcajadas, con ella en medio de todo ello. En verano, lo hacemos todo deprisa para aprovechar las pocas tardes en las que podemos escabullirnos a la playa Bernard. Arrodillada junto a Thomas, empuja un montón de arena con el brazo para crear la base de su castillo, Jane chapotea en unas olas suaves y Violet suelta risitas mientras yo hago como que voy a lanzarla hacia el mar. Estar cerca del océano es algo que ambos necesitamos; nos relaja y nos recuerda que formamos parte de algo más grande que nosotros. Estar en un lugar sin costa me recuerda a la guerra, al polvo, el calor y la furia. Necesito la calma fría del agua acariciando la orilla y el aroma del mar para sentirme como en casa.

Cuando Evelyn se va a cepillarse los dientes, echo un vistazo discreto entre las páginas. En una hoja nueva ha escrito «California», para luego tacharlo y escribir debajo «Volar a California». Eso también había terminado tachándolo y se había limitado a escribir, al final de la página, una única palabra: «Volar».

Pasan tres años más sin que nos demos cuenta. Thomas cumple diez años y estamos un poco justos de dinero como para celebrarlo. Durante el verano, la guerra de Vietnam se ha encargado de ajustar el presupuesto de nuestra clientela habitual, y la pensión, que solía ser muy concurrida, ha tenido múltiples habitaciones vacías. Evelyn da clases de piano en el pueblo unas cuantas veces a la semana, lo cual es una ayuda, por mucho que apenas nos alcance para la compra con eso. Cuando llega octubre, a los niños les queda pequeña la ropa, el coche necesita un cambio de neumáticos y La Perla sigue demostrando lo vieja que está, pues necesita un nuevo tejado, una capa de pintura, un cambio de moqueta, y, al parecer, todo a la vez. De modo que nos hemos quedado cortos con el presupuesto para la celebración. Evelyn y yo estamos hasta tarde revisando facturas, haciendo y rehaciendo cuentas, pero nada sirve.

—Ojalá no hubiésemos registrado la pensión como propiedad histórica, solo ha hecho que nos cueste más repararla

—suelta con reproche, como si hubiese sido yo el que hubiera decidido los parámetros según los cuales debemos operar.

Intento razonar con ella, con el papeleo cubriendo la mesa entera.

—Sabes que nos toca una temporada baja después del verano. Ya nos recuperaremos cuando lleguen las Navidades, siempre es así.

Evelyn pone los ojos en blanco.

—No me refiero a la Navidad. Me preocupa no cumplir las expectativas de tu hijo, que cumplir diez años no es poca cosa.

—¿Por qué lo dices así? «Tu hijo», como si fuese culpa mía decepcionarlo.

—Pues porque fuiste tú el que quería que reabriéramos la pensión.

Me enderezo en mi sitio.

—¿Lo dices en serio?

—¿Te crees que encargarme de La Perla era mi mayor sueño?

—Me tienes que estar vacilando. —Me paso una mano por la frente, resentido—. Y qué pasa con lo que quiero yo, ¿eh? El hecho de que no tenga los sueños de opio que tienes tú no hace que lo mío importe menos. —Evelyn se queda callada ante eso—. No olvidemos que hicimos lo de Boston. Lo intentamos y no funcionó.

—Pues claro que no —resopla, con un tono burlesco disfrazado de asentimiento.

—¡Joder, Evelyn! Que no todo gira a tu alrededor, por una vez en la vida. No tenemos más dinero. Y no puedo hacer que aparezca más por arte de magia solo porque eso es lo que quieres que haga. ¿Qué más puedo hacer? —le grito. Y yo nunca le grito.

Entonces algo parece romperse, porque me gruñe:

—Quizás deberías dejar de hacer promesas que no puedes cumplir. —Y se levanta de la mesa, haciendo que su silla se estrelle contra el suelo.

—¡Evelyn! Para ya.

—¿Que pare qué? —espeta, volviéndose hacia mí hecha una furia.

—No puedes usar eso para ganar una discusión, por muy enfadada que estés. —Se congela en su sitio, al haberla pillado poniendo el dedo en la llaga, una promesa que había hecho hacía muchísimos años y que no había cumplido: mantener a Tommy a salvo y volver ambos a casa—. No puedes —añado, en un hilo de voz.

La vergüenza aparta la furia en ella de un barrido.

—Tienes razón. Lo siento. —Suelta un suspiro, arrepentida y desanimada—. Es que… Caray, ¿podrías ser hiriente una vez en la vida?

—No lo has dicho en serio.

—No tendría que haberlo metido en esto —dice, negando con la cabeza.

—No pasa nada, esto nos frustra a los dos.

—No, sí que pasa. No está bien que sea mala contigo porque tengo problemas.

—Ven aquí.

Se acomoda en mi regazo y yo la rodeo con los brazos, para esconder su rostro sonrojado en mi pecho. La sostengo así durante unos segundos, mientras unos recuerdos de unos cazas volando le dan forma a una idea, a una solución que va cobrando sentido.

—Quizás podamos hacer algo especial que no nos cueste nada —propongo en voz baja.

El cielo es de un tono azul sin nubes, el ambiente está fresco, como si todo hubiese cobrado vida de nuevo, y los árboles rebosan de color rojo y naranja mientras nos acercamos a Hartford. Evelyn y yo queríamos compartir un poco de tiempo a solas con nuestro hijo, quien a menudo pasa un poco desapercibido entre todo lo demás, por lo que dejamos a Jane y a Violet con su abuela, por mucho que nuestra primogénita en su casi adolescencia haya puesto el grito en el cielo. Thomas va calladito en el asiento trasero conforme pasamos por unas colinas doradas y no se hace notar más que cuando va entre sus hermanas. Una cesta de mimbre reposa a su izquierda, con unos bocadillos de jamón y queso, sidra y unas magdalenas de calabaza en el interior, y lo veo contemplar el paisaje que parece al rojo vivo conforme lo dejamos atrás. Su silencio parece distinto a otras veces, no es frío ni distante, sino eléctrico, como de una anticipación emocionada, mientras cuenta cada árbol y captura cada detalle como si estos fuesen a revelar la magia que está por venir.

Dejamos atrás unas cuantas señales que indican que hemos llegado al aeropuerto Bradley y echo un vistazo por encima del hombro hacia mi hijo, quien tamborilea los dedos encima de sus tejanos por los nervios.

—Ya casi llegamos, campeón. —Le dedico una sonrisa a Evelyn, pues el entusiasmo de Thomas es contagioso.

Como padre, me resulta extraño conocer tan poco a mi hijo, en especial porque, cuando era más pequeño, Thomas siempre se escondía detrás de nosotros. Puedo enumerar las cosas más obvias, como que le encantan los aviones y quiere formar parte de la fuerza aérea, pero cualquier persona que entrara en su habitación podría deducir eso. También poseo ciertos detallitos prácticos que se aprenden por el hecho de vivir en la misma casa, como que no les pone leche a los cereales porque no le gusta que se pongan blandengues o que siempre se pone la chaqueta en cuanto empieza a hacer un poquitín de frío. La cuestión es que hay muchísimas cosas que no sé, cosas que de verdad son importantes, como si le gusta la escuela o no, si tiene amigos, si ha empezado a ver a las chicas de otro modo. Si comprende lo mucho que lo quiero. Si se ve a sí mismo como alguien diferente en la familia y si eso hace que se sienta solo.

Siendo sincero, su carácter siempre ha sido un misterio para mí. Jane es el calco de Evelyn, valiente y aventurera, y Violet se parece mucho más a mí, con los sentimientos a flor de piel, pero Thomas… No se parece en nada a su tocayo, aunque no es que lo culpe por ello. No conoció a su tío, así que jamás esperaría que sus personalidades se parecieran solo porque le dimos su nombre. De cara sí que comparte algunos de los rasgos que tenía mi mejor amigo cuando era un crío; a veces ladea la cabeza de cierto modo y ese es un gesto peculiar que me descoloca por lo mucho que se parecen. Sin embargo, tiene la contextura que tenía yo a su edad, una estatura desgarbada que se irá volviendo fornida conforme vaya creciendo, y sus ojos marrones también son como los míos, tranquilos y firmes. Aun con todo, me pregunto cómo puede ser que este niño tan callado y racional haya nacido de un par de personas como Evelyn y yo.

Doblamos por una salida y seguimos una carretera secundaria enmarcada por un campo de color pardo y dorado. El Buick va dando saltos cuando salimos de la carretera pavimentada y pasamos a un camino de tierra, y las ruedas van echando polvo a nuestro paso. Nos detenemos con un traqueteo más o menos en la mitad del campo y todo el polvo se asienta. Salimos del coche, Evelyn se estira hacia el asiento de atrás a por la cesta de mimbre y la manta, y el sonido que hacen nuestras tres puertas al cerrarse resuena por todo el paisaje. El sol me calienta la cara a pesar de la brisa de otoño, mientras Evelyn se sube las mangas de su jersey de lana.

Thomas observa en derredor, hacia el campo abierto.

—Papá, ¿estás seguro de que este es el lugar correcto? —pregunta con escepticismo.

Me encojo de hombros, para hacerle creer que comparto sus dudas.

—Pues eso creía…

Y entonces lo oímos. El rugido bajo de un motor, como un trueno lejano, y luego algo más intenso, como un silbido agudo que estalla en medio del cielo despejado cuando un caza

232

galvanizado sale disparado y se hace visible sobre las copas de los árboles, de color ámbar. Su sombra pasa como una ola por el campo y Thomas sale corriendo detrás, vitoreando y gritando por la emoción. Evelyn suelta la cesta y nos ponemos a perseguirlo, con los brazos apuntando hacia el cielo. Las alas del avión se ven tan bajas que eclipsan el sol. El viento sopla mientras corremos, y entonces el avión vuela más alto y su sombra empieza a alejarse hasta que se ve más allá de los árboles. Thomas se queda quieto por delante de nosotros, cautivado y contemplando el avión hasta que se hace más pequeño que la luna a lo lejos y desaparece, con lo que deja tras de sí una estela blanca como una pincelada, para demostrar su presencia. Se vuelve hacia nosotros, maravillado, y su rostro parece ser una fuente de luz por sí misma.

—¡Mamá! ¡Papá! ¿Habéis visto eso?

Evelyn asiente, boquiabierta.

—Ha sido increíble.

Un rugido reverbera a nuestras espaldas, otra tanda de pruebas, en esta ocasión de tres cazas en una formación en triángulo. Un sonido que en otros tiempos me habría despertado el pánico, solo que aquí somos intocables; la paz a la que hemos llegado es un escudo que me resguarda de los horrores que viven dentro de mi mente. Thomas vuelve a correr y persigue el estruendo que causan los aviones al atravesar la longitud del campo y luego desaparecer. Extiendo la manta de franela con la ayuda de una brisa y me tumbo sobre ella, apoyado en los codos. Evelyn se acomoda a mi lado y saca los contenidos de la cesta, antes de quitarle el papel protector a una magdalena de calabaza y darle un mordisco, con lo que una pizca de glaseado se le queda sobre el labio. Bebo un poco de sidra, aún humeante al haberla servido del termo rojo de plástico, y dejo que su aroma a clavo y canela me caliente. Pasamos la tarde así, tumbados lado a lado y viendo a nuestro hijo correr con los brazos extendidos como si fuese un avión y sin despegar la vista del cielo.

Vemos la noticia en el salón, con la pensión llena de huéspedes que visitan a sus respectivas familias por el Día de Acción de Gracias. Le han disparado al presidente Kennedy. Una joven solloza a mi lado. Nuestras diferencias como propietarios y huéspedes parecen no existir dentro de la intimidad de la pérdida compartida, conforme todos nos quedamos en silencio por la sorpresa, conmocionados por la incredulidad. Cuando lo escogieron presidente, Kennedy solo era tres años mayor de lo que soy ahora. Cuarenta y tres años y ya era presidente de los Estados Unidos. Yo, con cuarenta, me encargo de la pensión de mis padres. El dueño de una pensión, eso es lo único que soy. Y probablemente lo único que seré. ¿Cómo es posible que, con solo unos pocos años más que yo, ya no esté en este mundo?

Suena el teléfono y nos hace pegar un salto a todos. Evelyn se disculpa, va a contestar a otra habitación y yo la sigo, porque necesito un poco de aire.

—Pensión La Perla, ¿en qué podemos ayudarle? —dice, con un entusiasmo que no siente. Tras una pausa, su voz cambia, presa de la preocupación—. Soy Evelyn.

Me mira de reojo, nerviosa, y se sienta a la mesa de la cocina. Yo me acomodo a su lado, y ella cambia el auricular de mano para ponerlo entre los dos y que ambos podamos escuchar.

—Evelyn... Maelynn hablaba muchísimo sobre ti... Te quería mucho. —Al otro lado de la línea hay una voz femenina que no reconozco—. Ojalá no fuese... —La voz se quiebra—. Ay, Dios, perdona, he intentado tranquilizarme antes de llamar.

—Perdone, ¿con quién hablo? —dice Evelyn, llevándose una mano al pecho y frotándose la clavícula.

—Me llamo Betty. Vivía con... Maelynn era mi... —Le falla la voz—. Ha ocurrido una desgracia —dice, antes de vacilar—. Un accidente y... —Oímos un sollozo al otro lado de la línea—. Maelynn... ya no está con nosotros.

Oigo a Evelyn soltar un grito ahogado y dudo, porque no hay nada que pueda hacer para protegerla de esto, de lo último que se nos hubiese ocurrido que podría suceder. Betty comparte los detalles con dificultad, y yo le aferro la mano a Evelyn. Un choque frontal, pues el otro coche se saltó un semáforo en rojo. Maelynn murió en el acto, y el otro conductor, unas horas después, en el hospital.

Kennedy asesinado en su coche; Maelynn muerta por un accidente de tráfico. Un desfile. Un disparo. Un semáforo. El chirrido de unos neumáticos. Tragedias distintas, coches y ciudades diferentes, pero el mismo desenlace.

A Evelyn le tiembla la barbilla mientras intenta no llorar y se apoya en mí. No parece posible que alguien tan llena de vida como Maelynn ya no esté en este mundo. Me aterra que enterarse de esto pueda ser suficiente para que se vuelva a quebrar. Quiero bajarle el volumen a la tele, dar marcha atrás a la bala, detener los coches y congelar cualquier cosa que amenace la serenidad que tanto nos ha costado recuperar.

—Lo lamento muchísimo. —Betty tose, con la respiración entrecortada, y se esfuerza para pronunciar las palabras—. Ojalá nos hubiésemos conocido en otras circunstancias… Tu tía, puede que esto sea un poco sorprendente, pero ella era… Era el amor de mi vida. Y creo que, bueno, me dijo que yo también lo era para ella.

Betty, el hombre misterioso que resultó no serlo.

El amor verdadero que Maelynn por fin había conseguido encontrar.

Evelyn suelta una risa, aliviada, mientras se seca las lágrimas de las mejillas.

—Si te soy sincera, Betty, viniendo de parte de Maelynn no hay nada que pueda sorprenderme.

Esa misma noche, les contamos a los niños lo que le ha pasado a la tía Maelynn. También les hablamos sobre Kennedy e intentamos que comprendan la seriedad de las noticias. Jane llora y se seca las lágrimas con furia mientras le caen. Thomas aprieta la mandíbula con una expresión sombría pero controlada. Violet, quien está cerca de cumplir los ocho, no lo entiende. Me hace muchísimas preguntas cuando la meto en la cama, sobre la muerte y por qué pasa y a dónde va uno y qué implica eso. Son preguntas para las que no tengo respuesta, más allá de unas ideas cristianas difusas sobre el cielo y el infierno, unas estructuras nada firmes con las que nos criaron a Evelyn y a mí y que, al llegar a la adultez, quedaron en el pasado como si de ropa vieja se tratase. Los ángeles y una eternidad llena de dicha sonaban más como una serie de cuentos de hadas que algo en lo que creíamos de verdad, unas ideas que ya nos hubiese gustado que fuesen igual de reales para nosotros como lo era la muerte.

Las preguntas de mi hija me atormentan mientras intento conciliar el sueño.

—¿Cómo es que justo mi madre ha conseguido vivir más que todos los que la rodean? —pregunta Evelyn, a mi lado en la oscuridad—. No me extrañaría que nos sobreviviera a nosotros también.

No digo nada, porque ese es un destino que no le desearía a nadie: seguir en este mundo después de que tus seres queridos ya no estén, continuar viviendo tras haber perdido a quien más amas. Cuánta soledad, qué horrible es tener que seguir despidiéndote y existir en los espacios que ellos ya no llenan con su presencia. No me imagino mi vida sin Evelyn, pues nunca he conocido un mundo que ella no ilumine con su presencia y no querría vivir en la oscuridad que su ausencia dejaría tras ella. Por tanto, esa noche la atraigo hacia mí con más fuerza. La abrazo, como si eso pudiera hacer que nunca se vaya. Aun así, no puedo dormir. El corazón me late desbocado mientras permanezco tumbado y quieto, con el estómago hecho un nudo. Apoyo la cabeza en su pecho y la aferro de la cintura. Ella me acaricia el cabello, me besa la frente y me dice que todo irá bien. Solo que da igual lo mucho que me tranquilice, nada consigue cambiar la verdad que me atormenta.

Que, algún día, yo también la voy a perder.

Algunas noches más tarde, con los niños ya acostados, el comedor preparado para el día siguiente y ya acomodado en mi lado de la cama bajo las mantas, observo a Evelyn prepararse para acostarse. La puerta del baño está entreabierta y ella va en camisón, mientras se cepilla el cabello.

—Estás sobrellevando lo de Maelynn mejor de lo que me imaginaba —le digo. Se ha hecho más fuerte, puedo verlo en su postura, en la longitud de su cuello y en cómo cuadra los hombros. No parece cargar con el peso de su tía a la espalda, como sí hizo con Tommy cuando él murió, hasta que se dejó aplastar por el dolor de la pérdida—. Me temía que fuese a ocurrir lo mismo que la última vez.

—No me queda otra. Antes éramos muy jóvenes y ahora… Los niños nos necesitan y los huéspedes también. No tengo tiempo para venirme abajo.

—Pero aún puedes sentir su pérdida.

—Y lo hago, no creas que no. —Se acerca hasta donde estoy y se sienta en el borde de la cama—. Creía que era invencible. —Los ojos se le empañan por las lágrimas al recordar a la tía que también era su amiga más querida—. Ojalá nos hubiese contado lo de Betty. Jamás la habríamos juzgado. No entiendo por qué creyó que tenía que guardarse ese secreto… No puedo creer que nunca más vendrá de visita, que nunca volveremos a verla.

Betty nos dijo que Maelynn no tenía preparado ningún testamento ni última voluntad. Una parte de mí cree que es porque asumía que nunca iba a morir o porque no le preocupaba lo que podría pasar si lo hacía.

Decidimos que debían enviar su cadáver de vuelta a Boston para el funeral, pues muchos de sus estudiantes la tenían en muy alta estima y querrían despedirse. Betty nos envió los recortes de periódico y se encargó de organizarlo todo. En la carta que nos mandó con la esquela, nos escribió: «No asistiré al funeral, espero que podáis entenderlo. Me despedí de ella el día que murió y no soportaría tener que hacerlo de nuevo. Todos los días me despierto rezando porque todo esto no sea más que una pesadilla».

Se me retuerce el estómago mientras leo sus palabras. Algún día, ese seré yo. O quizás Evelyn. Nadie que se enamore en esta vida la abandona sin haber sufrido.

Oímos que alguien llama a la puerta suavemente, y Violet, enfundada en uno de los camisones viejos de su hermana que le queda bastante largo, se asoma. Hace años que no se pasa por nuestro cuarto después de haberla metido en la cama, quejándose sobre monstruos y fantasmas que acechan en su armario. Sin embargo, estos últimos días parece que la muerte la atormenta en sueños. Doy una palmadita sobre la manta a mi lado, y ella se pone de rodillas y avanza hacia mí para acomodarse entre mis brazos mientras Evelyn apaga la luz del baño y se mete bajo las sábanas junto a nosotros.

—Ay, cariño, ¿otra vez no puedes dormir? —Le acaricia el cabello a nuestra hija, húmedo tras haberse dado un baño.

—Me da miedo tener pesadillas.

—Vale, en ese caso pensemos cosas bonitas antes de irnos a dormir —dice Evelyn, arrimándose hacia mí. La noto relajarse y me inunda una sensación de afecto repentina. Violet me apoya la cabeza en el pecho y no puedo evitar notar lo pequeñita que sigue siendo. Quizás es porque es la menor de la familia, pero siempre me ha parecido más frágil que sus hermanos. O tal vez sea porque siempre parece llevar el corazón a rebosar, como si cargara con las emociones de todos en la casa en su figura menuda.

—¿Qué cosas bonitas? —Alza la vista hacia mí, y le noto los párpados pesados, incluso mientras intenta aparentar que no se está durmiendo.

—¿Qué tal la historia de cuando me enamoré de tu madre?

—Esa me encanta —canturrea, acercándose un poquito más. Evelyn se acomoda a mi otro lado y cierra los ojos. La veo sonreír cuando comienzo a hablar. Violet me interrumpe en los momentos de siempre: suelta risitas cuando menciono el color del vestido de Evelyn y hace preguntas sobre su tío Tommy, lo que conduce a más preguntas sobre la tía Maelynn y lo que significa morir. Le doy respuestas sencillas para tranquilizarla, para acallar mis pensamientos inquietos, hasta que se le cierran los ojos y sus dedos se sacuden levemente sobre mi pecho.

Me deslizo para apartarme de Evelyn, quien se mueve sobre la almohada al notar mi ausencia, y llevo a Violet en brazos hasta la habitación que comparte con Jane. Le echo un vistazo a Thomas de camino y, a oscuras, consigo distinguir el bultito que es su figura bajo las mantas, profundamente dormido. Jane está despierta en la cama, con una linterna, unas tijeras y un periódico. Se ha pasado los últimos días pegada a la tele o sumida en las noticias, cortando y guardando artículos en una caja de zapatos. De su mesita de noche se alza un hilillo de humo y el ambiente de la habitación está espeso con la peste del incienso. Si bien la hemos regañado por encenderlo en su cuarto, esta noche no parece que valga la pena seguir peleando.

Le dedico un asentimiento mientras meto a Violet en la cama. No me mira cuando me siento en el borde de su cama, pues está deslizando la linterna por encima de unas palabras. El rostro de Kennedy aparece poco a poco en la portada bajo el titular «Un presidente que nunca olvidaremos». La esquela de la tía Maelynn está pegada a la pared, cerca de su almohada.

Cada vez está más alta, con sus casi trece años, sus extremidades largas y su rebeldía. No estoy seguro de cuándo empezaron a cambiar las cosas entre ella y Evelyn, pero ambas son cabezotas a más no poder. Solían pasar horas sentadas juntas al piano; al igual que Evelyn a su edad, era el único momento en el que Jane se quedaba tranquila, mientras se enfrentaba a material más avanzado para su edad y maravillaba a nuestros huéspedes asiduos que solían comentar lo grande que se estaba haciendo. Antes le encantaba ayudar con la pensión, conduciendo a los huéspedes a sus habitaciones con las llaves tintineando en su agarre o dando indicaciones para llegar hasta la playa Bernard. Solo que, últimamente, lo que prefiere es estar sola, se pone insolente con su madre y luego se escabulle a su habitación, donde se enfrasca en sus investigaciones sobre la crisis de los misiles de Cuba, la invasión de la bahía de Cochinos o la construcción del Muro de Berlín y devora todos los sucesos actuales conforme estos van ocurriendo.

—Ey, Janey, ¿tienes pensado irte a dormir pronto? —Le doy unos golpecitos en la pierna hasta que, a regañadientes, me devuelve la mirada.

—¿Cómo quieres que duerma? Por si no lo sabías, el mundo se está cayendo a pedazos. —Frunce el ceño, se acomoda la linterna entre las rodillas para que no se le caiga y se pone a recortar la primera página.

—En ese caso, necesitamos descansar para poder lidiar con ello por la mañana.

—Qué gracioso.

—No pretendía serlo. Pero no quiero que te desveles preocupándote por cosas sobre las que no podemos hacer nada esta noche.

—Es que ese es el problema. Nadie cree que pueda cambiar nada y todos seguimos con nuestra vida como borregos. Y es así como todos vamos de camino al matadero.

Siempre me sorprende lo adulta que se ha vuelto, lo cínica y sombría que ha pasado a ser su actitud con tan solo doce años y medio.

—Sé que el mundo parece dar mucho miedo. Y yo también echo de menos a la tía Maelynn, al igual que tu madre. Pero pasarte el día preocupada no te va a ayudar en nada, lo único que hará es que te sientas más indefensa.

—Es que todos estamos así. La tía Maelynn estaba indefensa. Kennedy estuvo indefenso. Y ahora los dos están muertos y ninguno se lo vio venir.

—A veces pasan esas cosas, y no hay nada que podamos hacer más allá de vivir la vida al máximo y albergar la esperanza de estar listos para ello.

Jane deja las tijeras y el periódico a un lado y me fulmina con la mirada.

—Pero la tía Maelynn sí que tuvo una buena vida y por fin encontró a alguien que quería y murió de todos modos. Y el hijo del presidente... Tener que enterrar a su padre con solo tres añitos... El saludo que le dedicó al ataúd... Es que no es justo, papá. —Los ojos se le llenan de lágrimas y tiene que apartar la mirada, con las mejillas sonrojadas.

Se me cierra la garganta al recordar al niño con la manita presionada contra la frente, con sus piernas descubiertas y su abrigo de lana cerrado, un saludo desolador de parte de un pequeñín demasiado joven como para entender lo que estaba haciendo. Un último adiós para un padre que no iba a recordar, cuyo rostro iba a memorizar de fotos, del mismo modo que nuestros hijos jamás conocieron a mis padres y sus historias no son más que leyendas distantes, pues nunca sentirán el calor de su cuerpo al recibir un abrazo de su parte.

—Sé que no. No es nada justo. Pero, así como no podemos controlar lo que pasa en el mundo, tampoco tenemos ningún control sobre cuándo nos marchamos. Lo único que podemos hacer es querer a los nuestros mientras tenemos tiempo. Y eso es todo. —Recojo las tijeras y los recortes de periódico y los dejo sobre su mesita de noche—. ¿Y si paras con esto por hoy? Intenta descansar. Todo parecerá un poco mejor por la mañana.

Asiente y, medio a regañadientes, se desliza hasta tumbarse bocarriba, con su linterna proyectando nuestras sombras sobre la pared. Apaga la luz y tengo que forzar un poco la vista para distinguirla en la penumbra. Me inclino hacia ella para dejarle un beso en la frente, ligeramente sorprendido al ver que no me aparta.

—Sueña bonito, Jane.

—Hasta mañana, papá.

Doy media vuelta para marcharme, pero, antes de que llegue a la puerta, la oigo llamarme.

—¿Papá? —Cuando me detengo en el umbral, continúa hablando—: No pretendo ser siempre tan brusca con mamá. A veces se me escapa, pero me siento mal después. Dile que lo siento, porfa.

—Deberías decírselo tú misma. Te lo agradecerá.

—Quizás. Pero quería que lo supieras, porque no quiero decepcionarte.

—Nunca me decepcionarías, cariño. Y deja que te cuente un secreto.

—¿Cuál?

—Eres idéntica a tu madre cuando era jovencita. Y a tu tío Tommy también. Y ellos dos son las personas que más quería en el mundo. —Se queda en silencio, con las mantas cubriéndola hasta la barbilla—. Aun así, creo que le gustaría oírlo. Significaría mucho para ella si se lo dices.

Cierro la puerta a mis espaldas y vuelvo por el pasillo hasta nuestra habitación, con lo que me percato de que la moqueta que pusimos cuando nos mudamos hace más de una década se ha vuelto más fina y ha empezado a deshilacharse en los bordes. Tendremos que poner otra dentro de poco. Abro la puerta de nuestro cuarto, con el dolor de una larga jornada de trabajo como un peso sobre los hombros. Evelyn está dormida, de cara a su mesita. Por las noches yacemos juntos, con la curva de su cintura presionada junto a mí. Incluso en sueños se ha acomodado para que la abrace.

Sus palabras siguen dándome vueltas en la mente. «Creía que era invencible». Apago la lámpara que sigue iluminándola por encima y me meto en la cama. Me acerco un poco, y Evelyn mueve las caderas hacia atrás para hacer que nos rocemos.

—Buenas noches, Evelyn —le digo, dejando un beso sobre la suave piel de sus hombros—. No sabes cuánto te quiero.

Ella murmura algo también, unas palabras amortiguadas que asumo que quieren decir lo mismo. Cuando una idea entra en mi mente, mi miedo se transforma hasta volverse una promesa silenciosa: *Jamás viviré sin ella. Ni siquiera un día.*

Con eso y su cuerpo junto al mío, una sensación de calma me invade y, por primera vez en mucho tiempo, duermo tranquilo. Duermo y sueño con una vida sin muerte, con una eternidad para yacer con la mujer que amo entre mis brazos.

QUINCE

Evelyn

Diciembre de 2001

Aunque algunos días son buenos, hoy no es uno de ellos. Me paso la mayor parte dormitando en el sofá, con los hombros y el cuello rígidos por el dolor. Cuando me despierto y ya es casi de noche, veo a Joseph leyendo en la butaca.

—¿Joseph? —Alzo la vista hacia él y me limpio las mejillas y los labios, húmedos por la baba.

Él dobla la esquina de su periódico para mirarme y su rostro se arruga por una preocupación que intenta esconder detrás de una sonrisa triste.

—¿Cómo vas?

—Más o menos. Cansada.

—Lo sé.

—Violet me ha preguntado si queremos que se haga cargo de la fiesta de Navidad.

—Qué buena ella.

—No quiero que nadie más se encargue de organizarla —le digo en un hilo de voz por mucho que estemos solos, con el miedo invadiéndome el pecho.

Sabía que todo iba a ser distinto una vez que lo supieran. Incluso mientras intento congelarme a mí misma en el tiempo durante este último año, la imagen que tienen de mí va a cambiar, se irá alterando como mis tomografías cerebrales. Aun con todo, esta es la última Navidad que pasaremos juntos, y no quiero arruinarla más de lo que ya he hecho con la preocupación, con consejos bienintencionados o propuestas de ayuda, con un brazo estirado cada vez que me pongo de pie y miradas compasivas por toda la estancia. Soy su madre, su abuela, no una paciente bajo sus cuidados, alguien a quien vigilar u ofrecerle simpatía. De modo que, por el momento, quiero una última Navidad con mi familia, incluso si es un espejismo de lo que era. Un último recuerdo que me incluya como soy de verdad y no como terminarán viéndome.

Noto los párpados pesados y que el sueño me embarga una vez más cuando Joseph dice:

—Sabes que no tienes que cargar con todo tú sola.

No tengo fuerzas para discutírselo, pues ya no puedo verlo. El pecho se me ha convertido en un ancla que me arrastra hacia las profundidades, donde el tiempo y el espacio dejan de existir, donde el dolor que les causo a los demás desaparece.

El día siguiente es uno bueno. Las ventanas tienen escarcha en los bordes y el día da paso a una tarde grisácea que amerita que encendamos las luces incluso al mediodía, en esta Nochebuena glacial que guarda la promesa de más nieve. Jane tiene la espalda muy recta, mientras que la luz cálida de una lámpara ilumina la superficie resplandeciente del Steinway al que está sentada, sobre su banquito pulido de ébano. Aunque no me mira, noto que está esperando mi señal.

Llevamos meses practicando, pues el concierto será en enero, lo que al principio parecía muchísimo tiempo que esperar y no el suficiente para ensayar, y ahora ya solo nos queda un mes. He practicado por mi cuenta para fingir un progreso más ágil cuando nos reunimos para ensayar juntas, ya que mis manos a menudo no cooperan, escogen los acordes incorrectos, las notas se enmarañan en mi mente, las teclas me parecen demasiado juntas o mis dedos, demasiado largos. Los temblores hacen que me equivoque y me vuelva torpe. Joseph se ha negado a dejar que me rinda, sin importar lo mucho que proteste. Y al final dejé de hacerlo, por muy molesto que sea reconocer lo egoístas que son mis propios deseos, porque necesito el tiempo a solas con Jane. Las tardes disfrazadas como ensayos con el piano que puedo usar para guiarla hacia una verdad sobre su propia vida que, si bien ella conoce, tiene miedo de admitir. Un concierto planeado para mí, pero que conseguirá reunirnos a todos, como pretendía que hiciera. Marcus quedará grabado para siempre en este momento, y ese será el camino que la conduzca hacia él.

Tengo los dedos reposando tranquilos sobre el Baldwin cuando empiezo a tocar, y Jane se suma a la melodía en el Steinway, pero ni siquiera así puedo hacerlo bien. La primera partitura, la que más hemos practicado, consigo tocarla gracias a que mis dedos han memorizado los movimientos, pero, una vez que dejamos esa atrás, trastabillo y no consigo darles a las teclas a su debido tiempo. Jane se detiene y me espera con paciencia entre error y error mientras yo me repongo y lo intento de nuevo.

Una vez más, empezamos desde el principio y vuelvo a ser demasiado lenta. Siento que estoy atormentando la música al debatirme con ella. Paramos, acomodamos las partituras y volvemos a empezar. Las notas vuelan desde la página, pero mis dedos no responden con la agilidad necesaria, como si las señales que envía mi cerebro estuviesen abriéndose paso entre el lodo. ¿En qué estaba pensando al embarcarme en esto? Paramos, acomodamos partituras, volvemos a empezar. Pero voy por detrás. No consigo seguir el ritmo, no puedo hacerlo. Jane me saca ventaja y yo me rompo en pedazos. ¿En qué se convierte una pianista si pierde las manos? Golpeo las teclas con los puños y el estrépito desagradable de mi frustración reverbera por toda la casa.

—No pasa nada, mamá. Aún tenemos tiempo para practicar. Tranquila.

Su paciencia es infinita, se muestra tan comprensiva que casi parece condescendiente, y es una mirada de ánimo que reconozco porque es la misma que yo solía darle cuando era una niña pequeña ofendida porque el piano no soltaba la música que ella quería.

«Aún tenemos tiempo». Pero ¿y si no es así?

—Ojalá tengas razón. —Resigo las teclas y las noto lisas y frías, conocidas y extrañas bajo las yemas de los dedos. Noto su mirada clavada en mí y el aire vibrar por lo que está a punto de preguntarme, cómo me siento, lo cual es una conversación que me tiene bastante harta, así que añado—: ¿Y si descansamos un poco y vemos cómo les va a Violet y a Rain en la cocina?

—Claro. Le dije a Marcus que le guardaría un poco de bizcocho de Navidad.

Me inclino hacia ella, encantada de que lo haya traído a colación.

—Creo que le gustaría más si su bizcochito eres tú, cariño.

—Por Dios, mamá... —Jane se cubre la cara con las manos—. ¿Y todavía te preguntas por qué no lo traigo a veros?

Me encojo de hombros antes de cubrir las teclas del piano.

—Puede que tenga párkinson, pero no estoy ciega... Y él tampoco.

—¿No te basta con que sea una mujer fuerte e independiente?

Me lo dice con picardía, aunque yo no podría hablar más en serio.

—Ser fuerte e independiente no implica que tengas que estar sola. Espero que comprendas eso. —Vacilo un segundo antes de agregar—: ¿Por qué te da tanto miedo darle una oportunidad de verdad a Marcus?

—Ya sabes por qué —contesta ella, cambiando el tono por uno a la defensiva, al haberla tomado por sorpresa.

—Ya no eres la cría que se escapó a California, y Marcus no se parece en nada a ese tipo tampoco. Además, fue tantísimo tiempo… ¿no crees que ha llegado la hora de dejar que tu corazón tome las riendas?

—¡Mira lo que pasa cuando dejas que tu corazón tome las riendas! Miraos a vosotros, renunciando a todo por el otro. Mira a Maelynn. Cuando por fin sentó cabeza, se murió, así de golpe. ¿Crees que es coincidencia?

—Ay, cielo, no puedes creer algo así. —Pese a que parece absurdo tener que refutar algo semejante, no tenía ni idea de que mi hija cargaba con el peso de esa superstición, que se impedía alcanzar la felicidad solo porque era demasiado bueno para ser cierto—. Maelynn fue más feliz que nunca con Betty. Y ella la quería muchísimo, se lo oía en la voz cada vez que hablábamos. Enamorarse de Betty no fue lo que mató a Maelynn. No sabes lo que agradezco que no pasase sus últimos años sola. Y es gracias a ese amor que compartimos tu padre y yo que no tengo problema con enfrentarme a la muerte. Porque he vivido de verdad. Así que ha llegado la hora de que te permitas vivir algo real. Vale muchísimo la pena. De hecho, es lo único que vale la pena.

En la cocina, Violet y Rain se han puesto a preparar un pastel de ángel, y me pregunto si añadí eso al recetario. Debo haberlo hecho, pero no lo recuerdo. Anoté todas las recetas favoritas de la familia y las convertí en un recetario como regalo de Navidad de este año. Llevo meses trabajando en ello. Aunque algunos días mi letra es diminuta, imposible de descifrar, no consigo hacerla más grande, por mucho que me esfuerce. En ocasiones me cuesta recordar: se me entremezclan los pasos y olvido ingredientes. Otras veces lo tengo todo clarísimo, así que escribo todo lo que puedo hasta que necesito darme un descanso. Más veces de las que no, los temblores hacen que mi letra se vuelva ilegible, simples garabatos y patas de araña que enmarañan las líneas rectas. Arranco páginas enteras y los bordes removidos quedan adheridos al lomo del cuaderno.

Me apoyo en la mesa y observo a Violet y a Rain ponerse manos a la obra con la receta. La barriguita de mi nieta ya ha empezado a notarse debajo de su jersey de lana. La forma en la que se mueven una alrededor de la otra es como una coreografía de ballet, sin vacilar en medio de este escenario que podrían navegar con los ojos cerrados. El agotamiento me empieza a embargar, hace que los bordes de mi visión se vuelvan borrosos, pero de momento me siento satisfecha de poder quedarme sentada a un lado, disfrutando de su compañía. Las encimeras cubiertas de harina, los delantales con motivos navideños, el repiqueteo de nuestro paso conforme el fregadero se va llenando de cuencos y tazas medidoras. No estoy segura de cuándo pasó, de cuándo empecé a encontrar la belleza en la domesticidad y a recibir con los brazos abiertos el consuelo que me proporciona. Uno de mis momentos favoritos es cuando meto una cuchara en una mezcla que se está asentando y espero el momento en que mi familia entra en tropel por la puerta, con las mejillas sonrojadas por el frío y los dedos de los pies congelados que necesitan calentar cerca de la chimenea. Las capas y capas de prendas que se quitan en el recibidor, gorros y guantes que se quedan sobre el radiador para que sequen. A veces me pregunto a dónde se habrá ido esa niñita que se pasaba los días en la playa. La que tenía miedo a las alturas, pero que se moría por volar de todos modos. Si se reconocería a sí misma en mí.

Joseph baja las escaleras y se asoma a ver si hay algo a lo que le pueda hincar el diente.

—Qué buena pinta tiene todo, niñas. ¿Cuándo toca comer?

—Hasta la noche, nada. Todos llegarán a las seis. Thomas y Ann incluso se quedarán a dormir. ¡Imagínate! —Le guiño un ojo a Joseph.

—Ah, cómo ha cambiado nuestro hijo.

—Ya, pero sigue siendo un cero a la izquierda en la cocina, por eso le dijimos que venga a las seis —comenta Violet, y Jane asiente, entre risas. Rain mete un dedo en la mezcla y suelta una risita al ver que Joseph la ha pillado con las manos en la masa.

—Abuelo, que tú no has visto nada —le dice, con una sonrisa enorme e inocente.

Me estiro hacia Joseph y él viene a sentarse a mi lado. Me gusta lo ásperas que tiene las palmas de las manos, eso que se ha ganado al trabajar en el jardín. Me encanta observarlo cuando se pone a ello y por fin hace lo que le gusta, con el almizcle de la tierra y el sudor que dejan una estela cuando regresa a la casa. Ojalá pudiese volver a olerlo en su piel. Los médicos me han dicho que es un efecto común del párkinson, un indicador temprano de la enfermedad que se está apoderando de mí. Cómo me gustaría oler el pastel mientras se hornea, ese dulzor con sabor a mantequilla que embarga toda la casa. Aun así, de momento, me basta con saber que está ahí, conmigo aún presente, junto a mis hijas y mi nieta mayor, mientras contemplo su coreografía inconsciente que consiste en deslizarse de un lado para otro, esquivarse entre ellas y rodearse según lo preparan todo.

—Mamá, ¿estás segura de que quieres que te dejemos todo por terminar? Este año podemos saltárnoslo. —Jane me observa, con la preocupación a flor de piel. Van a llevarse a su padre a hacer unas compras navideñas de última hora, una tradición que comenzó hace muchísimo tiempo, cuando la pensión, llena de familias que llegaban al pueblo de visita por las fiestas, daba demasiado trabajo como para dejarlo ir de compras antes de tiempo. Ahora que la pensión ya no está abierta, como acordamos hacer una vez que cumplió los sesenta para poder disfrutar de nuestra jubilación, tiene tiempo para hacerlo antes, pero les gusta pasearse por las tiendas en Nochebuena, todas adornadas con luces y guirnaldas.

—No hace falta. —Niego con la cabeza—. Mezclaré esto un pelín más y lo meto en el horno. Idos tranquilos. —Jane

250

abre la boca para refutar, pero insisto—. En serio, que estoy bien—. Algo dudosos, recogen sus cosas y salen por la puerta en un desfile de bufandas y guantes y chaquetas acolchadas, con la promesa de no tardar mucho.

Una vez que se van, paso la mezcla a un molde. Una hora para que se hornee bien será suficiente, así que anoto la hora a la que se han ido, por si acaso se me olvida. Ese tipo de cosas me han ayudado últimamente, lo que fue idea de Joseph. Él está lleno de ideas para hacer que todo esto se me haga más sencillo. Algunas, como dejarme notitas o etiquetar fotos o hacer listas, son de ayuda. Aun con todo, siento que estoy perdiendo mis palabras.

El batir la mezcla me ha cansado un poco, y necesito descansar para esta noche. Thomas y Ann no tardarán en llegar. Tony se pasará por aquí después de que él y Rain visiten a su familia, y lo mismo con Connor y los niños. Después de mi charla con Violet, he notado ciertos atisbos de la ternura que solía existir entre ellos, al pasarse el platito de la mantequilla en la cena sin que el otro se lo pida o al quitarle al otro una pelusilla del jersey. Si bien el suyo no es un matrimonio sin amor, sé que eso no es lo único que hace falta. Albergo la esperanza de que lo que le conté sea suficiente, de que lo perdida que me sentía en su momento pueda proporcionarle una certeza, un camino para volver hacia él. Doy las gracias por que mi hija y yo seamos distintas en ese sentido; a ella se le puede guiar y aconsejar, su perspectiva puede cambiar a través de una conversación y puede aprender gracias a las experiencias de los demás. Jane, por el contrario, se parece más a mí. Nadie podría habernos advertido ni salvado de cometer los errores que cometimos. Teníamos que ver cómo nos sentíamos al huir.

Jane, quien sigue sin hacerme caso. Quien no quiere invitar a Marcus a pasar las fiestas con nosotros ni admitir que están saliendo. Quien seguirá el camino más largo y peliagudo solo para decir que ella solita ha conseguido hacerlo. Lo conocimos hace años en el estudio de noticias, pero incluso en ese intercambio tan breve,

Jane se las arregló para que nos quedáramos y lo viéramos grabar su segmento, y él la buscó entre la multitud no bien las cámaras dejaron de grabar, hasta que sus miradas se cruzaron y el rostro de ambos mostró una sonrisa de afecto. Él nos saludó con entusiasmo y mostró un interés sincero por nuestros planes para comer, mientras que los dos parecían vibrar en la misma sintonía, como si un magnetismo los atrajera hacia el otro.

Mi hija habla tanto de él que ya he conseguido hacerme una idea general de cómo ha sido su vida: su infancia con un montón de hermanos en Roxbury, los años que pasó como corresponsal de guerra, que nunca ha estado casado, pues siempre se ha centrado en el trabajo y en los viajes en los que lo llevaba. Sin embargo, necesito conocerlo a él y que él nos conozca a nosotros. Será algo importante para Jane… más adelante. No quiero que espere tanto como hice yo, como hizo Maelynn, para darse cuenta de que querer a alguien no implica perderse a una misma, que puede ser un motivo para ser más, en lugar de menos. Ojalá tenga tiempo suficiente para hacérselo ver.

Aún quedan cuarenta y seis minutos en el temporizador. Los segundos se alargan, y yo sigo cabeceando, pero lo entenderán. Solo que no puedo olvidar el pastel. No puedo echar a perder su postre favorito. Aunque eso también lo entenderían. Prácticamente no hay nada que pueda hacer ya que no pueda ser excusado, que no haga que me mimen, como si fuese una niña pequeña que no puede evitar meter la pata. Pero no puedo hacer eso, no en esta última Navidad. Tengo que permanecer despierta. Intento concentrarme en mis ideas más concretas, en Joseph. En su cabello plateado, en la uña de su pulgar que se partió por el centro debido a un martillo que se desvió, en su complexión sólida como un roble. Me inunda la culpabilidad al pensar en mi casi huida a Boston, en los años que casi me perdí, cuando ahora lo único que quiero es más tiempo de nuestra vida juntos, tal como eran las cosas antes. Pienso en nuestro plan, en todo lo que abandonaremos y en las discusiones que hemos tenido al respecto. Yo, insistiéndole en que no puede hacer eso; él, convencido de que no podría soportar una vida solo y de que mi decisión define la suya. Mi decisión, una imposible e impensable. Solo que la alternativa es otro tipo de perdición, una lenta, debilitante e inexorable. La muerte no es el único modo de morir. Claro que en una noche como esta, cuando hay nieve que acaba de caer y un pastel en el horno, parece que no tendría que haber sido yo quien decidiera algo así.

Termino sumiéndome en un sueño profundo de tanto pensar. Me despierto de sopetón, asustada al oír un pitido y una puerta al abrirse, con lo que la casa se llena del zumbido de las voces y el sonido de los pasos. Entonces lo recuerdo: mi familia está en casa. ¿El pitido ese viene del horno? ¿Es que he preparado algo? Me abruma el cansancio, pero me resisto a volver a quedarme dormida. Es un día de celebración. De alguien o de algo. Ah, ya lo recuerdo. Es mi familia la que está en el vestíbulo, en el salón y pasando por la puerta batiente hacia la cocina. Y yo tengo que estar presente.

Connor se adentra en la cocina, seguido de cuatro pelirrojos. Patrick larguirucho y casi un adolescente, Ryan con una barba incipiente que bien podría ser un intento de dejársela crecer o un simple descuido por su vida de universitario. Shannon, tan vivaracha y llena de confianza en sí misma, con la misma figura menudita que Violet, y... ¿quién es la última? La hija mayor con unas pecas casi invisibles por el invierno, con su carita redondeada y espíritu alegre. Me estrujo el cerebro en busca de detalles, de alguna... pista. ¿Está en la universidad o ya se ha graduado? ¿Dónde vive? Tengo la mente en blanco, llena de pánico, mientras busco con desesperación un nombre que no me viene a la cabeza. Me obligo a sonreír al verlos entrar. Estamos celebrando algo. Nochebuena, eso es. Es Nochebuena.

—Mamá, ¿se está quemando algo? —Violet corre hacia el horno, que no deja de soltar pitidos, abre la puerta de un movimiento y el humo lo inunda todo—. Ay, no.

253

El pastel. El pastel. Me he olvidado del pastel. Violet lo lleva hasta la encimera, con la parte de arriba chamuscada. Connor abre la ventana que tiene más cerca y el aire frío entra de sopetón.

—Lo... Lo siento —digo, con un nudo en la garganta y los ojos anegados en lágrimas—. Creía que... —Pero no puedo obligarme a terminar la oración.

Violet se vuelve hacia mí y me devuelve la mirada, con lo que se percata de mis lágrimas.

—Ay, mamá, no pasa nada. Podemos raspar lo de arriba y ya está.

—No, tíralo. Lo he estropeado —le digo, con las mejillas encendidas por la vergüenza.

—Molly, pásame un cuchillo. —¡Molly! Molly, quien trabaja en Providence y anoche tomó el tren para venir hasta aquí. Claro. Violet me dedica otra mirada llena de lástima—. Mamá, en serio, que no pasa nada.

Molly me rodea con un brazo.

—De verdad, así tenemos una excusa para ponerle más nata montada.

Más tarde, llega la hora de abrir regalos y contar historias al lado de la chimenea. Del ponche de huevo y de las galletitas con forma de Papá Noel, muñecos de nieve y campanas de Navidad. Jane toca *Have Yourself a Merry Little Christmas* en el piano, y es como si me transportase al pasado, cuando Joseph y los niños me sorprendieron al tocar esa misma canción.

—Yo tengo un regalo más que daros —anuncio, una vez que la celebración se ha calmado un poco y todos están despatarrados sobre los sofás y el suelo. De una bolsa grande de regalo saco una pila de paquetes envueltos y le hago un ademán a Ryan para que los distribuya entre los nietos, así como otro para Jane, Violet y Thomas—. Me llevaron bastante tiempo y no son perfectos —divago un poco, conforme empiezan a rasgar el papel, con la esperanza de que sea suficiente, de que darles algo a lo que aferrarse, algo que conservar y con lo que puedan recordarme, baste para compensar todo lo que les estoy arrebatando—. He tenido que arrancar unas cuántas páginas, pero bueno, ya lo veréis.

Solo se oye el papel al romperse hasta que lo único que queda es el silencio. Rain, Molly y Shannon, sentadas juntas en el sofá, se inclinan sobre los recetarios, dándose la mano.

—Abuela, es… —empieza Rain—. No puedo creer que hayas hecho esto por nosotros. —Ann y Thomas están sentados juntos, hojeando las páginas con cariño.

—Mamá, es increíble —dice Violet, sorbiéndose la nariz—. ¿Cómo…? ¿Cuándo…?

—Ay, no, Vi, ni se te ocurra leer lo que pone en la primera página —advierte Jane, en broma, mientras se seca unas lágrimas que se le han escapado. Dentro de cada recetario, reza: «Que estas recetas siempre os hagan sentir como en casa y llenos de alegría y que también os recuerden los días que pasamos cocinando y disfrutando de una comida todos juntos cerca del mar».

Me encuentro tumbada en la cama por la noche, totalmente despierta mientras Joseph duerme a mi lado. El reloj de mi mesita anuncia que son las tres de la madrugada. Oficialmente ya es Navidad. Unos destellos de años pasados cruzan por mi memoria: unos piececitos descalzos corriendo por el pasillo, unos cuerpos pequeñitos acurrucándose en todos los espacios disponibles entre Joseph y yo, con la felicidad y la magia de la Navidad en la mirada de cada uno. El ambiente está frío, y tengo la nariz congelada al tenerla descubierta, pero el calorcito bajo las mantas es lo bastante acogedor como para invocar el sueño más profundo. Solo que este me evade; me atormentan los fallos de mi mente. El pastel, el nombre de Molly. ¿Qué más voy a olvidar? ¿Qué pasa si los recuerdos no vuelven a mí en unos cuantos segundos? Aun así, la alegría de algo tan simple como hornear un pastel con mis hijas, de todos los abrazos mientras entraban por la puerta... ¿cuántos años de esto me voy a perder? ¿Cuántos años le voy a quitar a Joseph? Él podría vivir más que yo. O yo más que él. Así son las cosas cuando no tienes un plan. Cuando no huyes.

Memorizo la forma en que se le separan los labios, sus respiraciones lentas y fuertes. Cuando éramos unos recién casados, él solía dormir bocabajo y yo me acurrucaba contra él. No supe valorar el modo en que nos abrazábamos al dormir sin hacer mayor esfuerzo, hasta convertirnos en una única figura. Ahora él duerme de espaldas, con unos mechones ralos pegados a la parte de arriba de la cabeza. Pese a que sigue teniendo los hombros anchos, se le han vuelto más frágiles y delgados. Ansío acurrucarme a su lado, pero esta noche, como muchas otras, me duele demasiado el cuerpo como para contorsionarme así junto a él. Lo que quiero es tener una última vez nuestros cuerpos jóvenes y ágiles. Las mañanas en las que nos despertábamos abrazados y dejábamos que las horas fueran pasando hasta que se hacía de tarde. A pesar de que se ha vuelto más difícil estos últimos años, seguimos haciendo el amor cuando podemos. Me asusta lo que será nuestra última vez juntos, porque no tendremos cómo saberlo, no en el momento. No tendremos cómo aferrarnos a ello del modo que me gustaría.

Sin embargo, de momento solo estamos Joseph y yo, y esta madrugada en esta última Navidad. Con la nieve cayendo suavemente en el exterior y el calor de su cuerpo junto al mío, este instante tiene toda la magia que necesito. Me estiro para tomarlo de la mano e, incluso en sueños, sus dedos se aferran a los míos.

Sé que estoy corriendo, solo que no estoy segura hacia qué. Mi única esperanza es que, sea donde sea, algún día y de algún modo, podamos encontrarnos de nuevo.

Me acerco un poco a mi mesita, enciendo la lámpara y saco una libreta del cajón para escribir una vía de escape, un modo de evitar esta promesa a la que él solito se ha comprometido.

Porque lo único de lo que estoy segura es de que no puedo dejarlo seguirme.

No puedo hacerlo con él a mi lado.

DIECISÉIS

Joseph

Mayo de 1969

Evelyn está frente a la encimera, batiendo huevos y dándole instrucciones a Violet para que tamice la harina mientras yo intento arreglar la cocina de gas, pues la llama piloto se ha estropeado. Violet parlotea según va extendiendo la corteza de la tarta que haremos para conmemorar el Día de los Caídos.

—Todavía necesito un vestido nuevo, no pienso ponerme ninguno viejo de Jane.

Con trece años, ha empezado a resistirse a su papel como hermanita menor de Jane: ya no quiere ponerse ropa heredada y la habitación que comparten es motivo de descontento de ambas.

Al saber que su madre se queda en casa marchitándose todo el día cuando no está con nosotros, Evelyn la ha invitado a que nos ayude con las preparaciones. La señora Saunders, apoyada en la encimera, observa con ojos entornados la técnica culinaria de Violet.

—No la estires tanto que se va a romper.

Thomas, con quince años, está sentado a la mesa estudiando para sus exámenes finales. Es lo que hace siempre, al igual que irse a dormir a una buena hora para poder despertarse temprano y salir a correr, pues lo único que quiere es alistarse en la fuerza aérea y convertirse en piloto de combate. Si bien lo animamos a que pase tiempo con sus amigos o a que invite a alguna chica a salir, él insiste en que tiene que concentrarse. Y no sé qué hacer. He estado en la guerra. Sé lo que puede hacer, lo que implica de verdad. Pero es lo único sobre lo que mi hijo habla con entusiasmo, lo único sobre lo que conseguimos hacer que opine estos días, y no me veo con ánimos de apartarlo de la idea.

Jane abre la nevera y llena la encimera de una variedad muy extraña de ingredientes con los que hacerse un bocadillo. Estos últimos meses, las cosas han estado particularmente tensas entre ella y Evelyn. Jane odia tener que volver a casa a cierta hora y bajarle el volumen a la música, así que se encierra en su habitación la mayor parte del día para escuchar las noticias en la radio. Vuelve a casa apestando a cerveza y murmurando incoherencias y se escapa de nuevo después de que le hayamos prohibido salir de casa. Sé que la mayor parte de su comportamiento no es más que la clásica actitud de adolescente y, siendo sinceros, ella y yo siempre hemos tenido una buena relación; es muy lista, saca buenas notas y es independiente como su madre, por lo que estoy convencido de que será capaz de tomar buenas decisiones al final.

Solo que, hace poco, Jane ha anunciado que quiere tomarse un año sabático antes de ir a la universidad y pretende mudarse a Boston en otoño, después de cumplir los dieciocho. Piensa alquilar un piso a medias con una amiga e intentar encontrar un trabajo en un periódico o estación de radio. Según ella, es para adquirir un poco de experiencia de vida antes de matricularse en alguna universidad. La idea no nos entusiasma, la verdad; estábamos seguros de que a Jane le haría ilusión empezar la universidad, por lo que habíamos ahorrado para pagarla, pero sabemos que no podemos presionarla. Aun así, a Evelyn le cuesta dejarla ir, a sabiendas de que, en unos pocos meses, nuestra hija cometerá errores al no contar con la seguridad de nuestra protección. Anoche se pusieron a discutir por la graduación de Jane y, cuando las encontré, ambas estaban gritándose desde la puerta de sus respectivas habitaciones.

—Es una estupidez y una pérdida de tiempo —dijo Jane, aferrándose al marco de su puerta e inclinada en dirección a su madre—. Me darán el diploma vaya a la graduación o no.

—Eso da igual —contrapuso Evelyn, en voz baja y amenazante, con los brazos cruzados—. Te has esforzado mucho para conseguirlo y, en lugar de ir, ¿qué harás? ¿Saldrás a emborracharte con tus amiguitos?

—¡Que no pienso ir! —chilló Jane—. ¿Es que no sabes lo que está pasando en el mundo? Tú y todos los demás solo os concentráis en lo que no importa.

—Lo que le pase al mundo no tiene nada que ver contigo ni con esta conversación. Tienes muchísimo potencial y…

—¡Justo de eso estoy hablando! Te importa una mierda lo que pase de verdad, siempre ha sido así.

—¡Jane, ya basta! —exclamé, al llegar tarde a la discusión, mientras nuestra hija cerraba de un portazo y Evelyn se metía hecha una furia en nuestra habitación. Cuando nos fuimos a dormir esa noche, vimos que faltaba dinero del bolso de Evelyn, que las ventanas de la habitación de Jane estaban abiertas y que su cama estaba vacía. Si bien quiero hablar del tema, sé que regañarla enfrente de todos, en especial de su abuela, solo empeoraría las cosas.

—La verdad es que tenemos algo que contaros. Thomas, Jane, ¿estáis escuchando?

Thomas alza la vista de sus deberes y se compromete a prestar atención, aunque sin decir nada.

—Sí, más o menos —murmura Jane, con la cabeza aún metida en la nevera.

—Hemos contratado a alguien para que nos ayude con la temporada alta. Así podéis disfrutar de vuestra adolescencia y todos podemos pasarlo bien este último verano antes de que Jane se marche. —Evelyn pronuncia las palabras, el intento de hacer las paces que habíamos planeado hace semanas, pero lo hace con voz afilada, pues no ha olvidado el incidente de los diez dólares que desaparecieron misteriosamente de su bolso.

—¿Qué dices? ¿A quién? —pregunta Jane, con la boca llena por el bocadillo.

—Se llama Sam y está estudiando Derecho en Yale. Mandó su solicitud por medio del profesor Chen, ¿os acordáis de él? —Los niños la miran con expresiones en blanco—. Pues deberíais, ha sido un huésped de la pensión durante años... En fin, que ha organizado un programa de recomendaciones por todo el estado como un medio para conseguir créditos y nos preguntó si queríamos participar. Un estudiante trabajaría con nosotros a cambio de alojamiento y comida y al final escribe una redacción o yo qué sé sobre el tiempo que ha pasado aquí. No estoy muy segura de cómo va la cosa. Lo único que sé es que es una ayuda extra. Sé que todo será un pelín distinto, pero tenemos la esperanza de que nos libere un poco, de que nos dé más tiempo para pasar en familia, dado que es nuestro último verano todos juntos —dice Evelyn, casi sin poder contener su entusiasmo—. Empezará a trabajar el Día de los Caídos.

Jane mastica lo último que le queda del bocadillo antes de hablar.

—¿Habéis contratado a un desconocido para que viva aquí con nosotros sin habernos dicho nada? Pues mira, qué bonito. Muy considerado de vuestra parte. —Suelta su plato en el fregadero con un movimiento brusco—. Estaré en mi habitación.

—Jane... —la llamo, pero ya está escaleras arriba y la única respuesta de su parte es el portazo de su habitación.

Sam empieza a trabajar ese mismo lunes. Viene en tren desde New Haven, y yo lo recojo en la estación. De camino a casa, me cuenta que es de Madison, Wisconsin, y que tiene muchas ganas de pasar un verano en la playa. Es delgado, de un modo que sugiere que nunca ha tenido que trabajar mucho precisamente, y tiene los músculos de los brazos poco definidos bajo su camiseta blanca, pero viene con una gran confianza en sí mismo y algo extra, algo que da a entender que se podría defender a la perfección en una pelea. Intercambiamos historias mientras conduzco, le cuento que mi familia lleva encargándose de la pensión desde hace varias generaciones y él, que ha pasado los últimos veranos en distintos lugares del país, buscando nuevas experiencias en aras de adquirir nuevas perspectivas y vivir un poco dentro de lo que le permiten las exigencias de sus años de estudio.

—El verano pasado trabajé cerca del río Misuri, intentando ver lo que vio Mark Twain cuando estuvo allí trabajando en unos barcos a vapor. Él también es de Hartford, ¿sabe? Crio a su familia aquí en Connecticut. Me leí todos sus libros mientras estuve por allí.

Lo dice como si nada, sin ápice de soberbia, y su sonrisa tranquila me recuerda a alguien, solo que no sé a quién. Quizás a Tommy, aunque no exactamente, la cuestión es que hace que crea que lo conozco, sea como sea. Tiene un rostro atractivo, se mire por donde se mire, como magnético, y una parte de mí se lamenta por no haberlo sabido antes, para así no llevarlo a casa, donde viven mis hijas adolescentes. Va recostado en el asiento del copiloto como si el coche fuese suyo, como si fuese lo más natural del mundo estar aquí, con un codo apoyado en la ventana abierta. Cuando doblamos en dirección a la playa Bernard, dice:

—Ya veo por qué nunca ha querido mudarse. —Y me cae bien de inmediato.

Evelyn y Violet están colgando unas serpentinas rojas, blancas y azules en el porche cuando nos oyen llegar, y unas cuantas mesas cubiertas con manteles blancos salpican el jardín, coronadas con unas jarras de limonada y té helado, así como unos mazos y aros de críquet esparcidos por el césped. Sam saca su equipaje del maletero y alza una mano en forma de saludo al ver que ambas nos dan el alcance en la entrada.

—¿Han hecho todo esto solo para darme la bienvenida? —bromea, guiñándole un ojo a Violet antes de estrecharle la mano a Evelyn, unos segundos más de los necesarios. Mi hija suelta una risita mientras se enrosca el cabello y se acomoda el dobladillo de su vestido de verano, y de pronto me parece más mayor de lo que es en realidad, encantada al recibir un ápice de la atención del recién llegado.

—¿No es así como se les da la bienvenida a los nuevos empleados en todas partes? —dice Evelyn, haciendo un ademán a los preparativos de la fiesta—. Ay, nos vas a perdonar, es que no lo hemos hecho nunca.

Sam suelta una carcajada sincera.

—Este lugar supera con creces cualquier otro en el que he trabajado, en serio —contesta, sin apartar la mirada de Evelyn.

Y no puede ser que mi esposa se esté poniendo colorada por el comentario, con un sonrojo que le llega hasta el pecho. Me debato conmigo mismo por si debería decir algo, advertirle que se ande con cuidado, pero no, deben ser imaginaciones mías. Seguro que no lo ha dicho con esa intención, porque ¿quién sería así de atrevido en su primer día de trabajo? No ha sido nada más que un cumplido inocente, una referencia a la playa, a la fiesta, a este precioso día de verano. Un desconocido que nos han encasquetado en nuestro santuario y que nos saca un poco de cuadro. Nada más que un chaval. Quizás un poco demasiado guaperas, acostumbrado a un mundo de puertas abiertas en el que a las mujeres se les puede hacer sentir bellas con una sola mirada.

Lo hacemos pasar y nos encontramos con Thomas estudiando, encorvado sobre la mesa. Sam ladea la cabeza para leer el lomo de los libros.

—Uf, teoremas geométricos… Cómo los odiaba. Hasta que me di cuenta de que era como ganar un debate, bastante similar a lo que hago ahora, a decir verdad. Es decir algo y sustentarlo, frase a frase, hasta que nadie puede llevarte la contraria. —Thomas alza la vista hacia él, con una ligera sonrisa en los labios—. Soy Sam, por cierto. Perdona la interrupción.

—No pasa nada. Yo también... También lo veo así como dices. Qué curioso. —Thomas deja su lápiz a un lado—. Soy Thomas.

—Avísame si necesitas un compañero de estudios, yo encantado de echarte una mano. Aunque, por lo que veo —añade, tamborileando los nudillos sobre las cubiertas de los libros—, creo que lo tienes todo bajo control.

—Gracias, lo tendré en cuenta —contesta mi hijo, con lo que concluye la conversación más larga que cualquiera de nosotros haya tenido con él en varias semanas.

Le mostramos rápidamente la pensión a Sam, con Violet encabezando la marcha, y le damos tiempo para que deshaga la maleta y se ponga cómodo en su habitación. Violet se va a seguir montando unos centros de mesa hechos de madera y caracolas, y nosotros volvemos a la cocina a cortar tomates y picar lechuga para las hamburguesas que serviremos después.

—¿Cómo puedo ayudar? —pregunta Sam al volver, conforme Jane baja las escaleras sin muchas ganas con una camiseta corta que hace que enseñe demasiado la tripa. Cuando llega al rellano y lo ve, se detiene en seco.

—Ya que estamos, te presento a Jane, nuestra hija mayor. ¿Podéis ir fuera y acomodar las sillas? —propone Evelyn, tomándome por sorpresa. Me preparo para las quejas de Jane, cruzando los dedos para que no nos pongamos a discutir frente a Sam, al menos no en su primer día.

—Vale. —Jane acepta sin rechistar, lo que me descoloca por completo, y Sam sale con ella por la puerta trasera.

—¿Crees que es buena idea? —pregunto, sin apartar la vista de esos dos mientras Jane lo conduce hasta el cobertizo.

—Sam está en la universidad. Quizás él pueda hacer algo para convencerla que nosotros no. —Un beneficio de esta ayuda temporal en el que no había caído, pero que claramente

Evelyn ya había tenido en cuenta. Los observo mientras seguimos cortando las verduras, a Jane echando la cabeza hacia atrás al soltar una carcajada, un sonido que casi ni recordaba proveniente de ella, conforme ayuda con los preparativos para una fiesta que le dará la bienvenida al verano. El último que pasará con nosotros. Sam gesticula muy animado mientras van montando sillas plegables, las cuales están tan rígidas como todo el resentimiento que alberga nuestra hija en su interior, y las van acomodando una a una, abiertas bajo el sol.

Nos acostumbramos a la rutina más rápido de lo que habría imaginado. Sam y Evelyn se encargan de la mayor parte de las tareas de recepción, de las entradas y salidas de los huéspedes, mientras que yo trabajo dentro de casa, recojo habitaciones y me pongo con proyectos que había estado posponiendo. Los huéspedes que suelen quedarse con nosotros y con los que me cruzo en los pasillos me dicen lo maravilloso que les parece Sam, lo mucho que los ayuda y que siempre los recibe con una sonrisa. Contratarlo consigue lo que habíamos buscado, pues tenemos una carga de trabajo muchísimo menor, pero es que no solo contamos con la ayuda del nuevo empleado. Jane corta melones junto a Evelyn en la cocina, pasa el rato en recepción contestando el teléfono, anotando mensajes y conversando con Sam. Violet, enamoradísima, aparece por todos lados, como si estuviera anticipando lo que Sam pudiese necesitar: para mostrarle cómo abrir el pomo de la puerta del armario de la ropa de cama cuando se atasca, dónde guardamos el calendario de 1970 para los huéspedes que quieren volver a hospedarse con nosotros el próximo verano y cómo doblar correctamente una sábana bajera. Thomas hasta se pone a cortar leña cuando ve que Sam está en ello, y, a hurtadillas, lo oigo hacerle preguntas sobre Yale, sobre sus clases y profesores, sobre cómo es vivir en el campus. No haber ido a la universidad nunca ha sido algo que me molestara. Sé cómo encargarme de la contabilidad, pero Sam hace que la experiencia parezca un despertar, al aprender más sobre uno mismo en lugar de solo lo que sale en los libros, ese conocimiento profundo que siempre he envidiado en Evelyn y en Tommy. Por primera vez en la vida, siento que el arrepentimiento hace mella en mí al no haber tenido esa oportunidad.

Un par de manos extra durante el verano se convierte en cuatro con la participación inesperada de nuestros hijos, y pasamos a contar con más ayuda de la que necesitamos, al no haber tanto que hacer en una pensión de la que normalmente nos encargamos solo dos personas. Organizamos barbacoas para los huéspedes y los vecinos, y el jardín entero se llena del aroma tentador del humo y la carne. Sam le enseña a Evelyn cómo marinar muslos de pollo con una mezcla de especias Cajún, algo que aprendió en Nueva Orleans, y a todos nos pica la lengua. Cargamos con las tumbonas sobre la cabeza hasta la playa cuando la marea está baja y nos acomodamos en los bancos de arena hasta que el agua nos llega hasta las rodillas. Cenas compuestas por almejas al horno y langostas con mantequilla dan paso a fiestas en las que todos terminan bailando y las parejitas se escabullen hacia rincones oscuros de la playa para estar a solas. Las mañanas siguientes están llenas de dolores de cabeza y recuerdos borrosos teñidos de vergüenza. Encendemos fogatas en la arena hasta bien entrada la noche, y nuestras voces se oyen hasta la Roca del Capitán. Compartimos carcajadas y alcohol a la luz de unas llamas chisporroteantes, con el rostro iluminado tanto por la luna como por el fuego, y las olas llenas de espuma se mecen en la oscuridad.

Una tarde, Evelyn y yo estamos tumbados bajo un cielo salpicado de nubes. Jane empuja a Sam bajo el agua en una zona donde ya no hacen pie y cuando vuelven a salir se ha acomodado sobre sus hombros para retar a Violet y a Thomas a una pelea a caballito. Violet, quien no es rival para Jane, termina cayendo muy rápido y de forma estrepitosa, por lo que, tras intentarlo un par de veces, vuelve a la superficie escupiendo agua y con la respiración entrecortada y anuncia que ya no quiere jugar más. Regresa a la playa toda enfurruñada y se envuelve con una toalla.

Sam convence a Evelyn para que ocupe su lugar y la coge de las manos para tirar de ella y hacer que se ponga de pie. Jane se queja por tener que subirse a los hombros de su hermano, pero Sam le asegura que es justo que cambien de equipo. Evelyn se vuelve para mirarme, meneando la cabeza como si no le quedara otra opción, pero lo hace entre risas y no opone resistencia.

Juntos en el mar, Sam se sumerge para poder levantarla, y aunque Evelyn le enrosca las piernas alrededor de los hombros solo por un instante, me sobrepasa la intimidad de aquel gesto. Aquellas partes de Evelyn que solo yo conozco presionadas contra su nuca, con su traje de baño chorreando, todos mojados, con la piel descubierta y la fricción de cada movimiento, hasta que Jane la hace caer. Mientras los observo desde la orilla, noto una presión en el pecho que no sé explicar.

Evelyn

Sam entra en la cocina sin camisa, con el pelo húmedo tras haberse dado un chapuzón matutino. Estoy preparando el café para los huéspedes, mientras mis hijos siguen dormidos en sus habitaciones y Joseph se ha ido al pueblo a buscar pintura para arreglar el porche que se está descascarillando.

—Ah, café —dice, acomodándose a mi lado, mientras sostiene una taza con un gesto agradecido, pues soy su salvadora con una cafetera recién hecha. Huele a sal y a sudor y está tan cerca que noto que me roza con los vellos del brazo.

Retrocedo un poco, al ser demasiado consciente de su cuerpo.

—Pero si eres tú el que estuvo preparando *whiskey sours*.

El verano que estamos pasando con Sam es completamente distinto a cualquier otro. La libertad que nos otorga el haber contratado a alguien es como una válvula que hemos mantenido muy ajustada todos estos años y que, finalmente, se suelta un poco. Un instrumento que por fin ha sido afinado. La facilidad que surge al delegar tareas que había asumido erróneamente que solo nosotros podíamos abordar. Nuestra temporada más alta está pasando en un abrir y cerrar de ojos, sin problemas, y ninguno de los dos estamos tan ajetreados que casi llegamos al punto de explotar. Disfrutamos de la novedad renovada de visitar la playa Bernard en julio, sin tener que volver a toda prisa, sin sentirnos culpables por todo lo que no estamos haciendo. Entremezclo momentos de dicha con mis tareas diarias: disfruto de unas rodajas de sandía en el porche, paseo sola por la orilla al amanecer cuando el cielo se torna de color rosa, como siempre imaginé, pero como nunca pudo ser. Hasta Jane ha cambiado, la vemos más y sin estar siempre a la defensiva. La carga del trabajo que nos espera cada mañana ya no está ahí, y eso nos ha dado la posibilidad de ser irresponsables, espontáneos, al menos por una vez en la vida, a sabiendas de que no somos los únicos en control del navío. Ha hecho que deje de resistirme, que ya no me aferre con desesperación a todo aquello que está fuera de mi control, hasta dejarme los nudillos blancos por la fuerza. Que pueda disfrutar de las noches en lugar de tener que acostarme temprano, que pueda ser temeraria y sentirme joven. Ser joven, en realidad, y recibir con los brazos abiertos esa sensación infantil de que el verano es infinito, de que puedo permitirme disfrutarlo.

—Es que un hombre ha pisado la Luna. —Me dedica una sonrisa y, una vez más, acorta la distancia entre nosotros—. Teníamos que brindar por eso.

Con Walter Cronkite en la tele, emitieron una transmisión que duró veintisiete horas. Vimos unas imágenes granulosas en el salón, con las ventanas abiertas para que nuestros vítores y chillidos escaparan hacia el exterior, mientras el aire pegajoso del verano se colaba en casa. Servimos muchas copas, pusimos música y casi ni podíamos oír las novedades por encima del escándalo, de modo que de vez en cuando alguien debía mandar a callar a los demás hasta que se volvía a desatar un desmadre de carcajadas y copas al chocar. Neil Armstrong con su traje espacial, la bandera americana ondeando como si una brisa estuviera soplando y un astronauta que había conseguido lo impensable. Un ser humano, como todos nosotros, había caminado en la Luna. El futuro parecía no tener límites, al ya no estar restringido por el cielo. El mundo volvía a ser un lugar lleno de magia y misticismo.

—Es difícil de creer —comento, volviéndome para apoyar la espalda contra la encimera y mirarlo a la cara.

—Ah, venga ya. —Da un sorbito a su taza, sin apartar la mirada de la mía, y parece que me reta, que me lee, que me ve de un modo que resulta un tanto perturbador—. Si sabíamos que solo era cuestión de tiempo.

—Bueno, sí. —Pretendo indiferencia, como si fuese una experta—. La NASA lleva su tiempo trabajando en ello. —Busco algún dato específico que soltar, algo que demuestre que no soy tan impresionable, que llegar a la Luna no es más que una nota al pie en una larga lista de hitos increíbles que he presenciado—. Iba a pasar tarde o temprano.

—Exacto —asiente, entre risas—. Aunque, joder, Evelyn, sí que es difícil impresionarte. —Y entonces vuelve a cambiar el juego, pues las conversaciones con él son como un partido de tenis en el que siempre intento dar la talla—. Algunos ya ni tendríamos que hacer el esfuerzo. —Me guiña un ojo, y el estómago se me llena de mariposas—. Voy a darme una ducha, si me necesitas ya sabes dónde me tienes.

El calor que noto entre las piernas me toma por sorpresa, al imaginarlo desnudo bajo el chorro de agua, esperándome. De inmediato, aparto la imagen de mis pensamientos. Bien podría ser su madre, y él le habla igual a todo el mundo. Lo he visto hacer sonrojar a señoras mayores, a unas huéspedes que llevan toda la vida quedándose con nosotros y que se pasan por recepción para preguntarle cómo llegar a la playa o para pedirle toallas extra que no piensan usar. En fiestas con fogatas, comparte las historias de las mujeres con las que se ha acostado, pasada la medianoche y sobre las ascuas remanentes, no como un alardeo de sus conquistas sino como una invitación para imaginarlo en el acto. Para que me imagine a mí misma en tales historias, lo que sentiría al experimentar con un cuerpo distinto, sudoroso y pegado contra el mío.

Me recuerdo que Sam solo tiene veintitrés años y que así es la gente hoy en día, más liberal en cuestiones de sexo que lo que nuestra generación jamás ha sido, promiscuos al contar con la protección de las pastillas anticonceptivas y sin que les dé apuro contarlo. Es algo a lo que tenemos que acostumbrarnos y ya está.

Entonces, ¿qué hace que me sienta ansiosa por bajar las escaleras, que espere que esté despierto y pillarlo solo para deleitarme en la calidez de sus atenciones? Nuestras conversaciones me tienen cuestionándolo todo, hacen que me quede despierta, dándoles vueltas y más vueltas a mis respuestas, a lo que pude haberle dicho, a las distintas formas en las que podría haberme acicalado para pavonearme un poco. Cómo me suplica que interprete alguna canción desde que descubrió que toco el piano, pues es algo que nos gusta a ambos.

—Podría oírte tocar todo el día —me dijo una vez en voz baja, mientras cruzaba el estudio, como si este pasatiempo que tengo fuese algo sensual, como el humo que se exhala con los labios entreabiertos. Algo que vale la pena volver a intentar porque Sam lo dice, porque me hace sentir como que no es demasiado tarde. Porque entiende, sin necesidad de palabras, lo único que siempre he tenido que explicar.

Joseph

Jane cumple dieciocho años un sábado soleado a finales de agosto, en ese último tramo del verano que parece tan infinito como breve a la vez. Tengo a la señora Saunders a mi lado en recepción, acomodando servilletas de tela en unos aros adornados con estrellas de mar. Sam y Evelyn lo están disponiendo todo fuera al tiempo que Violet y Thomas se encargan de tender la ropa, doblar toallas y barrer el porche. Jane, mientras tanto, sigue dormida en su habitación.

—No sé cómo nos las vamos a arreglar sin Sam una vez que llegue septiembre —comento, viendo cómo él y Evelyn recuperan un mantel que ha salido volando por el viento y, tras sujetarlo de los extremos, lo aseguran con pinzas.

—¿Ah, sí? Pues por mí, mejor que no esté. Quiere meterse a toda costa donde no le corresponde, la verdad —dice la señora Saunders, con la vista clavada en mi esposa en el exterior, en el preciso instante en que Evelyn le da un empujón en broma a Sam, para luego devolver su atención a las servilletas.

La mayoría de las veces ignoro sus comentarios, pues estos suelen ser bastante desencaminados y estar teñidos por la envidia, pero, según lo dice, varios ejemplos de sus palabras me vienen a la mente. Sam poniéndole protector solar en la espalda a Evelyn esa mañana en la que yo estaba ocupado subido al tejado. Enseñándole cómo hacer un cóctel de vodka, cerveza de jengibre y zumo de lima y llenándole la copa una y otra vez. Ambos apretujados en el banco del piano, mientras tocaban uno para el otro. Cómo siempre se quita el traje de baño bajo la toalla, para luego tenderlo y que se seque mientras espera su turno para la ducha que tenemos en el exterior, completamente desnudo a excepción por la toalla enganchada a las caderas.

Me doy cuenta de que no dejo de echar vistazos por la ventana de la cocina, hasta que noto la mirada de la señora Saunders sobre mí, pues la atención que les pongo es una confirmación que no pretendía darle.

Jane se detiene a medio camino en las escaleras, ya enfundada en su bikini, y su decepción es bastante obvia al reparar en que ha desperdiciado su entrada solo con su padre y su abuela presentes.

—Está fuera —le digo, señalando con el pulgar en dirección a donde está Sam y con ganas de poner distancia entre los dos que están en el exterior—. Feliz cumpleaños, Janey.

—¡Dieciocho, por fin! —exclama, dedicándome una sonrisa, antes de prácticamente marcarse un bailecito mientras baja las escaleras. Me planta un beso en la mejilla, muy para mi sorpresa, y luego sale a toda prisa por la puerta mosquitera hacia el sol implacable que hace casi al mediodía.

—Me pregunto por qué le hace tanta ilusión cumplir dieciocho —comenta con escepticismo la señora Saunders, conforme Jane salta sobre la espalda de Sam y deja al descubierto lo poco que su traje de baño le cubre en la parte de abajo.

Me dedico a secar las copas que se usaron anoche en silencio, sin saber cómo contestarle sin que vaya a entrever todas las cosas que no pretendo decir en voz alta.

Trabajamos toda la mañana con prisa, ansiosos por irnos a la playa, y, antes de que nos demos cuenta, la arena ya está llena de cuerpos tendidos sobre toallas, cubiertos de aceite corporal, y los amigos de Jane se reúnen en el agua, echando el humo de sus cigarros hacia el mar. Sam acomoda su tumbona al otro lado de la de Evelyn, con Jane a su izquierda. Los oigo hablar con entusiasmo sobre una comuna que hay en California, sobre un viaje que él tiene pensado hacer a Marruecos, alguna especie de peregrinaje para alcanzar la iluminación espiritual y por el movimiento antiguerra, solo que, como estoy dos sitios más allá, no estoy lo bastante cerca como para participar en una conversación que, de todos modos, no pretende incluirme. Intento pensar en algo interesante que agregar, algo que Maelynn haya dicho alguna vez sobre sus viajes, quizás, pero no se me ocurre nada.

El día da paso a la noche y la fiesta se traslada hasta nuestro jardín, como siempre con los huéspedes acompañándonos y participando en las festividades al llenarse el plato hasta arriba de ensalada de patatas y alitas de pollo o añadirle un chorrito de ginebra a la limonada. Las bebidas van y vienen sin descanso, y alguien que no reconozco enciende una fogata en el jardín trasero cuando empieza a hacerse de noche. Mandamos a Violet a dormir, a pesar de sus protestas y, un rato después, también a Thomas, quien se muestra furioso porque lo metan en el mismo saco que a su hermana en lugar de dejar que se quede con los adultos. Evelyn se pone a recoger platos, aunque lo hace bailando, y deja unas pilas gigantescas en la cocina, pues la limpieza será cosa de otro día.

La oscuridad hace que el alcohol empiece a hacernos sentir una especie de desenfreno, o quizás es el alcohol el que hace que la oscuridad adquiera un aire a desenfreno, como si cualquier cosa inimaginable pudiera suceder esta noche. Pierdo de vista a Jane, por lo que me pongo a buscar a Sam de inmediato, a quien también he perdido en medio del gentío. Evelyn está apoyada cerca de la fogata, a plena vista, conversando con Linda, nuestra vecina, y me avergüenza el alivio que experimento al verla. Cuando me acerco para sumarme a la conversación, Linda se va por ahí y no vuelve más. Empiezo a notarme un poco mareado, consciente de los cuerpos en movimiento a nuestro alrededor, aunque a Evelyn la veo con total claridad frente a mí, preguntándome si quiero otra cerveza y si podría llenarle su vaso ya que voy. Pese a que no necesito más alcohol, nuestra hija mayor ha cumplido dieciocho años hoy y hemos llegado hasta aquí, a través del tiempo y del espacio y del dolor y de los hijos, hasta criar a una de nuestras hijas hasta la adultez, los dos juntos, y sin duda eso es algo por lo que merece la pena brindar.

Me abro paso entre la multitud, que cada vez es menos, y me veo atrapado en conversaciones de las que intento bullirme, hasta llegar a la mesa llena de botellas que en su mayoría están casi vacías. Me pillo una cerveza para mí y mezclo un poco de vodka con refresco y lima para Evelyn.

Detrás de los arbustos, Jane y Sam están a menos de medio metro de distancia del otro y, aunque yo puedo verlos, ellos a mí no.

—Ahora que ya casi acaba el verano… —empieza Jane, y la noto nerviosa, con la voz un poco amortiguada—. Ya sabes que he cumplido dieciocho. —Se me hace un nudo en el estómago, porque esta conversación no es algo que quiera presenciar, y me debato entre el impulso de intervenir y de desaparecer, al recordar lo que se siente al ser un adolescente, la exaltación del primer amor, y la necesidad de padre de proteger a su hija, por mucho que ya haya crecido.

—Lo sé. —Sam le da unas palmaditas en el brazo—. Feliz cumpleaños, pequeñaja. —El alivio me inunda por completo, así como la sorpresa por que no vaya a aprovecharse de una cría que obviamente está enamorada, que se ha pasado el verano entero suspirando por él y que sin mayor problema podría llevarse a la cama antes de irse y desaparecer de nuestra vida.

—No soy una pequeñaja —repone ella con voz dulce, al tiempo que lo atrae más cerca.

—Ya, claro —contesta él, apartándole los brazos.

—Podría acompañarte, ¿sabes? A París, como dijiste. —Parece que se le escapa la desesperación por los poros y arrastra las palabras al hablar, pero casi que es demasiado tarde para que me vaya, porque tendría que haberlo hecho ya. Jane no puede pillarme escuchándola a hurtadillas, jamás me lo perdonaría.

—Mira, eres genial. Me lo he pasado muy bien todo el verano contigo, pero no vamos a… —Aunque no puedo verle la cara a mi hija, oigo cómo contiene un sollozo y se le acelera la respiración, como una versión marchita de ella que jamás había visto—. Es que eres muy joven, ¿sabes?

—No soy tan joven —insiste, sorbiéndose la nariz con fuerza antes de apoyarse contra él.

—¿Cuánto has bebido? —Él suena fastidiado, como si los sentimientos de Jane le resultaran tan molestos como un mosquito insistente.

—Lo suficiente para saber que no soy demasiado joven para ti. —Entonces alza la barbilla y lo besa, pero él se aparta con brusquedad.

—Jane, venga ya. No hagas esto, ¿vale? Menudo papelón. —Tras echar un vistazo hacia atrás, añade—: Si quisiera estar contigo, lo sabrías.

Sus palabras me impactan como un puñetazo, y estoy listo para devolvérselo, pero, antes de que pueda hacer o decir nada, Jane sale corriendo, llorando a lágrima viva, y Sam se escabulle de vuelta hacia la oscuridad. Considero si debería ir detrás de Jane, pero ¿qué podría decirle? Lo más probable es que sea la última persona con la que querría hablar.

Perturbado y ya nada afectado por el alcohol, me mantengo ocupado recogiendo vasos tirados por doquier y botellas vacías antes de volver. Me fustigo por no haber dicho nada, por no haberla protegido de la humillación y el desamor. Ato unas bolsas de basura demasiado llenas y las llevo hasta el contenedor, cualquier cosa con tal de calmarme, de hacer que las manos dejen de temblarme antes de volver con Evelyn, pues estoy convencido de que se dará cuenta y no sé de qué serviría confesarle lo que acabo de oír.

Me obligo a apartarlo de mi mente y me desplazo como puedo en medio de la oscuridad, con el cielo en lo alto de un color negro absoluto que no refleja nada y las estrellas escondidas detrás de las nubes. Cuando me vuelvo a acercar a la fogata, veo que el jardín está casi desierto. Sam ha reaparecido junto a Evelyn, los dos solos junto al fuego, y verlo me saca de mis casillas. Un subidón de furia por cómo ha tratado a Jane se ve reemplazado por algo peor, porque, cuando me acerco a ellos, por alguna razón soy yo el que se siente como si estuviera interrumpiendo algo, como si fuera yo el que sobra. Esta sensación que no puedo explicar me hace entrar en calor de inmediato y me revuelve el estómago, pero sé que es real. Mi mujer, quien, si bien me quiere, también quiere que me vaya.

Le entrego a Evelyn su bebida y me quedo de pie a su lado.

—¿No te vas a sentar? —me dice, haciéndome un ademán a la silla que hay frente a Sam. Ver que casi se rozan con las rodillas; las carcajadas interrumpidas al acercarme; la sonrisa que ha ido desapareciendo según formulaba la pregunta, un gesto de cortesía más que una invitación sincera; el que no me devuelva la mirada mientras espera mi respuesta: todo eso me hace sentir como que me estoy entrometiendo en su diversión.

—La cerveza ya no está fría —contesto, alzando la botella en respuesta, con un nudo en la garganta—. Creo que me iré a dormir ya.

—¿Quieres que te acompañe? —Me dedica una mirada insegura, pues ha hecho la pregunta por obligación, como una consideración propia de una pareja de casados. Entonces le devuelvo la mirada y puedo verla: la esperanza de que le diga que no.

—No hace falta, quédate. La fogata no se ha apagado aún —le digo, odiándome a mí mismo y a él también, con ganas de echármela al hombro y tumbarla en la cama, ver cómo su piel se sonroja por el placer y sentir que el ambiente cargado que comparten entre ellos pasa a ser nuestro. Solo que no lo hago, porque la parte que más odio de mí mismo teme que vaya a cerrar los ojos e imaginarlo a él.

—Vale, que descanses entonces —me dice, como si nada, mientras cambia de posición para que su mirada ya no se pose sobre mí.

Cuando les doy la espalda, me pregunto si, por mucho que confíe en ella con todo mi ser, quizás esté cometiendo un error al presentarle una ruta que quizás siga, una oportunidad para destrozarme. Sin embargo, eso es decisión suya; un modo de confirmar si su amor por mí es algo más que el resultado de las circunstancias de nuestra vida, de habernos criado juntos y estar unidos para siempre.

Conforme me marcho, Sam añade más leña a la hoguera y aviva las llamas.

Evelyn

Puedo oler el humo en mi ropa y en mi cabello y, al ponerme de pie, todo me da vueltas. No debería haberme quedado aquí fuera, tendría que haberme ido a dormir con Joseph. No tendría que haberme puesto a mí misma en esta situación, con el alcohol y el fuego y la luna asomándose por detrás de las nubes, un recordatorio de que el peligro acecha cuando cualquier cosa es posible, cuando nada limita lo que un hombre puede hacer.

Me alejo a trompicones de los rescoldos del fuego, sola en medio de la oscuridad. ¿Acaso me he quedado dormida aquí, acurrucada en las cenizas de mi propia vergüenza? ¿Quién se había marchado primero? ¿Qué hora era? No hay rastros de color rosa en el cielo y todas las luces de la casa están apagadas. Me aparto el pelo de la cara y me limpio los labios, al sentir la boca como si estuviese hecha de algodón. Me doy en las rodillas con una tumbona que hay en el jardín cuando paso al lado de la mesa de bebidas, sin ningún rastro de alcohol, y casi me tropiezo con Jane, que está agazapada entre los arbustos, aferrada a una botella de ginebra.

—¿Jane? —susurro—. ¿Qué haces aquí a estas horas?

Suelta una carcajada cruel y sin ápice de diversión.

—Creías que no había nadie más por aquí, ¿verdad?

—¿Cuánto has bebido? —Le echo un vistazo a la botella y espero que ella no sea la razón por la que está casi vacía. Aunque bueno, quién soy yo para decir nada.

—¿Por qué todo el mundo me pregunta lo mismo? —Se abraza más a la botella, como si esta fuese a eximirla de sus pecados, cual ladrón que se declara inocente mientras aún se aferra a la cartera que ha robado.

—Venga, a la cama. —Intento levantarla del brazo, pero ella se aparta de un movimiento.

—¡No me toques! —chilla, retrocediendo y escondiéndose más entre los arbustos, con lo que sus rizos se le enredan en las ramas.

—Jane, no seas ridícula. Anda, para dentro. —Noto un martilleo en la cabeza y la visión borrosa.

—¿Ridícula yo? ¿Es que te has visto? Aquí la adolescente soy yo. —Entonces me dedica una mirada cargada de odio, asco y furia, y la verdad es que pelear con ella es lo último que se me antoja esta noche.

—Pues tú misma, duerme aquí fuera si tantas ganas tienes. Habrase visto. —No puedo seguir protegiéndola e intentado evitar que tome malas decisiones. No le pasará nada por dormir en el jardín, quizás hasta sea lo que necesita para despertar.

—Eso, eso, tú vete. Me vendrá bien la práctica. —Sigue musitando unos balbuceos de borracha que no consigo descifrar y que no me dan las fuerzas para intentarlo, tampoco. Noto el llamamiento de mi cama, con mi marido bajo las sábanas, a la espera, y la vergüenza hace que todo me dé vueltas y me entren náuseas, incluso tras cerrar las ojos.

Joseph

Lo normal es que celebremos una fiesta a inicios de septiembre, una despedida al verano antes de que la pensión empiece a entrar en su temporada baja, pero en esta ocasión parece demasiado, un exceso, tras un verano que nos hemos pasado de celebración en celebración. Sin darle demasiadas vueltas, decidimos que le daremos la bienvenida al verano con un fin de semana tranquilo. Thomas y Violet empiezan clases mañana, por lo que van a pasar el día con Evelyn, escogiendo material escolar y ropa. Sam está haciendo la maleta en su habitación, mientras que yo me bebo un café en la cocina, a solas. Si bien me ofrecí a acercarlo hasta la estación de tren, un amigo va a llevarlo en coche hasta el aeropuerto. Según parece, le han dado permiso para saltarse las dos primeras semanas de clase por un viaje que piensa hacer por Europa, a cuyos detalles no presté atención cuando se puso a parlotear. Llevo evitándolo tanto como me es posible desde el cumpleaños de Jane y salgo de cualquier estancia en la que él entra. Sam, quien se puede permitir perderse semanas de clases en una universidad de élite y viajar sin haber recibido una paga durante todo el verano. Quien se ha quedado con nosotros como si hiciese un experimento, un trabajo de investigación en el que nuestro pintoresco pueblecito no era más que otro destino que marcar en su lista de aventuras. Un vistazo a una vida sencilla, una historia que contarle a la mujer de otro hombre mientras se sientan frente a una hoguera.

Estaba convencido de que me pasaría la mañana sacando a Jane a rastras de la habitación de Sam, pero no se ha pasado por aquí. Se ha puesto imposible últimamente, llena de amargura y hostilidad, y no hace más que discutir con Evelyn por cosas que, tonto de mí, creía que habíamos conseguido resolver durante este verano. Suelta comentarios malintencionados al cruzar una habitación, se mete con quien sea que esté en su camino e ignora a su madre cuando le pide ayuda. No sé si su mal genio se debe a la partida inminente de Sam o al hecho de que la haya rechazado, o quizás a ambos, pero la semana pasada lo ha evitado tanto como he hecho yo. Entonces él se abre paso por la puerta batiente y alza la maleta como única explicación.

—Ah, ¿te marchas ya? —pregunto, y él asiente. Me apoyo en el barandal de la escalera y exclamo hacia arriba—: Jane, ¡Sam ya se va! —No oímos ninguna respuesta, ni siquiera el ruido de unos pasos hacia la puerta de su habitación—. Quizás sigue dormida, ya me despediré de ella de tu parte.

—Sí, por favor —dice Sam—. Gracias por todo, Joseph.

—Claro, no es nada. —No me puedo obligar a devolverle la mirada—. Te acompañaré hasta fuera.

Hay un Camaro rojo esperándolo en la entrada, y Sam se monta en él como si estuviese pasando de un sueño a otro. Me quedo ahí plantado hasta que veo el coche desaparecer de vista y la única señal de su presencia es el ligero crujido de los neumáticos y el motor al alejarse más y más.

DIECISIETE

Joseph

Enero de 2002

Nuestros hijos y nietos se pasan la mañana buscando recuerditos y cachivaches en el mercado Quincy, en Faneuil Hall, mientras que nosotros nos escabullimos antes de su ensayo con la Orquesta Sinfónica de Boston para visitar nuestro primer piso, ese que era poco más que una habitación en South End. Nos subimos a la línea naranja en la calle State, Evelyn se acomoda en un asiento cercano a las puertas mientras que yo me aferro a la barra de metal que hay sobre su cabeza, y bajamos del tren atiborrado en la avenida Massachusetts, a unas cuantas calles de donde solíamos vivir. Paseamos por la acera que nos resulta conocida y desconocida a la vez, como un sueño que se confunde con un recuerdo o un recuerdo que se confunde con un sueño, y pasamos por establecimientos que reconocemos, como Wally's Café, el cual fue un club de jazz que abrieron cuando este era nuestro vecindario y que ahora tiene casi medio siglo, y otros que no, como una gasolinera Shell y un Dunkin' Donuts.

Doblamos por la calle Tremont y vemos que nuestro edificio de arenisca sigue ahí, tal cual lo recuerdo. Los escalones de piedra conducen a una pesada puerta de roble, la cual da a un pasillo bastante feo, y nuestro piso era el primero a la izquierda.

Todavía podemos ver la escalera de emergencias de hierro a un lado del edificio, las ventanas curvadas y las entradas con forma de arco que eran indicios de unos pisos en alquiler que dejaban mucho que desear. Hay un colchón delgado y una mesa apoyados contra la pared, y parece ser que la pensión está a rebosar de familias y parejas jóvenes que no tienen dónde caerse muertos. Cuántos años Evelyn y yo pasamos aquí, solo con el otro de compañía: unos recién casados que se refugiaban del dolor de las pérdidas que jamás podrían dejar atrás.

Sin embargo, todo lo demás ha cambiado. El mercadillo al otro lado de la calle en el que solíamos comprar leche ahora es una licorería, con barrotes en las ventanas. La acera está resquebrajada y hecha pedazos en ciertas partes. Hay un soporte para bicicletas en la fachada, con una estructura oxidada a la que le faltan las ruedas encadenada a él. El edificio sigue igual, aunque parece como si lo hubiesen transportado entero a una época distinta. Lo cual supongo que es cierto. La calle tal como la recuerdo ha dejado de existir, por mucho que me cueste creer que algo que mantengo tan vivo en mis recuerdos pueda desaparecer.

Nos sentamos fuera del edificio, con los muslos y los hombros apretujados contra los del otro para caber en un banco que no recordaba que estuviese aquí. Hace demasiado frío como para quedarnos mucho rato, y el viento le alborota la melena a Evelyn. Cómo me encantaban sus rizos castaños por aquel entonces, tanto que enterraba la cara en ellos conforme el sol se colaba por las persianas y respiraba su aroma, sobrepasado por la suavidad de su cuerpo desnudo. Ella me abrazaba cuando me colocaba sobre ella, me recorría la espalda con las puntas de los dedos y me decía que se sentía a salvo bajo mi peso. Nos pasábamos horas bajo las mantas, sin nada entre nuestra piel y las sábanas que no fuese el aire que calentábamos con nuestra propia electricidad. Recuerdo a Evelyn cargando con la compra por los escalones del portal, dejando el pie en el umbral para que la puerta no se cerrara y sosteniendo la llave con la boca mientras se las arreglaba para entrar. Insistía en que no hacía falta que la ayudara cuando me ofrecía a hacerlo, apartándose el pelo de la cara, pero tampoco me lo discutía cuando me encargaba de las bolsas de papel demasiado llenas y la seguía hacia el interior de la casa, entre carcajadas.

Recuerdo todo eso conforme nos acurrucamos fuera del piso. Al principio no decimos nada, aunque, a pesar del frío que hace, el silencio que compartimos es de lo más cálido, pues cada uno está suspendido en el pasado y le damos las gracias al lugar que en algún momento fue nuestro refugio. Sonríe por un instante, y me pregunto qué día estará recordando. Ojalá pudiese volver atrás en el tiempo y empezar de nuevo desde ese momento, revivir mi vida entera con ella.

Se remueve con incomodidad en su sitio y con el ceño fruncido; una quietud melancólica ha reemplazado a su sonrisa contenta.

—¿Qué pasa? —le pregunto, y ella se encoge de hombros.

—Todo lo que va a pasar hoy, la sinfónica… Debería estar emocionadísima, pero… no sé.

—¿Qué no sabes?

—Una vez que acabemos con eso… ¿qué me queda? —Su voz es frágil y llena de miedo, como la de una niña.

—Queda… —Hago una pausa, porque sé a qué se refiere: que llega un momento en que lo que dejamos atrás prima sobre lo que está por venir, cuando lo único que nos queda es perseguir recuerdos—. Nos toca disfrutar de todos los días que nos quedan.

Ante eso, se queda callada.

—¿Estás nerviosa?

—Es ahora o nunca, ¿no? —bromea, pero las palabras le salen forzadas. Extiende sus dedos envueltos en guantes frente a ella y los contempla con sospecha, como si fuesen unos desconocidos. Los médicos dijeron que la idea de que pudiese tocar de una forma tan profesional conforme sus síntomas seguían empeorando era poco probable, casi imposible. Evelyn se pasó la semana practicando por su cuenta, y Jane nos visitó anoche para meter a contrarreloj un último ensayo entre las dos. Me quedé en el salón, fingiendo leer, y el corazón se me estrujó cada vez que el silencio lo invadía todo y señalaba un error, una confusión, una derrota momentánea. Entonces la música volvía a sonar, y yo contenía el aliento como si estuviese viendo un monitor de frecuencia cardíaca, atento a cualquier desajuste. Esta tarde van a ensayar con los de la sinfónica y rezo porque, al menos hoy, tenga el control sobre sus propias manos.

Evelyn me apoya la cabeza en el hombro, mientras observamos a la gente que va y viene y nos esquiva o se esquiva entre sí. La ciudad parece seguir el ritmo de su propia marea. Me pregunto cómo habría sido nuestra vida si nos hubiésemos quedado aquí, si en otro universo este sería un concierto de despedida para honrar una vida de logros, en lugar de un premio de consolación a toda prisa antes de que se quede sin tiempo. Una sombra del sueño real. Si nunca hubiésemos tenido hijos, si hubiese visto el mundo, me pregunto si habría terminado olvidando nuestro hogar, si esa vida se habría vuelto suficiente en algún momento.

—¿Recuerdas cuando viniste a vivir aquí? —le pregunto—. Después de la muerte de Tommy.

Evelyn asiente en voz baja.

—No sabes el miedo que pasé, creía que no volvería a verte. —Incluso ahora, si cierro los ojos puedo sentir las mariposas en el estómago, maleta en mano, según ella cruzaba la calle en la que yo me encontraba, a la espera de que se percatase de mi presencia.

—¿Por qué quieres hablar de eso? —Se vuelve hacia mí, dudosa—. Creía que querías recordar nuestros momentos más felices… Revivir nuestros mejores recuerdos.

Entrelazo sus dedos con los míos y le acaricio un nudillo con el pulgar.

—Quiero recordar todo lo que hemos compartido, nuestra vida entera. —Vacilo un segundo, pues intento darles forma a mis pensamientos, a los sentimientos que salen a la superficie en este peregrinaje, mientras anhelo la vida que tenían esos dos críos, con sus caminos que solo acababan de empezar—. El mejor modo que se me ocurre para despedirnos es visitarlo todo de nuevo: cuando nos enamoramos, cuando tuvimos a nuestros hijos, los nietos... Todo, incluso los días en los que estábamos perdidos. No solo se trata de los días felices, aunque esos también formen parte de esto. —Veo que el labio inferior le empieza a temblar, por el llanto contenido—. También cuentan los días más difíciles. Los días en los que estaba perdido y en los que creía que te perdería. Cuando todo lo demás se vino abajo, pero tú eras lo único que necesitaba de verdad. —Una lágrima se le desliza por la mejilla, y me da la mano en un gesto tan delicado que no quiero soltarla nunca—. Esos son los días en los que más te quise.

Evelyn

La sala de conciertos está muy bien iluminada y tiene un ambiente acogedor gracias al murmullo de las voces de todos los espectadores vestidos con sus mejores galas. Me asomo para echar un vistazo desde mi lugar entre bastidores conforme van llegando. Los únicos rastros de la fría noche de enero que hay fuera son las ventanas de medialuna que hay sobre las estatuas de mármol, oscurecidas por el firmamento nocturno. Unos candelabros relucientes adornan el techo, con forma de unos árboles de Navidad bocabajo y con lucecitas que parecen estrellas titilantes. Noto que el cuerpo me pulsa por la expectativa, que todo a mi alrededor es claro y preciso. El rumor de los asientos que se van ocupando, las partituras que reposan sobre los atriles en el escenario, a la espera. El riesgo que conlleva este acto de caminar sobre la cuerda floja me sobreviene de pronto, el simple hecho de llevarlo a cabo, cuando es tan sencillo resbalarme, cuando la caída sería tan estrepitosa.

Llevamos horas aquí, hemos visto a los demás pianistas y nos han dado algunas indicaciones, pero solo hemos tenido una oportunidad para ensayar. El director de orquesta nos ha mostrado nuestras posiciones, por dónde debemos entrar y dónde debemos colocarnos para las reverencias. Y yo he estado demasiado nerviosa como para quedarme con nada. Incluso el repaso de nuestra actuación ha sido demasiado rápido. Ha ido bien, aunque no a la perfección, pues he cometido unos cuantos errores que siguen atormentándome al rojo vivo en mi mente. Jane me ha asegurado que nadie lo ha notado, y doy las gracias no solo por no estar sola, sino por contar con ella. Mi hija mayor, mi primera bebé, quien me ofrece el brazo conforme nos adentramos al escenario por la izquierda, quien me ha pintado los labios y me ha arreglado el cabello mientras estábamos tras bambalinas. Quien tiene el talento suficiente como para tocar ella sola, si así lo quisiera. Soy yo la que tiene que compartir las notas con ella, en una melodía pensada para dos personas. Necesito que Jane se encargue de continuar con el concierto si yo fallo. Sin ella, el riesgo del fracaso, de la humillación, de un arrepentimiento sobrecogedor, es demasiado. Sin ella, este sueño mío no sería posible.

—Parece un lleno total —me dice, tras asomarse por encima de mi hombro—. ¿Lista?

—Ya lo veremos. —Inhalo y exhalo muy muy despacio.

—A ver —Jane me toma de las manos y se las acerca al pecho—, sé que estás nerviosa. Yo también lo estoy. Pero lo hemos conseguido. Estamos aquí, vamos a hacer que se cumpla tu sueño por fin. Así que no desperdicies la noche con los nervios. Disfrútala. Todo esto es increíble y estoy muy orgullosa de ti. Orgullosa de que seas mi madre. —Los ojos se le llenan de lágrimas al hablar—. Y estoy aquí contigo, ¿vale?

Le doy un abrazo, agradecida a más no poder con esta hija que me ha dado la vida, esta mujer adulta que se encuentra a mi lado, que me recuerda todo lo que hemos conseguido.

—Uf, vale. —Me seco un poco los ojos—. A pasarlo bien, entonces.

La primera vez que oí este concierto fue cuando Joseph me trajo por primera vez a la sinfónica, y el arreglo para dos pianos de Mozart me dejó sin palabras. Tenía una especie de dicha en él, algo tranquilizador y divertido a la vez, como si alguien estuviese dando saltos a través de una vida llena de recuerdos. La sensación de haber vivido de verdad: la introducción potente, el drama y los toques de melancolía, hasta llegar al gran final, lleno de elegancia y reflexiones.

Una despedida perfecta.

Joseph

Conforme nos vamos acomodando en nuestros asientos, en los mejores lugares posibles, reparo en la placa dorada y solitaria que conmemora a Beethoven, el único artista al que consideraron digno de un grabado. Ya me había olvidado de eso hasta que Evelyn les ha contado la historia esta mañana a los nietos, un detallito que podían conservar y llevar con ellos cuando entraran al salón de conciertos por primera vez. Los tubos del órgano son lo único que recuerdo y al verlos de nuevo me siguen impresionando, como si no fuese nada más que un simple mortal frente al trono de los dioses.

Sobre el escenario relucen dos pianos de cola Steinway; unas versiones más grandes que el pequeño que tenemos en casa. Hay un par de bancos desocupados frente a las teclas, y el estómago se me hace un nudo por el orgullo y los nervios al saber que Jane y Evelyn no tardarán en ocuparlos. Evelyn solo ha podido tocar una vez el concierto completo en casa sin detenerse, sin errores. Sus temblores han ido a peor, tiene las articulaciones hinchadas y doloridas, y su paciencia es tan frágil como lo son sus muñecas. ¿Podrá verme aquí, justo enfrente, mientras le envío toda mi fuerza, o la cegarán los focos?

El rumor de las voces es cada vez más alto conforme los asientos vacíos a nuestro alrededor se van llenando. Gracias a los contactos que tiene Marcus con el *Boston Globe*, nos hemos podido sentar en las primeras filas. Tengo que echar el cuello hacia atrás para ver a la multitud que no deja de entrar y, al comprobar la hora en mi reloj, veo que solo quedan ocho minutos para el espectáculo. Jane y Evelyn llevan tras bastidores desde su ensayo por la tarde. Violet y Connor, Rain y Tony se acomodan a mis lados, así como el resto de mis nietos y Thomas y Ann.

Distingo a Marcus en el pasillo, enfundado en una chaqueta de vestir con corbata, y le hago un ademán para que se acerque. Cuando llega hasta nuestra fila, me pongo de pie y le ofrezco la mano.

—Me alegro de que hayas podido venir.

—Jamás me lo perdería —me dice con una sonrisa, al tiempo que ocupa su asiento. Evelyn tuvo que convencer a nuestra hija de que sería un error no incluirlo después de todo lo que había hecho. Aunque el modo en que Jane intentó ocultar la sonrisa mientras cedía, el modo en que Marcus estira el cuello para buscarla en el escenario, es una representación más real de su historia.

—Espero que puedas acompañarnos a cenar después del concierto. Es lo menos que podemos hacer para darte las gracias por hacer que todo esto sea posible. De verdad, no sabes lo importante que es para nosotros, no hay palabras suficientes para expresarlo.

—Me encantaría —acepta, según el silencio se extiende por el público y los integrantes de la orquesta empiezan a ocupar sus respectivos lugares en el escenario, instrumentos en mano.

El director de orquesta agita su batuta y la música delicada empieza a susurrarnos. Un hombre con traje avanza a grandes pasos por el escenario y anuncia a todo pulmón:

—Sed bienvenidos a esta noche tan especial en la Orquesta Sinfónica de Boston, una celebración única de nuestros talentos del lugar, unos músicos increíbles cuyas raíces provienen de nuestra propia tierra. Y cómo no, mi más sincero agradecimiento al *Boston Globe* por haber patrocinado el espectáculo de esta noche. —Hace una pausa para los aplausos, tras lo cual recuerda los conciertos que están por venir y los modos en que se puede ayudar a financiar este tipo de espectáculos y añade—: Démosles una cálida bienvenida a nuestras primeras invitadas de esta velada. Un dúo madre e hija de Connecticut. Ambas se mudaron a Boston cuando eran muy jovencitas y se enamoraron de nuestra ciudad, así que os pido que me ayudéis a hacer que se sientan como en casa esta noche. —El público se vuelve loco—. Sin más que agregar, os dejo con Evelyn y Jane Myers, quienes nos tocarán el concierto para dos pianos de Mozart número diez, una pieza de lo más singular.

Me quedo al borde de mi asiento, casi sin respirar. Evelyn y Jane salen al escenario enfundadas en unos vestidos negros, al igual que el resto de la orquesta. Evelyn se aferra al brazo de nuestra hija, aunque no estoy seguro de si lo hace porque le hace falta o por los nervios. Se ve muy pequeña y frágil junto a Jane, quien le saca varios centímetros a su madre. El estómago me da un vuelco. Ambas ocupan sus asientos en los bancos del piano, se acomodan la falda del vestido y esperan su señal. La música empieza con delicadeza y va acelerando el ritmo, con los violinistas tocando al unísono. El corazón me late desbocado, ansioso porque empiecen a tocar, y casi no soy capaz de oír la música que precede a su acompañamiento.

Entonces Jane lleva las manos a las teclas y Evelyn hace lo propio, ambas en perfecta sincronía con los instrumentos y con la otra, sus pianos distintos, pero, a la vez, parte de algo más grande. La orquesta desaparece en el fondo y el sonido de sus pianos resuena con claridad a través de los travesaños hasta llenar el ambiente con las más dulces de las vibraciones. Pese a que las he oído practicar en casa mientras lavaba los platos o leía el periódico por encima, es como si fuese la primera vez. Evelyn se deja llevar por la música conforme la sinfónica se alza a su alrededor y yo me quedo boquiabierto por algo que nunca había llegado a entender hasta este preciso momento. Los ojos se me llenan de lágrimas y mis miedos desaparecen. Violet me aferra una mano, con las mejillas empapadas. Si hay otros instrumentos o personas en el escenario, soy incapaz de verlos, pues Jane y Evelyn parecen flotar por el lugar, mientras desplazan los dedos con precisión al compás de la música que suena por debajo. Cuesta creer que, después de tantos años, Evelyn esté tocando con la Orquesta Sinfónica de Boston. Mi mujer, el amor de mi vida, la que escribía sus sueños en un trozo de papel y siempre ha tenido la vista perdida entre las nubes. Ella es mi sinfonía.

Terminan la canción por todo lo alto y la visión se me nubla por las lágrimas. Jane y Evelyn se abrazan antes de acercarse al borde del escenario, justo por encima de donde nos encontramos todos, para su reverencia. Noto la garganta cerrada por el orgullo; hace años me resultaba difícil imaginarlas en la misma habitación y ya ni hablar de un mismo escenario. Una relación que en algún momento creímos que se había roto ha sanado. Evelyn está llena de vida, bañada por la luz de los focos, mientras que Jane sonríe de oreja a oreja a su lado. Cuando Evelyn baja la vista hacia el público y su mirada se encuentra con la mía, siento que el corazón me va a explotar. Alza la cara hacia el brillo de los reflectores como si estuviese recibiendo el calor del sol, con una sonrisa luminosa, y el público estalla en aplausos. Me aseguro de recordar cada detalle, de nunca perder la sensación que irradia de mi mujer y de aferrarme al hecho de que soy yo quien se encuentra frente a ella, de que soy yo el hombre a quien escogió.

Evelyn

La sinfonía brilla con las luces del escenario, la orquesta se extiende a mi alrededor y Jane está en el centro, como su corazón latiente. Siento que abandono mi cuerpo, que dejo atrás mis manos temblorosas y mi mente confusa, que cada nota y acorde me resuenan a la perfección en los oídos y el salón entero se llena de una música de la que yo misma formo parte. Es más de lo que podría haber imaginado, más que todas esas listas y esos sueños y el biplano y los amaneceres y los viajes y todo lo que creía que conseguiría hacerme sentir plena. Soy tanto el telar como la lanzadera, el hilo y la tejedora, el propio tapiz; un entramado etéreo y brillante de estrellas en el cielo, mientras su esplendorosa canción se lleva los miedos y el dolor hasta que podría hacerme explotar en un espectro de luz, y esto, esta sensación, es como de verdad se siente una al volar.

Y allí, esperándome bajo el escenario cuando todo acaba, cuando Jane y yo nos inclinamos en agradecimiento, se encuentra nuestra familia al completo en primera fila, todos sonrientes entre aplausos y vítores. Entonces poso la mirada en Joseph y de pronto sé que todo ha sido real, que él lo ha presenciado todo: la vida que hemos compartido juntos y esta noche en la que, por fin, he podido tocar el cielo.

DIECIOCHO

Evelyn

Mayo de 1970

No sé cómo se termina descontrolando todo con Jane, cómo las cosas se vuelven tan tensas. No ha habido un incidente que pueda señalar, una discusión con la que nos hayamos pasado de la raya, ningún comentario desafortunado por el que pueda disculparme. Discutimos por su graduación en primavera, pero eso no fue lo que desencadenó todo esto. No fue porque se pusiera a escuchar a los Rolling Stones a todo volumen ni porque se dejara crecer el pelo hasta la cintura ni porque volviese a horas intempestivas con los ojos irritados o anduviese con malas compañías, aunque es muy probable que eso es lo que crea ella. Confié en que maduraría y dejaría todo eso atrás, que experimentaría con ciertas cosas y cometería errores mientras descubría su propio camino. Porque yo tuve una madre que no estuvo de acuerdo con mis decisiones. Sé lo que es que no te comprendan, que te hagan a un lado porque no encajas en el molde de la hija perfecta. No fue porque estuviera desesperada por irse de casa no bien cumplió los dieciocho; yo también fui joven y me sentí atrapada, como si estuviese a punto de explotar si no conseguía mi libertad. Lo suyo fue más sutil, más insidioso, más difícil de catalogar.

Ni siquiera creo que Joseph lo entienda. Nunca he podido ponerlo en palabras; si bien reconocía la tensión existente, se limitaba a ir con cuidado por la superficie, escogía ver lo mejor de ambas y andar de puntillas entre nuestros frentes para intentar negociar la paz. Y ella no lo trataba como a mí, él no era el objetivo de su resentimiento. Él no se rebajaba a responder a sus recriminaciones ni perdía los papeles, como hacía yo, lo que cimentaba más nuestras diferencias. Él era terreno seguro, imposible de perturbar, y nunca pretendió ser alguien que no era.

Fueron nuestras disputas constantes las que desvelaron mis inseguridades más profundas. Fue la forma en que comenzó a ver el mundo, el centrarse en su oscuridad, en la guerra, en la corrupción y los escándalos. Su curiosidad colindaba con la obsesión, su descontento se salió de control hasta volverse furia y, de algún modo, yo me volví el centro de esa emoción: una madre de pueblo que se dejó comprar, que renunció a todos sus sueños y se encarga de una pensión en un pueblecito costero, totalmente ajena a las tragedias que veía en los titulares de los periódicos. Yo era la personificación del problema, la que podía hacerlo todo a un lado con el simple acto de cambiar de canal, la que se enterraba a sí misma en los quehaceres del hogar con tal de no sentir nada.

Sus recriminaciones me fueron afectando más y más, sus miradas de desaprobación me hacían daño, cuando me decía que yo no entendía nada, que nada me importaba, que era igual que el resto. Me fue arrebatando todas las capas que me componían hasta que me dejó en carne viva, avergonzada y dolorida, por lo que hundí las garras en el único poder que tenía en mis manos: la posibilidad de imponer reglas, de castigar y prohibir, y cada vez que daba un portazo para encerrarse en su habitación y yo me encontraba frente a un espejo, me veía horrible, exhausta y al borde del delirio. Solo que aceptar lo que me decía, admitir que era exactamente como ella me veía, implicaba desaparecer por completo. Fue así que terminé afilando las garras y ella destrozó los muros que la contenían hasta que consiguió escapar. Y, cuando ella se fue, una parte de mí lo hizo con ella.

Jane se mudó a Boston hace casi un año, justo después de cumplir los dieciocho, y desde entonces casi no hemos sabido nada de ella. Hemos intentado ir a verla, pero siempre se inventa excusas por las que no es posible. Se saltó el Día de Acción de Gracias por completo, según ella porque tenía que trabajar. Llevamos desde Navidad sin verla. Cuando volvió a casa, estaba mucho más delgada que cuando se fue, con el pelo casi rozándole la cintura. Se mostró distante y diferente, casi no comió nada y se limitó a ignorarme. No bien terminó de cenar, se escabulló sin demora para pillar un tren que no pasara tan tarde.

Después de que se mudara, Joseph y yo nos hemos convertido en dos engranajes que no encajan, que se atascan y van a media marcha, sin conseguir hacer nada. Todo lo que no nos decimos casi se puede tocar en nuestros movimientos deliberados, como si fuésemos dos barcos que se dan todo el margen posible al pasar uno al lado del otro: él se cepilla los dientes a toda prisa para no tener que cruzarse conmigo en el baño, yo preparo el café casi corriendo antes de que se despierte para poder dejar que se lo beba tranquilo él solo en la cocina. No tengo ni idea de cómo arreglar algo que no está roto.

Desde el verano pasado, desde lo de Sam, por mucho que me odie por ello, mi angustia sigue saliendo hacia la superficie, le da golpecitos al cristal que rodea nuestro matrimonio y lo vuelve un diorama de una buena vida. No sé explicar por qué y ahora, con Jane pasando de nosotros, los golpes son cada vez más fuertes y hacen que mis deseos por vivir algo nuevo despierten una vez más. Me provocan hasta que termino atosigando a Joseph, me torturan con su insistencia. Estamos tumbados en la cama, otra noche más en la que apenas nos tocamos, pues estamos agotados y nuestras conversaciones son escuetas. Me doy la vuelta tras apagar nuestras lámparas y no puedo evitar comentar en voz baja:

—Decimos y decimos que vamos a organizar una escapada y entonces la pensión se llena y nunca hacemos nada.

Joseph se tumba bocarriba, con la vista clavada en el techo y la paciencia al límite.

—Si quieres irte de viaje, adelante. No puedo tener la misma conversación una y otra vez.

—Odio que hagas eso. Que hagas como si pudiera hacer las maletas e irme sin más, como si fuese una posibilidad de verdad.

—Nunca te lo he impedido.

—A lo que voy es a que nuestra vida podría acabar mañana y entonces… ¿cómo nos la habremos pasado? —Es una conversación que nunca entiende, un reloj en una cuenta regresiva que solo yo puedo oír. En dos meses cumpliré cuarenta y cinco años, y me parece imposible estar en la mitad de mi vida cuando siento que apenas he empezado a vivirla. Me imagino con cincuenta, luego con sesenta y setenta y se me cierra la garganta por la sensación apabullante de que lo que sea que valga la pena hacer tendría que haberlo hecho ya.

Joseph enciende su lámpara y se incorpora hasta sentarse.

—¿Qué quieres que haga? Dices que quieres ver mundo, te digo que te vayas a algún lado y me dices que no es suficiente.

—Es que no quiero irme de vacaciones y ya —le explico, jugueteando con el borde de la manta—. No es eso.

—¿Entonces?

—Quiero haber vivido.

Joseph suelta una carcajada cruel, al tiempo que se deja caer con fuerza contra la almohada.

—Pues qué idiota que soy al pensar que tenemos la suerte de vivir una buena vida.

—Sí que es una buena vida —digo con un hilo de voz.

—Joder, Evelyn —suelta él, alzando la voz—. Quizás es a mí a quien no quieres, ¿entonces? ¿A lo mejor soy yo el que no es suficiente para ti?

Y ahí la tengo: una oportunidad para tranquilizarlo. Para decirle que el verano pasado estuvimos todos confundidos, que no éramos nosotros mismos, yo desde luego no me sentía yo misma. Para decirle que doy gracias porque haya terminado, porque Sam se haya ido, solo que no puedo quitarme de encima la culpabilidad que siento por esa noche, por las cosas que debería contarle y no suelto. Porque esa explicación crearía un abismo incluso más grande entre nosotros y dejaría a su paso unos ecos de inquietud e inseguridad.

Me arrebujo contra la almohada, me escondo de este resquicio que está descubriendo, de una verdad que no es del todo cierta.

—No digas eso.

Joseph respira hondo e intenta calmarse a sí mismo.

—Tenemos responsabilidades. Tenemos que encargarnos de la pensión y de los niños.

—Lo sé —le digo, cediendo un poco.

—Intento darte lo que quieres. —Pese a que sus intenciones son buenas, las palabras salen como si fuesen cuchillas.

—Eso también lo sé. ¿Qué es lo que quieres tú? —Me acerco un poquitín hacia él, desesperada porque me confiese algo nuevo, por no ser la única con la vista clavada en el horizonte mientras envía unas señales para que la rescaten.

—Ya sabes lo que quiero —contesta, tensándose ante la pregunta. Mis deseos son una afrenta personal hacia su persona, un insulto hacia la vida que nos hemos labrado. Su predictibilidad me enciende, como un pedernal contra el acero.

—Siempre dices lo mismo, pero en el fondo tienes que querer algo más, ¿no?

—La vida que tenemos aquí, criar a mi familia aquí contigo, ese es mi sueño. Sé que para ti es aburrido. Así soy yo, el pringado aburrido que te quiere —repone, hecho una furia—.

Estás tan obsesionada con querer más y más que eres incapaz de ver lo que tienes delante de las narices.

Meto los brazos bajo el cuerpo, lejos del espacio frío que hay entre ambos, pues no hay forma de hacer que me entienda. Es un punto muerto en nuestra relación, las partes de mí que me encantaría que le parecieran encantadoras, sensuales, algo que admirar, en lugar de mi peor defecto, la barrera que me impide ser feliz. Es la primera vez que no le veo una salida a esto. La costa sobre la que construimos nuestra vida se ha convertido en nuestro campo de batalla. Nunca ha sido Joseph a quien quiero abandonar, pero no soporto ser su segunda mujer, la amante después de su verdadero amor, la pensión, y estar encadenada por su herencia, por el fantasma de sus padres, por su deber disfrazado de una tierra prometida.

Hoy cumplo cuarenta y cinco años y lo único que puedo hacer es clavar la vista con los labios apretados en la silla vacía en la que debería estar Jane. Sin ninguna explicación ni llamada, se limita a no presentarse, y el desplante se siente como una flecha encendida directo hacia nuestro castillo, con la intención de hacerme daño, de demostrar lo poco que le importo mientras se queda de pie a lo lejos, observando las llamas. Después de recoger la mesa, mi madre suelta un par de comentarios sobre cómo «no le sorprende» que Jane no haya venido y sobre que tendríamos que «haberla puesto en su sitio hace mucho tiempo». Inhalo profundamente y exhalo de forma deliberada, sin apartar la vista de mi madre. Termina retirándose sin que nadie la acompañe, y Violet y Thomas se refugian en sus habitaciones. Me quedo callada el resto de la noche, mientras friego ollas y aparto a Joseph cuando se ofrece a ayudarme.

—Por favor —le pido, quitándome el pelo de la frente con una muñeca cubierta de jabón—, déjame sola.

—Lo siento, Evelyn...

—Lo sé. Pero no podré evitar desquitarme contigo ahora mismo y por eso te pido que me dejes sola. Cuando suba a la habitación, te juro que ya estaré mejor.

Me deja sola en el fregadero para que descargue mis frustraciones con una cacerola con rastros de queso que no se quieren despegar. Desde la ventana lo veo limpiar con la manguera una pila de tumbonas que la familia de Jersey que se está quedando con nosotros ha dejado fuera, antes de irse a la cama. Un poco más tarde yo también subo a nuestra habitación, más tranquila, pero también más cansada, con pasos desanimados. No me concentro, la pasta de dientes de me cae del cepillo dos veces antes de que termine rindiéndome y lo meta como sea en el cajón. Me tumbo junto a Joseph en la cama, con las sábanas empujadas hacia abajo por el calor tan espeso del verano.

Mil pensamientos me cruzan la cabeza mientras fijo la vista en el ventilador del techo y me sorprendo a mí misma al formular la pregunta, pues la inseguridad que se asoma por debajo sale como una adivinanza, una prueba.

—Joseph, ¿por qué me quieres?

—Ya sabes por qué. —Su respuesta es evasiva y cortante.

—No lo sé —suspiro, en voz baja y controlada, concentrándome para mantenerme quieta y tranquila. Una lágrima me rueda por la mejilla—. De verdad que no lo entiendo. —Me vuelvo hacia él, sintiéndome desdichada, egoísta y nada digna de ser amada. Una madre a punto de perder a su hija, como si una hija fuese algo que uno pudiese perder, como unas llaves, cuando lo único que siempre he querido, que siempre he procurado, es ser el tipo de madre que ya me hubiese gustado a mí tener.

—Te quiero porque eres la única mujer a la que he querido en la vida —me dice, trastabillando un poco con las palabras al haberlo tomado desprevenido—. La única en mi vida.

—Eso no contesta mi pregunta. No me dice por qué. —Ya sé que soy patética, como un perro que pide que lo acaricien, que me digan que soy una buena chica, que merezco todas las oportunidades que me ha dado. Pero es que necesito oírlo, necesito saber que no lo engatusé de algún modo para hacer que me siguiera, que me esperara, para ganarme esta paciencia y confianza infinita en la persona egoísta que soy y que ha demostrado no ser digna de todo su amor. Como si mi vida en Stonybrook fuese solo el primer acto para todo lo que iba a venir después, mientras hacía tiempo hasta que se descubriera mi potencial, el diamante en bruto que soy en realidad. Una historia que algún día contarían los del pueblo, la de la mujer que en otros tiempos regentó esa pensión, que se fue para hacer tantas cosas distintas. No la que se proyecta en mi mente, la de una anciana triste y desdichada, que se balancea sola en su porche porque se las arregló para espantar lo único bueno y real que tenía en su vida.

—Hay tantas razones por las que te quiero que probablemente podría hacerte una lista, pero en realidad es porque no puedo evitarlo. Nunca he podido. Te quiero porque tienes una luz en tu interior… —Me echo a llorar, y Joseph me acaricia el cabello—. Atraes a los demás, siempre lo has hecho conmigo, como si fueses un campo magnético. Eres una persona llena de sueños que sabe luchar por ellos y tienes el corazón más grande que he conocido en la vida.

No puedo soportarlo, incluso si soy yo la que he suplicado este brote de afecto tan directo, por lo que tengo que pararlo con un comentario desagradable.

—Entonces ¿por qué tengo una hija que me odia?

Joseph se acerca un poco más y me rodea con un brazo.

—No te odia. Es solo una adolescente que está intentando encontrar su camino en la vida.

—Pero yo soy adulta. No debería haber dejado que se fuera sin despedirse, como hizo mi madre… Y me odio por ello. No debería haber dejado que nuestras peleas tontas pasaran a ser algo mayor. Quiero ir a verla, pero no me habla, solo me corta cuando la llamo. ¿Cómo puedo solucionar las cosas así?

—Iré a verla este fin de semana, quizás conmigo sí quiera hablar. Le diré que tenéis que resolver las cosas, que no puede ignorarte sin más. Puede que ya sea una adulta, pero eso no implica que no sea nuestra hija.

Asiento, con la mejilla mojada por las lágrimas contra su pecho.

—Y dile que la quiero, por favor. Dile que la quiero en mi vida. Por Dios, que es mi primera hija. ¿Cómo no va a saber lo mucho que la adoro?

Lo mucho que te quiero a ti, quiero decirle. *Lo arrepentida que estoy.* Solo que no lo hago. Jane es de lo único que puedo hablar mientras hago equilibrio en esta cuerda floja en la que me encuentro.

—Sé lo diré, no te preocupes —me dice, antes de atraerme hacia él como si estuviese calmando a una niña pequeña y murmurar palabras de consuelo para tranquilizarme, unas plegarias a unos dioses que no existen para que la mantengan a salvo.

Joseph

Conduzco hasta Boston, con la dirección de Jane en el bolsillo. Aunque nunca he estado en su piso, Jane lo anotó en un papel y nos lo dejó sobre la cómoda en lugar de despedirse. Una parte de mí teme lo que me voy a encontrar, y tengo el estómago hecho un nudo cuando llego al apartamento en Brighton, a las afueras de Boston. La peste intensa de la marihuana se cuela hasta los escalones de la entrada y me pone de los nervios.

Cuando llamo a la puerta, una voz a lo lejos contesta:

—¡Pasa!

Giro el pomo y siento que todo me da vueltas, pues la estancia está llena de humo. Una chica a la que no conozco de nada está sentada en un sofá maltrecho, en una camiseta de tirantes sin sujetador y en ropa interior.

—Ay, madre, lo siento mucho —murmuro, apartando la mirada—. Creo que me he equivocado de dirección. Estaba buscando a Jane, mi hija.

La chica me mira con los ojos entrecerrados debido a la luz del sol que entra por la puerta abierta.

—No, hombre, que no te has equivocado. Jane vive aquí, creo que está currando. Siéntate, anda, puedes esperarla aquí. —Se aparta un poco en el sofá para hacerme sitio, aunque sin preocuparse por cubrirse en absoluto.

—No, no pasa nada —me excuso, dándome la vuelta para marcharme—. Dile que su padre se ha pasado a verla y ya. —Cierro la puerta a mis espaldas, casi sin aliento. Derrotado, bajo los escalones de la entrada para dirigirme al coche y casi me doy de bruces con Jane, con lo que los dos pegamos un salto. Estiro una mano para sujetarla del codo, paranoico por lo que he visto y convencido por un miedo irracional de que va a salir corriendo por haberme encontrado.

—Papá, ¿qué haces? —se queja, apartándose de mi agarre.

—He visto a tu compañera de piso. He visto las drogas. Nos vamos para casa.

Ante eso, se echa a reír, y el sonido me parece extraño.

—Tranqui, esa es Sheri, una amiga que se está quedando con nosotras un tiempo. No es mi compañera de piso. Pero no te preocupes, que estoy trabajando, ¿ves? —Señala la ropa que lleva puesta: unos pantalones cortos diminutos y una camiseta con escote. La miro sin comprender—. De camarera —me explica.

—No me parece correcto nada de esto, Jane —le digo, bajando la voz en un intento por calmarme.

—Ah, mira tú, sí te parece bien vivir con mamá, pero esto es lo que no te parece correcto —se burla.

—Esta disputa que hay entre tu madre y tú…

—No te lo llegó a contar, ¿verdad? —Ladea la cabeza, retándome con la mirada—. Venga, vuelve a casa y pregúntale qué pasó en mi cumpleaños.

Nunca me enteré de lo que pasó después de acostarme esa noche. Evelyn no me contó nada y Sam se fue. Para mis adentros, ese verano tan raro que vivimos se exorcizó con el cambio de estación. Tomé la decisión consciente, sin importar lo mucho que me doliera, de confiar en ella. De dejarla ir y permitirle que me escogiera. De que me demostrara que nuestra vida juntos era lo que quería de verdad. Y su presencia en nuestra cama más tarde esa misma noche fue mi respuesta, la frialdad de sus muslos contra los míos cuando se deslizó bajo las sábanas, oliendo a humo y a fuego, con cuidado de no despertarme mientras yo pretendía dormir.

—¿De qué hablas?

—Los vi juntos, ¿vale? —Aunque tiene los ojos anegados en lágrimas, aprieta la mandíbula con fuerza, hecha una furia.

—¿Qué crees que viste? —le pregunto, sin dejar que la sorpresa me tiña la voz. Si hubiese pasado algo, estoy seguro de que Evelyn me lo habría contado.

—¿Que qué creo que vi? Pero si estaba ahí mismo. —Ha empezado a llorar, unas lágrimas de rabia que se limpia de la cara a manotazos—. Sam le pidió que huyera con él a París. Tenía la mano apoyada en su rodilla y se inclinaban el uno hacia el otro cada vez más cerca y él le dijo que podrían irse, que podían beber vino y tocar música y *hacer el amor*. —Las últimas palabras las escupe como si fuesen un veneno amargo.

Sus palabras me sientan como un jarro de agua fría. No puedo hablar, no puedo decirle nada. No es posible. Evelyn me lo habría contado. No se fue, sino que volvió a la cama conmigo, así que debe de haber algo que Jane no haya visto, que no haya entendido. Pero yo tampoco entiendo nada, no puedo creer que Evelyn me haya ocultado algo así, salvo que... Salvo que una parte de ella hubiera querido ir.

—Lo sabías, ¿verdad? Lo sabías y decidiste quedarte con ella... —Retrocede, horrorizada.

No puedo explicárselo, no encuentro las palabras para decirle que sí que lo sabía, en cierto modo. No lo de la propuesta de Sam ni ningún detalle al respecto, pero que, al acercarme, había notado la energía que irradiaba entre ellos. Jane se mete en su piso con una mirada sombría.

—Entonces eres igual que ella —sentencia, y cierra la puerta.

Evelyn

Julio de 1973

La comida siempre ha sido mi parte favorita de cualquier celebración, lo único que no se arruina por la pérdida de alguien. Cuando la estancia se queda en silencio porque todos estamos comiendo, cuesta más notar que hay voces que faltan. Joseph se esfuerza muchísimo por hacer conversación, pues la banda sonora de mi cumpleaños de momento se limita al chirrido de los cubiertos contra los platos.

—Thomas, ¿cómo van las clases?

Nuestro hijo ha decidido quedarse en Nueva York y estudiar en verano para no retrasar su graduación, mientras hace malabares con un doble grado de Negocios y Economía.

—Complicadas. —Es su única respuesta, lo que no es una respuesta en sí.

Me lo quedo mirando, a mi único hijo. No se parece en nada a su tocayo, aunque de pronto caigo en la cuenta de que Thomas tiene más o menos la edad que Tommy tenía cuando nos despedimos por última vez en la estación de tren. Thomas se sienta a la mesa como el aire que se respira, necesario y constante, sin llamar la atención. Corta su filete con precisión en unos cuadraditos del tamaño de un bocado y se los lleva con movimientos fluidos a la boca. Sus modales no son algo que le hayamos enseñado, sino que es su propia disciplina, disfrazada como buena educación. Tommy solía sostener el cuchillo como si de una sierra se tratara, rasgaba la carne sin cuidado y se la lanzaba hacia la boca entre carcajadas escandalosas, para luego limpiarse la barbilla con el dorso de la muñeca. Entonces esbozaba una sonrisa o te guiñaba un ojo, mientras masticaba la comida en una mejilla, y todo quedaba perdonado.

Pese a que Tommy no envejeció con nosotros en mi mente, la imagen que tengo de él me sigue pareciendo como si fuese mayor que yo, por alguna razón. Por mucho que haya superado con creces la edad que él tenía. Congelado en los últimos momentos que compartimos, con sus diecinueve años, me parece mayor de lo que yo me siento esta noche, a mis cuarenta y ocho años. Echar de menos a mi hermano se convirtió en una especie de zumbido en voz baja que no deja de vibrar bajo la superficie. Podía oírlo si me ponía a ello, pero en su mayoría quedaba disfrazado por los latidos de mi corazón. Lo primero que comencé a perder fueron sus rasgos, la forma exacta que tenían, la agudeza de los detalles. ¿Aquella peca la tenía a la derecha o a la izquierda de la barbilla? ¿El tono de los ojos era más gris o azul?

Luego se fueron las cosas que recordaba que solía decir. ¿Las habría dicho en algún momento? Una noche, cuando los niños eran pequeños y estaban persiguiendo libélulas conforme el sol se iba poniendo en el horizonte, la frase «¿Sabías que las libélulas macho tienen su propio patrón de luz?» me llegó a la mente. Solo que ¿quién la había dicho hacía tantos años? ¿Habría sido Joseph? ¿O Tommy? Por aquel entonces los tres éramos pequeños, sentados en el muelle con el aire frío a nuestro alrededor, cuando las libélulas habían empezado a parpadear por las dunas. Era algo sobre cómo los machos atraían a las hembras, no lo recordaba bien. «¿Sabías que las libélulas macho tienen su propio patrón de luz?». Una tontería insignificante, pero había querido recordarlo. Quería ponerles voz a las palabras en mi imaginación. Primero las oí con la voz de Tommy, luego con la de Joseph, y ninguna me parecía correcta. ¿Habría sido yo quien lo había dicho? ¿Era algo que yo solita había aprendido?

—¿Y te gustan? —Joseph lo intenta una vez más.

—Pago para que sean así de complicadas —contesta nuestro hijo, encogiéndose de hombros.

Pobrecito Joseph, da igual lo mucho que se esfuerce porque no va a lograr que Thomas hable con nosotros. Convertirse en piloto era de lo único que conseguíamos hacerlo hablar antes; le obsesionaba aprender lo que hacía que los aviones se mantuvieran en el aire, cómo se fabricaban, quién probaba los nuevos modelos. Y ahora ya no hay cómo hacer que hable sobre prácticamente nada. No desde que los médicos le descubrieron ese soplo en el corazón. La fuerza aérea había terminado rechazándolo, jamás iba a poder alistarse.

Después de su examen médico, encontré los pósteres de aviones y helicópteros que antes había tenido pegados en su habitación apretujados en la papelera. Los había arrancado y hecho pedazos, algo nada propio en él, y la violencia del acto me había afectado mucho. Lo único que quería hacer era recogerlos, estirarlos y conseguir que volvieran a ser planos bajo unos libros pesados, unir los pedazos con celo y pegarlos de nuevo en sus paredes. Darles forma a sus sueños una vez más, para que volvieran a ser algo real. Solo que no podía hacer eso. Y él no quería hablar del tema, sin importar lo mucho que intentáramos charlar con él. En su lugar, se limitó a esconderse en su habitación y llevarse al límite. Pretendía entrar en la universidad y estudiar muchísimo, más que cualquier otra persona, más que sí mismo. Se fue alejando más y más de nosotros, se matriculó en la Universidad de Nueva York y, unos meses después, se fue de casa.

Joseph suelta un suspiro.

—En ese caso, supongo que no es dinero desperdiciado.

Echo de menos a Thomas de bebé, cuando agitaba sus puñitos regordetes para que se los limpiara, con sus mejillas redonditas y sus ojos grandes. Cuando era pequeño, me necesitaba para todo. Y ahora, no me necesita para nada. Solo ha venido esta noche porque sabe que me haría daño si no estuviera; ha visto lo que Jane le ha hecho a toda la familia al dejar de venir a casa. Thomas no es cruel, por muy difícil que sea saber lo que siente la mayor parte del tiempo. Entiendo lo que el soplo implicó para él, para su futuro y para su vida, pero ha sabido encontrarse a sí mismo, abrirse un nuevo camino en Nueva York. Aun con todo, no consigo hacerlo hablar sin formularle una pregunta primero; no puedo hacer que se ría si no es una mueca forzada en aras de los buenos modales.

Joseph intenta hablar con Violet, la cual lleva un vestido amarillo que contrasta muchísimo con su humor de esta noche: apagado de una forma nada propia en ella, casi hasta sombrío.

—¿Y este finde con quién te toca salir?

—Qué gracioso, papá. —Violet le hace una mueca, arrugando la nariz. Ha cumplido diecisiete y no es para nada consciente de lo preciosa que se ha vuelto. Joseph dice que se parece a mí y quizás así sea, al menos en lo físico, porque tenemos un cabello y una figura similares. Sin embargo, ella se siente cómoda con su cuerpo de un modo que yo nunca conseguí, y en cuanto a personalidad, es clavadita a Joseph: son las personas más buenas y desprendidas que he conocido en la vida.

—No pretendía ser gracioso, es que quiero conocer a estos jovencitos con los que sales. El único que llegué a conocer fue a... ¿Cómo se llamaba? ¿David?

—Puaj, ¿David? —Pincha sus patatas con vehemencia—. Solo porque hayamos salido un par de veces no significa que sea el amor de mi vida.

Violet nunca se contiene al demostrar lo mucho que le gusta algún muchacho, aunque sí que procuran besarse a escondidas en el porche de casa. La felicidad le brota por los poros cada vez que conoce a un chico, le apoya la cabeza en un hombro y le acaricia los brazos con la punta de los dedos. Hasta que descubre algún defecto imperdonable y decide que no quiere verlo nunca más. Y, poco después, es un nuevo pretendiente el que llama a nuestra puerta. A Joseph le preocupa lo seguido que van y vienen, pero yo intento tranquilizarlo al decirle que debería dar las gracias de que no se haya involucrado con nadie de forma seria a su edad. Quizás podamos protegerla un poco más de tener que llorar la pérdida de su primer amor, de sentir que se han aprovechado de ella. Aun con todo, yo también me preocupo. ¿Qué será lo que está buscando?

Thomas suelta un resoplido mientras alza la mirada de su plato.

—Vi, tienes que abrir los ojos y darte cuenta de que el mundo no está a la espera de concederte un cuento de hadas.

—Ya, claro, ¿y cuántas novias has tenido tú?

Thomas la fulmina con la mirada y se mete un trozo de filete en la boca.

Alzo las cejas al ver el intercambio.

—Tu hermano tiene razón, cielo. Está bien que no quieras conformarte, y tienes todo el tiempo del mundo para descubrir qué es lo que quieres, pero queremos asegurarnos de que lo que buscas es… real.

—Pero si papá te dio un cuento de hadas —se queja ella, con un puchero.

Ante eso, casi se me escapa la risa. Joseph se mantiene ocupado hasta tarde arreglando una cosa y otra por la pensión con tal de evitarme. Su cena lo espera envuelta en film transparente en la nevera, para que la caliente después de que Violet y yo hayamos cenado. Vuelve a nuestra habitación bien entrada la noche, rendido, y se queda dormido no mucho después, con poco más que un buenas noches. Tengo el cuerpo más acostumbrado al espacio que nos separa que a la calidez de su toque, nuestras conversaciones se limitan a cosas del día a día e información sobre la pensión: huéspedes que llegarán temprano, toallas que hay que pasar por lejía, cosas que apuntar para la lista de la compra. Se despierta antes del amanecer, se viste a trompicones en la penumbra, y yo me quedo bajo las mantas, fingiendo dormir, mientras me pregunto cómo hemos podido terminar así.

Señalo a Violet con el tenedor antes de contestarle.

—Nuestra relación es mucho más que las partes de cuento de hadas, y tuvimos suerte de encontrarnos el uno al otro tan jóvenes y de poder superar todos los obstáculos hasta llegar hasta aquí. —La certeza nada sincera en mi voz tiene la intención de mostrarle el camino a nuestra hija, romántica empedernida como las haya, pero, a la vez, de no preocuparla, pues no es consciente de los modos en que su padre y yo nos hemos distanciado—. No siempre es fácil.

Thomas, quien es obvio que ya se ha hartado de la conversación, cambia de tema:

—¿Alguien sabe algo de Jane?

Llevamos tres años sin verla. Lo último que supimos de ella fue una carta que nos llegó desde una dirección en San Francisco, para hacernos saber que se había mudado de Boston a California. Es una sensación muy extraña; su ausencia en esta mesa llama tanto la atención como lo haría su presencia. Celebrar sin ella parece algo falso, como si estuviésemos representando a una familia feliz en una obra. Niego con la cabeza.

—Lo siento, mamá —murmura Violet.

—No pasa nada, cielo.

Pero sí que pasa. No puedo apartar la vista de la silla vacía, donde debería estar Jane. La echo de menos. Sé que está intentando labrarse su propio camino en este mundo, pero no entiendo por qué eso implica dejarnos a todos fuera de su vida. A mí. Aunque no sé si el camino que ha tomado será lo suficientemente claro como para que le permita volver a casa, no quiero hablar del tema, no sé si podría hablar sin hacerme preguntas en voz alta sobre ella: ¿qué estará haciendo? ¿Estará a salvo? ¿Habrá comido? ¿Estará trabajando? ¿Tendrá suficiente dinero? ¿Cuándo podré volver a verla? Es un miedo primordial, como cuando era una recién nacida y yo le acercaba la muñeca a los labios para comprobar de forma obsesiva si estaba respirando.

Joseph fue a visitarla una vez, cuando aún vivía en Boston. Al volver, se mostró cortante conmigo y solo me transmitió la información necesaria: que compartía piso con unas chicas, que trabajaba en un bar, que parecía estar bien. Solo que tenía los hombros cargados con el peso de la preocupación y no me hizo caso cuando le insistí para que me diera más detalles. Me dolió ver que no podía tantear más allá de lo que él me quería mostrar y comprendí que me culpaba porque Jane se hubiese marchado de forma tan abrupta. Y, desde entonces, ha estado muy raro conmigo. Ambos evitamos hablar con el otro en aras de no discutir, y todo eso son unas estacas que se nos clavan más y más y que cargamos con nosotros todo el día.

Thomas se va mañana temprano en tren, de vuelta a Nueva York. A Violet solo le queda este verano antes de empezar la universidad, uno lleno de citas y de besos robados en el porche. No falta mucho para que ambos se marchen de casa, y no sé si la ausencia de Jane dolerá más o menos cuando solo quedemos Joseph y yo aquí. La pensión, llena de desconocidos, y aun así tan vacía.

Después de cenar, Thomas se quedará en su habitación de siempre una vez más. Violet nos da un abrazo a su padre y a mí antes de irse a la cama. Me pregunto si nuestro hijo verá sus paredes vacías y recordará lo que solía colgar de ellas. Me pregunto si esta noche soñará con cazas y paracaídas o si el traqueteo del tren a Manhattan será aquello que lo arrulle en sueños.

DIECINUEVE

Joseph

Febrero de 2002

Hoy cumplo años, setenta y nueve para ser más exactos, y, dado que será mi último cumpleaños, lo único que quiero es pasarlo rodeado de mi familia y formar parte de un recuerdo feliz más con el que pueda dejarlos. Anoche hubo tormenta, lo que no es nada extraño en febrero, y lo ha dejado todo cubierto por un manto de nieve. Rain sugiere que montemos en trineo y, como ella no puede participar debido a su barriga cada vez más grande, se ofrece a repartir chocolate caliente en la cima de la colina. Evelyn decide quedarse en casa, nerviosa por salir con el frío que hace, aunque hace años habría sido la primera en marcar el camino en la nieve por el que todos podríamos seguirla.

—¿Seguro que es buena idea? —me pregunta—. Me preocupa que te hagas daño.

—Montar en trineo al cumplir los setenta y nueve me parece igual de lógico que cualquier otra cosa que hagamos este año.

No me lo discute. No nos esperábamos ni a Thomas ni a Ann, pero nos sorprendieron al llegar a casa con unos deslizadores hinchables recién comprados, aún planos en sus envolturas hasta que los inflamos antes de marcharnos hacia la colina Breyer.

—Tú primero, papá, que es tu cumpleaños —me anima Thomas, y el resto se muestra de acuerdo.

Subo las piernas sobre nuestro viejo trineo de madera, nervioso a más no poder. Han pasado años, décadas más bien, desde la última vez que monté en trineo con mis hijos, pero Tony me da un buen empujón antes de que pueda pensármelo mejor. De pronto tengo el aire helado en la cara, vuelo por la blanca extensión de nieve y algo despierta en mi interior. Me siento invencible, del mismo modo que solía sentirme cuando me lanzaba desde la Roca del Capitán, como si fuese joven y libre de nuevo. Suelto un grito de alegría conforme me deslizo por la nieve.

Lo que me recuerda la edad que tengo es el viaje de vuelta, cuesta arriba. Me deslizo dos veces más hasta que cedo ante los achaques de la edad y decido quedarme en la cima, ayudando a Rain a servir el chocolate caliente de un termo de plástico que nos ha acompañado en muchísimos días de invierno como este, cuando salíamos a montar en trineo o nos íbamos a patinar por el estanque del Cuello del Cisne en cuanto su superficie se congelaba por completo. Mientras contemplamos a nuestra familia, mi nieta se apoya contra mí, con sus rizos remetidos bajo un gorro de lana, la viva imagen de su madre solo que con una certeza y una armonía interior que son cosa completamente suya.

Brindamos con nuestros vasos desechables, y Rain nos echa unos cuantos malvaviscos extra sobre la espuma que se ha formado por encima. Connor y Violet se apretujan en el viejo trineo junto a Patrick, quien ya casi es demasiado mayor para que lo vean compartiendo trineo con sus padres. Tony, que sigue siendo un niño para sus adentros por mucho que ya esté casado con Rain y no le quede tanto tiempo para convertirse en padre, les da un empujón antes de montarse por detrás para ir de polizón. Thomas y Ann van lado a lado en sus deslizadores hinchables, y ella suelta un chillido entre risas cuando se chocan y terminan cayéndose al final de la colina. Thomas se deja caer sobre el manto de nieve con una carcajada que empieza en lo más hondo de su pecho.

Es un día perfecto, salvo porque sé que Evelyn se está perdiendo cada risa. Y no quiero desaprovechar ni un momento a su lado.

A la mañana siguiente, el exquisito aroma del café me da la bienvenida mientras bajo hacia la cocina. Si bien Evelyn no bebe, cuando se despierta temprano a veces empieza a prepararlo para mí, mientras da sus paseos por los pasillos antes del amanecer, pero esta no es una de esas mañanas. Hoy se ha quedado en cama, tapada hasta la barbilla e intentando conciliar el sueño.

Las últimas noches he tenido que cepillarle los dientes yo, mientras que ella se apoyaba sobre la tapa del retrete con la boca abierta. Se me aferra al brazo al caminar por la casa, con un andar lento e inestable. He impedido dos de sus caídas: una vez mientras cruzaba el salón y otra cuando salía de la ducha, y el corazón se me disparó al pensar en lo que podría haber pasado si no hubiese estado cerca, la angustia se me extendió por el pecho según volvía a estabilizarla. En ocasiones la expresión que pone parece una máscara, con sus actitudes y gestos cubiertos por una quietud alarmante. Sus temblores han ido a peor y ahora le tiemblan ambas manos, por lo que el concierto que dio fue la última vez que pudo tocar el piano. Repite conversaciones como si fuese la primera vez y su ansiedad parece algo tangible mientras se desplaza lentamente por el suelo de madera, casi palpable cuando se prepara para ponerse de pie.

Tranquila, amor mío, ya no queda mucho, quiero decirle, aunque me limito a pensarlo.

En su lugar, le digo:

—Estoy aquí contigo, aún nos quedan cuatro meses que compartir.

La mayoría de los días no quiere ver a nadie. No soporta que la sometan a su escrutinio, que sopesen su deterioro, sus síntomas, sus cambios de humor. Las miradas y los entrecejos fruncidos, la preocupación que los demás comparten conmigo apenas Evelyn sale de la habitación.

Thomas debe de haberse levantado. O quizás Jane, Violet o Rain, quienes van a venir a desayunar esta mañana, y han llegado antes que yo a la cafetera. Thomas y Ann se han quedado a dormir en la habitación de su infancia, apretujados en la que fue la cama de mi hijo. No recuerdo que se hayan quedado a pasar la noche con nosotros ni una vez. Solo que, desde el incidente de las Torres Gemelas, las cosas han cambiado. Thomas le pasa un brazo por la cintura a su mujer cuando se sientan en el sofá y hasta lo he visto besarla a escondidas cuando la puerta de la cocina se cerraba. Ann parece más ligera bajo sus atenciones y se sienta a cenar con una melena húmeda que termina secándose hasta adquirir unas ondas naturales que nunca antes había visto. Los fines de semana pasan más tiempo aquí y se pidieron más días libres en las fiestas para pasarlos con nosotros, cuando lo normal es que se marchen incluso antes del postre.

Thomas ha sido de mucha ayuda con la logística, con los detalles de todo lo que se tendrá que llevar a cabo una vez que no estemos en este mundo. Hemos decidido que él sea el albacea de nuestro testamento, porque es quien mejor separa sus sentimientos de la realidad de todo lo que conlleva la muerte. El papeleo y las llamadas y los horarios, toda la distribución de las cosas. La naturaleza tan surrealista de algo tan íntimo como la pérdida combinado con el aspecto formal, legal y público de tener que compartirlo con los demás. Le hemos dicho que no queremos que nos entierren. En lugar de eso, preferimos que esparzan nuestras cenizas más allá de los bancos de arena, que floten entre los peces y que los cangrejos las lleven a sus espaldas, que vayan y vengan con la marea, en el lugar que siempre ha sido nuestro y que siempre lo será.

Igual que mis padres siguen con nosotros en las barandillas desgastadas de la pensión, en las encimeras salpicadas de harina y en las cortinas desteñidas que abrimos para dejar pasar la brisa del verano. Así como Tommy nos acompaña en el primer chapuzón fugaz cuando empieza a hacer calor o cuando nuestros nietos se zambullen desde la Roca del Capitán, pues es el viento que aúlla y el cielo estrellado e infinito en lo alto. Un cementerio no es el lugar en el que notamos su presencia, sino solo donde se depositan sus restos.

Thomas nos insistió para que le contáramos cómo pretendemos hacerlo, así que compartimos con él todos los detalles macabros que pudimos, a pesar de su evidente desacuerdo: las reservas de pastillas, dónde guardamos los documentos importantes y nuestra última voluntad. El plan que ideamos hace más de un año y que por aquel entonces no parecía nada más que hipotético, pero para el que, conforme la fecha se acerca más y más, no he podido evitar buscar alternativas, al descubrir todo lo que podría salir mal con las pastillas, desesperado por encontrar algo infalible y a la vez pacífico. Sigo sin encontrar una respuesta, pero intento apartarlo de mi mente, pues ya será algo en lo que piense cuando no quede más remedio. He escogido tener fe en que compartiré una buena muerte con Evelyn, la misma fe que me impulsó a ir de Connecticut a Boston y luego a volver, confiado en que la única forma de tener una buena vida era pasarla junto a ella.

Violet cocina de más, nos llena el congelador de comida, nos hace la compra y se pasa por la farmacia. Jane llama todas las mañanas para preguntar cómo sigue su madre y se pasa a vernos un par de veces por semana. Toca el piano para Evelyn, y la música que comparten parece enmendar algo entre ellas que las palabras no consiguen sanar. Nuestros hijos nos rodean y se aseguran de que nos mantengamos a flote con el transcurso de los días. El modo en que cada uno puede contribuir son sus ofrendas de paz, y mi gratitud hacia ellos crece cada día, al igual que mi vergüenza.

Thomas lleva puesta una camiseta vieja de la Universidad de Nueva York y unos pantalones de chándal mientras se bebe el café en la mesa de la cocina, pese a que, durante años, Evelyn y yo estuvimos convencidos de que en su armario no había nada más que trajes y corbatas. Violet bate una mezcla para tortitas, Rain se encarga de aderezar unas patatas con romero, pimentón y sal gruesa (según dicta la receta de Evelyn para hacer patatas fritas), y Jane separa unas tiras de beicon y las extiende sobre una bandeja de horno.

—Buenos días, chicas. Buenos días, Thomas. —Le doy una palmadita en la espalda al pasar—. ¿Ann sigue descansando?

—Sí, ¿y mamá? —pregunta él, doblando el periódico que estaba hojeando para dejarlo a un lado.

Me sirvo una taza de café y echo un vistazo por las ventanas cubiertas de escarcha hacia el jardín, donde se ve un poco de madera seca y unas cuantas ramas retorcidas asomándose entre la nieve que acaba de caer.

—También, está agotada por todo el jaleo de anoche.

Thomas vacila un segundo, como si quisiera preguntarme algo, pero en su lugar dice:

—Montar en trineo estuvo genial, no recuerdo la última vez que hice algo así.

—Me alegro de que hayas podido venir, aunque hoy me tocará sufrir por los excesos de ayer, sin duda. —Me doy un masaje en la pierna, para liberar algo de tensión de los gemelos.

Thomas aparta su periódico.

—Papá, quería hablar contigo y con mamá. Ann y yo hemos pensado mucho sobre lo que queremos hacer, y queremos ayudaros.

Bebo un sorbo de mi café y disfruto un poco del calorcito de la taza calentándome las manos.

—Ya habéis hecho más de lo que os imagináis. Lo único que queremos es veros y compartir tiempo con vosotros. Sabemos que estáis muy ocupados y que el viaje de ida y vuelta os toma mucho tiempo.

—Pues justo de eso es de lo que hemos estado hablando. —Se pone a juguetear con su taza, la cual está casi vacía—. Ya no queremos vivir tan lejos. —Alzo las cejas por la sorpresa, y él añade—: Mamá está empeorando muy rápido, ¿verdad?

Rain, Violet y Jane dejan lo que están haciendo para prestar atención a la conversación.

Abro la boca para tranquilizarlo, pero puedo vérselo en la cara: la preocupación, la certeza. Todos la comparten. Por fin pueden ver lo que Evelyn lleva tanto tiempo queriendo que entiendan.

—Ann y yo hemos estado viendo unas casas en Stamford, para así poder estar más cerca de vosotros y de Jane, Vi y todos los demás. Es algo importante para mí. Y para Ann también. Queremos ser de ayuda.

—Thomas, es muy considerado de vuestra parte, pero no hace falta que dejéis vuestra vida por nosotros…

—Pero es lo que queremos. Ya no queremos estar lejos de la familia. No queremos seguir perdiéndonos cosas. No solo es para echaros una mano, también lo hacemos por nosotros. En serio.

Se me forma un nudo en la garganta y me esfuerzo por tragarlo, a sabiendas de que a Thomas no le van mucho los exabruptos sentimentales.

—Eso me hace muy feliz, hijo. No sabes lo contenta que se pondrá tu madre al oírlo.

—¿Al oír qué? —Evelyn baja las escaleras con unos pasitos pequeños y aletargados y el asomo de una sonrisa. Su jersey de lana parece tragarse por completo sus hombros encorvados y casi en los huesos. Parece que al final no ha podido conciliar el sueño. Thomas me mira, pero le hago un gesto para que sea él quien se lo cuente.

—Ann y yo queremos mudarnos a Stamford y dejar la ciudad. Queremos estar más cerca de la familia.

Evelyn se queda boquiabierta por la incredulidad.

—¡Pero si os encanta Nueva York!

—Seguiremos trabajando allí, solo que iremos cada día en lugar de vivir ahí. La verdad, no puedo creer que nos hayamos quedado tanto tiempo. La mayoría de nuestros conocidos se mudaron a las afueras hace siglos.

Evelyn menea la cabeza, con una sonrisa de oreja a oreja.

—No puedo creerlo. ¿Lo dices en serio, Thomas?

—Sí, ya es hora. Podremos venir a veros mucho más seguido sin tener que preocuparnos por los horarios del tren y tener que volver a la ciudad tan tarde. En especial ahora que llegará un pequeñín a la familia. —Hace un ademán hacia Rain, quien se lleva una mano por instinto a su vientre y también es toda sonrisas—. Estamos hartos de tener que perdernos tantas cosas, solo hace falta que encontremos una casa.

—Ah, pues ya somos dos. O bueno, tres. —Rain se mira la barriguita cada vez más grande, cubierta por un delantal a rayas—. Tony y yo tendremos que mudarnos del cuchitril en el que estamos viviendo para cuando llegue el bebé.

—Rain, sois más que bienvenidos si queréis quedaros aquí. Dentro de poco… esta casa se quedará vacía —dice Evelyn—. Tu abuelo y yo lo hemos hablado y tenemos la esperanza de que quieras criar a tu familia en esta casa como hicimos nosotros. Sabemos lo mucho que te gusta y pues, vosotros dos conocéis cada rincón de este lugar. Solo que no creíamos que Tony fuese a estar de acuerdo.

—Ah, sí, él y su orgullo siciliano.

—No os la damos para haceros un favor, díselo. Sabemos que les gusta ganarse las cosas con su esfuerzo, pero la verdad es que llevamos mucho tiempo intentando decidir qué hacer con ella. Queda demasiado lejos como para que Thomas y Ann vayan y vengan del trabajo, y Jane y Violet ya tienen sus propios hogares. Esta casa está llena de recuerdos y pensar en dejarle el jardín a un extraño… —Hace una pausa para intentar contener su emoción—. El favor nos lo estaríais haciendo vosotros. Al menos convérsalo con él a ver qué te dice.

—¿En serio? —dice Rain, con los ojos anegados en lágrimas—. Dios... No sabéis lo que sería para nosotros. Me encanta el jardín y... ya sabéis lo mucho que nos gusta este lugar. Hablaré con él.

—Y Thomas —Evelyn se vuelve hacia él—, no sabes lo feliz que me hace que vayáis a vivir más cerca. Que vayáis a pasaros más seguido por aquí. Nunca creí que... —Las palabras le fallan y tiene que aclararse la garganta para serenarse un poco—. Y bueno, sabéis que podéis quedaros aquí todo el tiempo que necesitéis mientras os organizáis con todo.

Saber que nuestros hijos estarán de nuevo juntos hace que algo se me retuerza en el pecho. Nosotros también tendríamos que estar aquí. Tendríamos que estar con ellos, pasando juntos hasta el último segundo que nos quede en este mundo. ¿Y si ya es demasiado tarde?

Pero ¿*y si no*?

Thomas baja la vista al suelo.

—Gracias, mamá... Ojalá lo hubiésemos hecho antes. —Cuando las lágrimas se le deslizan por el rostro, se apresura a secárselas.

—¿Ojalá hubieseis hecho qué, cariño? —Evelyn tiene una expresión animada, curiosa, y su conexión a los últimos minutos se ha perdido por completo.

Thomas la mira, totalmente pálido.

—¿A qué hora sale vuestro tren? —parlotea Evelyn—. Tu padre os dejará en la estación después de desayunar.

—Sí que llego tarde, ¿verdad? —pregunta Thomas, con un hilo de voz y los ojos rojos.

Evelyn se acerca despacio hasta la mesa, se sienta a su lado y le da unas palmaditas en la mano mientras que Thomas se derrumba, con los hombros sacudiéndose por el llanto.

—Seguro que habrá otros trenes, no pasa nada.

Le devuelvo la mirada a Jane, quien se seca una lágrima furtiva que se le desliza por la mejilla. Rain le da la mano. La única que ha visto a Evelyn de este modo es Violet, y ella me dedica una sonrisa triste al saber lo que pienso, los momentos como este que ya hemos vivido, la verdad compartida de que lo inevitable ya se encuentra entre nosotros.

Evelyn hace un ademán hacia las preparaciones para el desayuno, abandonadas por la conversación.

—Todo se ve delicioso, pero, si no os molesta, creo que iré a acostarme e intentar dormir un poco más. No tengo mucha hambre de momento, así que guardadme algo para después, ¿vale?

Se pone de pie muy despacio, y Thomas hace lo propio para ayudarla, pero Evelyn niega con la cabeza. La vemos subir las escaleras por su propio pie, y la incertidumbre y el arrepentimiento me invaden cuando me quedo a solas con ellos, todos callados por la pena. ¿De verdad podremos seguir con nuestro plan? ¿Podremos plantarnos frente a ellos una última vez para despedirnos?

—¿Cada cuánto le pasa eso? —pregunta Jane, con voz ronca.

—Más seguido de lo que me gustaría.

—Dios.

—Es lo que nos veíamos venir. —Intento pronunciar las palabras con voz firme, aunque no lo consigo.

—Pero es que… Verla así… Y cuatro meses…. ¿Nos quedan cuatro meses con ella? ¿Es en serio, papá? —Entonces es a ella a quien le falla la voz—. ¿No nos dará más tiempo?

Cuatro meses. El corazón me da un vuelco. *Aún puedes cambiar de opinión. Podemos dar marcha atrás.*

—¿Cómo podría decirle todo lo que quiero decirle? ¿Cómo podríamos…? Dios, desperdicié tantos años estando enfadada con ella y ahora…

—Eso ya es historia, Jane. Habéis pasado mucho tiempo juntas desde entonces, no puedes…

—Vendré más seguido. Para lo que necesite, ¿vale? —Se queda sin voz—. Pero papá, ¿cómo puedes hacer algo así? No lo voy a entender nunca.

—¿Puedes dejarlo estar? —interpone Violet—. Esto tampoco es nada fácil para él, que lo sepas.

319

—Pues explicádmelo, entonces. —Tiene una mirada salvaje, como si su miedo y la realidad estuviesen en combate—. ¿Qué habrías hecho si le hubiese pasado algo a mamá cuando éramos pequeños? ¿Habrías acabado con tu vida en ese momento también, con tres niños a tu cargo?

—Por supuesto que no —tartamudeo, intentando explicarme—. Me habría destrozado perder a vuestra madre y no sé cómo me las habría arreglado para seguir viviendo, pero jamás os habría abandonado.

—¿Y en qué se diferencia esto? —dice Jane, haciendo un ademán de indignación—. Aún estás renunciando a muchas cosas.

Rain clava la vista en el suelo, muda.

Le ofrezco las razones que ya hemos practicado, embargado por la culpabilidad.

—Porque ya no sois unos niños. Ya no me necesitáis como antes. Tenéis vuestra propia vida, vuestra propia familia. Hemos cerrado la pensión. Vuestra madre es mi mejor amiga, es lo único que tengo… —Las palabras me fallan mientras intento hacer que Jane lo entienda, que todos entiendan lo que incluso a mí me cuesta procesar—, además de vosotros. La verdad es que no tengo ni idea de qué habría hecho si la hubiese perdido, y soy muy afortunado de no tener que haberlo hecho. Pero Jane, hemos tenido una vida juntos y lo único que nos queda es la certeza de que alguno de los dos morirá, solo que no sabemos cuándo. Así que lo que nos toca hacer es seguir juntos el poco tiempo que sabemos que nos queda.

—Jane, déjalo ya —interpone Thomas—. No lo entiendes porque nunca te has enamorado.

—Serás gilipollas. —Jane lo fulmina con una mirada cargada de veneno.

—¡Nadie más iba a decírtelo!

—Thomas… —trato de advertirlo.

—¿Podemos dejar de discutir? —Violet se pasa una mano por la frente.

—Papá, no puedes dejar que lo haga. Ya la has visto, no es capaz de tomar una decisión como esta —insiste Jane.

—Puede que su cuerpo y sus recuerdos le estén fallando, pero Evelyn sabe perfectamente lo que hace —declaro, antes de aclararme la garganta—. Los dos lo sabemos.

Oigo a Evelyn moverse en la planta de arriba, arrastrando los pies sobre la moqueta, el suave chasquido de la puerta de nuestra habitación al cerrarse. Intento apartar de mi mente la idea de pasar años sin ella, pero un pensamiento se niega a marcharse: no puedo salvarla. Nunca he podido.

VEINTE

Joseph

Agosto de 1973

E velyn y yo acordamos viajar a California juntos para ver cómo está Jane, para acabar con este periodo de silencio y convencerla de que vuelva a casa, sin importar el miedo de Evelyn de que se rehúse a verla. Sin embargo, en la mañana del día que tenemos que viajar, Violet se despierta aferrándose la tripa y retorciéndose por el dolor, así que uno de los dos tiene que llevarla al hospital. Como ya hemos comprado los billetes y eso nos ha supuesto gastar buena parte de nuestros ahorros, posponer el viaje no es opción. Tenemos que tomar una decisión rápida.

—Ya voy yo, tú quédate con Violet —me dice Evelyn—. Jane está enfadada conmigo, así que soy yo quien tiene que solucionarlo.

—Puede que esté más dispuesta a hablar conmigo —repongo.

—Pero su problema es conmigo, no contigo.

—Te lo digo en serio, Jane no quiere verte.

Evelyn se frena, dolida por el comentario. No doy lugar a que sigamos discutiendo, y eso es lo que más la lastima. Solo que aquello que desconoce es lo que más daño podría hacerle. No le cuento lo que Jane me confesó en Boston, la verdadera razón por la que no quiere hablar con su madre, por la que se fue de forma tan abrupta. Las dudas me invadieron después de que Jane me contara lo que había oído. ¿Habría ocurrido algo más que no sabía? Me dolía que Evelyn no me hubiese contado lo que había pasado, incluso si había decidido quedarse. Que se hubiese guardado el secreto de la propuesta clandestina de Sam. ¿Por qué habría hecho algo así? ¿Para protegerme o porque una parte de ella había considerado irse? No era factible que Evelyn fuera a California, que fuera ella quien trajera de vuelta a Jane cuando nuestra hija seguía tan enfadada con ella, cuando había tantos malentendidos entre ambas. Y no podía contárselo a Evelyn porque ahora conocía su secreto, porque había creado un secreto que envolvía a otro y así sucesivamente, como una muñeca rusa.

Evelyn alza las manos en un gesto de derrota y se vuelve para encargarse de Violet y dejarme ir.

La dirección que Jane tenía antes me conduce de un callejón sin salida a otro; paso días hablando con *hippies* por la calle, mostrando su foto y siguiendo sus pasos, hasta que por fin consigo dar con ella. A diferencia de lo que ocurrió en Boston, la puerta está entreabierta, por lo que la empujo con suavidad. Paso la mirada por el piso destartalado. Hay un colchón en el suelo, cubierto tan solo por una manta deshilachada, sin sábanas. Unos cartones de comida medio vacíos están salpicados por las encimeras. Un gato con una oreja desgarrada y el pelaje enmarañado se pasea por los restos con la autoridad de un animal salvaje que, si bien no es de ninguno de los presentes, probablemente vivía en este lugar desde antes. La niebla de humo que hay en el ambiente me da una sensación de *déjà vu*, de ver a Jane en otro piso, hecha una furia y desafiante, hace tres años. Todo me da vueltas.

Jane está en un rincón, dando cabezadas junto a un *hippie* colocado.

—Apártate de ella —exijo, en voz baja y con la respiración entrecortada. El corazón se me va a salir del pecho.

—¿Papá? ¿Qué coño pasa? —Jane se despierta y se abraza a sí misma.

—Mira, tío, no pasa nada. —El hombre alza las manos y me ofrece una sonrisa con su dentadura amarillenta.

La sangre me late en los oídos. Siento como si estuviese bajo el agua, preso de una corriente que me zarandea de un lado para otro y no me deja respirar.

—Nos vamos a casa.

—¿Qué dices? No pienso ir a ningún lado.

—No te queda otra, tira que nos vamos. —Paso la vista por las marcas que tiene Jane en el brazo, por sus hombros huesudos y las piernas como palitos.

—Ya no puedes darme órdenes —afirma, meneando la cabeza con su melena hecha un desastre.

Quiero aferrarla del brazo y noto que el cuerpo entero me tiembla por la furia.

—Me importa una mierda. Eres mi hija, ¿y ahora qué, te metes drogas? —Se me quiebra la voz al pronunciar las palabras, al verla y confirmar, esta vez de verdad, lo mucho que se ha distanciado de nosotros.

—Estamos pasando el rato, no es para tanto.

—No me creo que pienses eso. —Avanzo un paso, intentando calmar mi furia y parecer tranquilo, bajo control—. Venga, que nos vamos a casa.

Jane se echa a reír.

—¿Por qué me iría contigo? —Se vuelve hacia el hombre que tiene al lado para abrazarlo, y veo que tiene la cara interna de los codos roja y llena de pinchazos. El tipo se parece al gato salvaje, sarnoso, en los huesos y con la melena alborotada. Me mira entrecerrando los ojos y apoya la cabeza sobre la de Jane.

Me vuelvo hacia él, con los puños apretados a los lados. Me duele la pierna, mi voz es prácticamente un gruñido y la furia me está carcomiendo. La furia de recordar el piececito ensangrentado de un niño que se asomaba bajo los escombros en Sicilia, el estómago desgarrado de Tommy, el tumor de mi madre, la metralla que me atravesó la pantorrilla, los brazos de Jane llenos de marcas y cicatrices, sus ojos hundidos. Entonces alzo los puños y doy un paso hacia él.

—Mira, hijo de puta, tienes suerte de que no te parta la cara ahora mismo. No sé qué carajos le has hecho a mi hija, pero...

—¡Papá, no! —chilla Jane, y yo me vuelvo hacia ella, completamente desesperado.

—Tengo dos billetes de avión, Jane. Vuelve a casa. Te echamos de menos. Tu madre no puede dormir... se preocupa mucho por ti.

Jane se pone de pie a trompicones, motivada por su furia.

—Llevo años sin hablarle y ni siquiera se ha tomado la molestia de venir. Tan preocupada no puede estar, ¿verdad?

Vacilo.

—Es que a Violet le ha dado apendicitis... no podía dejarla.

Jane se echa a reír.

—Mira tú, qué conveniente. Su adorada Violet necesitaba que la atendieran.

—Toda esta guerra entre tu madre y tú tiene que acabar. ¿Es que no te das cuenta de lo mucho que te quiere? De lo mucho que te queremos los dos.

—No entiendo por qué no la has dejado. ¿Cómo puedes confiar en ella después de lo que pasó?

—Es que no pasó nada, Jane.

—¿Ah, sí? ¿Eso te dijo?

No admito que no llegué a confrontarla. No admito que, en mis peores momentos, imagino a su madre besándolo, abandonándome, y el dolor que eso me causa hace que casi me vuelva loco, me prepara para el día en que quizás sí que lo haga.

—Hay ciertas cosas en un matrimonio que son difíciles de explicar... Uno tiene que confiar en la otra persona. Oíste lo que Sam le pidió, pero no lo que ella contestó. Es obvio que no se fugó con él.

—Pero él no se lo habría pedido si no hubiese creído que existía la posibilidad de que aceptara. Me muero de la vergüenza y del asco solo de pensarlo. ¡No entiendo cómo no te das cuenta!

—Lo que importa son las decisiones que tomamos. Lo que pasó con tu madre… no es razón para apartarla de tu vida, para hacer como si no existiera.

No parece que me esté escuchando, como si le importara una mierda lo que le estoy diciendo. Detrás de ella, el adicto se pasa un boli por el brazo para hacerse un tatuaje de lo más burdo. Me entran náuseas y es como si toda esta escena se estuviese alejando de mí y la visión se me emborronara.

—Vuelve a casa, Jane. Por favor, vuelve. —La estoy perdiendo, como si estuviese a punto de soltar el agarre en un barranco.

Jane me sonríe, lo que la hace parecer un esqueleto de mejillas hundidas.

—Esta es mi casa. Aquí la gente sí que me entiende, por fin.

—Pero si te estás metiendo heroína… —La palabra se lleva consigo el poco aire que me queda en los pulmones. Intento sujetar a mi hija—. Ni siquiera puedes ver lo que tienes delante de las narices.

—No me toques. —La expresión de Jane es imperturbable mientras retrocede para apartarse—. Será mejor que te vayas.

—No pienso irme sin ti.

—Ya la has oído, tío, fuera de aquí. —No proceso las palabras del drogadicto. Lo único que veo es a Jane. Quiero atraerla a mis brazos, rodearla con ellos y sacarla de este cuchitril. Quiero el peso de su cabeza en mi hombro, mientras la llevo en brazos de vuelta a casa y la meto en su cama, sana y salva.

—Te sacaré de aquí a rastras si es necesario. —La aferro de la muñeca, pero ella me aparta con un movimiento brusco.

—¡Te he dicho que no me toques, joder! —grita, y cuando intento agarrarla de nuevo se pone a chillar como si la estuviese torturando.

Alzo las manos, para que vea que no pienso tocarla.

—No me hagas esto, Jane...

—Si intentas sacarme de aquí, te juro que me escaparé y no me volverás a ver el pelo en la vida.

—Jane... —Su nombre es mi última súplica, al haberme quedado sin nada con lo que convencerla, sin esperanzas ni ningún modo para obligarla a abandonar este lugar. No tengo cómo encerrarla y evitar que se siga haciendo daño. Ella clava la mirada en mí, con frialdad. Mi ofrenda me parece minúscula y patética, pero es lo único que me queda. Un recordatorio, una vía de escape, una verdad que se le debe de haber olvidado—: Siempre puedes volver a casa. No lo olvides.

VEINTIUNO

Evelyn

Marzo de 2002

Fuera de casa, el viento agita los árboles de hoja perenne y la tierra está suave y húmeda gracias a los últimos días de nieve derretida. Conforme se acerca la primavera, solo quedan unas cuantas zonas congeladas en los rincones más cubiertos del jardín, donde las plantas se han marchitado y la hierba se ha secado y está llena de ramitas y restos de hojas que se han congelado donde cayeron en otoño. Joseph se ha puesto a atender el jardín, por mucho que solo sea marzo y probablemente demasiado pronto para ello, siendo que todavía existe la posibilidad de que siga nevando. Solo que, cuando nos hemos despertado esta mañana, hemos visto que unas puntas verdes se asomaban bajo la nieve derretida, así que, tras desayunar a toda prisa y ni siquiera terminar de beberse el café, ha salido corriendo a despejarles el camino al apartar y retirar todos los restos que había dejado tras de sí el invierno. Me pregunto si, a partir de ahora, se imaginará a Rain y a Tony arrodillados sobre el suelo removido cada primavera, conforme el jardín vuelve a florecer y a llenarse de vida y color.

No me he movido de mi sitio; intento una vez más escribir las cartas que tengo pendientes y me desalienta saber que Joseph ya ha acabado con las suyas. Ha dejado sus sobres guardados bajo la tapa del asiento del piano, listos para el después. Fue mi idea, para que la familia tuviese algo nuestro que leer cuando ya no estuviéramos, con la esperanza de darles algo semejante a la paz. Solo que me cuesta mucho pensar qué decirles. Si tuviésemos la posibilidad de hacerlo, ¿cómo empieza una a despedirse? ¿Cómo incluye todo lo que tiene que decir para cuando ya no esté en este mundo? Y más en nuestro caso, que estamos decidiendo abandonarlos. Abandonar este mundo, cuando hay tantísimas razones más importantes por las que deberíamos quedarnos. Una vez más, me sobrepasan la culpabilidad y la incertidumbre. Me pregunto por qué tomamos esta decisión en primer lugar... Una de la que aún podemos arrepentirnos. Quiero volver a planteármelo todo, hacer que Joseph cambie de parecer antes de que sea demasiado tarde.

Y no es solo el mensaje en sí lo que me está dando problemas. Estoy perdiendo palabras y nombres; las ideas se disuelven antes de que el bolígrafo toque la página siquiera. Es una nueva sensación de soledad que nunca antes había imaginado, el estar atrapada en el laberinto de mi mente, una amenaza real que pende sobre mí como una niebla siniestra e inminente que no deja de darme caza. Las estaciones pasan y el tiempo avanza demasiado rápido, y yo me quedo atrás, luchando por darles el alcance, por hacer que el reloj se detenga. Quiero retroceder en el tiempo y empezar de nuevo, tener la oportunidad de permanecer como era antes, no como soy ahora. ¿Qué puedo escribir en mis cartas que les sirva de consuelo si yo misma estoy tan asustada?

El reloj de pie da las nueve de la mañana, aunque mañana a esta misma hora dirá que son las diez. Un truco de lo más extraño esto del horario de verano, uno que me recuerda lo frágil que es el modo en el que percibimos el mundo y que hace que, estos últimos días, una furia amarga me embargue como si de una oleada se tratase, fuerte y súbita, con un dolor que es casi tangible. Cómo puede ser posible que el tiempo sea una construcción tan falsa que cambie porque así lo disponemos nosotros y que haga que perdamos una hora de nuestra vida mientras dormimos, así porque sí. Sin importar lo mucho que intente aferrarme a este lugar y a este momento, el tiempo se me deslizará entre los dedos como la harina al pasarla por un colador, como la más fina de las arenas.

Intento concentrarme en un recuerdo para permanecer alerta, un truco que se le ocurrió a Joseph para ayudarme a mantenerme coherente. Después de lo de la sinfónica, celebramos con una cena en ese restaurante italiano al que iba tanta gente, en la calle Hanover. Me esfuerzo para recrear en mi mente lo adorables y perfectamente imperfectos que se veían todos esa noche. Sus sonrisas iluminadas por la luz de las velas, el murmullo de las voces de los demás clientes a nuestro alrededor, al resguardo de nuestras propias risas y conversaciones. Por fin, Jane al lado de Marcus, donde debía estar. Todo un caos de platos chocando entre sí y camareros con corbatas negras y delantales que iban y venían entre las mesas, aunque la imagen de Joseph es clara como el agua, mientras entrelazaba su mano con la mía y me acariciaba los nudillos con el pulgar.

Esta vida que hemos pasado juntos ha sido suficiente. Lo ha sido todo para mí.

—Sabes cuánto te quiero, ¿verdad? Lo mucho que le agradezco a la vida que seas mi madre. —A Violet se le llenan los ojos de lágrimas; estamos sentadas en el sofá, con la chimenea encendida, arrebujadas bajo una manta de lana mientras intercambiamos historias y recuerdos. Estas conversaciones son nuestro pan de cada día, sus muestras de amor y de gratitud, y yo se las devuelvo a mis hijos como si de una canción de cuna se tratase: *os quiero, os quiero mucho y siempre lo haré. Qué suerte he tenido de que seáis mis hijos.*

—Que estamos en marzo, hija —le digo, en broma—. Todavía faltan unos meses para las despedidas.

Violet se ríe, secándose las lágrimas.

—Me gusta adelantarme —dice ella, antes de respirar hondo y considerar algo—. ¿Crees que tú y papá estaréis juntos después? ¿En el más allá?

Le doy vueltas a mi alianza entre mis articulaciones inflamadas.

—No sé qué creer, la verdad. Pero supongo que no perdemos nada por esperar que así sea. Si fuese por mí, nos quedaríamos juntos aquí mismo. —Le devuelvo la mirada a mi hija—. Solo que esa no es opción para mí, no como me gustaría ser. He vivido una vida plena y maravillosa. No podría haber pedido nada más.

—¿Sabes? He estado hablando con Thomas y con Jane y se nos ha ocurrido algo —me dice, con una sonrisilla traviesa.

—A ver... —la animo a seguir, un tanto insegura.

—Hagamos una fiesta —anuncia, con ojos brillantes.

Me echo a reír, porque eso sí que no me lo esperaba.

—¿Una fiesta?

—Exacto. Solo la familia, los que lo sabemos. Papá y tú nos dijisteis, hace mucho, cuando nos lo contasteis, que queríais que este año fuese para celebrar, ¿a que sí? Así que no podemos quedarnos aquí llorando como una Magdalena. —Se ríe, entre lágrimas que no quiere dejar caer—. Por eso estaría bien una fiesta. Una celebración de la vida.

—¿Vais a organizarnos un funeral antes de que nos hayamos ido al otro barrio? —Entonces me río más aún, y lo mucho que me gusta la idea me sorprende, lo bonito que sería estar ahí, no perdernos nada, en especial esto.

—He dicho una fiesta. Nada triste. Prohibiremos las lágrimas —declara Violet, como si fuese una promesa.

—Ver para creer —le digo, medio en broma, antes de darle un abrazo—. Una fiesta me parece perfecto.

—¿Crees que mejor pronto? —pregunta, observándome, con lo que la preocupación se asoma por sus facciones una vez más.

—¿Qué te parece en mayo? Cuando el jardín haya florecido —propongo, con la esperanza de sonar confiada y hacer que mis síntomas se ralenticen por pura fuerza de voluntad—. Así tenemos algo bonito que esperar.

—Pues en mayo será —asiente.

—Nuestra fiesta. —Me apoyo en ella, dando gracias por mi hija por este regalo, como una baliza hacia la que nadar conforme me fallan las fuerzas y que consigue ayudarme a llegar. Por tener algo, incluso ahora, que celebrar.

VEINTIDÓS

Evelyn

Agosto de 1973

La noche en la que se supone que Jane y Joseph volverán del aeropuerto la paso caminando de aquí para allá por el recibidor, asfixiándome con el calor de agosto y mirando una y otra vez por la ventana en busca de un taxi, conforme los huéspedes de la pensión van y vienen, ajenos a mi agonía. Me mantengo atenta a la puerta, tan concentrada en ella que el crujido súbito de los neumáticos en la entrada me hace pegar un salto.

El taxi se detiene en el borde del caminito de la entrada, y la puerta trasera del vehículo se abre. Joseph se baja con su maleta de cuero. Espero a que Jane se deslice por el asiento y lo acompañe en esta noche húmeda y espesa de verano, en la oscuridad que cobra vida gracias a los chirridos de las cigarras, pero eso no sucede. El coche ronronea y las olas rompen a lo lejos, mientras el ambiente y los árboles permanecen quietos. Joseph cierra la puerta por la que ha bajado y el taxi retrocede para luego desaparecer entre las sombras, acompañado del crujido constante de los neumáticos que va dejando de oírse según maniobra por la entrada hasta finalmente marcharse.

El estómago me da un vuelco. No es la primera vez que lo veo bajarse solo de un coche. La última vez, corrí para darle alcance, bajo un cielo azul de verano. La última vez, me lancé a abrazarlo. La última vez, eso me destrozó.

Joseph permanece como una estatua en la entrada, sujetando sin fuerzas su maleta. No intenta buscarme en las ventanas ni echarle un último vistazo al taxi que se aleja, no parece procesar que ya ha llegado a su destino. Se queda ahí plantado, con los hombros hundidos y contemplando las caracolas hechas trizas bajo sus pies. Presiono las palmas contra el frío metal de la puerta de mosquitera, con ganas de abrirla y correr hacia él, solo que no creo que vaya a verme si lo hago, no sé si reconocería mis brazos al rodearlo. Así que lo espero, congelada en mi sitio.

Cuando alza la vista y me devuelve la mirada, no puedo descifrar nada en su expresión. Empieza una marcha lenta por las escaleras, y los muelles oxidados chirrían al moverme para dejarlo pasar. Se adentra en nuestro hogar del mismo modo que una brisa por una puerta abierta, vacía y sin rumbo, dejando un escalofrío a su paso.

Se pierde escaleras arriba, y lo encuentro sentado en el borde de la cama, con la maleta sin deshacer a sus pies. Me quedo unos segundos en el umbral, con miedo de anunciar mi presencia. Él se agacha para desatarse los zapatos y quitárselos. Cada uno de sus movimientos le cuesta, como si le dolieran. Parece mayor, más cansado y abatido.

El silencio me martillea en el pecho, pero él no parece notarlo en absoluto, como si se estuviera moviendo bajo el agua.

—Joseph —lo llamo en un susurro, con miedo a hablar, a sobresaltarlo—. ¿Qué ha pasado?

Me mira como si se percatara de mi presencia por primera vez y baja la vista para acomodar sus zapatos, punta con punta y talón con talón, antes de contestar:

—Se está metiendo drogas. De las fuertes. Heroína.

Sus palabras son un puñetazo en el estómago. Se me acelera la respiración.

Siento que voy perdiendo las fuerzas mientras me cuenta lo que vio. El piso destartalado. El colchón en el suelo, las drogas y la basura regada por las encimeras, los gritos de los vecinos y la peste a mugre y putrefacción. Que casi no reconoció a Jane. Me habla del hombre que la llevó a California que tiene unos ojos inyectados en sangre y una sonrisa enfermiza. De las marcas rojas y recientes de pinchazos en la cara interna de los codos de nuestra hija.

—Y no he podido hacer nada —dice, dándose tirones en el pelo—. No he podido hacer que vuelva a casa.

Noto las extremidades muy pesadas conforme cruzo la habitación para sentarme a su lado. Le acaricio la espalda y pretendo una tranquilidad que no siento, mientras el estómago se me retuerce sin parar.

—No es culpa tuya. Jane ya no es una niña pequeña… No podemos obligarla a hacer nada que no quiera… por mucho que queramos.

Se aparta de mí con un movimiento brusco y la voz fría como el hielo.

—Es que no has visto el cuchitril en el que estaba. No la has visto a ella. No se trata de que sea una adulta y pueda tomar sus propias decisiones. La hemos cagado, Evelyn. La hemos perdido y nunca más volverá con nosotros.

Es como si me hubiese cruzado la cara de una bofetada.

—No me estarás culpando por esto, ¿verdad?

Joseph no me mira ni tampoco me responde.

Las palabras me salen a trompicones, sin control.

—Por favor, dime que no crees que sea culpa mía, porque ya me siento responsable y no podría vivir conmigo misma sabiendo que eso es lo que crees. Es que no podría.

—No es culpa tuya —concede, apretando los puños entre las rodillas.

—Claro que lo es —refuto, poniéndome de pie de un salto, motivada por la vergüenza—. Podría haberme esforzado más. Debería haber intentado resolver las cosas antes de que se fuera de casa o mientras aún seguía en Boston. ¿Debería ir a buscarla? Iré sola. Saldré ahora mismo.

Joseph menea la cabeza.

—No conseguirás nada… Soy su padre, se supone que tengo que protegerla y he fallado. No he podido hacer nada.

—No es culpa tuya.

—Pues alguien tiene la culpa de que Jane ya no esté aquí con nosotros, ¿no te parece? No va a volver nunca y ahora vive con un hijo de puta que no puede permitirse nada que no sea su propio vicio. —Tiene la voz ronca, como si hubiese llorado en el avión. Noto cómo la bilis me vuelve a subir por la garganta. Joseph tose, agotado—. No sabes cómo me miró… No la reconocerías.

No sé qué decirle, mi mente es un campo de minas de culpabilidad y escenas que me imagino con Jane, en los huesos y totalmente consumida, con una jeringuilla en el brazo. No tiene sentido. Tiene el rostro borroso, como una combinación de personas que he conocido en la vida, mi hija y a la vez no, del modo en que, en los sueños, nunca conseguimos ponerles la cara de verdad que se supone que tienen las personas.

—Cree que me engañaste.

—¿Qué dices? —Noto un pinchazo en el pecho, un cuchillo presionado contra la garganta en la oscuridad.

—Con Sam, ese verano.

—¡¿Cómo?!

—Os oyó esa noche, después de su fiesta de cumpleaños.

Casi se me escapa la risa por lo absurdo que es todo.

—¿Qué fue lo que oyó, según ella?

—Que te pedía que huyerais juntos a París, para viajar, beber vino y *hacer el amor*. —Lo dice con una voz retorcida y llena de amargura, y el estómago se me revuelve ante el recuerdo. La mano que me puso Sam sobre la rodilla, el ambiente veraniego espeso por el alcohol y el humo de la fogata.

—¿Y se molestó en oír lo que le contesté? —La certeza de la verdad me vuelve arrogante, pues los reproches son algo que nunca me vi venir.

—No, pero le dije que no pasó nada entre vosotros.

—¿Y tú crees que te engañé? —La tensión subyacente que ha habido entre nosotros desde que Jane se marchó vuelve a mí con fuerza. Es un muro de fuego en el que me adentro, donde casi no puedo respirar y recibo mis respuestas al oír cómo se carga el arma, con el corazón en la garganta—. Por Dios, llevas todos estos años creyendo que te engañé.

—Claro que no —niega, en voz baja y rotunda.

—No te engañé. Jamás lo haría.

—¿Por qué no me lo contaste?

—¡Porque era una estupidez! —replico, y mi voz se vuelve aguda de pura incredulidad—. Le dije que se le había ido la olla, que su propuesta era de lo más inapropiada y que estaba felizmente casada, que él no era más que un chaval. Ni siquiera valía la pena mencionarlo.

—Pero ¿por qué creyó que podía proponerte algo así? —Entonces noto su dolor en la pregunta que no me había hecho hasta el momento.

—No lo sé —contesto, con un nudo en la garganta.

—Debió de haber creído que podrías haberle dicho que sí.

—Jamás le habría dicho que sí.

—Pero debió de haber notado algo para que se animara a hablar. —Su expresión es dolida y consternada—. Y yo también lo noté.

—¿Qué notaste? —Tengo el rostro en llamas al oírlo, al oír la verdadera acusación.

—Que había algo entre vosotros.

Me entran náuseas y aquello que había enterrado en mi interior vuelve a la superficie.

—Por eso no te dije nada, no quería que ataras cabos hasta dar con algo que no existe. Tenía miedo de que fuese a sembrar dudas... Que hiciera que te lo replantearas absolutamente todo.

—Debiste habérmelo contado.

—Ahora lo sé. —Le rozo el codo, pero él no reacciona, como si le estuviese haciendo una ofrenda de paz al bastidor de la cama.

—Entonces ¿qué había entre vosotros?

—No había… —insisto.

—No me trates de tonto, por favor —me corta.

—No era nada romántico, Joseph. Lo juro —farfullo, intentando darle sentido al verano de fantasía que vivimos y que había conseguido suprimir con tanta efectividad que casi había borrado de mi memoria—. Era… Dios, esto es de lo más humillante.

Joseph no dice nada, sino que mantiene la vista fija en sus zapatos.

—Sam creía que era alguien interesante. Hablábamos sobre viajes y música y… No sé, me sentía bien al fingir como que era algo más que una madre y ya. Más que la dueña de una pensión. Hacía que sintiera que no era demasiado tarde.

—Yo creo que eres interesante. Y podría hablar contigo sobre esas cosas —dice, con voz ronca.

—No sé explicarlo. —No sé cómo hacérselo entender sin insultarlo, sin cavar más hondo la zanja que nos separa hasta hacer que esta me trague entera—. Con él era otra persona. Y me gustaba quien era o pretendía ser alguien que deseaba ser, no sé. Pero nunca llegó a más. —Inhalo, para recuperar fuerzas—. Sam malinterpretó las cosas. Dejarte estaba tan lejos de la realidad que nunca te lo conté, porque contártelo hacía que se volviera una posibilidad. Algo a lo que le daba cabida. —Me freno un poco, pues quiero decir bien las cosas—. Y quizás eso fue lo que hice, aunque fuera sin querer. Me horrorizaba tanto y sentía tanta vergüenza de que creyera que podía insinuárseme de ese modo… Me pasaba los días analizando cada vez que hablamos y todo lo que hice, pensando que tendría que haber actuado de otro modo. Lo siento muchísimo, Joseph. Tendría que habértelo contado, pero no quería hacer una montaña de un grano de arena. Aunque tienes razón, merecías saberlo. —La humillación vuelve a la superficie, como un metrónomo de vergüenza que cuenta los años desde la última vez que hablé con mi hija—. Y Jane en serio cree que te engañé. Lo ha creído durante tantos años, madre mía.

—Creo que eso solo es parte de un problema mayor que tenemos entre manos.

—¿Qué puedo hacer? —le pregunto, notando una presión en la nariz, el anuncio de las lágrimas.

—No lo sé.

Me siento más cansada que nunca, como si el silencio que se estira entre ambos fuese tan largo como los kilómetros que Joseph ha viajado hasta volver a casa, derrotado, o los años que hemos compartido mientras él cargaba solo con ese secreto.

—Lo siento mucho, Joseph, de verdad. Ojalá puedas perdonarme.

—No pasó nada —dice, sin un ápice de calidez en la voz—. No hay nada que perdonar.

—Pero tendría que habértelo contado, no tendrías que haberte cuestionado algo así.

—Perdóname por no hacerte sentir interesante… —Su disculpa parece el final de una cuerda, un hombre herido que ya no tiene nada que perder.

—No, no, ni se te ocurra tergiversar mis palabras. —Niego con la cabeza, y las palabras me salen a trompicones—. Chíllame, vete dando un portazo. Mándame a dormir al sofá esta noche. Lo que sea.

—No estoy enfadado contigo, Evelyn —dice, y sus palabras no son más que un suspiro carente de fuerzas.

—Tendrías que estarlo. Yo estoy enfadada conmigo.

—Fue hace muchos años.

Unas lágrimas hirvientes se me deslizan por las mejillas.

—Me muero de la vergüenza… ¿En serio creíste que podría estar con alguien más? ¿Que podría considerarlo siquiera?

—Quería que tuvieras la opción, la oportunidad de irte si eso era lo que querías.

—Lo siento tanto. —Me tiembla la barbilla en mi afán por contener todo lo que hay en mi interior.

—Lamento no haber podido satisfacer esa necesidad tuya. No sé, quizás podríamos haber…

—¿Qué? ¿Haber vendido la pensión?

El silencio es su respuesta.

—Yo también lo siento.

No queda nada más por decir. Permanecemos sentados en la penumbra, sin tocarnos, hasta que nos obligamos a meternos en la cama, agotados por los arrepentimientos y la vergüenza, aunque ninguno de los dos consigue conciliar el sueño.

Noviembre de 1975

Estoy doblando toallas mientras hago una lista mental de todo lo que necesitaremos para el Día de Acción de Gracias. La mayoría de nuestros huéspedes vienen al pueblo para visitar a sus familiares, así que no ofrecemos una cena completa, pero sí que preparo un pan de calabaza para el desayuno, con mantequilla untada sobre su superficie crujiente, y cada noche dejamos en el vestíbulo una jarra de sidra caliente con rodajas de naranja. Nos juntamos con mi madre, Violet y Thomas para una pequeña celebración, aunque Thomas solo vuelve por un día y Violet está de vacaciones de sus clases en la Universidad Tufts.

Y me muero por verlos. Desde que Thomas empezó a trabajar en Manhattan, casi no lo vemos, y, por mucho que Violet ya ha empezado sus clases en la universidad, me la sigo imaginando en su habitación, tumbada bocabajo en su cama con los tobillos cruzados y hojeando una revista. Me fue más sencillo empezar a pensar en esa habitación como si fuese solo suya, en lugar de compartirla con su hermana, y a veces puedo convencerme a mí misma de que solo hay una cama, en lugar de las dos individuales que se encuentran allí, vacías y hechas a la perfección, como un par de tumbas frente a mis ojos. Las cartas que hemos enviado, así como el dinero y los mensajes de voz, todo se ha quedado sin respuesta. La de noches que hemos llorado hasta quedarnos sin fuerzas, resistiéndonos a esta nueva realidad, a esta pesadilla de la que queremos rescatar a Jane, por imposible que sea. A veces es el único modo en el que puedo pasar por su habitación. Me duele demasiado llorar por ella cada día, saber que, en cualquier momento, podríamos recibir una llamada que nos haría caer de rodillas.

Joseph está en la mesa de la cocina revisando la contabilidad y confirmando reservas cuando suena el teléfono. Echa un vistazo a mi regazo lleno de toallas y, a regañadientes, se estira para contestar el teléfono que tiene al lado.

—Pensión La Perla, ¿en qué puedo ayudarle?

Una pausa.

—¿Jane?

Joseph se endereza en su sitio, y el calendario de reservas le cae sobre el regazo. Suelto la toalla que tengo en la mano y lo miro con la boca abierta, sin poder creerlo. Después de dos años de silencio desde el viaje de Joseph a California, ¿es posible?

—Pues claro que puedes, cariño —dice, con la voz entrecortada—. Por supuesto que sí… —Otra pausa—. No, no, no te preocupes, ya lo compraremos nosotros, nos encargaremos de todo. —Oigo la voz amortiguada de Jane desde el otro lado de la línea—. Vale, hablamos pronto. Te queremos.

Cuelga y se queda mirando el teléfono, como si acabara de hablar con un fantasma. Cuando me devuelve la mirada, tiene los ojos llenos de lágrimas y la boca abierta por la sorpresa.

—Jane volverá a casa —anuncia, poniéndose de pie de un salto, con lo que vuelca la silla hacia atrás. Lo imito, y las toallas salen disparadas por doquier. Me atrae hacia él para abrazarme y a mí me fallan las piernas.

—¿Estás seguro? —Me aferro a él, incapaz de creer que lo que me está contando sea cierto.

—Sí, va a volver a casa. —Su abrazo lo es todo. Durante dos años, desde que volvió de California, desde que hablamos sobre lo que pasó con Sam, mi marido no ha sido nada más que una brisa de viento: silencioso salvo por los sonidos que hace al agitar las hojas de casa. El sonido de la cafetera en marcha, del agua de la ducha, de un periódico al crujir. El tintineo de unas llaves, el crujido de las escaleras y el ruido del coche al ponerse en marcha. Nada de lo que hiciera o dijera, ningún intento por entablar una conversación reconfortante, un toque suave o darle su espacio, consiguió traerlo de vuelta hacia mí. Pero ahora me coge en volandas y me hace girar en círculos hasta marearme—. ¡Que Jane vuelve a casa!

—Dijo a las siete y cuarto, ¿verdad? —Empiezo a arrancarme la piel de alrededor de las uñas, una costumbre horrenda que adquirí por el estrés desde que Jane se marchó. Echo un vistazo al reloj. No son ni las seis y ya casi hemos llegado.

—Siete y cuarto, sí. —Joseph suelta el volante para darme la mano, aunque no tanto para tranquilizarme sino para hacer que deje de destrozarme las cutículas—. Para ya con eso, que todo va bien.

Asiento, con la garganta seca. A mí no me parece que nada vaya bien.

Fuera está todo tan oscuro que bien podría ser medianoche. En noviembre, el sol se pone cada día más temprano, lo que indica el lento avance del frío del invierno que nos acompañará hasta bien entrada la primavera. Me abrocho el abrigo de lana, pues la calefacción en el lado del copiloto no funciona y las rendijas de ventilación soplaban aire frío hasta que tuve que cerrarlas. Joseph dijo que lo arreglaría, pero ha estado demasiado distraído, por lo que debe de habérsele olvidado y decido no mencionarlo. «Desperado» de los Eagles suena en la radio, y la canción es tan apropiada que se me forma un nudo en la garganta. Joseph no le presta atención a la letra, sino que deja que la melodía le entre y salga por los oídos mientras la disfruta de forma pasiva, así que soy la única en soportar la ironía hasta que la canción llega a su fin.

Pasamos el cartel que señala el aeropuerto Bradley, y Joseph se mete en el carril derecho, preparándose para la siguiente salida. Escondo los dedos bajo los muslos, tanto para impedir mi tic nervioso como en busca de calor. Hace muchísimo tiempo que no me daba la mano para mostrarme afecto, que no me atraía hacia él para darme un beso largo y espontáneo o para rodearme con los brazos y esconder el rostro en mi cuello desde atrás mientras me aseo después de la cena. Es como si nunca hubiese vuelto de California, como si solo su sombra, un cuerpo vacío similar al suyo, hubiese regresado en su lugar.

Damos vueltas hasta que encontramos dónde aparcar, y aún nos queda una hora de espera. Hemos salido de casa mucho antes de lo que debíamos, pues nos hemos pasado la tarde sin hacer nada más que esperar y caminar de aquí para allá, como una bola de ansiedad con patas, nerviosos por llegar, por ver a Jane. Y ahora que estamos aquí, con los aviones deslizándose por las pistas de aterrizaje, el miedo puede conmigo. ¿Y si no me ha perdonado por todos estos años que hemos pasado sin hablarnos? ¿Y si me culpa por lo que ha sido de su vida? Entonces me embarga una idea que hace que me llene de vergüenza al recordar su piel llena de marcas y en carne viva: ¿Y si se sigue drogando? Conforme nos dirigimos hacia la terminal, empiezo a pellizcarme las cutículas de nuevo. Joseph me da la mano y entrelaza sus dedos con los míos. Esta vez, me acaricia los nudillos con el pulgar y, con eso, consigo respirar más tranquila.

Nos quedamos de pie bajo un cartel que dice «Llegadas» y esperamos, mientras los minutos pasan muy despacio. Joseph me rodea con un brazo, y yo me apoyo en él, agradecida. Cada vez que llega un grupo de gente y luego se disuelve, el corazón se me acelera. Solo que siempre es un mar de desconocidos. Le echo un vistazo al reloj de Joseph, son las siete y veinticinco. Otra multitud cruza las puertas: empresarios, una familia con camisetas a juego, con *California* en unas letras brillantes sobre el puente Golden Gate. Azafatas con sus uniformes azules. Y entonces, a lo lejos y detrás de montones de extremidades que se mueven, allí está.

Lleva una mochila raída en un hombro. Pese a que la guerra de Vietnam ya ha acabado, parece como si acabara de salir de una manifestación. Tiene el cabello largo y alborotado, camiseta y vaqueros desgastados, y Joseph tenía razón. Está más delgada de lo que nunca la había visto, con unos brazos y piernas que parecen unos palitos quebradizos. Me preparo para que Jane salude a su padre primero, para que se muestre recelosa o incluso fría conmigo. Examina la multitud para buscarnos, pero aún no nos ve, y no deja de girar la cabeza de un lado para otro, nerviosa. Avanzamos hacia ella a toda prisa, y Joseph la llama por su nombre. Conforme nos acercamos, se me corta la respiración. Porque allí, dándole la mano y escondida detrás de sus rodillas, hay una niña.

Cuando Jane nos ve, se sube a la niña a la cadera y corre hacia mí para abrazarme, con lo que la criatura —¿la hija de mi hija?— queda apachurrada sin poder hacer nada entre ambas.

—Mamá… Lo siento, no sabes cuánto lo siento —se lamenta, con unos sollozos que la sacuden entera.

Le acaricio el cabello, con el corazón a mil por hora y la garganta cerrada por las lágrimas.

—Yo también lo siento. Lo siento muchísimo. —No huele a cigarros ni a alcohol, ni tampoco a marihuana o suciedad, sino ligeramente a sudor y a unos aromas que no conozco y que no soy capaz de nombrar, unos atisbos de su vida pasada que jamás conoceré. La niña sin duda es hija de Jane, pues es la viva estampa de la niñita que yo misma solía llevar apoyada en la cadera hace una vida, por mucho que sea algo totalmente imposible y lo sepa muy bien. Las abrazo a ambas, demasiado conmocionada como para hablar.

Jane retrocede un poco, intentando tranquilizarse.

—Mamá, papá, os presento a Rain. Vuestra nieta.

La niña se asoma para vernos desde detrás de una cortina de rizos, con la carita apretujada contra el hombro de su madre. Nieta. Rain. Pero qué grande está, mi nieta... Tengo una nieta.

—Jane, hija. Madre mía... —Joseph, con lágrimas en los ojos, alza una mano con delicadeza para chocar los cinco y Rain, algo dudosa pero sonriente, le da una palmadita.

—Jane... —Todas las conversaciones que había ensayado han desaparecido de mi mente al verla, al ver a su hija. Lo único que recuerdo que quería decirle es—: Estamos muy muy felices de que hayas vuelto...

Las conducimos hacia el coche, y, durante el camino de regreso, mi miedo vuelve a aparecer. Tenemos aquello por lo que tanto habíamos rezado: nuestra hija de vuelta, sana y salva. Y más de lo que podríamos haber imaginado: una nieta, con sus catorce mesecitos, un milagro, un regalo, quizás una razón que justifique todo esto.

Solo que no tengo ni idea de qué es lo que toca ahora.

VEINTITRÉS

Evelyn

Abril de 2002

Avanzo despacio hacia fuera, me aferro a las paredes hasta que alcanzo el porche y consigo llegar hasta mi banco para sentarme junto a Joseph. Él está arrodillado de espaldas, retirando unos tallos amarillentos y hierbas marchitas para hacerles sitio a los nuevos brotes llenos de vida. Hace un poco de fresco y la brisa parece traer unos rastros del invierno a pesar del día brillante de primavera en el que nos encontramos.

—¿Cómo has dormido? —me pregunta, mientras hago ruido al pasar por encima de las plantas marchitas.

Me pregunto cuánto habré dormido, pues ni siquiera recuerdo haberme tumbado.

—He vuelto a soñar con mi madre.

—¿Quieres contármelo?

Me debato con los botones del jersey cuando el viento se vuelve más fuerte, sin querer pedirle ayuda.

—Soñé con cómo se puso al final, con el miedo que debió haber pasado… No me imagino cómo transitaría por todo esto si tú no estuvieras conmigo, y ella no tenía a nadie.

—Te tenía a ti.

—Pero para entonces casi ni me reconocía. —Todas esas visitas en la residencia de ancianos, sin saber qué año sería en su mente cuando cruzaba la puerta ni si me iba a reconocer siquiera. Se había perdido seis veces por el barrio; así que, cuando nos la encontramos deambulando por la calle pasada la medianoche en pleno invierno, según ella porque tenía que entregar una postal de cumpleaños, no nos quedó más opción. Pasó los últimos cuatro años de su vida allí, y el olor intenso a desinfectante combinado con el almizcle de la decadencia bastaba para hacer que quisiera volver por donde había venido cada vez que cruzaba las puertas automáticas del lugar. Cada día, su realidad cambiaba a una época distinta de su vida, en la que sus seres queridos seguían vivos, en la que las heridas pasadas seguían frescas y dolorosas, y, de vez en cuando, dos personas que nunca habían estado en el mundo al mismo tiempo coexistían en su mente. Las habitaciones austeras, en silencio salvo por el zumbido de la tele o unos gemidos incoherentes de tanto en tanto, rodeada de las miradas perdidas de los demás pacientes, del modo en que el tiempo no parecía avanzar en aquel lugar, de un minuto al otro, de un día, una semana o un mes a otro. Con la vida que cada una de esas personas había vivido, las historias que sus huesos albergaban. Los olvidos y las esperas. El esperar a seres queridos. Esperar que les llevaran la comida hasta el regazo y les dieran de comer como a bebés.

—Sigo creyendo que fuiste de gran ayuda para ella. —Entonces repara en que me estoy peleando con los botones—. ¿Tienes frío?

Niego con la cabeza conforme una nube se desliza por lo alto y hace que la luz del sol me envuelva entera. El sueño que he tenido vuelve a atormentarme.

—Siento lástima por ella… Toda su vida estuvo sola, no tuvo a nadie. —Nunca vi a mis padres mostrarse afecto, no como hacían los de Joseph. La señora Myers le plantaba besos en la mejilla a su marido, y él la hacía girar en el salón al son de la música del tocadiscos. Yo casi nunca veía a mis padres en la misma estancia salvo para las comidas y nunca los vi tocarse más que para pasarse cerillas para sus cigarros. Y cómo discutía con ella, cómo me fui de casa tras la muerte de Tommy... ¿Era ella la que nunca salía de su habitación o yo la que no consideraba la terrible desolación que estaba pasando, al ser una madre obligada a enterrar a su hijo? Quizás fui yo la que nunca abrió su puerta, ni siquiera para decirle adiós.

»En el sueño me pedía ayuda, y yo no la salvaba, solo porque se enfadaba conmigo y me reñía. —Una lágrima más se me desliza por la mejilla, y la dejo caer.

Joseph no dice nada, sino que se limita a escuchar mientras va quitando las malas hierbas y apilándolas en un montoncito.

—Pasé tanto tiempo enfadada con ella porque era tan... criticona. Pero quizás ese era el único modo en que sabía llamar la atención de los demás, no sé... —Me encojo de hombros, y la vergüenza hace que se me tiñan las mejillas de rojo. Todo este tiempo he creído que fue ella quien me hizo a un lado, cuando quizás quien nunca la necesité fui yo. Siempre estuve a salvo, en tierra firme. Tenía a Tommy y a Joseph, luego a Maelynn y a mis hijos. Y ella estaba atrapada en esa casa como un espíritu errante, llorando la pérdida de su hijo, abandonada por su hija e ignorada por su esposo, siempre a la deriva y a la espera de que alguien se diera cuenta—. Qué rabia me da que me haya hecho falta perderla para entenderla por fin... —Nuestra última conversación resuena en mis oídos—. Y no pude ayudarla antes de que fuera demasiado tarde.

Joseph asiente.

—No sirve de nada que te fustigues por eso. A veces nos lleva tiempo ver las cosas como son en realidad.

Intento recordar el sueño antes de que empiece a fragmentarse y a escapar de mi memoria. Los detalles son borrosos, pero la oigo llamarme, pedir ayuda. Noto las olas mojarme los pies mientras ella se aleja, flotando.

Joseph sigue trabajando en el jardín y yo me quedo ahí sentada, perdida en mis pensamientos. En la residencia de mi madre casi nunca vi a ningún hombre. Las habitaciones estaban llenas de mujeres que habían perdido a sus maridos, a sus amigos y familiares y, en la mayoría de los casos, también la razón. ¿Y qué es peor? ¿Perder a quien amas o la capacidad de reconocerlos al verlos? La gratitud me embarga al saber que nunca tendré que pasar años sin Joseph ni los recuerdos que entretejimos entre ambos como la lana más calentita.

—¿Tienes miedo? —le pregunto.

La intensidad de mi amor por él es casi insoportable; por sus nudillos torcidos, el dolor sordo que se masajea en la pierna después de un día muy largo, su predilección por los chapuzones nocturnos, por cada detalle íntimo sobre él que llevo conmigo. Mi afecto se extiende incluso hasta la suciedad que se le acumula bajo las uñas. Si fuésemos más jóvenes, avanzaría a gatas por la hierba hasta apoyarle la cabeza en el regazo, con la vista clavada en las nubes, o le envolvería la cintura con las piernas mientras me acurruco contra su cuello y le pregunto, en un hilo de voz, si tiene miedo. Sin embargo, hoy ya estoy agotada solo por haber salido de casa, por lo que el simple hecho de preguntárselo desde mi posición ya es bastante.

Deja a un lado su pala y se limpia las palmas frotándoselas una contra otra antes de ponerse de pie con cierta dificultad para sentarse conmigo en el banco. Noto otro pinchazo de anhelo al querer refugiarme en su regazo una vez más. Me acuerdo de esas mujeres de la residencia, la de años que pasan viviendo sin la persona que más quieren a su lado, y, aun así, arreglándoselas para seguir viviendo. Idear un plan es una cosa, pero llevarlo a cabo...

—¿Te estás arrepintiendo? —me pregunta, con delicadeza.

—Yo siempre. ¿Tú no?

No tiene que contestarme para saber que compartimos los mismos reparos, pues las consecuencias de nuestra decisión pesan sobre ambos. Al otro lado del jardín, en la casa de Violet se abre la ventana de una habitación, lo que me hace volver a la realidad. No podemos conversar sobre esto aquí, con nuestra familia tan cerca como para oírnos, mientras debatimos lo impensable.

—¿Cómo crees que será? —quiero saber.

—Quiero pensar que, por la forma en la que hemos decidido hacerlo, será como quedarnos dormidos.

Las pastillas que tenemos guardadas, unos medicamentos que he ido acumulando para ayudarme a conciliar el sueño, para sentirme más cómoda, recetados por unos médicos que solo se quedaron con que el dolor era demasiado intenso como para soportarlo. Quienes no se dieron cuenta de lo que había detrás, de que llegará el día en que lo que pierda será más grande que lo que llevo conmigo.

—¿Y si no hay nada en el más allá?

—Pues no nos enteraremos de mucho, ¿no crees?

Reflexiono sobre sus palabras y me doy cuenta de que tiene razón. No hay cómo saberlo a ciencia cierta.

—¿Crees que iremos al cielo?

Joseph se encoge de hombros.

—No sé qué podría ofrecernos el cielo que sea mejor que la vida que ya hemos tenido.

—¿Qué te parece una vida sin tener que limpiar retretes? —propongo, meneando las cejas.

Joseph se echa a reír y me dedica una sonrisa triste.

—Espero que haya un océano. Y un sol que nos caliente después de nadar.

—Estaría bien que se pareciese a lo que ya hemos vivido, solo que de nuevo —le digo, apoyándome en él.

Cuando me aparta un mechón de cabello detrás de la oreja, me siento una jovencita de nuevo, como los niños que fuimos una vez, retozando por este mismo prado.

—Como te he dicho, esta vida que he tenido contigo ha sido el paraíso para mí —confiesa, devolviéndome la mirada con los ojos llenos de lágrimas.

Trago en seco e intento acallar las palabras que no dejan de alzarse en mi interior: *No quiero morir, aún no. Ni nunca. Me encanta mi vida, la que hemos vivido juntos. Quiero quedarme en este mundo.*

Doy las gracias porque hayamos decidido esperar hasta que hayan pasado los primeros meses de la primavera, para no perdernos cómo florecen las forsitias tan caprichosas, las azaleas y los tulipanes, los brotes lilas de los azafranes.

—¿Has pensado dónde harás sitio para el bebé de Rain? —le pregunto. Nuestra nieta, que ya está bien entrada en su último trimestre. No le queda mucho ya. Noto otro pinchazo, uno por un tipo distinto de añoranza.

—Hay sitio cerca de los gladiolos de Jane, y creo que sería bonito que sus flores estén cerca de las de su nieto o nieta.

—Jane va a ser abuela. ¿Eso qué significa para nosotros?

—Que estamos muy muy viejos —contesta él, con lo que me hace reír.

—Mira todo esto, Joseph. —El jardín está a punto de alcanzar su máximo esplendor; conforme abril da paso a mayo y mayo a junio se llenará de vida y color. Me ayuda a recordar sus nombres las veces en las que se me escapan, pues imagino sus flores y los nombres de mi familia encuentran su camino de vuelta a mi memoria. Quiero ver florecer los botones que representarán al bebé de Rain. Quiero ver cómo crece y planta su propio jardín. Quiero vivir aquí para siempre, retozar sobre los pétalos tan suaves y llevármelos a la nariz. Qué síntoma más cruel es perder el aroma de las galletas horneándose, la dulce fragancia de un prado. Si hubiera sabido que me iba a pasar eso, me habría tumbado en el jardín cada mañana, para respirar el olor de las rosas y la madreselva. Habría llenado las encimeras de la cocina de pastelillos recién horneados, de magdalenas, bizcochos y demás pasteles. Habría ido a la playa Bernard a inhalar el aire salado y el almizcle de los bancos de arena y las algas. Me habría tumbado junto a Joseph para respirar su piel y el olor a jabón, sudor y colonia. Pero una no puede saberlo. En ocasiones, te arrebatan estas cosas sin ningún aviso y no hay forma de poder recuperarlas.

—¿Te apetece un té helado? —le pregunto. Aunque es demasiado tarde como para beber café, parece el momento perfecto para dos vasos llenos de hielo, con unas rodajitas de limón, unas pajitas y suficiente té como para beber durante toda la tarde.

—Por mí, encantado. Lo prepararé.

—No, deja que vaya yo, Joseph. Ya vuelvo. —Antes de que pueda discutírmelo, le apoyo una mano temblorosa sobre el muslo y me pongo de pie. Avanzo con cuidado por el sendero, dejo atrás las margaritas de Violet y los tallos verdes que florecerán hasta convertirse en las lavandas de Thomas a finales de verano, en dirección al porche.

Ya casi he llegado, casi estoy en los escalones, cuando termino en el suelo. El cielo azul se ve difuso en lo alto cuando un dolor intenso y devastador me recorre la espalda, las caderas y los codos. Un hilillo de orina cálida se me desliza por la pierna.

Joseph, cubriendo el sol, me pregunta si estoy bien, si puedo ponerme de pie, si creo que me he roto algo. Si bien soy capaz de incorporarme, el dolor es como una quemadura. Joseph me ayuda a levantarme con cuidado y me conduce al interior de la casa para mirarme los codos, que se me han raspado y están sangrando al haber caído sobre la entrada adoquinada, pero, por algún milagro, esa es la peor parte. Me mira boquiabierto, con el miedo claramente presente en su expresión. No me había caído hasta el momento. He estado cerca, al tropezarme al salir de la ducha o dar un paso en falso al cruzar una puerta, pero siempre he conseguido sujetarme sola o con la ayuda de él. Nunca me había pasado algo así.

—Me he hecho encima, Joseph. Me he… —Un sollozo se me escapa conforme él me desliza los pantalones mojados para bajármelos por los muslos. Cuando me sujeta, como una muñeca entre sus brazos, me echo a llorar.

VEINTICUATRO

Joseph

Mayo de 1977

Violet se encuentra frente a un espejo dorado, con los brazos envueltos en encaje, mientras ladea la cabeza para ponerse un par de pendientes de perlas. Las amigas de la novia, de Tufts o del pueblo, revolotean a su alrededor con sus vestidos azul claro: abrochan botones, acomodan vestidos y hacen arreglos por doquier en lo que parece una escena sacada de *La Cenicienta,* un cuento de hadas que memoricé gracias a todas las veces en las que mi hija me suplicó que se lo leyera, esas noches en las que aún me cabía bajo el brazo y que parece que fueron hace una vida y algo de lo más reciente a la vez.

Jane, la dama de honor, está arrodillada junto a Rain, y también lleva un vestido azul celeste similar. Ha vuelto a adquirir su figura desgarbada de siempre, nada comparado con el saco de huesos que volvió a casa hace más de un año. Se ha recogido y peinado el cabello hacia atrás y tiene la mirada atenta y brillante, con más y más confianza en sí misma conforme la vergüenza va desapareciendo y se abre paso bajo la distracción que le proporciona tener una rutina, cambiar sábanas, limpiar bañeras y confirmar reservas. La culpabilidad que me carcome por esos años perdidos aún me pesa, por no haber podido protegerla, por no haber podido ahorrarle un dolor tan intenso.

Una vez, meses después de haber vuelto a casa, me dio las gracias. Estábamos sentados a la mesa de la cocina, con Rain comiendo trocitos de fresa, y procuró no mirarme a los ojos mientras limpiaba el líquido rojo que goteaba por la barbilla de su hija.

—Gracias por venir a buscarme a California. Por buscarnos a las dos.

Le dije que me habría gustado haber ido antes, y entonces se quebró al contarme sobre cómo lo había pasado en aquel lugar, sobre el hombre al que siguió por todo el país, el dolor que creía que era amor y todas las formas en las que este la rompió y la consumió. Cuando Rain nació, tan pequeñita y nueva en este mundo, algo en Jane despertó e hizo que deseara poder renacer ella también. La vergüenza fue lo que hizo que tardara tanto en volver a casa tras el nacimiento de su hija, y la añoranza, la necesidad de contar con una familia, fue lo que finalmente consiguió hacerla regresar. La cogí de la mano, y Evelyn de la otra, y así nos quedamos, porque no había nada más que decir, todas las palabras del mundo se transmitían mediante nuestro agarre y no conseguirían cambiar ni arreglar nada. Lo único que podíamos hacer era quererla, a esta mujer que había salido a rastras de su propio infierno con su hija y que ahora se aferraba de vuelta a nosotros. Una cuerda salvavidas tendida hacia la niña que fue una vez y hacia la mujer en la que se convertiría algún día.

En la sala de la novia, Rain, con sus dos añitos y medio, practica cómo lanzar los pétalos. Lleva una corona de flores y una faldita con volantes, mientras Jane le acomoda una y otra vez el cabello. Violet se ha recogido sus rizos en un moño bajo, y cuando me encuentro con sus ojos verdes en el reflejo del espejo no puedo evitar notar lo mucho que se parece a su madre el día de nuestra boda. Evelyn tenía más o menos su edad, tierna e iridiscente, como la luz más brillante que hubiese en el mundo.

—¿Cómo me ves, papá? —Me dedica una sonrisa brillante antes de dar una vuelta sobre sí misma con delicadeza, como las bailarinas en las cajitas musicales que tanto le gustaban cuando era pequeña.

—Preciosa, cariño. Preciosísima. —Parpadeo una y otra vez, con la esperanza de poder guardar la compostura cuando nos toque caminar hacia el altar. Le doy un abrazo y le beso la mejilla antes de irme a ver cómo está Connor. La iglesia está llena del suave murmullo de las conversaciones y los nervios, y unos arcoíris de luz se reflejan desde los vitrales. Evelyn se estaba asegurando de que todos los invitados estuvieran en sus lugares cuando me cruzo con ella en el pasillo. Lleva un vestido azul oscuro y brillante y el cabello rizado y recogido de un modo que hace mucho que no veía en ella, con las mejillas ligeramente sonrojadas y los labios pintados de un rosa suave. La distancia que nos separaba había mermado como si fuese algo inevitable, pues cualquier dificultad o malentendido entre ambos no tenía ni punto de comparación con el hecho de saber que nuestra hija había vuelto a casa. Con la llegada de nuestra nieta y una sensación de ternura que nunca antes habíamos experimentado, como si su manita diminuta fuese nuestro bálsamo particular.

La belleza de Evelyn hace que me frene en seco, incluso en medio del caos antes de la ceremonia, y me deja sin aliento, como cuando la vi bajar del tren esa primera vez. Los mejores momentos de nuestra vida juntos se reproducen una y otra vez en mi mente, como una cadena de sucesos que nos han conducido hasta donde estamos, desde aquí hasta esas épocas, y no puedo evitar maravillarme al recordarlo. La única diferencia es que hoy la amo muchísimo más que por aquel entonces.

—¿Cómo está? —me pregunta, rozándome el codo.

—Está preciosa, no puedo creer que se vaya a casar hoy mismo.

—Lo sé. Nuestra pequeña ha crecido.

—Se parece muchísimo a ti, que lo sepas.

—¿Eso crees? —pregunta, con una sonrisa tímida.

—Sí, no sé si podré dejarla marchar.

—Si hay alguien que merezca tenerla a su lado, es Connor.

—Es un buen hombre, ¿verdad?

—Lo es. —Me acomoda la corbata y me da un pellizquito juguetón en la barbilla, con lo que el cuerpo entero se me relaja ante su toque.

—No sé cómo ha pasado el tiempo tan rápido, ¿dónde se ha ido?

Evelyn menea la cabeza y se encoge de hombros, aunque sin dejar de sonreír. Es una sonrisa encantada y llena de emoción que me recuerda a unos besos bajo el sol, en una playa desierta.

—¿Jane está con ella?

—Sí, y Rain también. Está practicando cómo lanzar los pétalos por toda la estancia.

—Ay, madre —se ríe—. Con suerte le quedan unos poquitos para la ceremonia.

Su risa me llena entero y hace que quiera confesarle todas y cada una de las cosas que adoro sobre ella. Las arruguitas que le salen junto a los labios, sus pómulos afilados, la suavidad de sus muslos. Todos esos modos en los que ha envejecido se corresponden con los años que hemos compartido; las pruebas de su cuerpo son el mapa que me dice que estoy en casa, las cicatrices y las pecas que he reseguido con la lengua, que podría trazar con los ojos cerrados; ella es el único lugar en el mundo que me he tomado la molestia de conocer. La quiero tantísimo, y hoy no puedo con las ganas de decírselo una y otra vez. Pero no lo hago, porque los «te quiero» se han convertido en rutina, en el punto final de cualquier oración en lugar de una explosión de afecto que erupciona la primera vez que se dice. Necesito unas palabras más significativas que «te quiero». Necesito un sentimiento completamente nuevo para describir cuánto adoro a la mujer a la que le he dedicado mi vida, y quien, en respuesta, me ha dedicado la suya.

—Será mejor que vayas a ver cómo está el novio. Iré a sentarme, que ya casi es la hora. —Se pone de puntillas para darme un beso y me sigue aferrando el brazo incluso cuando se vuelve para apartarse. Parece que ella también está siendo víctima del ambiente romántico de este día, como yo.

Connor está al final del pasillo, en el extremo opuesto de la iglesia. Llamo a la puerta con los nudillos, y él exclama desde dentro que pase. Sus tres hermanos y su padre lo rodean, todos pelirrojos con acento de Boston, cada uno más corpulento, más alto, más calvo o con más bigote que el novio. Le doy la mano y noto un cambio en él, del chaval que armaba alboroto con sus hermanos al hombre listo para dedicarse en cuerpo y alma a su mujer. Lo conduzco fuera de la estancia, y sus padrinos y su padre lo siguen de cerca. La ceremonia es como un borrón de lágrimas y aplausos. Violet está radiante, y Connor no deja de temblar mientras le coloca la alianza en el dedo. Lo observo durante los votos y reconozco la expresión de absoluto abandono que veo en su rostro. Es una que conozco bien, pues era la que portaba yo cuando me casé con Evelyn. Es la misma que pongo cada vez que me mira a los ojos, cuando acaba conmigo de forma absoluta y sin esfuerzo.

En la sala del banquete, presentan a Violet y a Connor ante una explosión de vítores y, tras compartir su primer baile como marido y mujer, les dan la bienvenida a todos a la pista de baile. Le hago un ademán a Evelyn para que me acompañe, por mucho que en otras ocasiones haya sido ella la que tuviese que arrastrarme hacia la pista, mientras yo ponía cierta resistencia. Desde el regreso de Jane a casa, nada parece tan grave como para que no pueda compartir un baile con mi mujer. Evelyn me apoya una mejilla en el pecho, Violet y Connor se balancean despacio no muy lejos de nosotros, con la mirada clavada el uno en el otro en una conversación secreta, una historia de amor totalmente suya que les tocará descubrir.

Siento que vuelvo una vez más a la vida de recién casado. A todas las palabras que pronunciamos sin mover los labios, a todos esos días y semanas y meses en los que nos refugiamos bajo las sábanas. Por aquel entonces sentía que ella me volvía más débil. Incluso ahora también lo noto: el peso de mi amor por ella y el dolor de anhelar una vida sin fin a su lado. De ser capaz de empezar todo de nuevo, de ser jóvenes y recién llegados a esta vida. De aprendernos el uno al otro una vez más. Nos conocimos cuando éramos niños, por lo que siempre hemos sido el único en la vida del otro. Me asusta pensar que, si Evelyn hubiese recorrido el mundo, si se hubiese marchado de Connecticut por alguna otra razón que no fuese el dolor por la pérdida de su hermano, quizás habría conocido a otra persona. Si alguien le hubiese roto el corazón o, lo que es peor, la hubiese querido tanto como la quiero yo. Si se hubiese conformado conmigo si hubiese tenido alguna otra opción.

Evelyn se remueve entre mis brazos para alzar la barbilla y contemplar el brillo que rodea a los novios.

—¿Recuerdas cómo se sentía eso? —me pregunta en un susurro, volviéndose hacia mí.

—¿Que si lo recuerdo? —repito, devolviéndole la mirada a esos ojos que nunca han dejado de cambiar de color—. Pero si nunca he dejado de sentirme así.

Lleva sus labios junto a los míos, y yo le acaricio ligeramente la espalda baja para atraerla más contra mí.

—Tenía la esperanza de que dijeras eso.

El brillo que le veo en los ojos según bailamos y su sonrisa plácida me dan el coraje que necesito para preguntarle:

—¿Me escogerías de nuevo? Si tuvieras la oportunidad de hacer todo lo que quisieras, ¿seguirías estando conmigo?

Se queda callada mientras seguimos flotando con la corriente que marcan las demás parejas en la pista de baile, todos ellos perdidos en sus propios momentos felices.

No estoy seguro de que me haya oído, y antes de que pueda preguntárselo de nuevo, me dice:

—Sí que hay cosas que me gustaría haber podido hacer en la vida, cosas que nunca pude y que quizás nunca podré. Cosas que me gustaría poder cambiar. Mentiría si dijera que no me arrepiento de nada, pero, Joseph, tú y nuestros hijos, toda nuestra vida juntos... Esa es una decisión que tomaría una y otra vez. Siempre has sido el indicado para mí. Incluso cuando tenía miedo. Siempre has sido tú.

Lo último lo dice en un hilo de voz, casi como si hablara consigo misma. Y seguimos deslizándonos por la pista de baile hasta que todas las canciones y las parejas a nuestro alrededor se desdibujan y le dan forma a la melodía más perfecta y relajante de todas, como unas olas rompiendo contra la costa... Hasta que lo único que queda es Evelyn entre mis brazos conforme la marea va y viene, va y viene, mientras borra el tiempo y se asegura de conservarlo a la vez.

Septiembre de 1983

Acordamos cerrar La Perla a inicios de septiembre, durante el fin del verano en Stonybrook, cuando las sombrillas a rayas desaparecen de las playas y las cabañas de verano tapian las ventanas en preparación para el invierno. Lo habíamos conversado durante años, habíamos ido ahorrando y ahorrando e imaginando cómo sería nuestra vida de jubilados, debatimos si de verdad podríamos arriesgarnos a hacer algo así, si teníamos el coraje de cerrar las puertas para siempre. Somos los que más hemos durado con el negocio de todos nuestros conocidos, más de treinta años. Hay unas pocas pensiones más en el pueblo y hemos visto los inevitables cambios de dueños, cómo las pensiones pasaban a ser hogares normales y los hogares se convertían en pensiones. La mayoría de los negocios familiares solían durar unos diez años antes de tener que vender o cerrar. Los niveles de agotamiento son muy altos porque lo que se nos exige a quienes regentamos una pensión es algo constante: tenemos que compartir nuestra vida con desconocidos, siempre estar disponibles para lo que haga falta y darle la bienvenida a quien se presente, todo ello mientras procuramos perturbar lo menos posible. Sin embargo, vender La Perla, con su tejado de cedro tan gris y marchitado como lo estaba yo, nunca había sido una opción.

Ahora, nuestros hijos ya han hecho su propia vida. Thomas y Ann se han comprometido hace poco, Violet va por su tercer embarazo y Jane ha vuelto a ser la hija que conocíamos, valiente y aventurera, aunque no salvaje. No en un camino hacia la destrucción, sino simplemente libre. Ella y Rain vivieron ocho años con nosotros, nos ayudaron en recepción con los huéspedes, a servir el desayuno y a cambiar las sábanas y toallas. Echo de menos los pasitos de Rain por el pasillo o a Jane bebiéndose un café a la mesa de la cocina, pero no puedo estar más orgulloso de lo mucho que ha conseguido. Tiene su propio piso y un trabajo estable en el banco del pueblo mientras estudia periodismo en la universidad comunitaria. Así que parece ser un buen momento para pasar página. A diferencia de mis padres, quienes se vieron obligados a cerrar, a llorar la muerte del negocio familiar como si se tratara de un ser querido, nuestro sueño no nos lo han arrebatado unos vientos huracanados. Cuando cerremos, será porque así lo hemos decidido, no porque el trabajo acabó con nosotros, sino porque queremos pasar el tiempo como queramos y dejar que nuestro hogar pase a ser solo nuestro hogar y nada más.

Después de que el último huésped se ha marchado y hemos recogido su habitación, cuando su coche ya no se puede ver a lo lejos, Evelyn entrelaza un brazo con el mío mientras avanzamos hacia el final de la entrada. Es un día de septiembre perfecto, con una brisa ligera y las nubes deslizándose con tranquilidad por el cielo.

—¿Haces tú los honores? —me pregunta, tendiéndome unas tenazas para que pueda retirar de su cadena el cartel desgastado que reza «Pensión La Perla».

Nos quedamos mirándonos el uno al otro, con el poste vacío y el cartel en las manos.

—¿Y ahora qué? —dice, ante lo cual los dos nos echamos a reír. Cuando me rodea con los brazos, le apoyo la barbilla sobre el cabello. Nuestro mundo se ha vuelto muy tranquilo de pronto, al ser solo nosotros dos.

—Deberías buscar algo que te guste… —empieza, con delicadeza—. Poder jubilarnos es un regalo, no me gustaría que lo desperdiciaras al aburrirte.

No le contesto, pues me puede la inseguridad, pero ella me da un apretoncito, para exigir que le conteste.

—¿Qué se supone que puedo hacer?

—Lo que se te antoje —contesta, meneando las cejas con picardía—. Esa es la mejor parte.

Ah, qué fácil lo tiene ella, con sus otros sueños, sus otras necesidades que no me involucran a mí. Con todas sus listas. Me pregunto, y no por primera vez, si acaso la querré más de lo que ella me quiere a mí, si seré suficiente para ella. ¿Que por qué la quiero tanto? Porque es todo lo que yo no soy y todo lo que me gustaría poder ser. La envidio. Incluso en sus días más difíciles, Evelyn sentía más de lo que yo nunca he sido capaz de sentir, ha ahondado tanto en sus adentros como para rehacerse a sí misma.

Ojalá tuviese algo más para darle, algún secreto interesante que confesar. Hay ciertas cosas de las que disfruto en nuestra preciosa vida tan tranquila, como beberme un café caliente por las mañanas después de darme una ducha o cómo me envuelve el agua fría al darme el primer chapuzón del verano. Pero no soy un soñador. Y, por mucho que ella quisiera que eso fuese diferente, eso no me hace menos feliz. Aunque la gente siempre parece saber el camino que se supone que deben recorrer, yo me he limitado a dejarme llevar por la corriente en la que me encuentro.

Resucité el sueño de mis padres y encontré mi propio camino para vivir sin ellos durante todos estos años. Juntos, Evelyn y yo insuflamos aire en esas habitaciones polvorientas, las vimos florecer llenas de vida y voces, criamos a nuestros hijos y atendimos a los huéspedes como lo hicieron mis padres; vivimos a la sombra de su recuerdo, mientras que ellos seguían existiendo en las cuevas de nuestra memoria. Y no había espacio para nada más, ni falta que hacía. Para mí siempre había sido suficiente. Casi ni teníamos tiempo para pasar con amigos, pese a que nos esforzamos por ser sociables, pues Evelyn siempre fue el alma de la fiesta mientras que a mí me costaba navegar hasta las conversaciones más sencillas. Nunca volví a encontrar un vínculo como el que tuve con Tommy. Las relaciones fueron pasando con el transcurso de nuestra vida. Sin contar a Maelynn, las conexiones que hizo Evelyn con otras mujeres fueron quedando a un lado por unos horarios demasiado ocupados y unas promesas para quedar que se evaporaban con el paso de las estaciones. Pero, como he dicho, no soy infeliz. Aun con todo, no soy capaz de contestar la pregunta que Evelyn me ha hecho.

—¿Me oyes?

—Sí, te oigo, es que no sé qué decirte. ¿Es tan malo que quiera pasar tiempo contigo y ya está?

—Te vas a hartar de mí si lo único que hacemos es pasar tiempo juntos.

—Llevamos treinta y ocho años casados, si no me he hartado de ti ya, dudo que vaya a pasar. —Su abrazo ya no me sirve de consuelo, por lo que me aparto—. Volvamos, quiero buscarle sitio a esto. —Levanto el cartel para mostrárselo, pues es algo que hacer, de momento.

—Pero piénsatelo, ¿vale? —me dice ella desde atrás.

¿Qué quiero hacer, Evelyn? A saber. Quiero pasar tiempo con ella, con mis seres queridos. Quiero pasar tiempo con la gente que hemos perdido. Quiero volver al inicio. Quiero estirarme para cogerle la mano bajo el agua, con el corazón a mil por hora. Quiero que me vuelva a dar el «sí, quiero», como si fuese la primera vez.

VEINTICINCO

Joseph

Mayo de 2002

Oigo la puerta mosquitera abrirse a mis espaldas. Evelyn aparece en un vestido con mangas y motivos de flores, con sus largos rizos plateados recogidos a la altura de la nuca, ya lista para la fiesta. Llevo aquí desde el desayuno, esparciendo mantillo, plantando zinnias rojas y combatiendo contra una plaga de pulgones, en un intento por avanzar todo lo posible antes de que tenga que ponerme presentable. Aunque el ambiente es fresco, el ajetreo hace que tenga la sangre en movimiento, así que me noto bastante cálido bajo el sol.

Evelyn se acerca por el camino, con algo escondido discretamente bajo el brazo.

—¿Cómo van las flores de Violet?

—Más o menos. —Apunto con mi pulverizador hacia la parte de abajo de las hojas afectadas, donde las pobres margaritas se han convertido en el festín de los bichos—. Con suerte esto le pone fin al problema.

Se acomoda en su banco y, bajo la luz de la mañana, le veo las ojeras más pronunciadas, casi púrpuras y traslúcidas.

—Me encanta esta época del año —dice, metiéndose las manos en los bolsillos del jersey.

La cumbre de la primavera, con el jardín en pleno florecimiento y brotando en un caleidoscopio de colores, con las peonías que parecen unas nubecitas rosa y todo es verde y lleno de vida mientras crece desde cero. Un colibrí revolotea cerca de un botón de madreselva, unas rudbeckias bicolor se agitan bajo la suave brisa y el sol se asoma desde detrás de un cúmulo de nubes. Hemos pasado muchos días así, con Evelyn haciéndome compañía leyendo o escribiendo en sus libretas mientras yo trabajaba en el jardín. A veces la pillaba con la vista clavada en las violetas en lugar de en las páginas que tenía en el regazo, y eso me hacía preguntarme por dónde se estaría perdiendo su mente divagante. ¿Me vería, desesperado pero paciente al final de la entrada de su casa? ¿O se encontraría en aquellos primeros momentos, cuando tenía pétalos en los bolsillos y flores en el cabello?

—Qué bonita mañana —comenta, echando la cabeza hacia atrás para alzar el rostro al cielo.

—Preciosa —asiento, con la mirada en ella. Lo romántico que parece el día y la emoción de la fiesta ya me están haciendo efecto. Y, aun con todos los años que han pasado, sigue siendo bella.

—Tengo algo para ti. —Saca de detrás de ella una cajita de madera tallada para depositarla sobre su regazo.

—No sabía que íbamos a intercambiar regalos —le digo, nervioso, porque no tengo nada para ella.

—Y no vamos a hacerlo —dice, tamborileando con los dedos sobre la tapa—. Tengo esto guardado desde hace muchísimo tiempo, estaba esperando el momento indicado.

Ladeo la cabeza, con curiosidad, y me sacudo la tierra de las manos al limpiármelas contra mis vaqueros desgastados lo mejor que puedo. Evelyn da una palmadita a su lado y la acompaño en el banco.

—Empecé a escribirte cartas mientras estabas en la guerra y pues, creo que nunca dejé de hacerlo. —Levanta la tapa de la caja para mostrarme su contenido y veo que está llena hasta arriba de sobres, con mi nombre escrito en una letra cursiva en todos ellos—. Hay algunas que son de cuando quería contarte cómo me sentía y otras de cuando quería desahogarme, y una por cada situación importante que hemos pasado en nuestra vida.

—Evelyn… —Su nombre es lo único que se me escapa de los labios, sobrepasado por la emoción.

—Estamos celebrando, ¿no? —Me sonríe, y yo no sé qué decirle. Sesenta años de sus pensamientos más íntimos plasmados en esas páginas, a la espera de que los lea.

—No sé cómo darte las gracias por algo así… —Y, como ya es costumbre en mí, me vuelven a hacer falta palabras más significativas que un simple «te quiero». Me coloca la caja en el regazo antes de que le pregunte—: ¿Quieres quedarte conmigo mientras las leo?

—No sé… Siendo sincera, no recuerdo lo que dicen, nunca las volví a leer. Me he limitado a guardártelas, para que pudieras leerlas algún día. —Le paso un brazo por los hombros y busco sin éxito alguna respuesta apropiada para semejante gesto—. Al principio las escribía porque estabas lejos y había muchísimas cosas que quería decirte, pero luego pasó lo de Tommy… y no nos hablábamos. Pero no pude dejar de escribirte. Me ayudaba a descifrar lo que sentía. Y, conforme pasaban los años, fue un modo de capturar nuestra vida juntos, como unas instantáneas a lo largo del tiempo. Nunca supe cuándo dártelas, porque ninguna fecha parecía la indicada, pero esta noche, con la fiesta que vamos a celebrar, me ha parecido el momento perfecto.

Se inclina hacia mí y mete una mano en la caja para sacar la carta que está por encima de las demás. El sobre está amarillento, muy frágil bajo los dedos, y mi nombre está escrito en el centro en una tinta que ya casi no se ve.

—Puedes leerlas en el orden que quieras, pero tienes que empezar con esta. Es la primera que escribí.

—¿Te parece si la leemos juntos?

Asiente ligeramente y no puedo creer que, después de todos estos años, a pesar de que la he hecho separar las piernas con mi lengua, he extendido las palmas sobre su vientre desnudo mientras nuestros hijos crecían en su interior y le he arrancado unos pelos muy feos de la barbilla con mis propios dedos, es esto, el compartir estas cartas tan íntimas, lo que hace que se avergüence.

Le doy la vuelta al sobre y parto el sello sin demora. Cuando la saco, veo que la hoja del interior también se ha vuelto amarillenta. En la esquina superior derecha se encuentra la fecha: 15 de junio de 1942. Ver el año hace que me atragante un poco, porque fue hace muchísimo tiempo. Más o menos cuando me alisté, antes de que supiera lo que es la guerra, cuando Tommy estaba tan lleno de vida, coraje y descaro, impaciente por convertirse en un héroe. Trago en seco y me pongo a leer en silencio.

Querido Joseph:

Tommy y tú os acabáis de marchar, y yo estoy en la playa Bernard una vez más, solo que, esta vez, sin compañía. He querido perseguir al tren por las vías. He querido suplicarte que te quedases. He querido hacer cualquier cosa que no sea quedarme allí mientras te veía marcharte. Tengo miedo, Joseph. Temo no volver a verte. Temo la forma en la que la guerra pueda cambiarte. Temo que vuelvas y ya no estés enamorado de mí.

Amor. Me cuesta usar esa palabra, como si, por usarla demasiado, pudieras arrepentirte de ella. Me has dicho que me quieres. Me lo has dicho a mí. Y ahora sé que no puedo soportar la idea de que dejes de hacerlo. Perdona por no habértelo dicho a ti también. No sabes lo furiosa que estoy conmigo misma, lo mucho que me arrepiento desde que te has ido. Quiero que sepas que sí que te quiero. Llevo muchísimos años queriéndote con locura, guardando la esperanza de que, algún día, pudieras sentir lo mismo que yo. Y ahora que también me quieres, tienes que irte. Te suplico que vuelvas a casa, para que pueda decírtelo a la cara. Te quiero. Siempre te he querido y nunca dejaré de hacerlo.

Tuya por siempre,
Evelyn

Empiezo a ver borroso conforme llego al final de la página y vuelvo al presente de sopetón. Evelyn está apoyada a mi lado en el jardín, en una nueva década, en un nuevo milenio. Hace muchísimos años que escribió esta carta, cuando era la chica inocente que aún no se había roto en mil pedazos, esperándome en la playa Bernard. Desde entonces hemos pasado de todo: la guerra, todas las pérdidas, la vida que creamos en el mismo lugar en el que empezamos nuestra historia.

Qué joven y seguro de la vida estaba entonces, cuando ella era mi respuesta para todo. «Siempre te he querido y nunca dejaré de hacerlo. Tuya por siempre». Qué desesperado estaba por oír esas palabras mientras estaba lejos, cuánto necesitaba oírlas cuando volví. La idea de que ella haya sentido lo mismo que yo, incluso sesenta años después, me deja sin fuerzas. Mi amor por ella es casi demasiado para soportarlo y la ternura del suyo hace que una luz me ilumine desde dentro, que llene todos los resquicios vacíos en mi interior con la más pura de las luces.

Evelyn

El jardín centellea con unas lucecitas que delinean caminos serpenteantes con velas diminutas y lámparas. Tony y Rain se han encargado de la comida: pasta con albóndigas hechas a mano, con la receta de la salsa de su abuela, un pan de ajo suavecito y una ensalada aliñada con aceite de oliva y un vinagre balsámico que la familia de Tony le envió desde Sicilia. Un vino tinto debidamente aireado adorna la mesa junto a unas jarras de agua con hielo y limonada de fresa, así como unos ramos de flores recién cortadas.

Me parece una boda, un bar mitzvá o una fiesta de Nochevieja, por la llegada de algo desconocido, algo a la espera que no parece tan importante como la propia velada, porque esta noche en sí es la razón por la que estamos aquí, todos emocionados, con la alegría, las luces, las flores y las estrellas, disfrutando del hecho de estar juntos.

Violet se me acerca y me tiende una copa de champán.

—Vas a necesitarla.

—Pero si no vamos a dar ningún discurso —le digo, ya convencida de que sí que habrá alguno.

Mi hija se encoge de hombros, sonriendo.

——Tú misma dijiste que no iba a haber lágrimas —le advierto, aceptando la bebida a sabiendas de que esta noche ya es más de lo que nunca podría haber imaginado, que no puedo prometer no derretirme si mis hijos se ponen a pronunciar palabras bonitas.

—No te prometí que no habría discursos, que conste. —Me deja un beso en la mejilla y se dispone a llevarle una copa a su padre.

Cuando nuestro hijo le da unos toquecitos a su copa con un cuchillo para untar, Joseph aparece a mi lado y me rodea la cintura con un brazo, mientras todos nos centramos en Thomas.

—En primer lugar, me gustaría recordaros a todos que se aceptan apuestas...—Señala a sus sobrinos y sobrinas— ¿Alguien quiere apostar qué posibilidades hay de que vuestra madre rompa a llorar esta noche?

Violet le da un guantazo en el brazo.

—Oye, que fuiste tú la que dijiste que había que quitarle hierro al asunto —bromea él.

—Ya, pero no a mi costa —repone Violet, aunque sin dejar de sonreír. Connor se acerca hasta situarse a su lado y le entrega una copa, a lo que ella le da las gracias con un apretoncito en el brazo.

—Vosotros dos no os parecéis a ningunos padres o pareja que haya conocido en la vida. Es difícil de explicar lo que implica que te críen dos personas tan enamoradas, tan hechos el uno para el otro. Cuando tenía la edad de Patrick —Hace un gesto con su copa hacia su sobrino más pequeño—, la verdad es que me daba muchísima vergüenza. —Ante ello, todos se echan a reír—. Pero ahora puedo ver el regalo que ha sido. El habernos criado aquí, en este hogar. El haberos tenido para guiarnos. No solo para ayudarnos a encontrar nuestro camino cuando las cosas no salían como habíamos esperado, sino también para apoyarnos fuera lo que fuese que decidiéramos. A Jane con su carrera en periodismo, a mí cuando me mudé a Nueva York y a Violet y a Connor todo el tiempo con los niños, sin presionarnos a cumplir vuestros sueños en ningún momento. Por cerrar La Perla cuando ninguno de los tres quiso seguir con el negocio y, aun así, por quedaros aquí para que tengamos un lugar al que volver, a esta casa que nos une a todos, donde viven nuestros recuerdos. Un lugar al que siempre podremos regresar para sentir que estamos cerca de vosotros. Sé que no lo digo lo suficiente, lo tengo claro... —Le falla la voz, y ojalá estuviese lo bastante cerca como para darle un abrazo, solo que no hace falta, porque Ann está ahí, a su lado, dándole la mano—. Pero os quiero. A los dos. Y todo lo bueno que tengo en esta vida —añade, volviéndose hacia Ann— os lo debo a vosotros.

—Enhorabuena por quitarle hierro al asunto —le dice Violet con sorna, secándose la comisura de los ojos con un pañuelo de papel.

Thomas, también con los ojos brillantes por las lágrimas, se vuelve hacia Ryan.

—Primer discurso y empezamos bien —le dice, y Violet se ríe antes de volver a pegarle.

—Vale, creo que me toca —anuncia Jane, antes de beberse lo que le quedaba en la copa de un trago—. Mamá, papá, no sé ni por dónde empezar. Todo el mundo sabe que hemos tenido nuestros momentos difíciles, no hace falta entrar en detalles. Os mantuve a todos con el alma en vilo, ¿a que sí? Es que no todos podíamos ser perfectos como Violet, claro.

Violet alza las palmas en un gesto de agradecimiento.

—¿Ves? Así se hace. —Le dedica una mirada a su hermano y este le hace un gesto con su copa.

—Sois mis personas favoritas en este mundo. —Tiene los ojos anegados en lágrimas y, cuando su mirada se encuentra con la de su hija, añade—: Perdona, Rain, tú también. Y tu bebé, ya que estamos. —Hace un ademán hacia la barriguita de Rain, cubierta a duras penas por su vestido—. Pero vosotros. —Se vuelve hacia nosotros dos—. Dios, me habéis salvado un millón de veces, de mil maneras distintas y no tengo palabras para deciros lo mucho que os lo agradezco. No sabéis lo afortunada que me siento de haber llegado tan lejos, cuando todo podría haber sido muy distinto. No puedo agradeceros lo suficiente todos esos años en los que Rain y yo vivimos aquí. No puedo explicar lo que implica sentirte tan segura, haber compartido su infancia con vosotros, teneros conmigo mientras le contaba cuentos antes de dormir y durante sus primeros días en el cole y cada vez que se le caía un diente. Por ayudarme a encontrar tierra firme de nuevo donde poder volver a construir mi vida y hacer que mi hija se sienta orgullosa de mí. Convertirme en madre me enseñó mucho sobre lo que implica serlo, mamá. —Cuando se vuelve hacia mí, los ojos se me llenan de lágrimas—. Con todas las formas en las que me apoyaste y que yo era demasiado cabezota como para comprender. Y papá, tú siempre has sido mi refugio, el lugar en el que siempre podía aterrizar, y nunca dejaste que olvidara que siempre podía volver a casa. Así que este siempre será tu hogar. Nosotros siempre seremos tu hogar… —Hace una pausa, y creo que va a decir «Esté mamá con nosotros o no», pero al final no lo hace y las palabras flotan en el aire cuando continúa—.

Thomas tiene razón con lo que ha dicho sobre esta casa. Hemos sido muy afortunados de crecer aquí, pero más que eso, de teneros a los dos, siempre con los brazos abiertos, esperando para darnos la bienvenida.

Joseph también se ha puesto a llorar, y yo no puedo soportar otro discurso, es demasiado para mí. Nunca podré darles las gracias por la noche que nos están brindando, por hacernos sentir tan queridos, tan afortunados, tan sobrepasados por la gratitud, solo que, antes de que pueda protestar, Violet se pone de pie, secándose los ojos.

—¿Se supone que me toca ahora? ¿Después de eso? —Parpadea con decisión, aunque sin dejar de sonreír a través de las lágrimas—. Os pedí una sola cosa y mirad lo que hacéis —les dice a su hermanos, mirándolos con intención—. Pero bueno, en lugar de un discurso que todos sabemos que no podré terminar sin ponerme a berrear, lo que diré será esto —Se vuelve hacia nosotros, con los ojos rojos—: Os queremos. Damos las gracias de que seáis nuestros padres, de que nos hayáis incentivado el amor a la playa y a la familia y, gracias a eso, a todo lo que nos habéis dado, si en algún momento nos sentimos solos —Se le quiebra la voz—, cuando escuchemos las olas y cerremos los ojos, volveremos a estar aquí, con vosotros.

Alzamos nuestras copas, todos con las mejillas empapadas por las lágrimas.

—Salud —celebra Joseph—, os queremos muchísimo.

Los nietos despejan la mesa y alguien pone música, con lo que se deja espacio para una pista de baile sobre el césped. Marcus ha venido y saca a Jane a bailar con él, y yo me pregunto cuánto le habrá contado, bajo qué excusa lo habrá invitado a la celebración de esta noche. Sin embargo, el modo en que la aferra de la cintura y cómo ella echa la cabeza hacia atrás al reírse me da todas las respuestas que necesito. No hay nada sobre ella, sobre nosotros, que Marcus no sepa.

Brandy, una canción de los Looking Glass, empieza a sonar, y Violet y Connor saltan y se menean al ritmo de la música, hasta que los nietos se les suman, cantando. Thomas, Ann, Rain y Tony también participan, gritan la letra a todo pulmón y bailan, con la historia de un marinero y de la chica a la que dejó para irse a perseguir el mar.

—Míralos, Joseph —le digo, en un hilo de voz que casi no se puede oír, y él me da un apretoncito en la mano.

—Lo sé. Quién iba a decir que íbamos a tener tanta suerte.

Nuestros tres hijos y sus respectivas parejas, así como las personitas que todos ellos han traído a este mundo, están aquí con nosotros. Ahora son sus vidas el único hilo que toca seguir; sus aciertos y sus errores, sus triunfos y sus fracasos, la gente a la que vayan a conocer, las familias que vayan a formar, hasta que sus canciones reverberen muchísimo después de que nosotros ya no estemos.

—No podrían ser más distintos —comento, entre risas—. ¿Seguro que todos son nuestros? —Aunque la verdad es que nunca antes me habían parecido tan similares como ahora mismo. Puedo ver a Joseph en cada uno de ellos: en la sonrisa fácil de Violet y su afecto por sus hermanos, en la complexión de Thomas y la confianza que tiene en sí mismo, en la devoción que le tiene Jane a su hija. Violet entrelaza los brazos con los de sus hermanos hasta quedar en el medio, y bailan así, unidos, tres personas completamente diferentes, como ramas del mismo árbol contundente y firme—. No sabes lo feliz que me hacen.

—Siempre creí que lo harían —me dice Joseph, dándome un beso.

—¿Vamos con ellos?

Nos acercamos hasta el borde del césped, y Thomas se vuelve hacia nosotros con una sonrisa de oreja a oreja. Aunque solemos ser nosotros los que empezamos los abrazos, los que demostramos afecto, esta noche parece sentirse liberado, preso de la alegría y del momento. Porque está aquí, en cuerpo y alma, con los brazos abiertos.

Y, por primera vez, es él quien nos atrae hacia sus brazos.

VEINTISÉIS

Evelyn

Noviembre de 1992

La calle Sandstone está envuelta en una noche muy densa cuando doblamos hacia nuestro barrio, y nuestros faros proyectan un brillo de lo más sombrío. Las ruedas crujen sobre la ligera capa de nieve congelada que recubre nuestra entrada. Puedo ver a Joseph gracias a la luz que proyecta el salpicadero conforme contempla el paisaje oscurecido.

—La tormenta debe de haber hecho que se suelte algún cable en algún sitio —me dice.

—Eso parece. —Ni siquiera puedo obligarme a asentir, de tan cansada que me siento tras haber pasado un día entero saludando a gente, dando abrazos y aceptando condolencias. El funeral de mi madre me ha parecido una fiesta lúgubre y extraña, la mayoría de las personas que han ido eran amigos nuestros o de nuestros hijos, todos vestidos de negro y hablando en voz baja, aunque nadie desconsolado por la pena, ninguna emoción fuerte y latente entre abrazo y abrazo. El sacerdote leyó un texto genérico (polvo eres y en polvo te convertirás), mientras yo resistía de pie a pesar del dolor y me preguntaba cómo había hecho mi madre para vivir tantos años más que muchas otras personas.

Qué tradición tan rara esta de decir adiós, de arrodillarnos frente a un ataúd, de ir de círculo en círculo y hablar en voz baja, con actitud seria y comedida por el decoro. Nuestra propia mortalidad emerge cruda y notoria entre el bosque de rostros, para abrirse paso por la estancia. El modo en que permanece y el dolor agudo que lo sigue parece llegar demasiado tarde, parece ser algo ajeno a la sensación de pérdida que se nota al captar un olor conocido, al oír una canción que pasan por la radio, al pensar en un recuerdo que llega de la nada mientras lavas los platos.

Joseph mete el coche en el garaje, y yo lo espero mientras desaparece entre la oscuridad y rebusca en su mesa de trabajo hasta dar con una linterna. Cuando veo el haz de luz, lo sigo hacia dentro, sintiendo el cuerpo vacío y como si me pesara a la vez. Buscamos algunas velas y cerillas en las alacenas para llevarlas a la segunda planta de esta casa que nos queda tan grande ahora que solo somos dos. Encendemos las mechas ennegrecidas hasta que la habitación queda iluminada por un brillo amarillento y parpadeante y nos cambiamos y nos cepillamos los dientes en esa penumbra. Joseph aviva el fuego de las chimeneas de la casa mientras que yo me dedico a sacar unas mantas extra del armario por si el calor se disipa por la noche.

La última visita que le hice a mi madre en la residencia se desdibuja hasta no ser más que una nube de culpabilidad y tristeza que tira de mí hacia abajo. El pasillo con su peste a látex, bolas de naftalina y lejía, un lugar que nunca podrá ser un hogar, donde tuvimos nuestra última conversación.

Empezó despotricando sobre Maelynn, sobre lo salvaje y egoísta que siempre había sido, porque no se dignaba nunca a visitar a su propia hermana. Era obvio que, en la realidad que vivía ese día, Maelynn seguía vivita y coleando, como ocurría de vez en cuando con Tommy y con mi padre. Cómo envidiaba su ingenuidad. Ojalá yo pudiese no recordar, creer que todos mis seres queridos simplemente estaban fuera de mi vista por el momento, quizás en alguna otra estancia, o que estaban demasiado ocupados o eran demasiado egoístas como para venir a verme. Debí haberlo dejado estar, debí haberme ido sin más, pero no pude. Estaba harta de sus gritos, de su enfermedad, de tener que ser racional y mantener la calma y la paciencia, de nunca caer en sus provocaciones.

—¿Por qué me mandaste a vivir con ella si creías que era tan horrible? —le pregunté casi con un gruñido, con el resentimiento que había enterrado en mi interior tan afilado que parecía una trampa mortal—. ¿Tan harta estabas de mí? ¿Solo querías a Tommy en casa para hacer como si no existiera?

Mi madre cerró los ojos con fuerza, como si estuviera sufriendo, solo que, cuando los abrió, noté algo nuevo en ellos, algo crudo y herido en su mirada.

—¿Es eso lo que crees?

Su lucidez me dejó sin palabras, con el pecho subiendo y bajando por mi respiración acelerada.

—Si fui tan estricta contigo fue porque temía por ti. Me recordabas muchísimo a tu tía… —Dejó la oración a medias una vez más, y a mí me costó respirar con tranquilidad, pues su coherencia era igual de perturbadora que sus gritos cuando la mente le fallaba—. Ninguna de las dos se conformó nunca con la vida que tenía. Creía… Creía que Maelynn sería la única que podría hacerte ver lo que yo no pude. —Entonces parpadeó y me dedicó una mirada extraña, como si estuviese intentando descifrar quién era—. No sabía qué más hacer, Tommy. Una parte de mí esperaba que, si tu hermana la conocía, vería quién era en realidad. La otra parte temía que fuese a caer presa de sus encantos, como hacían todos. Pero al menos, si eso pasaba, iba a estar con alguien que la entendía, que podría apoyarla de un modo que yo nunca pude.

Pude oírla perfectamente a pesar de su confusión y solo reparé en las lágrimas que había derramado cuando estas me llegaron hasta los labios, con su sabor salado. Había pasado tanto tiempo enfadada con ella…

—Es que…

—Creía que había cometido un error terrible, que habías aprendido lo peor de ella. Cuando Tommy murió, me abandonaste... Pero mira, ahora estás aquí conmigo. Al menos vienes a verme. —Una sonrisa tensa se le formó en los labios.

Consideré explicarle por qué Maelynn no podía venir a verla, pero no tenía sentido, no había necesidad de contarle quiénes llevaban décadas muertos, cuando tendría que volver a recordárselo la próxima vez que la viera.

—Gracias por contármelo —balbuceé en su lugar.

—¿Contarte qué? —Parpadeó desorientada, con una expresión de desconfianza que le enturbiaba las facciones. Y, así sin más, se había ido. Me puse de pie, sabiendo que había llegado el momento y con los ojos anegados en lágrimas.

Murmuró algo por lo bajo antes de darme la espalda. Solo que entonces se volvió a girar, apuntándome con un dedo.

—Tú. ¿Qué haces tú aquí? —No tenía claro quién creía que era en ese momento. Temblaba entera y su mirada no dejaba de recorrer la estancia de un lado para otro, buscándome. Me disculpé por haberla molestado y le aseguré que debía de haber entrado en la habitación equivocada antes de retroceder hasta salir del lugar. Lo último que vi fueron sus ojos aterrados cuando cerré la puerta con un suave chasquido, la imagen de mi madre temblando bajo las mantas, tan frágil y sola, grabada en mi mente.

Me meto en la cama con un suspiro, y Joseph se acerca por debajo de las mantas hasta donde estoy.

—¿Estás bien? —me pregunta.

Apoyo la cabeza en el codo, de modo que puedo mirarlo. Las lágrimas me embargaron el día en que la dejé temblando en su habitación, una vez que estuve sola en el coche. Mientras me lavo la cara, veo en el espejo unos ojos rodeados de arrugas que se asemejaban a los de ella. Y mientras aplano con un rodillo la masa para unas galletitas como me enseñó la señora Myers, veo que tengo las manos salpicadas de manchas por la edad. Aunque no había entendido casi nada cuando era joven… hoy estoy agotada, no me quedan más lágrimas que derramar.

—Sabíamos que era cuestión de tiempo.

—Lo sé.

—Sigo recordando esa vez que la encontramos deambulando fuera, cuando estaba tan asustada, tan indefensa… —Hago una pausa, al recordar cómo se aferró a mí como si fuese una niña pequeña mientras yo le cubría sus hombros desnudos y huesudos con un camisón—. ¿Qué haremos si termino así? ¿O tú?

—No lo sé. —Frunce el ceño e, incluso entre las sombras, puedo ver las líneas de la preocupación que le marcan el entrecejo.

Me duele la espalda por haber estado de pie todo el día; noto un hormigueo en las piernas, cansadas, y me cuesta ponerme cómoda.

—No quiero empezar a olvidar las cosas o que alguno de los dos termine en una residencia. Quiero quedarme aquí, tal cual como estoy ahora, para siempre. —Joseph ya está muy cerca de los setenta y a mí no me queda tanto para cumplirlos. Nuestros achaques presentes pero tolerables y nuestros días aún son nuestros para pasarlos como queramos. Solo que, ¿durante cuánto tiempo seguirá siendo así?

—Me temo que eso no está en nuestras manos, mi vida.

Me acerco un poco más a él, hasta que nos rozamos con las rodillas bajo las sábanas de franela. La luz parpadea a sus espaldas cuando una vela se consume.

—No parece justo, ¿verdad? —me pregunta, y yo guardo silencio, mientras me pongo a juguetear con un agujerito que hay en la manta—. No puedes irte primero, Evelyn. No sé qué haría sin ti… No soportaría vivir en esta casa tan grande yo solo.

—Pues tú tampoco puedes irte, yo tampoco sabría qué hacer… —Dejo de hablar y el pecho se me llena del miedo visceral por algo que se acerca: uno de los dos llorando destrozado sobre un ataúd, yéndose a dormir cada noche solo. Aparto las imágenes de mi mente—. ¿Crees que alguno de ellos esté viéndonos desde arriba?

—Quién sabe —dice, encogiéndose de hombros, antes de preguntar—: ¿Crees que a tu padre le haya alegrado ver a tu madre?

Sorprendida por su pregunta, me echo a reír.

—Puede que le haya venido bien el descanso este par de décadas. —El recuerdo que tengo de mi padre después de todos estos años es bastante difuso, aunque aún puedo proyectar su bigote y el puro que pendía entre sus dientes. Y no puedo evitarlo, imagino cómo se le caería al suelo por la sorpresa al verla llegar de sopetón después de haber pasado tantos años solo.

Joseph también se ríe y nuestras carcajadas en medio de la habitación en penumbra son como un bálsamo, como un nudo que finalmente se consigue desatar.

—¿Y Tommy? —pregunta.

—¿Tommy? Ese está demasiado ocupado con todas las chicas como para darse cuenta. Seguro que se pasa el día guiñándoles el ojo a todas las ángeles y diciéndoles que tienen las alas más bonitas de todas.

—¿Y qué hay de Maelynn?

—Seguro que ella y Betty están conduciendo su carruaje a toda pastilla y perturbando a todos los que tocan el arpa. —Pensar en Maelynn y en su verdadero amor, una mujer cuya apariencia solo pude imaginar gracias a su voz en el teléfono, derribando a un coro de ángeles, hace que se me salten las lágrimas de la risa.

—¿Y mis padres? —Apenas se las arregla para pronunciar las palabras.

—Intentaron abrir una pensión en el cielo, pero, como ahí nadie duerme, ahora tienen todo el lugar para ellos, así que se pasan el día dándose arrumacos en todas las habitaciones.

Joseph me atrae hacia él y me apoya la barbilla en la cabeza.

—Suena maravilloso, la verdad.

Nos sumimos en un silencio tranquilo después, con las imágenes que hemos creado dándonos vueltas por la cabeza. Las velas ya casi se han consumido mientras él me acaricia el pelo con la punta de los dedos.

—¿Sabes? Maelynn y Tommy no habrían querido envejecer. No habrían podido soportarlo.

—Aun así, eso no lo hace más fácil, ¿no? —le digo, tras tragar en seco.

—No, claro que no. —Guarda silencio unos segundos y luego añade—: ¿Qué será de nosotros?

—Si tenemos suerte, tendremos una casita en una nube en la que podamos acurrucarnos y darnos besos y estar juntos para siempre.

—Ojalá sea como dices.

—¿Y si no?

—En ese caso, no quiero desperdiciar más tiempo pensando en ello. —Se mueve hasta quedar sobre mí para poder besarme, y yo le paso los dedos por los hombros hasta atraerlo más contra mí. Sus manos exploran los mismos caminos que ya han recorrido todos estos años, solo que la superficie ha cambiado con el tiempo. Cuando hacemos el amor, me trata con delicadeza, y yo le devuelvo el sentimiento con la misma ternura y devoción. Intento no pensar en casitas en las nubes, carruajes, arpistas ni en todas esas cosas sobre las que no estoy del todo convencida. En lugar de eso, pienso en su piel sobre la mía, en sus labios contra los míos, la repetición reconfortante del ritmo de nuestros cuerpos. Pienso en ese ritmo mientras yacemos lado a lado, con la respiración acompasada y ligeramente entrelazados. Pienso en ese ritmo al quedarme dormida, acurrucada a su lado. Intento no pensar en carruajes, fuego, oscuridad, tierra ni en todas las cosas que nos esperan cuando este ritmo magnífico llegue a su fin.

VEINTISIETE

Joseph

Mayo de 2002

Su día estaba yendo bien.

Anoche no se removió mucho en sueños. Cuando desperté, me sorprendió ver que seguía durmiendo profundamente, así que me acurruqué detrás de ella hasta que noté que se despertaba. Se dio la vuelta para refugiarse contra mi pecho y darme un beso de buenos días. Preparamos el desayuno y comimos tortitas, algo que solíamos dejar para cuando venían los nietos, pero se le habían antojado y estos días ya no estamos para negarnos ningún placer. No cuando nos queda tan poco. Untó mermelada de fresa en uno, porque dijo que quería probar qué tal. Quería hacer algo que nunca había hecho antes, por mucho que fuese una nimiedad, una tontería. Le dio un bocado y se echó a reír, antes de encogerse de hombros. Yo también le puse un poco a la mía.

Mientras yo trabajaba en el jardín, se echó una siesta en el sofá. Después de una hora, volví a casa y me aseé un poco, me quité la tierra de debajo de las uñas y me sequé las manos con un trapo de cocina. Me agaché frente a ella en el sofá, entrelacé sus dedos con los míos y me llevé sus nudillos a los labios.

Se le escapaba un poco de saliva de la boca, así que se la quité con el pulgar. Solía babear cuando se quedaba dormida, y una vez le había pasado mientras estaba despierta, en plena conversación. De inmediato intentó quitarle hierro al asunto y dijo que era por el hambre, como una broma para disimular la vergüenza que sentía.

—Lamento que no hayas podido hacer todo lo que querías —le susurré, cuando sabía que aún estaba dormida. Debido a sus temblores y a lo frágiles que tiene los brazos, los dos pianos que adornan el estudio permanecen en silencio. En mis recuerdos, su versión bañada por el sol seguía viva, nadando por delante de mí cuando hacíamos una carrera hasta la Roca del Capitán.

Ante mi roce, se removió un poco y se despertó con una sonrisa, como si hubiese tenido un sueño de lo más agradable.

—¿Qué te haría feliz hoy? —le pregunté—. Podemos hacer lo que tú quieras.

—¿Lo que yo quiera? —La vi muy contenta, y sus ojos de color gris verdoso parecían dulces y soñadores—. Si ya tengo todo lo que quería. Lo he hecho todo.

—Lo siento… —le dije, arrepentido.

—¿Por qué?

—Porque siento como si te hubiese fallado.

—¿Cómo se te ocurre pensar eso? —Me pasó una mano por el pelo—. Toqué en mi concierto, ¿recuerdas?

—Había muchas cosas en tus listas que no has llegado a hacer.

—Pero las listas no eran lo importante, solo eran un primer paso, una forma de sentirme viva. —Me sonrió—. Este año ha sido más de lo que podría haber pedido. Y aún no ha acabado.

—No, aún no. —Me puse a llorar, a sabiendas de que no nos quedaba mucho tiempo.

Ante mis lágrimas, Evelyn alzó las cejas.

—Estar contigo es lo que más quería en esta vida —me dijo, antes de darme un beso en el que mis lágrimas saladas se colaron entre nuestros labios.

Nos sentamos juntos en el jardín, con las flores en todo su apogeo. El ambiente de la mañana era cálido, el cielo, despejado y de un color azul infinito, un día de mayo perfecto. El rostro se le fue sonrojando conforme la temperatura iba subiendo. Tenía la piel de lo más delicada, casi traslúcida. Decidimos que plantaríamos narcisos para el bebé de Rain; iba a nacer en un par de semanas.

Evelyn avanzó hasta las violetas, con paso seguro. Recogió una y se la colocó detrás de una oreja. Era algo que habría hecho cuando era joven, así como dar vueltas y vueltas en el prado lleno de flores. Sonrió, alzó las manos hacia el cielo y estas ni siquiera temblaron cuando dijo:

—Qué jardín más hermoso nos has construido, Joseph.

Su día estaba yendo bien.

Un ictus, según lo llaman algunos.

Un infarto, un golpe de gracia.

Como un golpe de suerte o un golpe del destino. Nada que tenga sentido mientras la veo dejar caer los brazos y desplomarse sobre las violetas. Las palabras se le deshacen bajo la lengua y las piernas ceden bajo su peso. El rostro se le queda sin expresión.

Evelyn apoyada en la encimera, tirando de mí para que le dé un beso. Evelyn con su cabello largo y húmedo, tendida de espaldas sobre el muelle. Evelyn con Violet apoyada en la cadera, bailando por la cocina. Evelyn en el piano, concentrada y con la espalda muy recta. Evelyn batiendo la mezcla para un pastel con una cuchara de palo. Evelyn adelantándome en las olas, mientras nadamos. Evelyn envuelta en una toalla al salir de la ducha. Evelyn en su vestido violeta tras bajar del tren. Evelyn riéndose, besándome, envolviéndome entre sus brazos. Su cuerpo acurrucado contra la curva del mío cuando nos tumbamos en la cama. *Evelyn*.

La ambulancia. El hospital. Acurrucado a su lado en la cama de hospital, dándole besos en las mejillas. Aferrado a su mano. Nuestros hijos no tardaron nada en llegar… o quizás sí que tardaron un poco. No estoy seguro. Las campanadas de un reloj. La llegada de la medianoche.

No ha habido tiempo suficiente. No nos ha bastado, y se suponía que íbamos a tener más. Un mes más juntos. Y entonces nos habríamos marchado de este mundo en los brazos del otro. Pero ella sentía el brazo adormecido, según me dijo. No notaba mis caricias. No notaba que me estaba aferrando a ella, no podía decir las palabras que quería decir, no podía verme.

Se suponía que íbamos a tener más tiempo.

Su día estaba yendo bien.

Lo hemos construido juntos, Evelyn.

Eso fue lo que quería decirle antes de que cayera.

Lo hicimos juntos. Y es maravilloso.

VEINTIOCHO

Joseph

Diciembre de 2000

E n el coche, de regreso del médico, no dice mucho. La radio está apagada y la calefacción sale a toda potencia por las rejillas. Conducir de vuelta a casa tras todas las visitas médicas siempre implica un viaje en silencio, lleno de preocupación, de preguntas, del deseo de tener respuestas acompañado del miedo de lo que dichas respuestas podrían costarle. Doblamos por la calle Sandstone; en la playa Bernard, las olas rompen contra un manto de nieve fresca, y la extensión de arena que hay en medio es lisa y oscura, un puente desolado entre una corteza de hielo y una orilla del color del acero.

—Es algo bueno que lo hayamos descubierto cuando lo hicimos. Así ahora al menos lo sabemos —le digo, apoyando una mano sobre la suya, la cual tiembla bajo mi roce—. Podremos con esto, Evelyn. Ya verás que sí.

Tensa los labios como suele hacer cuando está intentando no llorar, pero unas lágrimas se le escapan de todos modos y se le deslizan por las mejillas.

Sé que debe estar pensando en su madre, quien, si bien padeció una enfermedad distinta, también la fue descosiendo poquito a poco, puntada a puntada. Una madre que gritaba y le lanzaba cosas al personal médico de la residencia. Quien perdía la noción del tiempo y de las caras y de las conversaciones que mantenía en mitad de frase y se convirtió de nuevo en una niña pequeña, sola, tímida y asustada.

Pero ese no será el caso de Evelyn... Hay muchísimas personas que viven con esta enfermedad durante muchos años, durante toda su vida. Además, hay medicamentos, eso nos ha contado el médico, cosas que la pueden ayudar con sus síntomas. Su caso es uno peculiar, según nos ha dicho, pero lo hemos descubierto a tiempo... Solo está en la fase uno.

Empezó con cosas absurdas, cosas que no implicaban nada, en realidad, al considerar la edad que tenemos: dolor en el cuello y la espalda, dificultad para conciliar el sueño, olvidos. Evelyn tiene setenta y cinco años, y yo casi setenta y ocho, nuestro cuerpo no coopera como solía hacer, no se supone que lo haga. Tengo espasmos en las piernas por la noche, no puedo leer si no me pongo las gafas. Algunas mañanas me las paso entrando y saliendo del cuarto de baño. Creíamos que los síntomas de Evelyn eran algo natural, pues nuestros amigos también se quejaban de que no podían dormir, de que perdían las llaves y sufrían de varios dolores y achaques, así que no era nada de lo que tuviésemos que preocuparnos.

Solo que empezó a perder la noción del tiempo, a olvidarse de algunos nombres y lugares, de conversaciones en las que había participado. Se quedaba dormida al mediodía y recorría los pasillos en vela por la noche. Y entonces, la mano izquierda le empezó a temblar.

Los médicos se negaron a ponerle nombre al principio. No querían diagnosticarla hasta que hubieran descartado ciertas afecciones que tenían los mismos síntomas. Un infarto, alzhéimer o atrofia multisistémica, cada una más aterradora que la anterior. Fuimos a ver a un neurólogo que se especializaba en trastornos del movimiento, tuvimos citas con diversos médicos que le mandaron numerosas tomografías, resonancias magnéticas, analíticas y pruebas infinitas.

Evelyn me ha hecho prometer que no le diré nada a la familia sobre sus citas. No hasta que supiéramos más, según dijo, porque no quería preocuparlos. No hasta que tuviéramos una respuesta. Y, cuando la tuvimos, no hasta que todos estuvieran reunidos. No antes de Navidad. Y después, no en Navidad. Cuando se sintiera lista. Esconde sus temblores bajo unas mantas, jerséis y mesas, se mete las manos bajo los muslos, lo que sea que haga que no sospechen de ella. En ocasiones, nuestros hijos han compartido conmigo su preocupación y me han hecho preguntas no demasiado directas que he conseguido desestimar, cuando seguían las pistas para un acertijo que ninguno de nosotros quería resolver.

La expresión de Evelyn cuando el médico le ha informado de su diagnóstico, cuando le ha puesto nombre a lo que iba a ser su enemigo durante el resto de su vida, ha sido una que ya había visto antes, cuando volví a casa sin Tommy y la encontré en el porche de la pensión. Una mezcla de miedo, enfado e incredulidad. Una mirada que había rezado por no volver a ver en la vida.

«Según los resultados y todas las evaluaciones que le hemos hecho, podemos afirmar con certeza que esto es contra lo que está batallando. Hay medicamentos que podemos probar...»

Evelyn se hundió más y más en sí misma conforme el médico continuaba con las explicaciones, hasta que el rostro se le volvió una máscara de hierro. El médico hablaba moviendo solo un lado de la boca y en parte parecía una especie de titiritero de tres al cuarto. Casi pude convencerme a mí mismo de que todo eso no era más que un espectáculo, y nosotros, su público. Nos estaba contando el caso de otra persona. La palabra «párkinson» no tenía nada que ver con mi mujer.

Párkinson... Solo que estábamos hablando de Evelyn. Mi Evelyn. La misma que solía flotar de espaldas en el océano, con sus dedos de los pies con las uñas pintadas asomándose por la superficie. Evelyn, de piel lisa y desnuda bajo las sábanas. Evelyn, con sus dedos esbeltos dominando las teclas de marfil del piano.

No podía hacer que la palabra párkinson encajara en nuestra vida juntos. Simplemente no tenía lugar.

Las ruedas crujen cuando llegamos a la entrada de casa, dejan huellas sobre la arena, y yo freno poco a poco hasta apagar el motor. El silencio es más notorio con la falta del ronroneo del coche, del zumbido de la calefacción y del crujido de los neumáticos. Ninguno de los dos hace ningún movimiento para entrar en casa. Como si quedarnos en el coche fuese a hacer que lo que sabemos se quede atrapado con nosotros, como si pudiésemos suprimirlo siempre y cuando no abramos las puertas.

Evelyn es la primera en hablar, y su voz es tan baja que casi no la oigo.

—No quiero vivir como una versión reducida de mí misma.

Vuelve a mí la voz distante del médico, cuando nos decía que «El párkinson tiene cinco fases, pero, basándonos en sus síntomas, parece que está avanzando más rápido de lo normal...».

—Lo sé, pero tenemos tiempo, no hace falta que te preocupes ahora.

—Joseph, te digo que no quiero vivir como una versión reducida de mí misma.

Intento demostrar una fortaleza que no siento mientras ella se viene abajo.

—Lidiaremos con ello cuando llegue el momento.

«Seguirá avanzando...».

Evelyn niega con la cabeza, y su fastidio se empieza a notar bajo su calma.

—No me estás escuchando. No quiero lidiar con lo que venga. ¿Quién sabe cuánto tiempo más siga sirviendo para algo?

—No digas eso.

—Ya viste cómo se puso mi madre... —dice, antes de interrumpirse—. No puedo vivir como ella. Es que no puedo.

—Tu madre tenía alzhéimer.

—Qué más da una que otra, Joseph. —Su expresión se suaviza un poco—. Esta enfermedad se apoderará de mí del mismo modo. O quizás sea peor.

—Pero tú eres más fuerte que tu madre. Mucha gente vive con esta enfermedad durante muchísimo tiempo... Quizás con el tratamiento, con medicina, puedas luchar. Juntos podremos con ello, Evelyn. —La voz me falla cuando pronuncio su nombre.

—Es que no es algo que podamos vencer. Seguiré empeorando, cada vez más rápido. Ya has oído lo que ha dicho el médico. No quiero someterte a lo que está por venir.

—¿Qué me estás diciendo?

—Que quizás viviré este último año... —Hace una pausa, y lo último lo añade en un hilo de voz—: y ya está.

—¿Qué dices?

—Que viviré un último año.

—No bromees con esto.

—No es broma.

El calor empieza a disiparse en el coche y soy capaz de ver mi propio aliento al exhalar. No sé cómo responderle, mi consuelo me parece algo absurdo y forzado, teñido por el miedo que se cierne sobre nosotros. Pienso en mi padre tras la muerte de mi madre, en el modo en que se quedaba mirando por la ventana, como un fantasma que vagaba por los pasillos de una pensión desierta. Cómo su propio dolor se lo llevó una vez que mi madre se fue de este mundo, una muerte piadosa, pues su infierno era la cueva solitaria que se formó tras la ausencia de su mujer.

—No quiero vivir sin ti.

—Es mejor eso que verme deteriorarme... Sea como sea vas a perderme. No se me ocurre una mejor opción.

Me froto los nudillos unos contra otros sobre el regazo y blando mi inutilidad como si se tratara de una espada sin filo.

—En ese caso, lo haré contigo.

—No seas tonto, si tú no estás enfermo.

—Me da igual. Si tú puedes decir todas estas ridiculeces, yo también.

—No son ridiculeces. No quiero que nuestros hijos me vean así, no quiero que sea el recuerdo que les quede de mí. Y no quiero que tú me veas… —Las palabras mueren en sus labios cuando las lágrimas empiezan a caer y se le deslizan por la barbilla hasta llegarle al cuello—. No quiero acabar así.

—Y yo no quiero que acabe —le digo, acariciándole el cabello con los ojos anegados en lágrimas.

—Tengo miedo —susurra, en un gimoteo.

—Todo irá bien.

—Olvida lo que he dicho, lo siento.

—No pasa nada, yo también tengo miedo. —Entonces la abrazo, con el corazón latiéndome desbocado y la consola central del coche que se me clava en la cadera. *El tumor de mi madre. Los ojos vacíos de mi padre.* La abrazo con la fuerza suficiente para frenar sus temblores, para protegernos de la verdad que se cierne sobre ambos, como si nuestros miedos fuesen las nubes oscuras que ofuscan el cielo antes de una tormenta.

«Un último año», se repite una y otra vez en mi mente.

VEINTINUEVE

Joseph

Mayo de 2002

El sol atraviesa las persianas cerradas y me hace torcer el gesto y rodar hacia su lado de la cama. Las sábanas en las que ella debería estar están frías, y un cabello plateado y solitario reluce sobre su almohada, con las mantas lisas. Al lado de la alfombra, sus pantuflas se encuentran torcidas y la puerta de su armario, entreabierta. En su mesita de noche hay un vaso de agua, con el borde ligeramente manchado por la huella de sus labios.

He despertado tres mañanas sin ella. Con los ojos rojos y empañados, el ambiente está tan cargado que me aprisiona bajo él. Contemplo los números rojos del reloj avanzar con sus parpadeos. Las aves trinan fuera de la ventana y las olas se mecen en la playa Bernard. Acaricio la esquina de su almohada con el pulgar. La sensación de vacío absoluto reverbera en mi interior y hace que no pueda moverme. Como si no hubiera nada en mi interior.

La besé en su cama de hospital, con los pitidos de los monitores de fondo, pero ella no respondía. Solo que debía estar presente, tenía que estarlo; por mucho que tuviera los ojos cerrados, su cuerpo seguía cálido. Me subí a la cama con ella, la rodeé entre mis brazos y le acaricié el rostro.

—Te quiero —le dije—. Te quiero, por favor, despierta. No me dejes, Evelyn. Vuelvo conmigo. Te quiero, mi vida, mi amor. No sabes cuánto te quiero.

Al notar que la perdía, con nuestra familia a nuestro alrededor, mientras todos nos aferrábamos a sus manos, a sus brazos, y la tranquilizábamos con nuestras voces y arrullos varios, supe que no había nada más que pudiéramos hacer que acompañarla, consolarla, besarle la frente y las mejillas y decirle:

—No pasa nada si tienes que irte, ¿vale? No pasa nada, amor. De verdad. Estoy aquí. Todos estamos aquí.

Un apretoncito ligero en la mano fue el único modo en el que supe que me estaba oyendo, que sabía que todos estábamos con ella.

Y entonces se marchó.

Anoche, mientras dormía un sueño torturado e inquieto, soñé que el mar se la había llevado y que me llamaba a gritos entre los rugidos de las olas. Nadé hacia ella, desesperado, oyendo sus gritos en carne viva, pero nunca conseguí alcanzarla. Y entonces aparecía de nuevo en el fondo del océano, flotando en paz, con los ojos cerrados, el cabello meciéndose por la corriente, y me aferré a su mano para arrastrarla hacia la superficie, solo que ella se seguía hundiendo más y más, y, por mucho que me sumergiera, se escapaba de mi agarre. Pese a que me desperté gritando, no había nadie que me respondiera. Y ahora que estoy despierto, sé que no fue más que un sueño muy cruel. Imagino la curva de su cuerpo acurrucado contra el mío, con su calor irradiando bajo las mantas. Suplico poder tener otra vida juntos, pues esta no ha sido suficiente.

He notado la presencia de mis hijos de vez en cuando, de forma borrosa, pero no entiendo lo que me dicen. Es como si estuviera sumergido, rodeado por el silencio mientras buceo en busca de Evelyn. Floto sobre las olas, sin compañía. Me tienden platos de comida, pero he olvidado cómo tragar, así que me niego a comer. Han pasado tres días sin mi permiso, con solo una noción difusa de cómo el sol sale y se vuelve a ocultar. El tiempo ha dejado de existir, y yo también.

¿Es posible que se haya ido de verdad?

Hace casi un año que planeamos los detalles. Escogimos la funeraria que estaba en el otro lado del pueblo, les indicamos que debían sacar las flores de nuestro propio jardín y pedimos que alguien tocase *I'll Be Seeing You*, de Billie Holiday, en el piano. Tenían que incinerarnos, para que nuestra familia pudiera esparcir nuestras cenizas en la playa Bernard. Era una lista de tareas surrealista, con todos los arreglos hipotéticos de los cuales me sentí totalmente distanciado. No se suponía que fuera a ver cómo la conducían hacia el mar.

No me he vestido ni me he lavado los dientes ni tampoco me he afeitado. Me noto espeso con la peste de mi propio dolor, con una amargura en la lengua y las mejillas ásperas. Sin embargo, hoy me planto bajo la ducha hirviente y dejo que me queme, mientras todo me da vueltas por culpa del calor. Presiono la frente contra la pared. Unos hilillos de jabón hacen que me duelan los ojos hasta que el agua empieza a caer fría, y me quedo tiritando y con la piel de gallina. Su toalla está colgada junto a la mía y me resisto al impulso de envolverme en ella, pues quiero refugiarme en su aroma floral, pero a la vez preservarlo, dejarla ahí, doblada y lista para ella.

Me pongo el traje que llevé cuando nos casamos. Había estado guardado en el ático al lado de su vestido de novia, así como del de color violeta que se puso cuando bajó del tren. Muchísimas prendas han pasado por nuestras manos con el transcurso de los años, las metimos en cajas para donarlas o en unos contenedores a rebosar de ropa para regalar, pero nunca conseguimos obligarnos a deshacernos de estas. La chaqueta huele un poco a moho y me queda ancha de los hombros, pero da el pego. Si me está observando, creo que le gustaría verme llevarla de nuevo. Yo podré verla de nuevo en su vestido favorito, por última vez. No sé si podré soportarlo. El color violeta siempre le ha quedado de maravilla.

Un botón de la manga está suelto, y, como Evelyn ya no está, así se quedará. Uno de sus pintalabios se ha caído en la cómoda, así que lo coloco como debe ser. Cuando alzo la vista para verme al espejo, me sorprende ver a un anciano llevando mi traje, con su piel llena de arrugas y la figura encorvada y marchita. No lo reconozco. Aparto la vista en busca de una verdad que me cuadre mejor, pero la mano que encuentro jugueteando con el botón tiene manchas de la edad y unas venas azules que le sobresalen de la piel. Esperaba encontrarme sus dedos delicados entrelazados con los míos, pero veo que los tengo vacíos, feos y sudorosos, así que meto las manos en los bolsillos. Su piel, suave como los pétalos de una flor, se convertirá en cenizas hoy. Cenizas que esparciremos por la misma playa en la que, de rodillas, buscábamos almejas navaja, en la que nos dimos nuestro primer beso, en la que nuestros hijos aprendieron a nadar, en la que nos sentamos lado a lado en unas tumbonas mientras unos atardeceres dorados daban paso al anochecer. Los hombros, el vientre, la cara interior de los muslos que besé y que son el mapa que siempre me ha llevado a casa.

¿Cómo voy a encontrar mi camino sin ella?

Avanzo despacio por el pasillo, con la mano apoyada en la vieja barandilla mientras bajo los escalones que crujen hasta la cocina. No oigo ningún crujido a mis espaldas ni el ruido de los platos que me espera. Sus delantales están colgados cerca de la alacena y una taza de té que no se acabó, al lado del grifo. Avanzo como si tuviese los pies hechos de plomo para cruzar la puerta batiente en dirección al salón, más allá de los pianos con sus bocas abiertas y en silencio, por el recibidor y la puerta mosquitera, en dirección a nuestro último adiós.

No es justo. No ha sido suficiente tiempo. Nunca habríamos tenido suficiente.

TREINTA

Joseph

Mayo de 2002

E l sol que se cuela por la ventana me calienta, cubre cada
detalle de la habitación de hospital con su luz intensa.
Unos rizos se escapan del recogido de Rain, quien se
apoya en unas almohadas contra el cabecero de la cama. Tony
está sentado en una silla plegable a su lado, y Jane se balancea,
cambiando el peso de un pie al otro con el rostro totalmente
iluminado por el bultito que tiene entre los brazos. Su primera
nieta: un nuevo tipo de amor completamente infinito. Marcus
se ha quedado en la puerta, con un globo de esos brillantes, y
las arruguitas que tiene en la comisura de los ojos delatan todo
el cariño que siente mientras la observa.

La semana pasada esparcimos las cenizas de Evelyn, todos
juntos en el banco de arena, y las vimos alejarse flotando en
el aire como si fuesen dientes de león. Connor le acarició el
cabello a Violet mientras ella sollozaba contra su pecho; su
matrimonio es como una roca en el borde de un precipicio
que tuvo que caer para volver a encontrar tierra firme. Thomas se despidió en un hilo de voz cuando nos volvimos hacia
la costa, con los ojos rojos clavados en el horizonte y Ann
aferrada a su brazo. Rain recogió un ramo de violetas y las
esparció por las olas que llegaban hasta la orilla. Descalzo y

con los pantalones enrollados hasta las rodillas, me quedé junto a mi familia en un momento que no se suponía que debiese presenciar, solo que allí estaba, y las huellas que dejé en la arena al volverme eran la prueba. Unas huellas que desaparecerían en cuanto subiese la marea. Marcus rodeó con un brazo a Jane y ella se apoyó en él, firme y agradecida, para dejar que la sostuviera.

Y hoy comparte su momento al dejarla disfrutar de ello plenamente.

—Es perfecta —susurra Jane. Es un momento importante que no pudimos experimentar con nuestra hija mayor, cuando fue su turno de ser madre. ¿Estuvo sola en el hospital? ¿Tuvo miedo? Nunca pudimos darle la bienvenida a nuestra primera nieta con su carita rosa y arrugada, envuelta en su ropita de recién nacida; nunca vimos el agotamiento lleno de dicha en el rostro de Jane, el cual se puede apreciar ahora en Rain y en Tony. Lo que nos perdimos al haber conocido a nuestra nieta con catorce meses de edad fue algo que siempre intentamos compensar. Y ahora esta recién nacida, nuestra bisnieta, hace su entrada en el mundo cuando yo planeo dejarlo. ¿Qué cosas me voy a perder cuando a este primer encuentro le pisa los talones una despedida?

—Eve —declara Rain—. Vamos a llamarla Eve.

Eve. Con su piel tan sonrojada y nueva y sus ojos tan abiertos y sin parpadear. Me siento dividido; estoy atrapado dentro de un pozo vacío que solo tiene el dolor de la pérdida y mi bisnieta es como el agua de la lluvia que cae sobre mí, para llenarlo poco a poco y llevarme de vuelta hacia arriba. Me hace pedazos y me reconstruye una vez más. Eve. Las cenizas de Evelyn que se llevó la brisa del océano, relucientes entre bancos de pececitos y escondidas en los caparazones de unos cangrejos ermitaños, han conseguido hacer que vuelva a mí una vez más.

—Papá, ¿quieres cargarla?

Jane me coloca a la bebé en los brazos, y su aroma tan dulce me sobrepasa. Está envuelta en la mantita que le tejió Evelyn, de un color amarillo pastel, y el estómago me da un vuelco por la fuerza con la que la echo de menos. Cada día sin ella es una eternidad totalmente vacía.

Mira el jardín tan hermoso que hemos construido, Evelyn. El que hemos construido juntos.

En casa, me arrodillo frente a un lecho de flores y me pongo a cavar, con lo que el sudor se me concentra en la nuca por el calor. La tierra de más arriba está seca debido a una serie de tardes cálidas propias de mayo, pero, bajo ella, el suelo está frío y húmedo. Los bulbos que tengo en la mano están firmes y son de color marrón, por lo que esconden los brotes de luz que albergan en su interior. Narcisos para Eve, los que florecerán primero cuando el invierno empiece a marcharse. Hago unos agujeros no demasiado profundos y presiono los bulbos contra la tierra. Aplano la capa de más arriba para luego regarlos, con lo que el líquido fresco hidrata la tierra y la llena de vida.

El próximo año y cada año después de ese, Rain y Tony se sentarán en este banco; La Perla se convertirá en su hogar y sostendrán a Eve en sus brazos o la verán andar y corretear y bailar entre las flores cuando los narcisos sean el heraldo de la primavera, con sus flores doradas y radiantes.

Cuánta belleza queda por ver.

Dentro de casa, noto las teclas de marfil frías bajo mi toque, pero su textura lisa me consuela. Me siento frente al Baldwin, donde Evelyn pasó tanto tiempo llenando nuestro hogar de música, de unas melodías tranquilizadoras que llegaban hasta mí cuando trabajaba en el jardín. Cuando presiono una tecla, esta suelta un eco grave. Cuánto silencio hay en esta casa.

Me pongo de pie y abro la tapa del asiento, donde Evelyn guardaba sus partituras y donde están escondidas nuestras cartas.

Pensábamos dejarlas en la encimera en nuestro último día, para que nuestros hijos las encontraran. No estoy seguro de si Evelyn llegó a terminar las suyas. Para el final, su letra se volvió muy pequeña y difícil de leer. Si bien mis sobres los sellé hace mucho, me preocupa que lo que escribí no sea suficiente, pues nunca supe cómo empezar a despedirme.

Rebusco entre las partituras hasta dar con las cartas que hay debajo, aparto las mías y me concentro en las de ella. Hay cuatro sobres blancos cuando debería haber solo tres. Les doy la vuelta y veo los nombres de nuestros hijos, *Jane, Thomas, Violet*, escritos en una letra muy pequeñita y adolorida. Bajo ellas, la última lleva mi nombre, en la letra cursiva y elegante que recuerdo.

Las manos me tiemblan al abrirla, y me vuelvo a sentar en el banco para leerla.

24 de diciembre de 2001

Querido Joseph:

Si estás leyendo esto, quiere decir que me he marchado antes de lo que acordamos. Lo siento muchísimo, mi amor. Quiero que sepas que, esté donde esté, te echo de menos con locura. Nunca he vivido en un mundo sin ti y tampoco quiero imaginar lo que sería el siguiente sin tenerte conmigo.

Mientras escribo esto, estás dormido a mi lado. Ojalá pudieses verte cuando duermes, es uno de mis momentos favoritos, incluso cuando tienes el cabello todo revuelto y los labios entreabiertos. Si no temiese despertarte, te robaría un beso ahora mismo. Con todo y boca abierta. Es Nochebuena, o bueno, supongo que ya es Navidad propiamente dicha. Es de madrugada y, como suele ser mi costumbre estos días, no puedo pegar ojo. Noto que empiezo a marcharme a un lugar al que no puedes acompañarme. Soy consciente de mis lagunas, y no sabes el miedo que tengo. Solo que, de una forma un tanto extraña, también me tranquilizan, me confirman que estoy tomando la decisión correcta, por mucho que dejaros a todos es lo último que querría. No es algo que pueda obligarme a controlar ni tampoco a lo que pueda vencer.

Lo cual me lleva a escribirte esto. Si ya me he ido, te suplico que no lo hagas tú también. Aún te queda mucho tiempo, y nuestros hijos no esperaban perderme tan pronto. Espero que ahora puedan comprender que nunca fue mi decisión, no en realidad. Pero sí puede ser la tuya. No hagas nada solo porque me lo prometiste. Sé que cargas con la culpa de algunas cosas que escapan de tu control, y me temo que puedas añadir el perderme a esa lista. Así que no lo hagas, Joseph, por favor. Deja que te tranquilice: no hay nada de lo que debas arrepentirte. A ti te debo mi felicidad. Eres mi vida, mi sueño más importante hecho realidad. Fuiste tú quien salvó a esta familia y, de todas las formas posibles, también me salvaste a mí. ¿Cómo podría darte las gracias por nunca renunciar a mí?

Ha sido una vida increíble y maravillosa a tu lado. No podría haber pedido más. Aun con todo, no sé cómo despedirme de ti. Ya sabes que no era parte del plan. Y quizás esa es la cuestión. No podíamos planearlo, no de verdad.

Te quiero, Joseph. Te adoro por esperarme, hace tantos años ya. Y, sea donde sea que esté, no hay ninguna prisa para que te reúnas conmigo, porque yo también te esperaré para siempre.

Con amor,
Evelyn

La leo una y otra vez, mientras las frases se vuelven borrosas por mis lágrimas y me siento débil y perdido en sus palabras hasta que no consigo mantenerme erguido. Me inclino sobre las teclas y la casa resuena con las notas graves del piano que presiono con los brazos. El rumor que las sigue me atraviesa entero y consigue dejarme totalmente vacío y a la vez lleno de una dulce melancolía.

TREINTA Y UNO

Joseph

Junio de 2002

L as olas se alejan de mis pies descalzos mientras yo me voy hundiendo y agito los dedos entre la arena húmeda. El fin de semana pasado, la playa Bernard se llenó de gente como siempre hace al inicio de cada estación: con motos de agua rodeando la Roca del Capitán, música a todo volumen desde unos altavoces y batallones de bañistas con sus neveritas que saludaban a unos amigos que no veían desde las últimas fiestas. Hoy, la playa está más tranquila, llena de familias de la zona que se van acomodando en sus ritmos de verano, que van cargadas de tumbonas e intercambian saludos mientras van reclamando sus lugares de siempre y dejan espacios considerables entre sí por la orilla con forma de medialuna.

El estrecho de Long Island se extiende frente a mí, y la marea va subiendo conforme el sol empieza a esconderse. Esta mañana he despertado con el sonido de unas olas en calma y unos pájaros cantando a través de la ventana abierta. En lugar de café, decidí darme un chapuzón breve hasta llegar a la Roca del Capitán, y el cuerpo se me despertó de sopetón por el frío cuando me zambullí desde el muelle. Cuando me sequé con la toalla, noté la piel roja y hormigueante. Mi familia fue llegando poco a poco en el transcurso de las siguientes horas, con lo que fuimos ampliando el cacho que ocupábamos en la playa. La marea estaba bajando cuando llegamos y despejó unos bancos de arena brillantes en los que instalamos nuestras tumbonas para pasarnos bocadillos envueltos en plástico transparente, cerezas y bolsas de patatas. El agua dejó de cubrirnos los tobillos conforme la mañana daba paso a la tarde y quedó al descubierto el lodo liso y duro que había debajo, salpicado de los caparazones espiralados de cangrejos ermitaños, grupitos de caracoles de color pardo y, para los ojos avizores, unas almejas navaja que se enterraban y dejaban una depresión en la arena que las delataba. Hacía bastante más calor de lo normal para ser el primero de junio, como si ya estuviésemos en julio o agosto, lo que indica que la temporada de playa va a ser más larga de lo normal, con unos días de verano que se extienden ante nosotros como una mano abierta.

Me quedo plantado en el borde del agua helada hasta que se me duermen las pantorrillas. Una gaviota solitaria suelta un graznido cuando pasa volando por encima. Veo lo que parece ser el centelleo del cristal y espero, como siempre hago, que sean los mensajes en botellas que enviamos el verano pasado, que, de algún modo, hayan conseguido volver a nosotros. Las palabras que nunca llegué a leer, su última carta, sigue flotando por ahí, en algún lado. Pero, como suele pasar, solo se trata de la espuma de una ola, de un efecto de la luz. Aunque el sol empieza su camino descendente, aún retengo el calor de los rayos en la piel incluso cuando la temperatura ya está bajando. Somos los últimos que quedamos en la playa cuando el cielo empieza a motearse de nubes moradas y rosa que se reflejan sobre la superficie del mar. Tanto la luz como el sonido parecen mermar, tranquilos. Este siempre fue su momento favorito del día.

Me vuelvo hacia nuestra medialuna de mantas y tumbonas. Rain y Tony se han refugiado bajo una sombrilla a rayas, con Eve acurrucada en los brazos de su madre. Jane está tumbada en una manta cerca de ellos, junto a Marcus, apoyada en los codos mientras bebe un té helado cuyos cubitos ya han empezado a derretirse. Violet y Connor están sentados en un par de tumbonas y tienen unos surcos de arena frente a ellos que han ido dibujando con los talones. Violet se ríe por algo que le dice su marido y este apoya una mano en la rodilla de su mujer. Son momentos pequeñitos que se suman hasta formar algo más grande, como cuando unos pegotes de arena húmeda se van montando unos sobre otros hasta que se solidifican y se vuelven un castillo de arena, con unos granos diminutos como los cimientos sobre los cuales montar una edificación. Thomas y Ann avanzan a paso tranquilo hasta donde estamos los demás y se detienen para observar un cangrejo herradura que el mar ha arrastrado hasta la playa mientras vuelven del muelle.

El sol se pone un poco más y parece un semicírculo en el horizonte.

Ha llegado la hora de irse.

Aun así, la piel me hormiguea por el calor. Las nubes proyectan unas pinceladas de color magenta y naranja sobre un cielo azul claro. La brisa más ligera me acaricia la piel. Respiro el aire salado, el aroma reconfortante y almizclado del océano que siempre me recordará a ella.

Le doy una palmadita en el hombro a Thomas y me lo acerco para darle un abrazo.

—Aún no te vas, ¿verdad, papá?

—Ha llegado la hora, ha sido un día perfecto.

Me abraza con fuerza. Ann me rodea con los brazos y me entierra la cara en el cuello. La muestra de afecto nada propia de ella me toma por sorpresa y hace que me hunda más en la realidad que he estado evitando desde que me desperté. Violet se muerde el labio y se obliga a sonreír, mientras la brisa hace que sus rizos se alboroten; Connor tiene una expresión seria y resignada, pero ambos se levantan para darme un abrazo de todos modos. Dejo un beso sobre la frente de Rain y otro en la mejilla regordeta de Eve, para luego abrazar a Tony y a Marcus.

Jane entrelaza su brazo con el mío e insiste en acompañarme hasta el final de la playa.

—Dale recuerdos de nuestra parte, ¿vale? —me dice en un hilo de voz, cuando llegamos al sendero.

Asiento, con un sollozo atascado en la garganta, y la abrazo con fuerza.

Cuando me doy media vuelta, noto las piernas débiles, inestables. No me arriesgo a echar un vistazo por encima del hombro, por mucho que note las miradas de todos clavadas en la espalda, tirando de mí hacia atrás con decisión, como la fuerza de la gravedad que ejerce la luna sobre las mareas.

Sigo avanzando, memorizando cada detalle de mi camino una última vez a pesar de que podría recorrerlo con los ojos cerrados. Conozco el camino del mismo modo que conozco cada peca y cada curva de Evelyn, ambos mapas de toda una vida que se han grabado a fuego en mi memoria.

Estas son las dunas cubiertas con pasto varilla que se agita con el viento, un escondite para ambos en el que Evelyn solía darme mordisquitos en la oreja cuando nos tumbábamos a ver las estrellas. Este es el lugar en el que el sendero da con la calle Sandstone, con su asfalto ardiente que quemaba las plantas de los pies de nuestros nietos cada vez que hacían carreras descalzos hasta la playa después de que la pavimentaran. Aquí están los robles altísimos donde a Thomas se le quedó atascado un avioncito de juguete una vez. Aquí están las cabañas con sus tejas de cedro, con su césped áspero y sus porches desvencijados y sus tendederos siempre llenos de sábanas que ondean al viento. Aquí está la fila de rosas de pantano que delinean nuestra entrada, en la que, hace mucho tiempo, había un cartel de madera que yo mismo tallé y que Evelyn pintó para declarar que la pensión La Perla había abierto sus puertas una vez más. Aquí está el crujido del caminito que me conduce a casa, los escalones de la entrada en los que mi madre sacudía las toallas, los que Tommy subía a toda pastilla en dirección a la cocina, la puerta principal en la que siempre veía que Evelyn me esperaba hasta que volvía a casa.

Dentro, me dirijo hacia el estudio y su par de pianos. Casi puedo oír su música dándome la bienvenida, una canción que me resulta conocida, pero cuyo nombre no recuerdo. Rozo las teclas de marfil con la punta de los dedos y toco una nota solitaria, para hacerlo cantar.

Abro la tapa del banco para sacar las cartas y el frasco de pastillas que se esconden en su interior. Me adentro en la cocina y dejo las cartas: dos montoncitos separados, el suyo y el mío, para cada uno de nuestros hijos. Repaso su letra con los dedos, la cual se fue deteriorando más y más con cada carta, mientras que la mía tiene la simetría de haber sido escrita con manos que no tiemblan.

Me sirvo un vaso de agua del grifo. Está tan fría, tan refrescante mientras me baja por la garganta, que me la bebo en solo dos tragos. Toco las pastillas que he dejado en la encimera y me sirvo otro vaso de agua. El sol ya casi se ha puesto.

No queda mucho tiempo.

No me queda mucho tiempo.

Nunca habrá tiempo suficiente.

Aprieto el tapón con la palma y lo retuerzo para abrirlo.

Solo que aún queda el tiempo necesario.

Abro el grifo y vierto el contenido del frasco, con lo que las pastillas caen en cascada y desaparecen por el desagüe.

Cuando abro la puerta mosquitera, esta suelta un chirrido, y bajo por el porche en dirección al jardín. Las flores relucen bajo la luz nocturna como un tapiz de nuestra familia tejido en la tierra. Pese a que los narcisos aún no han florecido, los imagino cada año presentes a partir de ahora, haciendo brotar el color dorado entre la tierra congelada y estirándose en dirección al cielo.

Creía que amaba a Evelyn cuando la tenía a mi lado, pero me equivocaba. En estos días sin ella, cuando puedo confundir la brisa con la suavidad de la cara inferior de sus brazos entrelazados con los míos mientras duermo, cuando puedo oír su risa musical y alzar la vista para encontrarme a Jane, cuando cargo a Eve y sé que es posible que nuestra bisnieta herede sus ojos de color cambiante, cuando me piden que cuente la historia del tren y sigo aquí para hablar de su perfume floral que me atrajo hacia ella como si de un hechizo se tratara, cuando abro una ventana, inhalo el aroma del mar que siempre sentimos como propio, escucho el canto de las olas que hicimos nuestro y consigo que me arrullen hasta hacer que olvide el dolor y que este se convierta en paz; estoy convencido de que estos y solo estos son los días en los que más la quise.

Me tumbo sobre la tierra, entre las violetas, y rompo la última promesa que le hice, una que ella nunca quiso que cumpliera. En su lugar, le prometo otra cosa: un mañana sin ella.

Mira el jardín tan hermoso que hemos construido, Evelyn.

Alzo la vista hacia el sol que se pone y, con una sonrisa, me baño con los últimos resquicios de su calidez.

AGRADECIMIENTOS

Empecé a escribir *Los días en los que más te quise* hace más de diez años, cuando tenía veintidós, durante el verano de 2013. Mi camino hacia la publicación ha sido largo y extenuante y, al pensarlo, me encuentro infinitamente agradecida porque gracias a ello conseguí disponerme no solo para cuando esta novela viera el mundo, sino para lo que implica prepararse para una vida de escritora. Durante sus primeros cinco años, este fue un proyecto secreto al que acudía porque disfrutaba con él, para ver qué rumbo tomaba la historia. Y los últimos cinco los pasé persiguiendo el sueño de ver mi novela publicada. Revisándola y buscando agentes literarios, así como volviendo a revisarla una y otra vez, hasta acabar con las diez versiones que precedieron a la final, y mucho de eso lo hice embarazada, cuidando de un recién nacido, embarazada de nuevo y cuidando a dos pequeñines de menos de dos años. Este libro fue cobrando forma de madrugada o a las tantas de la noche, en los ratitos que podía escabullirme entre siestas o con el portabebés atado al pecho. Grabé notas de voz mientras paseaba con el carrito, anotaba frases a toda pastilla mientras preparaba la comida antes de que las ideas se escaparan. También en alguna que otra sesión maratónica, cortesía de alguna canguro o de los abuelos, quienes me facilitaron unos momentos ininterrumpidos de gloria absoluta para que pudiera sentarme a batallar con las escenas más complicadas el tiempo que fuese necesario. Evelyn y Joseph me han acompañado durante un tercio de mi vida, a través de pérdidas y nuevos comienzos, de bodas y bebés, de rechazos y aceptación y años de trabajo, y en el transcurso de todo ese tiempo se aferraron a la fe y la esperanza y me animaron con la idea de que este libro algún día encontraría su hogar. Nada de esto habría sido posible de no contar con todo el amor y el apoyo que me rodea, y, aunque me resulta imposible darles las gracias a todas y cada una de las personas que me han guiado y acompañado por el camino, lo intentaré de todos modos en estas páginas.

A la increíble guerrera que es mi agente literaria, Wendy Sherman. No existe otra persona en este mundo con quien quisiera haber emprendido este viaje. Wendy, no sé cómo lo haces, cómo consigues que cada uno de tus clientes nos sintamos como tu prioridad máxima y, a la vez, uno de tus amigos más queridos. Gracias a ti, este libro ha salido al mundo, eres la razón por la que las puertas se me abrieron después de tanto tiempo, de que mis sueños más locos se hicieran realidad. Trabajas sin descanso, nunca dudas en plantar cara por mí y, de algún modo, te las arreglas para que parezca que lo haces sin pestañear. Soy muy afortunada de contar contigo. También quiero darle las gracias al resto del equipo en WSA, pero en especial a Carrie Deitrick, por todo el apoyo y la calidez que me ha brindado durante esta aventura.

A mi magnífica y considerada editora, Erika Imranyi. Gracias por la pasión que le has dedicado a mi historia y por ver *Los días en los que más te quise* del modo en el que siempre quise que se viera. Confío plenamente en tu ojo editorial y no sabes lo que admiro esa habilidad tuya para descubrir exactamente qué es lo que hace falta pulir mientras me otorgas la libertad necesaria para hacer los cambios que consideraba apropiados. *Los días en los que más te quise* seguiría siendo un documento de Word sin tu visión para sacarlo al mundo, sin la fe que le tuviste a esta autora novel, y es una historia muchísimo mejor gracias a todas las revisiones en las que nos embarcamos juntas.

A todo el equipo de Park Row Books y Harlequin/Harper Collins, soy muy afortunada por que seáis mi editorial. Nunca podré agradeceros lo suficiente todo lo que habéis hecho. Me habéis cambiado la vida y sois la razón por la que puedo decir que soy autora. A todos y cada uno de los que trabajaron en mi libro durante todo este tiempo, pero en especial a Loriana Sacilotto, Margaret Marbury, Amy Jones y Heather Connor, por ver y creer en el potencial que tenían Evelyn y Joseph. A Rachel Haller, Lindsey Reeder, Brianna Wodabek y todo el equipo de marketing por esforzarse tantísimo en llevarles este libro a sus lectores. A Emer Flounders y Justine Sha por ser el equipo publicitario de ensueño de cualquier autora novel. A Gina Macedo, mi correctora, por pillar cada detallito diminuto. A Nicole Luongo, por hacer el proceso lo más ágil posible, y a todos en los equipos de Ventas, Diseño y Producción que han participado para conseguir que mi novela brille. También quiero darle un agradecimiento especial a Carol Fitzgerald y The Book Reporter por crear una página web tan bonita y por hacer correr la voz.

A Jenny Meyer y Heidi Gall, que han hecho que esta novela tenga unos lectores internacionales. Como decía, ni en mis sueños más locos. Jenny, contar contigo en nuestro equipo es una delicia y ver tu nombre en mi bandeja de entrada es un heraldo de cosas maravillosas. Gracias por esforzarte tanto en esta historia y conmigo, por hacer que pueda llegar más lejos de lo que creí posible. Las relaciones tan bonitas que tengo con mis editoriales internacionales y todos los idiomas a los que se va a traducir esta novela son cosa tuya.

A todos los editores y equipos internaciones que me han hecho llorar con sus cartas de amor para Joseph y Evelyn, que han recibido mi libro en sus editoriales con todo el entusiasmo del mundo y han apoyado mi trayectoria profesional en distintos lugares del mundo, no sabéis lo que todo eso significa para mí. A Darcy Nicholson y Lisa Krämer por apoyar esta historia, por vuestra pasión y por esforzaros tanto en hacerme sentir como en casa a cientos de kilómetros de distancia. Ha sido increíble poder trabajar con todas estas editoriales en el mundo y, gracias a vosotros, mi vida no volverá a ser la misma.

A Lauren Parvizi, Hadley Leggett y Erin Quinn-Kong, mi grupo de escritura estrella, ese tan especial que siempre quise, pero que nunca pensé que podría existir: tres mujeres sin las que esta aventura no habría podido ser. Que la magia nos acompañe siempre que sigamos escribiendo.

A Alice Peck, quien atisbó un brillo en esta historia antes que nadie, quien esbozó aquello que la hizo especial y me enseñó a llevarla a la luz. Gracias por ser una amiga maravillosa, por ser un lugar seguro para que mi historia floreciera y se convirtiera en lo que siempre había querido y por verla de ese modo, no sé cómo, antes de que llegara a serlo. Por los ánimos y los consejos que me ayudaron a navegar durante los primeros años de correcciones y búsquedas, los más vulnerables de todos, y por siempre creer que podríamos lograrlo.

A Sarah Branham, por impulsar mi novela hacia el siguiente nivel cuando estaba en una encrucijada. Conseguiste desenmarañar el caos que era mi estructura y no sabes cómo admiro tu intelecto. Este libro logró superar los obstáculos más difíciles gracias al tiempo que pasamos juntas y te estoy infinitamente agradecida por todo tu apoyo incondicional.

A mis primeras lectoras y queridas amigas, Megan Price y Caitlin Lash, Maelynn lleva vuestros nombres, una broma que tiene muchísimo tiempo y que, aun así, ha llegado hasta aquí, porque os prometí que así sería. Gracias por todas las sesiones en las que montábamos la historia escena a escena y por tomarnos en serio a mí y a mis fichas. A Dominika Sillery, la lectora en la que más confiaba en nuestros primeros días de revisiones, gracias por siempre creer en mí y en lo lejos que podríamos llegar. A Michelle Merklin, por lo rápido que leíste esos borradores, a pesar de los niños y el trabajo. No hay nada que haya escrito y que tú no hayas leído desde que éramos pequeñas, y la verdad es que no te envidio nada por haber tenido que leerte todo lo que escribía al principio. A Carolyn Kaleko, por el reto en el que nos embarcamos juntas que me dio el coraje para escribir esta novela en primer lugar. Has vivido junto a estos personajes casi tanto tiempo como yo y me has ayudado con incontables escenas y borradores; la escena de la bañera rebalsándose es cosa tuya, y Joseph debería culparte a ti por el desastre, la verdad. Gracias por prepararme mentalmente para lo difícil que sería publicar este libro de modo que pudiese hacerle frente como debe ser, y también por acompañarme durante todo el camino, por hacer que nunca, ni una vez, me sintiera sola mientras perseguía mi sueño.

Tuve que investigar muchísimas cosas durante la creación de este libro. Gracias a Kathleen Pendleton de la Orquesta Sinfónica de Boston, a George Mellman por la visita guiada tan minuciosa, por contarme la anécdota de Beethoven, y al bibliotecario de la orquesta por ayudarme a escoger el concierto de Evelyn y Jane. Un agradecimiento especial a Mary Incontro por asegurarse de que la perspectiva de Evelyn y Joseph durante los años setenta fuese verídica. A Jim y Mary Brewster de la pensión The Captain Stannard House, por permitirme seguiros cual sombra y pillar los detalles sensoriales sobre lo que implica regentar una pensión en un pueblecito costero en Connecticut. Las llaves de Joseph tintinean gracias a que me dejasteis seguiros por todos lados.

A ti, por leerme. Soy escritora porque toda la vida he sido lectora, por las maravillas y el consuelo y el deleite que siempre he encontrado en las páginas de un libro. Hay muchísimas formas en las que uno puede pasar el tiempo, así que te doy las gracias por haber decidido pasar parte de él en Stonybrook, junto a mí.

A mis profesores, en especial a mis profes de Literatura de cuando era pequeña que me animaron con notas, pases para la biblioteca y libros heredados. A todos mis profesores en The Greater Hartford Academy of The Arts, pero en especial a Benjamin Zura, quien con mucho amor solía escribir un «bah» sobre nuestros poemas y me enseñó a no tomarme a pecho las críticas negativas desde muy joven. A los demás estudiantes del taller, nunca me he sentido más a salvo creando y compartiendo historias que con vosotros y espero que todos estéis escribiendo donde sea que estéis.

A mi familia y amigos más cercanos, que me han brindado su apoyo de todas las formas posibles. Incluso mi hermano, quien prefiere «esperar a que hagan la peli», me prometió que iba a leer este libro (te estoy poniendo a prueba, Brian, llámame si llegas hasta aquí). Gracias por vuestros ánimos, por apoyarme cuando había contratiempos, por celebrar las victorias y alentarme durante todo el camino. Ya sabéis quiénes sois y la vida es más dulce y más divertida por contar con vosotros en ella. Joseph y Evelyn fueron una isla, pero, gracias a vosotros, yo nunca he tenido que serlo.

Los días en los que más te quise se desarrolla en un pueblo ficticio inspirado en un lugar real que guardo con mucho mimo en el corazón. Un pueblo costero de Connecticut en el que, como Joseph y Evelyn, mi familia ha dejado sus huellas a lo largo de seis generaciones. Un lugar de amor y legado, de comodidad y de infancia. A mis abuelos, por darme la playa, por enseñarme a quererla y lo que es el amor. Os conocisteis cuando teníais quince y dieciocho años, y ese amor continúa en este mundo, por mucho que vosotros ya no estéis en él. Incluso vuestros segundos nombres, Bernard y Bernadette, mi casualidad favorita, iban a juego desde el principio. La playa Bernard es por vosotros.

A mi padre, por ser tan divertido al contarle buenas noticias, por ser uno de mis fans más escandalosos y acérrimo. A mi madre, por una vida llena de lectura, por las salidas a la biblioteca, las horas que pasábamos en el sofá mientras leía en voz alta y los audiolibros que escuchábamos en la furgoneta. Gracias a ambos por dejar que fuera a una escuela de arte cuando tenía catorce años para estudiar escritura creativa, por asistir a mis eventos literarios, por nunca pensar que estaba perdiendo el tiempo. Por darme una infancia al lado del mar y por esos días de verano sin planes en los que podía quedarme leyendo en la hamaca para dedicarme a mis antojos y pasatiempos, a jugar en el bosque y el riachuelo, a escribir en mis libretitas y tener la libertad de imaginar, a explorar y descubrir quién quería ser. Por dejarme creer, sin importar lo que hiciera, que podía volar.

A mis hijos, Teddy y Jordan, porque son lo mejor que he hecho en la vida, no tengo ninguna duda. Espero que conozcáis un amor como el de Joseph y Evelyn y que sepáis que siempre podréis volver a vuestro hogar. Sois la sexta generación de nuestra playa, y no hay nada que me haga más feliz que compartir mi lugar especial con vosotros salvo, cómo no, ser vuestra madre.

A Jonathan. Empecé a escribir esta novela cuando llevábamos seis meses saliendo y ahora llevamos ocho años casados y más de una década juntos. Nuestra relación siempre ha conocido este libro, y el apoyo incansable e incondicional que me has brindado para alcanzar mi sueño es algo que te agradezco con toda el alma. Cada historia de amor que escribo es gracias a ti. Somos afortunados y siempre lo hemos sido.